BASTEI
LÜBBE
TASCHENBUCH

Weitere Titel der Autorin:

Lockruf des Mondes
Im Bannkreis des Mondes
Im Mond des Raben

Titel in der Regel auch als E-Book erhältlich

Über die Autorin:

Lucy Monroe lernte bereits mit vier Jahren lesen – und damit begann ihre Leidenschaft für Bücher. Mit den Jahren las sie sich durch alle Bücherregale, die ihr zur Verfügung standen. Dennoch machte es ihr selbst etwas Angst, als sie realisierte, dass sie sich nichts mehr wünschte, als Schriftstellerin zu werden. Aber nichts konnte sie davon abhalten, ihren Traum Realität werden zu lassen.

Auf Lucy Monroes englischsprachiger Homepage www.lucymonroe.com erhalten Sie weitere Informationen über die Autorin.

Lucy Monroe

UNTER DEM DRACHENMOND

Roman

Aus dem amerikanischen Englisch
von Ulrike Moreno

BASTEI LÜBBE TASCHENBUCH

BASTEI LÜBBE TASCHENBUCH
Band 17 014

1. Auflage: Juli 2014

Dieser Titel ist auch als E-Book erschienen

MIX
Papier aus verantwortungsvollen Quellen
FSC® C014496

Vollständige Taschenbuchausgabe

Deutsche Erstausgabe

Textredaktion: Dorothee Cabras
Titelillustration: Guter Punkt unter Verwendung von Motiven von
© shutterstock/ollyy; shutterstock/johnbraid; shutterstock/Chris Harvey;
shutterstock/ruzanna
Umschlaggestaltung: Guter Punkt, München
Satz: Urban SatzKonzept, Düsseldorf
Gesetzt aus der New Caledonian
Druck und Verarbeitung: GGP GmbH Media, Pößneck
Printed in Germany
ISBN 978-3-404-17014-2

Für meine Mom, die mein größter Fan war,
als sie noch lebte,
und die mir mehr fehlt, als ich je in Worte fassen könnte,
seit sie nicht mehr ist.
Sie ist nach wie vor eine meiner größten Inspirationen.
Ich liebe dich, Mom ...
aber das wusstest du und weißt es immer noch.

Der Beginn

Vor Tausenden von Jahren erschuf Gott ein Volk, das so streitbar war, dass sogar seine Frauen im Kampf gefürchtet waren. Sie waren ein durch und durch kriegerisches Volk, das es ablehnte, sich irgendwelchen anderen Regeln als den eigenen zu unterwerfen ... egal, wie groß die Armeen waren, die ausgesandt wurden, um sie zu bezwingen. Ihre Feinde sagten, sie kämpften wie Tiere; ihre geschlagenen Gegner sagten nichts mehr, denn sie waren tot.

Sie wurden als primitives, barbarisches Volk betrachtet, weil sie ihre Haut mit blauen Tätowierungen verunstalteten. Anfangs waren diese Zeichnungen noch schlicht und gaben die schmucklosen Umrisse eines einzelnen Tieres über ihren Herzen wieder. Die Anführer wurden mit Bändern um ihre Arme gekennzeichnet, die Symbole enthielten, die von ihrer Kraft und Tapferkeit im Kampfe kündeten. Paare erhielten Kennzeichen, die ihre Bindung deutlich machten.

Und trotzdem waren ihre Feinde nie imstande, die Bedeutung irgendwelcher dieser bläulichen Tätowierungen zu entschlüsseln.

Einige mutmaßten, dass sie Symbole ihrer kriegerischen Natur waren, womit sie teilweise auch recht hatten, denn die Tiere standen für einen Teil ihrer selbst, der von diesem wilden, freiheitsliebenden Volk unter Todesstrafe geheim gehalten wurde. Es war ein Geheimnis, das sie in den Jahrhunderten ihrer Existenz bewahrt hatten, während die meisten von ihnen quer durch Europa abgewandert waren, um sich im unwirtlichen Norden Schottlands anzusiedeln.

Ihre römischen Feinde nannten sie *Pikten*, und dieser Name wurde auch von anderen Völkern ihres Landes und der Länder weiter südlich übernommen, doch sie selbst bezeichneten sich als Chrechten.

Ihr tierähnliches Verhältnis zu Kampf und Eroberung rührte von einem Teil ihrer Natur her, der ihren rein menschlichen Gegenstücken nicht gefiel. Denn diese kämpferischen Geschöpfe waren Gestaltwandler.

Die bläulichen Tätowierungen auf ihrer Haut waren Kennzeichen, die im Verlauf eines Übergangsritus verliehen wurden, wenn sie ihre erste Verwandlung durchmachten. Einige Männer hatten die Kontrolle über diese Verwandlung; bei anderen war es der Vollmond, der ihre Veränderung bestimmte, bis sie an dem geheiligten Geschlechtsakt teilnahmen. Die Frauen aller Rassen erfuhren sowohl ihre erste Verwandlung in ihre Tiergestalt als auch die spätere Kontrolle darüber mit dem Einsetzen ihrer ersten Menstruation.

Einige verwandelten sich in Wölfe, andere in riesige Raubkatzen, und wieder andere in größere Vogelarten wie Adler, Falken und Raben.

Das eine, was alle Chrechten gemeinsam hatten, war, dass sie sich nicht so schnell oder zahlreich fortpflanzten wie ihre rein menschlichen Brüder und Schwestern. Obwohl sie eine Furcht erregende Spezies waren und ihre Schläue und Gerissenheit noch verstärkt wurde durch ein Verständnis der Natur, das die meisten Menschen nicht besaßen, waren sie jedoch nicht tollkühn und wurden auch nicht von ihrer tierischen Natur beherrscht.

Ein Krieger (egal, ob männlich oder weiblich) konnte hundert Feinde töten, doch falls er starb, ohne Nachwuchs gehabt zu haben, führte sein Tod zu einer unvermeidlichen Verringerung der Rasse. Einige piktische Clans und solche, die in anderen Teilen der Welt unter anderen Namen bekannt waren, hatten es schon vorgezogen auszusterben, statt sich den ihnen unterlegenen, aber weitaus zahlreicheren Menschen um sie herum zu unterwerfen.

Die *Faol* der schottischen Highlands waren zu klug, um lieber dem Untergang ihrer Rasse ins Auge zu blicken, als sich mit den Menschen zu vermischen. Diese Wolfs-Gestaltwandler sahen einen Weg in die Zukunft. Im neunten Jahrhundert nach Christus bestieg Keneth MacAlpin den schottischen Thron. Obwohl er von Faol-Chrechtischer Herkunft seitens seiner Mutter war, hatte MacAlpins menschliche Natur sich durchgesetzt.

Er war nicht »verwandlungsfähig«, was ihn jedoch nicht davon abhielt, Anspruch auf den piktischen Thron zu erheben, wie er zu jener Zeit genannt wurde. Um sein Königtum zu sichern, verriet er bei einem Abendessen seine chrechtischen Brüder, indem er alle noch verbliebenen Mitglieder der königlichen Familie ermordete – und damit bei den Chrechten ein für immer tief verwurzeltes Misstrauen rein menschlichen Geschöpfen gegenüber hervorrief.

Trotz dieses Misstrauens, aber auch im bitteren Bewusstsein der Konsequenzen von MacAlpins Verrat, erkannten die Faol oder Wölfe unter den Chrechten, dass ihnen im Kampf gegen die ständig wachsende und immer weiter vordringende menschliche Rasse nur eine Möglichkeit blieb, wenn sie nicht aussterben wollten: Sie mussten sich den keltischen Clans anschließen.

Und das machten sie.

Soweit dem Rest der Welt bekannt war – und obwohl zahlreiche

Beweise für ihre frühere Existenz vorhanden waren –, gab es das einst als Pikten bekannte Volk nicht mehr.

Da es nicht ihrer Natur entsprach, von anderen als ihren eigenen Leuten regiert zu werden, wurden die keltischen Clans, die die Chrechten aufgenommen hatten, innerhalb von zwei Generationen von *verwandlungsfähigen* Herrschern angeführt. Und obwohl die meisten der rein menschlichen unter ihnen nichts davon wussten, wurden einigen wenigen die Geheimnisse ihrer Verwandten anvertraut. Diejenigen, die über diese Geheimnisse im Bilde waren, wussten, dass es den sicheren und sofortigen Tod bedeutete, den Schweigekodex nicht einzuhalten.

Geschichten von anderen Gestaltwandler-Rassen, den Éan und den Paindeal, wurden am Lagerfeuer oder den Kindern als Gutenachtgeschichten erzählt. Da die Wölfe jedoch seit Generationen keine Gestaltwandler mehr außer ihren eigenen gesehen hatten, begannen sie, die anderen Rassen für nichts anderes als einen Mythos zu halten.

Doch Mythen schwangen sich nicht mit schwarzen, schimmernden Flügeln in die Lüfte auf. Mythen lebten nicht als Gespenster im Wald und atmeten Luft genau wie alle anderen Menschen und Tiere. Die Éan waren kein Mythos; sie waren Raben und Adler mit Fähigkeiten, die über die des bloßen Gestaltwandelns hinausgingen.

Und sie trauten den Faol der Chrechten noch weniger, als die Wölfe den Menschen trauten. Doch genau wie für die Faol vor ihnen war nun auch für die Éan die Zeit gekommen zu lernen, mit ihrem Misstrauen umzugehen und sich den menschlichen Clans anzuschließen.

Ihre Zukunft als Spezies hing davon ab.

Prolog

Heute habe ich den Drachen gesehen.

Konfuzius

Auf den Ländereien der Donegals in den schottischen Highlands, 1142, während der Regentschaft des schottischen Königs Dabíd mac Maíl Choluim

»Ich habe schon wieder von dem heiligen Stein der Wölfe geträumt.« Um dieses bisschen Information an ihren Bruder weiterzugeben, hatte Ciara gewartet, bis ihre Mutter ihren Haferbrei gegessen hatte und in ihr winziges Schlafzimmer zurückgekehrt war, wo sie wieder einmal an die Wand starren würde, als enthielte sie den Sinn des Lebens.

Sein Kopf fuhr hoch, und Galen hielt im Schärfen seines Breitschwertes inne. Wolfsaugen vom gleichen intensiven Grün wie Ciaras richteten sich auf sie und forderten sie stumm auf fortzufahren.

Früher war es ein Spiel gewesen. Oder zumindest war Ciara überzeugt gewesen, dass es das war. Früher. Vor Vaters Tod und Mutters Verfall.

Inzwischen wusste Ciara jedoch, dass ihr Bruder, aus welchem Grund auch immer, ihre Träume für die Rettung ihres Volkes hielt.

Galen sagte, die alten Geschichten wären wahr: Die Wölfe hätten tatsächlich einst einen magischen Stein besessen, der bei der Volljährigkeitszeremonie benutzt wurde, um sie stärker zu machen. Und um einige sogar zu *conriocht* oder Werwölfen werden zu lassen – also nicht nur zu jemandem, der sich in einen Wolf verwandeln konnte, als wäre diese Gabe ihres Volkes nicht schon erstaunlich genug! Nein, die alten Geschichten behaupteten, dass einige sich mithilfe des heiligen Steins in *conriocht* verwandelten – halb Mensch, halb Wolf, und größer als beide. In Hünen, die im Kampf nicht besiegt werden konnten, nicht einmal von anderen Wölfen.

Und schon gar nicht von den Éan.

Ciara wusste nicht, ob sie das glaubte. Und wenn ja, musste sie sich fragen, ob sie beim Zustandekommen einer solchen Kreatur behilflich sein wollte. Doch Ciara liebte ihren Bruder, und den Tag damit zu verbringen, aufgrund von Hinweisen aus ihrem Traum nach diesem Stein zu suchen, war noch ein Vergnügen.

Trotz Galens Veränderung in diesen letzten beiden Jahren.

»Der *Faolchú Chridhe*.« Ehrfurcht schwang in seiner Stimme mit, wenn er den uralten Namen des Steines flüsterte, den ihr Volk ihm in Erzählungen verliehen hatte, die noch älter waren als die Geschichte der Wölfe mit den Clans.

Das *Herz des Wolfes* ... Wie hatten sie es als Volk verlieren können, falls es wirklich existierte?

»Wovon hast du geträumt?«, fragte er sehr nachdrücklich und mit einem fanatischen Glühen in den grünen Augen.

Eine ihr unverständliche Furcht ließ sie erschaudern, als sie das Frühstücksgeschirr abräumte. Denn eines, was sie nie bezweifelte, war, dass ihr Bruder sie liebte.

»Der Traum war wie die anderen.« Ciara brachte die Worte kaum über ihre plötzlich trockenen Lippen. Auch ihre Kehle war wie zugeschnürt von dieser merkwürdigen Angst. »Ich habe einen Stein gesehen, der ein Smaragd gewesen sein könnte, wenn er nicht so groß gewesen wäre wie eine Männerfaust.« Denn einen Smaragd von dieser Größe gab es wahrscheinlich nirgendwo auf dieser Welt. »Er lag auf einem Altar aus dunklem Stein, in einer

Höhle, die von einem schwachen grünen Licht erglühte, wie ich es noch nie zuvor gesehen hatte.«

»Dieses Glühen, das ist neu.«

Das war es nicht, aber Ciara hatte es bisher für zu bizarr gehalten, um es zu erwähnen. Erst Galens immer heftigeres Drängen nach mehr und mehr Informationen hatte sie dazu bewegt, es ihm nun doch zu erzählen.

»Wo war die Höhle?« Das wollte er jedes Mal wissen, als würde ihr die Erkenntnis kommen, wenn er nur beharrlich genug war.

Das geschah jedoch nie, obwohl sie sich bemühte, ihm alles Hilfreiche zu sagen, woran sie sich erinnern konnte. »Es fühlte sich so an, als befände ich mich tief unter der Erde.«

»Es fühlte sich so an?«, fragte er mit einem Zweifel, der sie ärgerte, auch wenn sie es nicht sagte.

»Ja.«

»Konntest du den Eingang zu der Höhle sehen?«

»Nein, ich hatte das Gefühl, als wäre er hinter mir, aber in meinem Traum konnte ich mich nicht von dem *Faolchú Chridhe* abwenden.«

»Es gibt also keinen Beweis dafür, dass du tief unter der Erde warst?«

»Nein«, musste sie zugeben.

»Die Höhle liegt wohl eher in den Bergen. Vögel würden unseren Stein nicht tief in der Erde vergraben. Das widerspricht ihrer Natur.«

Galens Überzeugung, die Éan hätten den *Faolchú Chridhe* gestohlen, war im vorletzten Winter nach Vaters Tod entstanden, als ihr Bruder begonnen hatte, mehr Zeit mit Wirp zu verbringen. Auch ihr Vater hatte nie ein gutes Haar an den anderen Chrechten gelassen, die den alten Erzählungen zufolge früher einmal existiert hatten.

Aber Wirp war noch schlimmer; er hatte so getan, als wären die

Faol besser als alle anderen Spezies, und männliche Wölfe die Überlegensten von allen. Der alte Mann war Ciara derart unsympathisch gewesen, dass niemand froher gewesen war als sie, als Wirp bei Barr, ihrem neuen Laird, in Ungnade gefallen war. Allerdings hütete sie sich davor, das ihrem Bruder gegenüber zuzugeben.

»Es fühlte sich aber wie tief unter der Erde an«, beharrte sie.

»Ich sagte dir doch schon, dass der Tummelplatz der Éan nicht unter der Erdoberfläche ist.«

»Und wenn es nicht die Vogel-Gestaltwandler waren, die den Stein der Wölfe gestohlen haben?«

»Sie waren es.«

»Wie kannst du dir da so sicher sein, obwohl du nicht mehr als die Geschichten eines alten Mannes zum Beweis dafür hast?«

»Ich habe diese Geschichten und deine Träume.«

»Aus meinen Träumen geht nur hervor, dass der *Faolchú Chridhe* existiert, aber nicht, dass irgendjemand ihn gestohlen hat. Außerdem könnten diese Träume auch nichts weiter als nächtliche Fantasien sein.«

»Nein. Sie sind Prophezeiungen, die wir berücksichtigen müssen.«

Warum dann nicht auch berücksichtigen, dass sich die Höhle *unter* der Erde befand? Ciara sprach diesen Gedanken jedoch nicht laut aus, weil sie nicht mit ihrem Bruder streiten wollte. So verzichtete Galen vielleicht darauf, sich auf die Suche nach dem Stein zu machen. Sie sah ihn ohnehin schon selten genug; da wollte sie diesen Tag nicht auch noch opfern.

Galen wollte tatsächlich nach dem Stein suchen, doch er bestand darauf, noch einen weiteren Krieger mitzunehmen, mit der Begründung, drei Wölfe würden mehr wahrnehmen als nur zwei.

Ciara war da anderer Meinung. Dieser Krieger war ihr nicht sympathischer, als Wirp es ihr gewesen war. Schlimmer noch – sie machte sich große Sorgen, dass ihr Bruder die Absicht hatte, sie mit Luag zu verheiraten.

Ihre Menstruation hatte schon eingesetzt, obwohl sie erst zwölf Jahre alt war. Galen würde mindestens noch zwei Jahre warten, bevor er sie zur Heirat drängte, doch dann gab es kein Entrinnen mehr. Die Angst, die ihr dieser Gedanke einflößte, verursachte ihr Übelkeit, auch wenn sie sich bemühte, ihre Abneigung gegen Luag zu verbergen.

Aber das würde nicht viel nützen. Er war jetzt bei ihnen und würde auch nirgendwohin gehen, bis sie entweder der Suche müde wurden oder wie durch ein Wunder den *Faolchú Chridhe* noch heute fanden.

Sie hatten mittlerweile schon stundenlang gesucht und befanden sich tief im Wald, als Luag plötzlich witternd den Kopf hob. »Ich rieche Raben.«

Ciara konnte den offenkundigen Abscheu in seiner Stimme nicht verstehen. Sie wusste, dass der Heiler ihres Clans sowohl ein Rabe als auch ein Wolf war, obwohl Ciara das noch nie jemandem erzählt hatte. Mit Ausnahme ihres Bruders vertraute sie anderen nur selten an, was ihre Träume ihr verrieten. Und auch Galen erzählte sie nie von Träumen, die etwas mit den Éan zu tun hatten.

»Lasst uns auf die Jagd gehen!«, schlug Luag mit einem Grinsen vor, das mehr ein Zähnefletschen war als alles andere.

Galen schüttelte den Kopf. »Wir haben hier Wichtigeres zu tun.«

»Es ist alles Teil desselben Ziels«, widersprach Luag.

»Ich jage nicht, wenn Ciara bei uns ist.«

Wollte ihr Bruder damit sagen, dass er Raben jagen *würde*, wenn sie nicht bei ihnen wäre? Ciara konnte nicht glauben, dass seine hartnäckigen Vorurteile so tief gingen. Und wie wollten sie es überhaupt anstellen, Jagd auf einen Vogel zu machen? Wollten sie sich aus Zweigen Flügel bauen und dem Raben damit hinterherfliegen? Sie hatten keine Bögen mitgebracht, und ihre Wolfsgestalt würde bei der Verfolgung ja wohl kaum sehr hilfreich sein.

Sie schüttelte den Kopf. Manchmal verstand sie Krieger einfach nicht. Schließlich war es eine allgemein bekannte Tatsache, dass die Beute eines Wolfes Tiere waren, die auf der Erde lebten, aber keine Vögel.

»Ist sie denn so schwach?«, fragte Luag abfällig.

Normalerweise hätte Ciara heftig dagegen protestiert, als schwach bezeichnet zu werden, bei Luag jedoch war das etwas anderes: Ihr war jede Gelegenheit recht, in seinen Augen als hilflos und unfähig dazustehen.

»Meine Schwester ist nicht schwach, sondern nur zu jung.«

»Sie ist zwölf Jahre alt.«

»Und damit immer noch ein kleines Mädchen.«

»An der Schwelle zur Frau.«

Einen beängstigenden Moment lang dachte Ciara, sie stritten womöglich über mehr als nur die Frage, ob die Wölfe in ihrer Anwesenheit jagen sollten. Und das Wortgefecht erregte Übelkeit in ihr. Ciara hatte Gerüchte gehört, dass englische Aristokraten ihre Kinder schon so jung vermählten, doch in den Highlands kam das eigentlich nicht vor.

Nicht einmal, wenn sie die Tochter eines Lairds gewesen wäre. Und das war sie nicht. Galen würde sie frühestens in zwei Jahren verheiraten, und falls er sich an die üblichen Traditionen hielt, würde sie bei ihrer Vermählung sogar noch älter sein.

Es war ja auch nicht so, als hätte sie schon eine große Aussteuer zusammengetragen. Ciara hatte kaum mit dem Besticken der Wäsche für ihr eigenes Heim begonnen.

»Nein.« Galens Ton besagte, dass er sich nicht umstimmen lassen würde, obwohl er der jüngere der beiden Männer war. Nein, ganz gleich, worum es bei ihrem Disput ging, Galen würde ganz bestimmt nicht nachgeben.

Erleichterung durchflutete Ciara, und sie holte tief Luft, um ihre brennenden Lungen mit Sauerstoff zu füllen.

Luag sah alles andere als erfreut aus. »Sie kann ja hierbleiben.«

»Das ist zu gefährlich.«

»Wir befinden uns in unseren eigenen Jagdgründen«, beharrte Luag.

Was nicht ganz richtig war, weil sie mindestens zwei Wegstunden nördlich des Territoriums ihres Rudels waren. Und das besagte auch Galens Blick, mit dem er den anderen Wolf bedachte.

»Sie kann in der Höhle warten«, schlug Luag vor, als machte er ein großes Zugeständnis.

Ciara erwartete erneuten Protest von Galen, doch diesmal nickte er, und ihr Herz verkrampfte sich. »Ja, das wäre eine Möglichkeit.«

Diesmal öffnete *sie* den Mund, um zu widersprechen, doch ein einziger Blick von Galen verriet ihr, dass es sinnlos wäre. Mit dem schmerzlichen Gefühl, verraten worden zu sein, wandte sie sich grußlos ab und ging zurück zu der Höhle, die sie gerade erst erforscht hatten. Sie hatten dort keine geheimen Gänge gefunden, aber reichlich Zeit damit verbracht, danach zu suchen, und daher wusste Ciara, dass die Höhle nicht von anderen Raub- oder Beutetieren bewohnt war.

Galen folgte ihr. »Bleib hier, bis wir zurückkehren! Wir befinden uns nämlich *nicht* in unseren eigenen Jagdgründen.«

Statt einer Antwort schnaubte sie nur geringschätzig; schließlich wusste sie das ebenso gut wie er selbst. Nicht sie, sondern sein *Freund* war dumm genug gewesen, das Gegenteil zu behaupten.

Galen seufzte. »Ich will nicht, dass dir etwas zustößt, Ciara.«

»Ich komme schon zurecht.«

»Aye. Ich weiß.«

Vor einem Jahr hätte sie das Gleiche sagen können, doch Galen hätte ihr nicht geglaubt. Dann hatte ihre Menstruation eingesetzt, und ihre erste Verwandlung hatte stattgefunden. Deshalb vertraute Galen heute mehr auf ihre Fähigkeit, sich selbst schützen zu können.

Ciara liebte ihren Wolf und normalerweise auch die Jagd mit ihrem Bruder, nur sah sie keinen Sinn darin, in Wolfsgestalt auf Vögel Jagd zu machen. Außerdem wollte sie auf gar keinen Fall mit Luag jagen, weil sie ihm durchaus zutraute, dass er dabei versuchen könnte, sich mit ihr in Wolfsgestalt zu paaren.

Was allerdings nicht bedeutete, dass sie den beiden männlichen Wölfen nicht folgen würde, wenn sie aufbrachen. Ciara war sehr neugierig, und seit dem Tod ihres Vaters war Galen so überfürsorglich geworden, dass sie es geradezu als erdrückend empfand.

Ciara legte ihr Plaid und das Hemd ab, das sie darunter trug, und verwandelte sich, sowie ihre Kleidung sie nicht mehr behinderte.

Bemüht, ihren eigenen Duft zu überdecken, hob sie witternd ihre Wolfsnase. Vom stets hilfreichen Wind geleitet, setzte Ciara den anderen beiden Wölfen nach, die zumindest vernünftig genug waren, ihre fliegende Beute in menschlicher Gestalt zu jagen. Wie sie das allerdings ohne Pfeil und Bogen anstellen wollten, war Ciara ein Rätsel.

Sie war ihnen bereits etwa eine Viertelstunde gefolgt, als sie Luags erhobene Stimme und sein rohes Gelächter hörte.

Aber warum sollten sie sich über ihre Beute lustig machen? Das sah Chrechten so gar nicht ähnlich. Alles Leben war kostbar, selbst das, das sie nehmen mussten, um sich zu ernähren und überleben zu können.

Ciara spähte durch das Blattwerk, das sie verbarg, und blinzelte angesichts des Anblicks, der sich ihr bot. Ihr Bruder und Galen standen zwei kleinen Jungen gegenüber, die mit Lederschurzen statt mit Plaids bekleidet waren.

Sie hatten doch nicht auf diese Kinder Jagd gemacht! Luag hatte gesagt, er könne Raben riechen. Vögel. Aber doch keine Vogel-Gestaltwandler! Nein, das war zu niederträchtig, um es auch nur in Betracht zu ziehen. *Chrechten jagten ihresgleichen nicht.*

Das gab es einfach nicht.

Doch der Geruch von Raben hing deutlich spürbar in der Luft, und Ciaras scharfe Wolfsaugen konnten nirgendwo auch nur einen dieser Vögel sehen.

Schmerz krampfte ihr wie eine eiserne Faust das Herz zusammen, als ihr Verstand sich gegen den Beweis sträubte, den ihre Sinne ihr vermittelten. Ihr Bruder konnte nicht an einer solchen Abscheulichkeit beteiligt sein!

Chrechtische Kinder als Jagdbeute!

»Und wo ist euer Beschützer?«, höhnte Luag laut und mit abscheulicher Häme in der Stimme. »Ist er zur Memme geworden und davongelaufen?«

»Unser Prinz fürchtet niemanden«, gab der ältere Junge kühn zurück.

Aber der jüngere sah sehr verängstigt aus.

Ciara kannte diesen Gesichtsausdruck. Sie hatte oft genug selbst so ausgesehen, wenn sie sich mal wieder mit ihrer Neugierde in Schwierigkeiten gebracht hatte, statt sich an die Regeln ihrer Eltern und die des Clans zu halten.

»Sie haben keinen Beschützer bei sich«, sagte Galen und bewies damit, dass er diese Jungen ebenso leicht durchschaute, wie er auch Ciara stets durchschaut hatte.

»Ist das wahr? Seid ihr zwei Bengel euren Beschützern davongelaufen?«

»Wir wollten jagen«, behauptete der jüngere der beiden mit zitternder Stimme.

Ciara erwartete von ihrem Bruder, dass er den Kindern anbieten würde, sie heimzubringen. Zumindest hoffte sie es. Weil das der Bruder wäre, den sie kannte und liebte.

Stattdessen jedoch lachte Luag wieder, und diesmal war der rohe, grausame Unterton in seiner Stimme sogar noch stärker ausgeprägt. »Umso leichter wird es sein, die Welt von zwei weiteren nutzlosen Vögeln zu befreien.«

Nein. Das meinte er nicht so.

Er konnte es nicht so meinen.

Obwohl all die scharfen Sinne ihres Wolfs es ihr bewiesen, weigerte Ciara sich, zu glauben, dass diese Jungen Luags und Galens Beute waren.

Doch ihr Entsetzen wuchs nur noch, als die Stimme ihres Bruders zu ihr herüberdrang. »Wir sind Chrechte-Krieger, wir töten keine Kinder.«

Wollte er damit etwa sagen, dass er diese Raben-Gestaltwandler bedenkenlos getötet hätte, wenn sie Erwachsene gewesen wären? Seine Feststellung bewies auf jeden Fall, dass er gewusst hatte, dass sie Gestaltwandler und nicht nur ganz normale Vögel jagten. Bitte, bitte ... *bitte nicht!* Ihr Bruder war doch nicht böse.

»Diese Ausgeburten des Teufels sind keine Kinder.«

Sehr ursprüngliche, tierische Instinkte kochten in Ciara hoch. Sie hatte so etwas noch nie erlebt, aber der plötzliche Impuls, Luag die Kehle durchzubeißen, war so stark, dass ihre Muskeln sich zum Sprung anspannten.

Kinder mussten beschützt werden. Immer und unter allen Umständen. Vor allem Chrechte-Kinder benötigten ihren Schutz! Ihre Spezies vermehrte sich nicht leicht. Ihre eigenen Eltern waren als vom Schicksal sehr begünstigt betrachtet worden, weil es ihnen gelungen war, zwei Faol-Nachkommen über das Kindesalter hinauszubringen.

»Wir sind keine Brut des Teufels«, sagte der ältere Junge trotzig, obwohl sein kleiner Körper vor Angst zitterte.

Luag holte mit der Faust aus, und Ciaras Hinterbeine krümmten sich zum Sprung.

Ein einziger Faustschlag eines Kriegers konnte ein Kind töten.

Bevor sie jedoch aus ihrem Versteck herausspringen konnte, ertönte über ihnen ein gewaltiges Brüllen, so laut und zornig, dass sogar Luag erstarrte. Zutiefst erschrocken und ungläubig starrte er zum Himmel empor.

Als auch Ciara aufblickte, verstand sie seine Reaktion und wollte ihren Augen nicht trauen. Doch dies war keine Fantasie. Über den klaren blauen Himmel flog ein großer, scharlachroter Drache, dessen Schuppen so dunkel waren, dass sie schon fast schwarz erschienen, und dessen wütendes Brüllen die Baumwipfel erschütterte.

Die Jungen wirkten jedoch gar nicht verängstigt, und Ciara wusste plötzlich, dass dieses ... mythische Wesen aus uralten Zeiten ihr oberster Beschützer war. Vielleicht sogar der Prinz, von dem der ältere Junge gesprochen hatte.

Der Drachenkopf wandte sich ihrem Bruder und Luag zu, und bernsteinfarbene Augen richteten sich böse funkelnd auf die Männer, die die jungen Gestaltwandler bedroht hatten. Luag schleuderte seinen Dolch nach dem jüngsten Kind. Wahrscheinlich hoffte er, den Drachen dadurch abzulenken, um fliehen zu können, der Feigling!

Die Klinge verfehlte den Körper des Jungen, schnitt ihm im Vorbeifliegen jedoch den Arm auf. Das Kind fiel auf den Rücken und schrie auf, als es sah, wie Blut aus der Schnittwunde hervorquoll.

Wieder brüllte der Drache, und dann riss er sein großes Maul noch weiter auf und spie orangefarbene Flammen aus, die alles in ihrem Weg vernichteten.

Ciara, die vor Schreck wie erstarrt war, konnte nur hilflos dastehen und zusehen, wie ihr Bruder starb. Sein grauenhafter Aufschrei würde sie noch in ihren schlimmsten Albträumen verfolgen. Luag war schon losgerannt, aber vergeblich. Der Drache beherrschte die Luft und flatterte dem Kinderpeiniger hinterher. Ein weiterer Flammenstoß ging zur Erde nieder. Luags Schreie waren sogar noch furchtbarer als Galens, als er und die Bäume, zwischen denen er sich hatte verstecken wollen, zu Schutt und Asche zerfielen.

Es war ein Wunder, dass nicht der ganze Wald in Flammen aufging, aber es war offensichtlich, dass der Drache seine Feuerstöße auch nur mit größter Sorgfalt ausspie.

Schließlich wandte er sich ab und kam zurückgeflogen, um neben den Jungen zu landen, die schnell und furchtlos auf seinen Rücken kletterten. Kurz darauf waren sie alle drei verschwunden, und der Himmel war wieder so klar und frei, als hätte es dort nie ein solches Fabelwesen gegeben.

Das Einzige, was zurückblieb, war Galens Asche sowie die seines Freundes und einiger Bäume. Und Ciaras Herz. Sie hatte tatenlos danebengestanden, als Galen einen grauenvollen Tod gestorben war. Sie hatte nichts für ihn tun können, genauso wenig wie für die Éan-Jungen.

Nicht, dass die Kleinen ihre Hilfe gebraucht hätten. Das Wissen, dass sie andernfalls wahrscheinlich mit ihrem Bruder gestorben wäre, konnte Ciaras Schmerz nicht lindern.

Luags Asche ließ sie für die wilden Tiere zurück. Sollte sie sich doch mit deren Hinterlassenschaften vermischen – er verdiente es nicht anders. Doch die Asche ihres Bruders schaufelte Ciara mit bloßen Händen in den Lederbeutel, den sie mit ihren Sachen aus der Höhle geholt hatte. Ihre Tränen vermischten sich mit Knochenstückchen und Asche, als sie die kostbaren Überreste einsammelte.

Sie würde die Asche ihres Bruders vom Gipfel des *Ben Bristecrann* im Wind verstreuen, so wie sie es auch mit der ihres Vaters getan hatten.

Ohne Zeit mit Trauern zu vergeuden, lief sie den restlichen Tag und die ganze nächste Nacht hindurch, um zu diesem Berg zu gelangen. Er hatte seinen Namen von einem vom Blitz gespaltenen Baum, der wie durch ein Wunder noch immer auf dem Gipfel wuchs. Ihr Vater hatte behauptet, es sei ein heiliger Ort.

Da seine Asche mit der Erde dort vermischt ist, ist er wohl tatsächlich irgendwie heilig, dachte Ciara. Mit gebrochener Stimme sprach sie die rituellen Worte für einen chrechtischen Verstorbenen, während der Wind auffing, was von ihrem Bruder geblieben war, und es mitnahm, um ihn mit ihrem Vater zu vereinen.

Es war schon später Vormittag, als sie endlich ihr Elternhaus erreichte und ihre Mutter von Galens Tod unterrichten konnte.

Von dem Drachen erzählte Ciara niemandem. Sie sagte nur, Luag hätte ihren Bruder in Gefahr gebracht und sie hätte die beiden tot im Wald gefunden. Ihrem Clan gegenüber behauptete sie, selbst die Scheiterhaufen für die beiden toten Männer aufgebaut und angezündet zu haben, und niemand zweifelte an ihren Worten.

Sie war immerhin die Tochter ihres Vaters, und er war als einer der eigenwilligsten Männer in den Highlands bekannt gewesen. Luag hatte keine Angehörigen, die sich über ihre Handlungen beklagen oder Zweifel daran hegen könnten, dass sie seine Asche ebenso verstreut hatte wie die ihres Bruders.

Und Ciara behielt die Wahrheit für sich, weil ihr Herz, das vor Wut und Schmerz noch immer brannte, ihr sagte, Luag verdiene seine letzte Ruhestätte.

Ihre Mutter ließ keine Reaktion auf die traurige Nachricht erkennen, ja, sie schien nicht einmal zu begreifen, was Ciaras Worte bedeuteten, als sie von ihrem Verlust erfuhr.

Ciara erkannte jedoch, wie sehr sie sich geirrt hatte, als sie ihre Mutter am nächsten Morgen tot in ihrem Bett vorfand. Es war durchtränkt von dem Blut aus den tiefen Schnitten an ihren Handgelenken.

Kapitel 1

König ist, wer nichts fürchtet; König ist,
wer nichts begehrt!

Lucius Annaeus Seneca

Das Reich der Éan in den schottischen Highlands,
1149

»Bist du sicher, dass es der richtige Weg ist, den du gehst?« Bei der Frage seiner Großmutter wandte sich Prinz Eirik Taran Gealach von seiner Betrachtung des Waldes unter ihnen ab. Eines Tages in nicht allzu weiter Zukunft würde diese Aussicht nur noch eine Erinnerung für ihn sein. Er würde jedoch nicht die Folgen einer Entscheidung bedauern, die er zum Wohle der Éan getroffen hatte.

Er war ihr Prinz und hatte nur seine Pflicht getan.

Mit einer angedeuteten Verbeugung begrüßte er die Raben-Gestaltwandlerin, deren Haar trotz ihres hohen Alters noch immer mehr schwarz als silbern war. »Anya-Gra.«

Sie mochte seine Großmutter sein, aber sie war auch nach wie vor das spirituelle Oberhaupt und älteste Mitglied des Dreierrats der Éan.

»Ich kann mich des Eindrucks nicht erwehren, dass du unserem Volk zuliebe zu viel aufgibst, Eirik.« Aufgewühlte braune Augen in einem von Sorge geprägten Gesicht erwiderten seinen Blick.

Doch dies war nicht der richtige Moment, die Entscheidung infrage zu stellen, die er getroffen hatte und die von den drei Mitgliedern des Triumvirats (einschließlich seiner Großmutter) gebilligt worden war. Sie hatten gewusst, dass dieser Tag kommen würde, seit er die Zeremonie verweigert hatte, die ihn zum König seines Volkes und Herrscher über seine Territorien machen würde.

Hätte er diese Rolle angenommen, wäre es den Éan schier unmöglich gewesen, sich auf ehrenhafte Weise den Clans anzuschließen, solange Eirik lebte. Damals hatte seine Großmutter davor gewarnt, die Zukunft ihres Volkes durch eine Krönung zu gefährden, obwohl sie darauf bestanden hatte, dass er den Namen seines Vaters annahm, wie es der Brauch verlangte.

Anya-Gra hatte selbst erklärt, dass das Wohl ihres Volkes Opfer erforderte. Eirik hatte ihr zugestimmt und dieses Opfer gebracht, wodurch er der erste Prinz seines Volkes war, der sich niemals König nennen würde. Doch nun sträubte Anya-Gra sich dagegen, dass er ein weiteres Opfer brachte, von dem doch beide wussten, dass es nötig war.

»Du warst auch der Meinung, dass die Éan sich den Clans anschließen müssen, um zu überleben. Als anfangs davon gesprochen wurde, war es sogar deine Idee.«

»Aye, aber dafür soll unser Volk auf deine Führung verzichten?« Die alte Frau schüttelte den Kopf.

»Ich trete nicht die Führerschaft über die Éan ab, sondern gebe nur die alltägliche Führung eines Clans auf. Das ist der einzige Weg. Ich werde doch nicht einen Clan-Chef töten, nur damit ich den politischen Führer spielen kann!«

»Warum nicht? Du bist ein Drache«, warf Eiriks jüngerer Cousin ein, als er zu ihnen auf die Plattform hinaustrat, die über zweihundert Jahre das Zuhause der Familie der Éan gewesen war.

Ein Zuhause zwischen den Bäumen, das nur im Flug erreichbar war; keiner der Menschen, die unter ihnen lebten, hatte je einen Blick hinter die Mauern dieser luftigen Behausung geworfen. Und in weniger als zwei Mond-Phasen würde auch er, Eirik, es nicht mehr tun.

»Und wen sollte ich deiner Meinung nach im Kampf um seine Stellung töten, Fidaich?«, fragte Eirik seinen Lieblingscousin. »Diejenigen, die in diesen letzten sieben Jahren an der Seite unseres Volkes kämpften, uns beschützten und uns halfen, einen Weg aus diesem geheimen Leben im Wald herauszufinden? Den Sinclair? Buchanan? Den Donegal vielleicht? Ich müsste meinen eigenen Schwager töten, um die Führung dieses Clans zu übernehmen, ganz abgesehen von einem der unseren.«

Denn Crispin, der sich unter Barr, dem Clan-Chef der Donegals, noch in der Ausbildung zum Laird befand, würde Eirik zweifelsohne zum Duell fordern, falls dieser das Undenkbare tat und den amtierenden Laird und Ehemann von Sabrine, Eiriks einziger Schwester, tötete. Ha! Wahrscheinlich würde Sabrine ihm selbst den Garaus machen, bevor Crispin auch nur Gelegenheit dazu bekam, ihn zum Duell zu fordern.

Dieser Gedanke zauberte fast ein Lächeln auf Eiriks Gesicht.

Fidaich zuckte mit den Schultern und zeigte damit eine blutrünstige Seite, die man unter den Raben nur selten sah. »Es gibt andere Clans in den Highlands.«

»Aber keinen, der die Sicherheit unseres Volkes durch das Wort seines Oberhauptes und Rudelführers garantiert.« Und das war ihm bei dem Sinclair sicher.

Genau wie diejenigen der Éan, die den Clans des Balmoral und des Donegal beigetreten waren, darauf vertrauen konnten, bei ihnen gut aufgehoben und beschützt zu sein.

»Mit einem Drachen als unserem Prinzen brauchen wir keine Zusagen anderer Clan-Führer.« Fidaich straffte sich in dem Bemühen, älter auszusehen als seine dreizehn Jahre.

Eines Tages würde der Junge ein großer Krieger sein, doch heute war noch zu viel von dem Kind in ihm, das in den Händen zweier sadistischer Wölfe beinahe gestorben wäre. Fidaich hatte mehr Gründe als die meisten Éan, den Wölfen nicht zu trauen oder sich nicht darum zu scheren, ob einer sterben müsste, damit Eirik seinen Platz als Oberhaupt des Clans einnehmen konnte.

Was allerdings nicht bedeutete, dass Eirik die Einstellung seines jungen Cousins teilte. Er hatte die Wölfe, die Fidaich und Canaul bedroht hatten, getötet, aber in einem Moment des Schocks und des Entsetzens, der ihm für immer im Gedächtnis eingebrannt sein würde.

»Ich kann nicht überall sein, und das weißt du nur zu gut. Wenn wir nicht die Loyalität eines Clans besitzen, tauschen wir nur einen Jagdgrund, wo Raben die Beute sind, gegen einen anderen aus.«

»In den alten Zeiten ...«

»Was du von den alten Zeiten weißt, beruht auf den Geschichten, mit denen man Kinder unterhält. Diese alten Zeiten waren keineswegs so ruhm- und siegreich, wie die Geschichtenerzähler euch glauben machen wollen«, wies Anya-Gra den Jungen sanft zurecht.

Fidaich zog einen Flunsch, was erneut bewies, dass er erst noch zum Manne werden musste. »Diese Geschichten sind unsere Vergangenheit.«

»Aye.« Die Augen der Großmutter waren von Trauer überschattet. »Ein Teil davon. Der Rest unserer Geschichte wird nicht so oft erzählt.«

Doch sie *wurde* erzählt, und daher war Fidaich gut informiert über die unglücklichen Erfahrungen der chrechtischen Vergangenheit.

»Die alte Lebensweise dezimierte fast alle Volksstämme der Chrechten.« Eirik legte eine Hand auf die Schulter seines Cousins. »Ist es das, was du willst?«

Fidaich fiel in sich zusammen wie eine Schweinsblase mit einem kleinen Leck. »Nein.«

»Und er wird auch sicher nicht mitansehen wollen, wie unser Volk alles verliert, was es ausmacht und was ihm heilig ist.« Anya-Gras Ton war freundlich, aber nicht ganz ohne Tadel.

Wie konnte sie denken, dass Eirik, der letzte wahre Prinz ihres Volkes, so etwas gestatten würde? »Das wird nicht geschehen.«

Die Éan waren eine uralte Rasse, die sich allein schon von ihrer Natur her immer von den menschlichen Clans und den Faol, die derzeit unter ihnen lebten, unterscheiden würde. Und obwohl Eirik nicht ihr Clan-Führer sein konnte, war er immer noch der Prinz ihres Volkes.

Seine neuen Pflichten entbanden ihn von der Führung eines Clans, doch trotz allem blieben ihm Verantwortungen überlassen, die ohne jeden Zweifel genauso wichtig oder sogar noch bedeutsamer waren als die, die er im Augenblick noch trug.

Als seine Großmutter keine Antwort gab, erinnerte Eirik sie daran, dass sowohl sie als auch er Mitglieder des neuen Rates der Chrechten waren.

Jedes der Highland-Rudel, die innerhalb der Clans lebten, hatte Mitglieder in diesem Rat. Ein Gestaltwandler aus jeder Gruppe der Éan, die sich den verschiedenen Clans anschlossen, war ebenfalls in diesen Rat berufen worden. Anya-Gra behielt ihre Stellung als spirituelle Führerin, unabhängig davon, bei welchem Clan sie sich zu leben entschied.

Im Augenblick war dieser Clan der Donegal'sche, da sie in der Nähe von Eiriks Schwester Sabrine und deren Sohn, Anya-Gras einzigem Urenkelkind bislang, leben wollte.

Sowohl die Faol als auch die Éan sollten im Rat vertreten sein und die Möglichkeit erhalten, ihren Beitrag zur Auslegung und Durchsetzung der alten Gesetze zu leisten, denen die Chrechten unterlagen.

Eirik konnte sich nicht sicher sein, auf diese Weise zu verhindern, dass die Vergangenheit sich wiederholte, aber er glaubte immerhin daran. Andernfalls hätte er nicht den Bedingungen für die Aufnahme der Éan in den einzelnen Clans zugestimmt.

Er war ihr Prinz und würde seine Leute mit seinem Leben und notfalls auch mit dem Drachen, der in ihm lebte, beschützen.

Wieder erinnerte er seine Großmutter: »Es wurde vereinbart, dass ich das letzte Wort in Angelegenheiten der Éan habe ... selbst für die, die bei anderen Clans leben.«

Die Lösung war nicht perfekt und hing zudem auch von der Redlichkeit und Mitwirkung der Faol'schen Lairds ab, doch Eirik würde Barr, Talorc oder Lachlan sein eigenes Leben anvertrauen. Das Leben seiner Untertanen in ihre Hände zu legen fiel ihm sehr viel schwerer, aber er würde es tun.

Zum Wohle der Éan und ihres langfristigen Überlebens.

»Wenn der Rat so gut ist, warum sind dann keine Mitglieder der Flachland-Clans dabei?«, wollte der junge Fidaich wissen.

Anya-Gra lachte leise. »Ach, Kind ... wir sind Chrechten. Selbst die Raben sind zu streitlustig, um voll und ganz vereint zu sein.«

Das stimmte. Einige der Éan hatten ihren Prinzen und die Empfehlung des Triumvirats, sich mit den Highland-Clans zusammenzutun, abgelehnt. Eine Hand voll Raben, ein paar Adler und einige wenige der Menschen, die bei den Éan lebten, hatten sich dafür entschieden, im Wald zu bleiben. Sie würden weiterhin so leben, wie die Éan es in den vergangenen zwei Jahrhunderten getan hatten, gejagt wie Beute und gezwungen, schon ihre bloße Existenz geheim zu halten.

»Du solltest hierbleiben und die Éan führen, die sich nicht den Clans anschließen wollen«, sagte Fidaich und bewies damit, dass er ähnlich wie Eirik dachte, ja, wenn nicht sogar zu den gleichen Schlussfolgerungen wie er kam.

»Nein. Wenn sie mir nicht zu den Clans folgen wollen, werden sie auch im Wald nicht länger meiner Führung folgen.« Mit ihrem Entschluss zu bleiben hatten diese Raben ihn schon faktisch als ihr

Oberhaupt abgelehnt, noch bevor er die Führerschaft einem Clan-Laird übergeben hatte.

Fidaich runzelte die Stirn. »Aber *du* hast ihnen die Wahl gelassen, selbst als das Triumvirat dir davon abriet, es zu tun.«

Eirik warf Anya-Gra einen strafenden Blick zu. Da Fidaich eigentlich nichts von dieser Debatte des Triumvirats wissen sollte, konnte Fidaich nur aus einer einzigen Quelle davon erfahren haben.

»Das Triumvirat hat nicht immer recht.« Die beiden anderen Mitglieder, abgesehen von seiner Großmutter, hatten gewollt, dass Eirik seinen Drachen einsetzte, um die Faol zu unterwerfen und wie in früheren Zeiten die Herrschaft über alle Chrechten zu übernehmen. Aber er war kein MacAlpin und hatte ihnen das auch gesagt. »Was die Éan angeht, die weiterhin im Wald leben wollen: Wenn sie meiner Führung vertrauen würden, hätten sie sich nicht dafür entschieden, dort zu bleiben.«

Anya-Gra schüttelte den Kopf und seufzte. »So einfach ist das nicht, mein Junge. Und das weißt du auch. Einige wollen das zivilisiertere Leben unter Menschen einfach nicht.«

»Aber sie riskieren, gejagt und zu Tode gehetzt zu werden, wenn sie bleiben.« Und *das* war auch ihr sehr wohl bewusst.

Selbst wenn die kleinere Gruppe eine bessere Chance hatte, unbemerkt von jenen Faol zu leben, die noch immer darauf versessen waren, Eiriks Rasse auszulöschen.

Die Augen seiner Großmutter nahmen den glasigen Blick an, der verriet, dass sie Dinge sah, die anderen verborgen blieben. »Für einige ist die Freiheit zu leben, wie sie immer gelebt haben, diese Gefahr wert.«

»Ich dachte, du unterstützt den Anschluss an die Clans.« Auch wenn sie es missbilligte, dass er vorhatte, auf die Herrschaftsgewalt in seinem angenommenen Clan zu verzichten.

»Das tue ich auch.« Wieder überschattete die alte Trauer ihr Gesicht. »Aber ich verstehe unsere Leute, die diese Veränderung nicht wollen. Es gibt immer noch Faol, die in den Höhlen des Waldes leben, Eirik.«

Er hatte dieses Gerücht gehört, doch nie daran geglaubt. »Wir sehen sie aber nicht.«

»Weil sie uns nicht jagen wie einige dieser fehlgeleiteten Wölfe innerhalb der Clans. Außerdem beanspruchen sie Berglandschaften als ihr Territorium, die ziemlich weit entfernt von unseren eigenen Wäldern sind.«

Eirik fragte gar nicht erst, woher ihr Wissen über diese wilden Faol-Rudel stammte. Seine Großmutter wusste vieles, was sie eigentlich unmöglich wissen konnte. Beispielsweise hatte sie stets behauptet, es sei nur eine kleine Splittergruppe der Faol, die in diesen modernen Clan-Mitglieder-Zeiten noch Jagd auf die Éan machte. Der Rest der Éan hatte angenommen, es seien alle Wölfe. Aber Anya-Gras Urteil hatte sich als richtig erwiesen.

Fidaich schnaubte verächtlich. »Vielleicht sollte ich bei den Éan hier im Wald bleiben.«

Eiriks Drache gab ein Geräusch von sich, das tief aus seiner Brust kam wie ein Knurren und sich mit dem eines jeden Wolfes messen konnte. »Du vertraust mir also auch nicht?«

Er machte sich nicht die Mühe, seinen jungen Cousin darauf hinzuweisen, dass seine Eltern bereits unterwegs zur Sinclair-Festung waren. Und Eirik erwähnte auch nicht, dass Fidaichs bester Freund und Komplize bei all dem Unfug, den die beiden Jungen so gern trieben, ebenfalls zur Burg mitkam. Denn all das spielte keine Rolle.

Sie waren Cousins, aber Eirik war der Prinz. Entweder vertrauten seine Éan'schen Brüder seinen Entscheidungen … oder sie ließen es.

Einschließlich seiner Familie.

Fidaich erschrak. »Natürlich vertraue ich dir.«

»Dann wirst du mit mir zu den Sinclairs kommen.«

»Du solltest uns wenigstens nicht zwingen, bei dem Clan zu leben, der versucht hat, mich zu töten.«

Ah, der dramatische Hang eines Jungen an der Schwelle der Männlichkeit! »Das war nicht der ganze Clan.« Nur zwei Wölfe mit sadistischem Herzen und ohne Chrechte-Ehre.

Jener Tag war das erste Mal gewesen, dass Eiriks Drache jemanden getötet hatte. Die beiden Jungen waren vermisst worden, und er hatte sich dem Suchtrupp angeschlossen und sie mit seinen viel schärferen Drachensinnen am schnellsten gefunden.

Und zwar gerade noch rechtzeitig. Sein hervorragendes Gehör hatte die Drohungen gegen Fidaich und Canaul und die Ernsthaftigkeit dahinter mitbekommen. Zweifellos hatte der ältere Wolf tatsächlich vorgehabt, die Kinder umzubringen. Eirik hatte voller Abscheu und in blindem Zorn reagiert. Ohne Bedenken oder Zögern hatte sein Drache die beiden Faol-Chrechten in Flammen aufgehen lassen, bis nichts als Asche von ihnen geblieben war.

Ihre Schreie verfolgten ihn jedoch, wie kein Gespenst es sich jemals erhoffen konnte. Er hatte die Jungen und das Geheimnis des Éan'schen Prinzen und Drachen beschützt, aber zu einem Preis, den er nie vergessen würde.

Weil er nicht im Kampf getötet hatte, sondern seine Gegner mit einer Macht vernichtet hatte, mit der sie sich nicht hatten messen und gegen die sie sich nicht hatten verteidigen können.

Ciara saß auf dem Turm des unteren Burghofs, ließ die Beine über die steinerne Kante baumeln und wartete. Dieser eine von zwei Türmen auf der unteren Hälfte der Außenmauer um die Sinclair-Festung war der perfekte Aussichtspunkt für sie, um einen ersten Blick auf die Neuankömmlinge zu werfen, die ihrem angenommenen Clan beitreten würden. Eigentlich dürfte sie gar nicht hier sein, doch dies war einer ihrer Lieblingsplätze, wenn sie ungestört sein wollte.

Die meisten Clan-Mitglieder hatten sich gestern und heute zum gleichen Zweck auf dem Hof versammelt, doch Ciara mochte das Gedränge so vieler Menschen um sie herum nicht.

Jetzt war von der Menge allerdings nichts mehr zu sehen. Die Menschen und anderen Chrechten waren wieder einmal enttäuscht nach Hause gegangen, als die Nacht hereinfiel und sie noch nichts von den Neuankömmlingen gesehen hatten. Aber Ciara wartete auch noch, als der Mond aufging, weil sie es nicht über sich brachte, zur Burg zurückzukehren. Ihre Neugier, diese neuen Clan-Angehörigen zu sehen, war einfach viel zu groß, um ihr zu widerstehen.

Als Mitglied der Faol war ihr gesagt worden, bei den Neuankömmlingen handelte es sich um Chrechten, doch Ciara vermutete sehr stark, dass diese Leute Éan waren.

Da ihre Träume nicht alle Albträume waren, hatte sie darin gesehen, dass die Vögel am Himmel menschliche Gestalt annahmen und das Plaid der Sinclairs anlegten.

Waren diese Chrechten Flüchtlinge wie sie, die ein neues Leben unter den Sinclairs beginnen wollten?

Ciara hatte sich nichts erhofft, als sie hierhergekommen war, um bei Laird Talorc und seiner gehörlosen Gattin Abigail zu leben. Noch betäubt vom Kummer nach dem Tode ihrer Mutter so unmittelbar nach dem grauenvollen Ableben ihres geliebten Bruders Galen, hatte Ciara einfach nur getan, was man ihr gesagt hatte.

Und Laird Barr hatte ihr gesagt, sie brauche ein neues Leben ohne so viele Erinnerungen um sie herum, und Ciara hatte sich an seine Anweisungen gehalten, zumindest in der Tat, auch wenn sie mit dem Herzen nicht dabei gewesen war. Ohne auch nur den kleinsten Einwand war sie zu Barrs früherem Clan, den Sinclairs, gekommen, um bei ihnen zu leben.

Aber was hätte sie auch einwenden können? Ciara hatte keine Familie mehr, keine Lieben, die sie bei den Donegals festhielten.

In den letzten sieben Jahren hatte sie sich nach Kräften bemüht, ihrem neuen Clan zu dienen, und ihr alter würde sie heute nicht mehr wiedererkennen. Nichts erinnerte mehr an das eigenwillige Mädchen, das seine Familie und andere mit der ganzen Leidenschaft seines jungen Herzens geliebt hatte.

Im Gegenteil. Ciara tat, was sie konnte, um so wenig wie nur möglich zu empfinden, weil sie nie wieder mit einer Hingabe lieben wollte, die sie so leicht erneut zerstören könnte.

Laird Barrs Hoffnung, dass sie fern von allem, was ihr vertraut war, ihre schmerzlichen Erinnerungen vielleicht leichter vergessen würde, hatte sich nicht erfüllt, doch Ciara nahm ihm seinen Plan nicht übel.

Ihre Erinnerungen hatten sich mit dem Feuer eines Drachen in ihr Gedächtnis eingebrannt; es war ihr unmöglich, jemals zu vergessen oder sich je wieder ganz sicher zu fühlen. Jener schicksalhafte Tag im Wald und alles, was darauf gefolgt war, lebten in ihr in einem Strudel von Kummer, Ehrfurcht, Verwirrung, Unglauben und manchmal sogar blanker Angst.

Es war nicht so, dass sie diese Gefühle je ganz an die Oberfläche kommen ließ, doch oft erwachte sie mitten in der Nacht vom letzten Schrei ihres Bruders, nur um zu erkennen, dass es ihr eigener gewesen war. Sie träumte von blutdurchtränkten Laken und einer Frau, bleich wie der Tod, die ihr Häuschen nach einem Sohn und Ehemann absuchte, die nie wieder dort erscheinen würden.

Ciara war dankbar für die dicken Steinmauern, die ihre Albträume verborgen hielten, aber sie war sogar noch dankbarer dafür, dass Laird Talorc und sein Stellvertreter Niall, statt sie zu einer Heirat zu zwingen, als sie volljährig wurde, alle potenziellen Freier sogar abschreckten. Ob es nun Chrechten oder Menschen waren.

Laird Talorc und Abigail behandelten Ciara wie ein geschätztes Mitglied der Familie, das beschützt und behütet werden musste. Ciara wusste, dass sie sie für gebrochen hielten und sie deshalb nicht zum Heiraten zwangen.

Und Ciara tat und sagte nichts, um sie von diesem Glauben abzubringen.

Sie wollte keine echte Familie, die sie wieder verlieren könnte, verspürte kein Verlangen, je zu heiraten oder Kinder in die Welt zu setzen, die ihr von diesem unbesiegbaren Feind, dem Tod, wieder genommen werden könnten. Ciara hoffte, dass sie niemals ihrem geheiligten Gefährten begegnen würde – oder falls doch, dass er dann zumindest schon an eine andere gebunden war.

Mitzuhelfen, sich um Abigails und Talorcs Zwillinge zu kümmern, die jetzt in ihrem vierten Sommer waren, war schwierig genug. Die Jungen ließen nichts unversucht, um Ciaras Herz zu gewinnen. Sie musste ihre ganze unbeugsame Entschlossenheit aufbieten, um sich nicht zu erlauben, die Zwillinge zu lieben.

Und tief in ihrem Innersten, an einem Ort, den sie nicht einmal zur Kenntnis nehmen wollte, befürchtete sie, dass sie es schon tat … mehr sogar noch, als sie den Drachen fürchtete, der ihren Bruder getötet hatte.

Doch nun schüttelte sie diese Gedanken ab und spähte durch die vom Mond erhellte Nacht, um ihren ersten Blick auf die Éan zu werfen, die sich bald schon ihrem Clan anschließen würden. Sie hätte eigentlich gar nichts von den Éan wissen dürfen. Niemand außer einer kleinen Gruppe Auserwählter hatte Kenntnis davon. Und gerade Ciara verstand besser als die meisten den Grund dafür.

Aber es war nicht ihre Schuld, dass sie viele Dinge wusste, die sie eigentlich nicht wissen dürfte. Selbst ohne das Belauschen.

Ihre Träume und Visionen waren häufiger geworden, seit sie den scharlachroten Drachen Feuer hatte speien sehen.

Und neuerdings machte ihr der *Faolchú Chridhe* sogar noch mehr zu schaffen als die Schreie ihres toten Bruders und das so sinnlos vergossene Blut ihrer Mutter. Ciara schlief nur selten, und wenn sie es tat, dann um zu träumen, und jeder Traum war noch mehr von einem Gefühl der Dringlichkeit geprägt als der vorangegangene. Sie konnte nicht einmal mehr essen, weil dieses Empfinden der Dringlichkeit sie auch im Wachzustand verfolgte, ihr den Magen zusammenkrampfte und sie mit einer Furcht erfüllte, die Ciara nicht verstand.

Sie wusste einfach nicht mehr, was sie tun sollte.

Vielleicht war es ja an der Zeit, jemandem von der Existenz des Wolfssteins zu erzählen. Würde dieses Wissen bei Laird Talorc sicherer sein, als es bei Galen gewesen war? Schmerz durchzuckte Ciara angesichts der Wahrscheinlichkeit, dass es so war.

Galen hatte die Macht des Steins gewollt, um die Éan zu vernichten. Laird Talorc dagegen würde ihnen helfen wollen.

Bei ihren stillen, heimlichen Streifzügen durch die Burg hatte Ciara genug gehört, um zu wissen, dass das stimmte. Sie wusste auch, dass Talorc sich ihrer Gegenwart bewusst war. Er war ein Wolf mit den scharfen Sinnen eines Wolfes, doch er tadelte sie nie. Vielleicht, weil er wusste, dass sie niemanden hatte, dem sie die belauschten Geheimnisse anvertrauen könnte.

Das noch schwache Hufgetrappel mehrerer Pferde ließ Ciara aufblicken und alle Gedanken an Geheimnisse und den *Faolchú Chridhe* vorübergehend in den Hintergrund treten. Eine Gruppe von vielleicht zwanzig Reitern kam in Sicht. Interessiert beobachtete Ciara, wie sie unangefochten näher und näher an die Burg heranritten.

Das mussten die Éan sein.

Sie kamen nahe genug heran, dass Ciaras scharfe Wolfsaugen

die Plaids erkennen konnten, die einige trugen, während andere mit Kleidungsstücken aus gegerbten Tierhäuten und -fellen bekleidet waren.

Der hünenhafte Krieger, der sie anführte, trug etwas, was wie ein lederner Kilt aussah, dazu breite Manschetten an den Handgelenken aus demselben Material und ein Band um den Oberarm, in dem ein gefährlich aussehendes Messer steckte. Sein langes Schwert trug er auf dem Rücken, was an dem über seiner linken Schulter hervorstehenden Schwertgriff zu erkennen war. Das Lederband, an dem die Schwertscheide befestigt war, kreuzte seine ansonsten nackte Brust – eine völlig unbehaarte, aber ausgesprochen muskulöse Brust.

Eine Art Medaillon an einem Lederriemen um seinen Hals schimmerte im Schein des Mondes. Der Krieger trug keine Stiefel, sondern Sandalen, die jedoch den ganzen Fuß umgaben und an den Knöcheln verschnürt waren. Sie sahen fast so aus wie das Schuhwerk der römischen Soldaten der Antike, von denen Ciara in Höhlenwänden eingeritzte Zeichnungen gesehen hatte … damals, als sie mit ihrem Bruder nach dem *Faolchú Chridhe* gesucht hatte.

War dieser Krieger ein Éan? Er war größer als seine Begleiter, ja, mindestens einen Kopf größer als alle anderen Reiter. Er musste ein Hüne sein, wenn er stand, wahrscheinlich sogar noch größer als Niall, der Stellvertreter des Lairds, und mindestens so breitschultrig und muskulös wie er.

So groß hatte Ciara sich die Krieger der Éan nicht vorgestellt. In ihren Träumen waren sie stark, das ja, aber stets von kleinerer Statur als die Faol.

Ihr Bruder hatte auch immer behauptet, die Éan wären die kleinste der Chrechte-Rassen. Galen hatte es voller Spott gesagt, und da Ciara selbst viel kleiner gewesen war als er, hatte sie sich oft gefragt, warum er den Unterschied für so verachtenswert hielt.

Dieser Mann hier war aber keineswegs zu klein geraten, und darüber hinaus besaß er auch noch die majestätische Haltung eines Königs. Wie würde *er* Talorcs Führerschaft hinnehmen?

Würde der hünenhafte Krieger ihren Laird, den Mann, der sich als Ciaras Vater sah, herausfordern?

Ein beängstigendes Gefühl befiel sie, als die fremden Chrechten näher ritten. Kaum einen Meter von der Zugbrücke entfernt, die auf Laird Talorcs Anweisung noch nicht hinaufgezogen worden war, wurden die Gesichtszüge des anführenden Kriegers deutlicher.

Und in einem einzigen langen Ausatmen entwich die Luft, die Ciara unwillkürlich angehalten hatte.

Dieser Mann, der ein Sinclair werden sollte, war ... atemberaubend, obwohl sein Gesichtsausdruck genauso grimmig war wie das Funkeln seiner bernsteinfarbenen Augen. Augen, die selbst im Mondlicht noch von Chrechte-Kräften glühten. Seine Kiefermuskeln waren so angespannt, dass sie wie aus Stein gemeißelt aussahen, und die Haltung seines Nackens und seiner Schultern von einer Arroganz und Starre, die für jedermann Gefahr verhieß, der ihn verärgerte.

Eine sehr ursprüngliche Angst presste Ciara die Brust zusammen, bis sie kaum noch atmen konnte.

Der Krieger hob den Kopf, und ein sogar noch schärferer Blick als ihr eigener richtete sich mit unfehlbarer Zielgenauigkeit auf Ciara. Der Chrechte hätte sie eigentlich gar nicht sehen dürfen, so dicht an die Wand gekauert, wie sie saß, doch sie wusste, dass er es tat. Und er wandte den Blick genauso wenig von ihr ab, wie sie den ihren von ihm lösen konnte.

Noch nie zuvor hatte sie eine solch unmittelbare und intensive Verbindung zu jemandem gespürt. Ihr Wolf flüsterte ein Wort, das sie nicht hören wollte, und Gedanken wirbelten ihr durch den Kopf, die sie sich ihr Leben lang verboten hatte.

Außerstande, den Blickkontakt mit dem Krieger zu unterbrechen, aber auch nicht gewillt zu bleiben, wo sie war, sprang Ciara auf. Die schlaflosen Nächte und die Tage, an denen sie nicht einmal genug gegessen hatte, um einen Spatz, geschweige denn einen Wolf zu ernähren, rächten sich in diesem einen ungemein verwirrenden Moment. Sie geriet ins Schwanken, ihr Körper neigte sich nach vorn …

Ciara fuhr zurück, aber viel zu schnell und heftig, und einer ihrer Füße trat ins Leere.

Es war kaum zu glauben, doch plötzlich und trotz ihrer wölfischen Gelenkigkeit stürzte sie vornüber. Während sie mit den Händen um sich griff, um Halt zu finden, taumelte sie in den Abgrund und schaffte es gerade noch, sich mit einem Finger in dem Gemäuer festzuhaken. Sie versuchte es mit einem zweiten, um sich besser festhalten zu können, doch schon jetzt konnte sie spüren, wie die Kraft sie verließ.

Sie krallte sie noch fester ins Gestein, aber nun begannen die Schnitte und Risse an ihren Fingern zu bluten, und diese Nässe wurde ihr zum Verhängnis. Sosehr sie sich auch anstrengte, sich in den Mauerritzen festzuhalten, sie rutschte an dem Blut ab und stürzte.

Ihr Wolf stieß ein Heulen aus, als sie sich noch im Sturz zu verwandeln versuchte und wider jede Vernunft noch zu überleben hoffte.

Doch es war nicht der harte Boden, der ihren Fall aufhielt. Scharfe Krallen schlossen sich um ihren Körper, warme Schuppen, die sich wie ein lebendiger Kettenpanzer anfühlten, drückten sich an ihr Gesicht, und plötzlich stürzte sie nicht mehr, sondern flog in die Höhe. In den Vorderbeinen eines Drachen!

Das war das Letzte, was ihr gequälter Verstand ertragen konnte, und Ciara begrüßte die Schwärze, die sie überwältigte und verschlang.

Kapitel 2

Der Drachenflügel der Nacht überdeckt die Erde.

Shakespeare

Der Körper der Frau erschlaffte in Eiriks Armen, woran er merkte, dass sie ohnmächtig geworden war.

Wut, geschürt durch eine ihm unerklärliche Besorgnis und die Notwendigkeit, sich in seinen Drachen zu verwandeln, obwohl andere Sinclairs ihn vielleicht beobachteten, erfüllte Eirik, als er mit Ciara in den Armen zu seinen Leuten zurückflog.

Wenigstens war es dunkel, aber der Mond war schon fast voll, und ein scharfäugiger Sinclair könnte nicht umhin, einen Drachen am Himmel über ihrer Festung zu bemerken.

Was hatte dieses verrückte Frauenzimmer sich bloß dabei gedacht, auf diesen hohen Turm zu steigen, statt in der Sicherheit der Burg zu bleiben?

Und was trieb sie überhaupt so spät in der Nacht hier draußen? Da er ihren Wolf riechen konnte, wusste er, dass sie eine Chrechte war. Dachte sie etwa, das bewahrte sie vor im Dunkeln lauernden Gefahren?

Trotz seiner Verärgerung war er jedoch sehr behutsam, als er sie auf dem Gras ablegte, um sie wieder zu sich kommen zu lassen. Er war schon voll angekleidet und schnallte gerade sein Schwert um, als ihre Augenlider flatterten.

Augen, grün wie Smaragde, blickten in sichtlicher Verwirrung zu ihm auf. »Ihr seid ein Drache.«

Eirik bestritt es nicht.

»*Ihr* seid es!« Sie versuchte aufzustehen, war jedoch noch zu schwach dazu und sank wieder ins Gras. »Ihr seid *der Drache*.«

»Und Ihr seid ganz schön ungeschickt für eine Faol.«

Sie schüttelte den Kopf, aber er glaubte nicht, dass es eine Verneinung war. Dunkle Schatten verunzierten die ansonsten makellos helle Haut unter den wundervollen grünen Augen. Das ovale Gesicht der Faol war so schön, dass es schon beinahe schmerzte, sie nur anzusehen. Ihre Schlüsselbeine zeichneten sich unter dieser hellen Haut ab, als hätte sie lange nicht genug gegessen. Und ihre Hände zitterten.

Sorgte Talorc nicht für seine Leute?

Eirik konnte das von dem hochmütigen, aber grundanständigen Chrechte-Laird nicht glauben.

Das Zittern könnte auch einfach nur von Furcht herrühren. Er konnte ihn an ihr riechen, den säuerlichen Geruch der Angst, der weder zu ihrer Schönheit noch zu ihrem Chrechte-Geist passte.

»Mein … ich …«

»Was habt Ihr dort oben auf dem Turm gemacht?«

»Auf Euch gewartet.«

Er warf ihr einen zweifelnden Blick zu. War sie vielleicht tatsächlich ein bisschen … sonderlich? Eirik konnte ihr Erröten spüren, noch bevor ihre alabasterne Haut sich rosig färbte.

»Ich meine, auf euch alle. Ich wollte die neuen Chrechten sehen, die sich unserem Clan anschließen werden.«

»Ihr seid eine Sinclair.« Natürlich war sie das. Sie trug das Karomuster des Clans, auch wenn ihre restliche Kleidung ein bisschen anders war.

Ihr Rock war der gefältelte Schottenrock der Sinclairs, doch dazu trug sie ein vorn geschnürtes schwarzes Mieder über ihrer weißen Bluse und ein kariertes Umschlagtuch um ihre Schultern.

Zu viele Kleidungsstücke für einen Wolf, um sich mit Leichtigkeit verwandeln zu können. Klärte der Sinclair seine Chrechten nicht über die Bedeutung der Schnelligkeit bei der Verwandlung auf? Sie konnte den Unterschied zwischen Leben und Tod ausmachen.

Hätte Eirik sich vorhin nicht fast augenblicklich verwandeln können, wäre sie ein Opfer dieser Langsamkeit gewesen.

»Ich war ursprünglich eine Donegal.«

Ah, dann hatte sie in den Clan eingeheiratet. Wieso diese Erkenntnis seinen Drachen dazu brachte, Feuer speien zu wollen, wusste Eirik nicht.

»Und nun seid Ihr eine törichte Sinclair, die es nicht besser weiß, als ihre neugierige Nachtwache ganz oben auf einem Turm zu halten. Ihr seid kein Vogel, der sich durch eine Verwandlung retten kann.«

Offenbar gekränkt von seinen unverblümten Worten, zogen ihre Augenbrauen sich zusammen, und sie runzelte die Stirn. Ihr Pech. Jemand hätte ihr früher schon einmal die Meinung sagen sollen.

»Euer Ehemann hat seine Pflicht versäumt, Euch zu beschützen.« Und genau das würde Eirik diesem Narren auch sagen, wenn er ihm begegnete.

»Ich habe keinen Ehemann.«

»Wie kommt es dann, dass Ihr eine Sinclair seid, obwohl Ihr eine Donegal wart?« Nur sein jüngerer Cousin würde sich unterstehen, Eiriks Gespräch mit der Sinclair'schen Wölfin zu unterbrechen.

Ciara wandte den Kopf, um Fidaich ansehen zu können. »Ich kam zu den Sinclairs, nachdem dein Prinz meinen Bruder und meine Mutter umgebracht hatte«, sagte sie zu dem jungen Mann.

Leise Ausrufe und ein Raunen gingen durch die Gruppe von Eiriks Begleitern. Also hatten sie die Beschuldigung der fremden Frau gehört.

Fidaich ergriff ihren Arm und schüttelte sie. »Das nehmt Ihr zurück! Mein Cousin ist kein Mörder wie die Faol.«

Eiriks Drache knurrte.

»Nicht alle Wölfe sind Mörder«, wies Fidaichs Mutter ihn zurecht, die sich der prekären Stimmung des Drachen offensichtlich nicht bewusst war.

Aber die Sinclair'sche Frau und Fidaich würdigten Eiriks Tante keines Blickes und starrten einander böse an.

»Lass sie los!«, befahl Eirik in einem Ton, den niemand, der auch nur einen Funken Verstand besaß, zu ignorieren gewagt hätte.

Und auch Fidaich gehorchte, blickte jedoch verärgert und enttäuscht zu seinem Cousin auf. »Sie darf nicht solch falsche Beschuldigungen gegen dich erheben.«

»Sie sind nicht falsch.« Die Stimme der Frau war von absoluter Sicherheit geprägt, aber schlimmer noch war der tiefe Schmerz, der auch darin mitschwang.

Eirik gefiel das gar nicht.

Und Fidaich ebenfalls nicht. »Das sind sie.«

»Sind sie nicht.«

Eirik verdrehte die Augen. *»Fidaich.«*

Ein Wort nur, aber sein Vetter gab Ruhe. Eirik suchte den jetzt anklagenden Blick der Frau. Ihre Furcht hatte nicht nachgelassen, doch nun war sie mit Zorn und Schmerz vermischt.

»Erklärt mir, was Ihr meint!«, forderte er sie auf.

»Ihr habt meinen Bruder mit Eurem Feuer getötet, und meine Mutter nahm sich deswegen das Leben. Folglich habt Ihr beide ermordet.«

Sein Drache hatte bislang nur zwei Männer auf diese Weise

getötet. Und einer war also der Bruder dieser Frau gewesen. Doch wie konnte sie das erfahren haben?

»Das war kein Mord. Er hat nur Canaul und mich beschützt«, knurrte Fidaich, der sich einfach nicht heraushalten konnte.

Die Frau erschrak. »Du warst einer der Jungen, denen Luag etwas antun wollte?«

»Euer Bruder war dieser Luag?«, fragte Eirik, bevor Fidaich etwas erwidern konnte.

Der blanke Abscheu, der auf dem Gesicht der Frau erschien, beantwortete Eiriks Frage schon, bevor sie sie vehement verneinte.

»Der andere also?«

»Sein Name war Galen. Er war ein guter Bruder.«

»Aber kein guter Chrechte.«

Betreten senkte sie den Blick und brachte seinen Drachen fast zum Niesen mit dem beißenden Geruch ihrer Beschämung. »Er war getäuscht worden von jenen, die er für Freunde hielt.«

»Er hätte zugelassen, dass sein Freund ein Kind ermordete.«

»Und so habt Ihr ihn getötet.«

»Ich wusste nicht, dass er weniger gefährlich war als der Mann, der meinen Cousin mit erhobener Faust bedrohte.«

»Aber das war er.«

»Ich konnte es nicht riskieren.« Nicht, dass er das auch nur bedacht hätte.

»Ihr habt sie beide zu Asche verbrannt.«

»Aye.«

»Ich habe Luags Überreste im Wald als stilles Örtchen für die Tiere liegen lassen«, sagte sie in einem Ton, als gäbe sie etwas zu, das niemand sonst wusste.

Eiriks Meinung nach hatte sie genau das Richtige getan. »Etwas anderes hatte dieser potenzielle Kindermörder auch nicht verdient.«

Die Frau nickte, und er half ihr auf die Beine, weil er es einfach nicht ertrug, sie noch länger so hilflos im Gras sitzen zu lassen. »Und Ihr habt mich gesehen.«

»Ja.« Sie entzog sich ihm, sobald sie stand.

»Wie?«

Sie schwankte ein wenig, schien sich aber durch pure Willenskraft aufrecht zu halten. »Spielt das eine Rolle?«

»Ja – falls Ihr in der Lage wart, den Jungen zu helfen, und Euch entschieden habt, es zu unterlassen.« Er wusste, dass nicht alle Faol schlecht waren, doch der Gedanke, dass diese Frau so ehrlos gehandelt haben könnte, verkrampfte ihm den Magen und verursachte ihm Übelkeit.

»Ich wollte eingreifen, doch Ihr wart zu schnell da.«

»Gerade schnell genug, um zu verhindern, dass Luag meinen Cousin mit einem einzigen Faustschlag umbrachte.«

»Ich wollte ihn in Wolfgestalt angreifen.«

»Ihr habt aber zu lange gezögert. Wenn ich Euch nicht sehen konnte, hättet Ihr Fidaich nicht rechtzeitig erreichen können.« Eirik gab sich keine Mühe, den Tadel in seiner Stimme abzumildern.

Diese Frau beschuldigte ihn, durch sein Eingreifen nicht nur ihren Bruder, sondern auch ihre Mutter umgebracht zu haben. Dabei hatte er Fidaich und Canaul schützen müssen. Er würde auch heute kein Erbarmen haben, was die Umstände des Todes ihres Bruders anging. Chrechten vergriffen sich nun mal nicht an Kindern.

Und niemand sollte untätig dabeistehen, wenn es einer dennoch tat.

»Der Einzige, der an jenem Tag jemanden umgebracht hat, wart Ihr.«

»Wäre es Euch lieber, wenn ich meinen Cousin der nicht vorhandenen Gnade Eures Luag überlassen hätte?«

»Er war nicht ›mein‹ Luag.«

Doch Eirik hörte schon nicht mehr zu, und es interessierte ihn auch nicht, wie viel Abscheu sie bei jeder Erwähnung von Luags Namen erkennen ließ. Er hatte von dieser Wölfin genug gehört, die ihn des Mordes beschuldigte, während sie selbst tatenlos dabeigestanden und zugesehen hatte, wie Éan'sche Kinder bedroht wurden.

Er schwang sich wieder in den Sattel seines Pferdes und trieb es mit den Fersen an. Die Sinclair'sche Wölfin konnte laufen. Die Brücke zur Festung war nahe genug.

Trotzdem war Eirik gar nicht überrascht zu hören, dass Lais der Frau eines der reiterlosen Pferde anbot. Als Heiler seiner Leute war der Adler-Gestaltwandler der Einzige mit der nötigen Autorität, um dies ohne Eiriks Erlaubnis entscheiden zu können.

Lais musste gesehen haben, wie schwach die Frau war und wie sie schwankte, und hatte wohl beschlossen, Mitgefühl mit ihr zu zeigen.

Ihre leisen Worte der Zustimmung und des Dankes erreichten Eiriks Ohren, bevor er sein Pferd zu einem Galopp antrieb.

Ohne die tadelnden Blicke der anderen zu beachten, half Lais Ciara auf Eiriks zweites Pferd. Es war das einzige, das gut genug zugeritten war, um sicher sein zu können, dass es die noch immer schwankende Frau nicht abwerfen würde.

»Ich bin Lais. Ich weiß nicht, ob du dich an mich erinnerst, Ciara, aber ich war auch einmal ein Donegal.«

»Du kennst meinen Namen?« Sie blickte ihm prüfend ins Gesicht, bis Erkennen in ihren grünen Augen aufleuchtete. »Und du bist hier bei den Éan? Aber du warst ein Freund von Rowland. Und von Wirp.«

»Ich war nie ihr Freund.« Auch wenn er einmal dazu verleitet worden war, es selbst zu glauben.

Sie dachte einen Moment darüber nach und nickte dann ganz leicht. »Wie mein Bruder wurdest du getäuscht.«

»Ja.« Und genau das war der Grund dafür, dass Lais von allen Éan wahrscheinlich der Einzige war, der verstand, wie Ciara einen Mann verteidigen konnte, der tatenlos dabeigestanden hatte, als Chrechte-Kinder bedroht wurden.

Er war aber auch einer der wenigen Chrechten, vielleicht sogar der Einzige außer dem Prinzen selbst, der wusste, welch hohen Tribut jener Tag im Wald von Eiriks Seele gefordert hatte. Und wie sehr Ciaras Beschuldigungen ihm zu schaffen gemacht haben mussten.

»Erinnerst du dich an meinen Bruder?«, fragte sie leise.

»Ich kannte ihn nicht gut. Er war die meiste Zeit mit Luag zusammen, oder manchmal auch mit Wirp.«

»Ja.«

»Er hätte dich mit Luag verheiratet.« Und eine verdammte Schande wäre das gewesen! Luag war ein sadistischer, ehrloser Hund gewesen, der den Wolf, der seine Seele teilte, nicht verdient hatte.

»Das kannst du doch gar nicht wissen.« Aber Ciaras Ton besagte, dass ihr klar war, dass er recht hatte. Der von ihr ausgehende Geruch nach Kummer und Trauer erzählte seine eigene Geschichte.

Lais wünschte jetzt, er hätte sie nicht an die anderen Fehler ihres Bruders erinnert, als er sagte: »Du hast nie jemandem von dem Drachen erzählt.«

»Nein.«

»Wie hast du dann das Verschwinden deines Bruders und seines Freundes erklärt?«

»Ich habe allen gesagt, Luag hätte Galen in Gefahr gebracht und beider Tod verursacht. Es war schließlich die Wahrheit, und die Chrechten unseres Clans konnten das riechen. Ich überdeckte die Lüge in meinem Geruch, als ich ihnen erzählte, ich hätte selbst zwei Scheiterhaufen für sie errichtet und sie verbrannt, wie es sich gehörte.«

»Das kannst du? Etwas in deinem Geruch überdecken, meine ich?«

»Ja.«

»Von solchen Fähigkeiten habe ich nie zuvor gehört.«

»Andere in meiner Familie hatten ähnliche Talente.«

Das bezweifelte er nicht, doch er konnte nicht umhin, Erleichterung über den Tod ihres Bruders zu empfinden. Ein Wolf, der die Éan hasste, aber die Fähigkeit besaß, eine Lüge zu verschleiern? Er hätte auf eine Art und Weise Unheil anrichten können, mit der selbst Rowland nicht hätte mithalten können.

»Euer Prinz hat meinen Bruder getötet.«

»Aber er ist kein Mörder.«

Darauf antwortete sie nicht, doch dass sie auf Einwände verzichtete, war beredt genug.

»Wieso wusstest du, dass er unser Prinz ist?«

»Wie könnte er etwas anderes sein?«, entgegnete Ciara in einem Ton, der besagte, dass sie seine Intelligenz anzweifelte, er jedoch nicht die ihre infrage stellen sollte.

Lais lachte. »Du bist ein hochnäsiges kleines Ding geworden, was?«

»Das war nicht meine Absicht.«

»Deiner auffallend grünen Augen wegen hatte ich schon immer die Vermutung, dass du und deine Mutter Abkömmlinge des Faol'schen Königshauses wart.«

»MacAlpin tötete alle unsere Angehörigen von königlichem Blut.«

»Nur diejenigen, bei denen in der Erbfolge die weibliche Linie ausschlaggebend war.«

»Das spielt keine Rolle, da der Sinclair Schottlands König anerkennt. Unter den Faol zur Aristokratie zu gehören kann also nicht so wichtig sein.«

Nachdem er gesehen hatte, was die königliche Familie der Éan für ihre Leute tat, war Lais nicht so sicher, ob er da nicht anderer Meinung war. Außerdem hatte der schottische König weit weniger Einfluss in den Highlands als bei den Schotten des Flachlandes. »Laird Sinclair beugt sich König David nur, wenn er will.«

»Er ist ein Highland-Laird und zudem ein Chrechte.« Ciara schenkte Lais ein Lächeln, das ihm verriet, dass er der Sache näher kam. »Wie könnte es da anders sein?«

Er lachte. »Du hast recht; das könnte es tatsächlich nicht.«

»Und dein Prinz? Hat er vor, sich Laird Talorc zu unterwerfen?« Diesmal schwang aufrichtige Besorgnis in Ciaras Stimme mit.

»Als Clan-Führer ja.«

»Und als Rudelführer?«

»Nur Wölfe leben in Rudeln. Bei Vögeln sind es Schwärme, und die unseren kennen keine Clan-Grenzen.«

»Das wird nicht leicht sein.«

»Eirik ist sich dessen durchaus bewusst.« Anya-Gra hatte es den Prinzen nicht vergessen lassen und bis zum letzten Moment Bedenken geäußert, bevor die Éan in drei Gruppen den Wald verließen, von denen jede eine andere Richtung nahm.

»Warum nennst du ihn nicht den Prinzen?«

»Weil ich sein Freund bin.«

Ciara schrak zurück.

Lais seufzte. »Eirik ist kein Mörder.«

»Das ist deine Meinung.«

»Und wenn du genauer nachdenkst, auch die deine.«

»Danke, dass du mir sagst, was ich tief im Innern denke.«

»Ich kann verstehen, dass du glauben willst, diejenigen, die dir am Herzen lagen, seien gut gewesen … und ich weiß, wie es ist, die Einsicht akzeptieren zu müssen, dass sie es nicht waren.«

»Mein Bruder *war* gut. Er wurde nur getäuscht.«

»Gefällt dir dein Leben bei den Sinclairs?«, wechselte Lais das Thema, weil er diese Diskussion nicht weiterführen wollte.

Denn möglicherweise hatte sie sogar recht. Er wusste, wie es war, getäuscht zu werden. Hätte ihr Bruder seine Denkweise geändert, wenn er mit der Wahrheit konfrontiert worden wäre? Es gab in der Gewalttätigkeit der Vergangenheit keine Antwort auf dieses Dilemma.

»Laird Talorc und Abigail sind sehr nett zu mir gewesen.«

»Du lebst bei dem Laird?«, fragte Lais mit Erstaunen und einem Anflug von Humor, den er nicht einmal zu verbergen versuchte.

Denn auch Eirik hatte zugestimmt, auf der Burg zu leben, bis die Éan erfolgreich im Clan eingegliedert waren.

»Ich habe ein Zimmer neben dem ihrer Kinder.«

Das war eine interessante Art, es darzustellen. Sie hätte sagen können, dass sie zur Familie gehörte – oder wie eine Familienangehörige behandelt wurde –, doch das vermied sie.

Vermutlich machte es Lais zu einem schlechten Freund, aber er konnte nicht umhin, sich darauf zu freuen, mit Eirik und Ciara unter einem Dach zu leben.

Denn da war etwas. Lais hatte noch nie gesehen, dass Eirik sich in Gegenwart seiner eigenen Leute so schnell verwandelt hatte – und schon gar nicht in einen Drachen.

Der Prinz hielt seinen Drachen geheim, und Lais war ziemlich sicher, dass er vermutlich der einzige Éan war, der den Grund dafür verstand.

Alle anderen spekulierten, dass es etwas mit der Macht oder dem Stolz des Drachen zu tun hatte, doch Lais wusste, dass Eirik seinen Drachen ebenso sehr fürchtete, wie er ihn bejahte. Einen anderen Chrechten zu Asche zu verbrennen war keine leichte Bürde für das Gewissen.

»Eirik hat deinen Bruder getötet, um die Kinder unserer Rasse zu beschützen, aber er hat auch dir heute Nacht das Leben gerettet. Willst du das in deiner Verbitterung unbeachtet lassen?«

Ciara fuhr so heftig zusammen, dass sie fast vom Pferd fiel, doch dann schüttelte sie den Kopf. »Nein. Natürlich werde ich mich bei ihm bedanken.« Ein kurzes Schweigen folgte. »Und ich bin auch nicht verbittert.«

»Gut.« Lais dachte über das Nächste nach, was er ihr zu sagen hatte. »Du kannst ihm deine aufrichtige Dankbarkeit beweisen, indem du das Geheimnis des Drachen auch weiterhin für dich behältst.«

»Laird Talorc weiß nicht, dass Eirik ein Drache ist?«, fragte Ciara mit wild pochendem Herzen.

»Er schon, andere hingegen nicht. Es ist ein sorgsam gehütetes Geheimnis.«

»Wegen Faol wie Wirp und Luag.«

»Aye.«

»Vielleicht würde die Neuigkeit, ein solches Wesen unter ihnen zu haben, sie abschrecken.«

»Oder Eirik zur größten Zielscheibe für sie alle machen.«

»Ich werde sein Geheimnis nicht verraten.«

»Danke, Ciara.«

Sie schwieg, bis sie in den unteren Burghof einritten, wo sie von niemand anderem als dem Nachtwächter empfangen wurden, der in gedämpftem Ton mit Eirik sprach, bevor er dann einen jungen Soldaten zur Burg hinüberschickte.

Eiriks Leute waren alle abgesessen und hielten ihr Hab und Gut bereit, als der Sinclair den Hügel von der Burg herunterkam. Sein

Haar war zerzaust, als wäre er aus dem Bett geholt worden, und er trug nur ein Schwert und seinen Kilt.

Dennoch lächelte er. »Ich bin froh, dass du und deine Leute es endlich hergeschafft habt.« Als guter Freund, der er war, streckte der Sinclair die Arme aus und zog Eirik zu einer unter Kriegern üblichen Umarmung an sich.

Eirik erwiderte die Geste, bevor er zurücktrat. »Ich wollte dich nicht aus dem Bett holen.«

»Das kommt vor«, antwortete der Sinclair mit dem lässigen Schulterzucken, das Abigail, die Frau des Lairds, unendlich ärgerte, wie Eirik wusste.

»Wir wollten eigentlich außerhalb der Mauern lagern.« Eirik ließ einen leichten Tadel in seine Stimme einfließen. »Aber dann sah ich, dass die Zugbrücke noch unten war, und überlegte es mir anders.«

Das Lächeln des Sinclair war ausgesprochen selbstzufrieden. »Ich hatte im Gefühl, dass ihr heute Nacht erscheinen würdet.«

»Die Sicherheit deiner Leute ist wichtiger als ein paar kleine Unannehmlichkeiten für uns.«

Statt Anstoß an Eiriks eindeutiger Kritik zu nehmen, grinste Talorc nur noch breiter. »Ihr seid jetzt alle meine Leute. Abigail bestand darauf, dass ihr euch bei herabgelassener Zugbrücke *willkommener* fühlen würdet.«

»Du lässt dir von deiner Gemahlin Vorschriften in Sicherheitsfragen des Clans machen?«, gab Eirik sichtlich schockiert zurück.

»Du kennst doch Abigail.« Aber da war etwas in der Stimme des Sinclair … und dann warf er einen Blick über Eiriks Schulter.

Als auch Eirik den Kopf wandte, sah er eine Gruppe von Kriegern in den unteren Burghof kommen, während das knarrende Geräusch der sich erhebenden Zugbrücke zu hören war.

»Aha. Du hattest also Wachen außerhalb der Burg.«

»Natürlich.«

Eirik hatte Mühe, nicht zu lächeln. »Es scheint, dass dein Leben voller eigenwilliger Frauen ist, du aber im Großen und Ganzen weißt, wie du mit ihnen umgehen musst.«

»Frauen?«, entgegnete Talorc mit einem verwirrten Stirnrunzeln, das zu einem finsteren wurde, als er *alles* zu begreifen schien, was Eirik gesagt hatte. *»Im Großen und Ganzen?«*

Eirik zeigte auf die Frau, die Lais mit dem Namen Ciara angesprochen hatte. Der Prinz hatte gehört, wie sie Lais erzählt hatte, sie lebte innerhalb der Burg. Und ihm war auch nicht die Belustigung seines Stellvertreters über diese Tatsache entgangen.

»Was zum Teufel macht Ciara mitten in der Nacht hier unten?«, brüllte der Sinclair plötzlich.

Die besagte Frau erschrak und biss sich auf die Lippe, bevor sie ihrem Laird ein bisschen betreten zuwinkte. Der Sinclair sah gar nicht amüsiert aus, doch er wirkte auch nicht besonders überrascht.

Eirik bezweifelte, dass Talorc den Rest der Heldentaten seines Mündels so gelassen hinnehmen würde. »Eine bessere Frage wäre vielleicht, was sie oben auf dem Westturm machte?«

Ciara, die die Worte offensichtlich gehört hatte, obwohl sie ein paar Meter entfernt stand, funkelte Eirik an, als hätte er ihr bestgehütetes Geheimnis verraten. Aber auch er ließ sein Missfallen in dem Blick erkennen, mit dem er ihren erwiderte.

Falls sie erwartet hatte, dass er ihr gefährliches Treiben vor ihrem Laird verheimlichen würde, war diese Frau nicht nur verblendet, was ihren Bruder anbelangte, sondern schlicht und einfach dumm.

Die Augen des Sinclair begannen mit der Wildheit des Wolfs zu glühen, und der Geruch seiner Verärgerung war so stark, dass Eirik nicht sicher war, ob der Leitwolf seines neuen Rudels sich nicht hier und jetzt verwandeln würde. Sogar Eiriks eigener Drache brüllte nach einer Chance freizukommen.

»Ciara war *auf* dem Turm?«, fragte Talorc gefährlich ruhig.

»Bis sie herunterfiel.«

Talorc bat Eirik nicht, das Gesagte noch einmal zu wiederholen. Er erkundigte sich auch nicht, wie Ciara in einem Stück und unverletzt in den unteren Burghof gelangt war. Er drehte sich nur zu dem Turm um und brüllte einen Männernamen.

Sekunden später kam eine Wache herbeigerannt, atemlos und bleich vor Furcht. »Ja, Laird?«

»Meine Tochter war oben auf deinem Turm.«

»C-Ciara, Herr?«

»Habe ich noch eine andere, von der ich nichts weiß?«

»Nein, nein, natürlich nicht, Laird. Es ist nur so, dass ich nicht ... Sie hat nicht ... Wie ist sie ...« Sichtlich überfordert von zu vielen Fragen und ohne Antworten zu haben, die sein Laird gelten lassen würde, stockte der Wachsoldat. »Wie ist sie da heruntergekommen, Sir?« Der bedauernswerte Wachsoldat war dumm genug, aus ausgerechnet dieser Frage seinen einzigen vollständigen Satz zu bilden.

»Sie ist gefallen.«

Kummer vermischte sich mit Furcht, und der Wachsoldat sank auf die Knie. »Das tut mir schrecklich leid, Herr«, sagte er und hielt ihm den ungeschützten Nacken hin, um seine Strafe entgegenzunehmen, welche auch immer er erwartete.

»Sie lebt noch.« Der Sinclair schüttelte den Kopf, noch immer voller Wut, aber auch schon mit einer gewissen Resignation.

Eirik zog fragend eine Augenbraue hoch.

Der Laird seufzte und klang alles andere als glücklich, als er sagte: »Sie ist viel zu geschickt darin, ihren Duft zu verschleiern.«

»Sie ist hinterlistig.«

»Aye.« Das klang jetzt stolz, trotz Talorcs Ärger.

»Und wie kommt es, dass sie überlebt hat?«, wollte der Wachsoldat beklommen wissen.

Talorcs Wut richtete sich erneut auf den noch vor ihm knienden Mann. »Unser neuer Clan-Angehöriger hat sie gerettet.« Sein Ton und Verhalten besagten, dass es gar nicht erst dazu hätte kommen dürfen.

Der Wachposten schien sich dessen in seinem Schock jedoch nicht einmal bewusst zu sein. Der bewundernde, ja ehrfürchtige Blick, den er Eirik zuwarf, überraschte diesen, doch nicht so sehr wie der Geruch der Dankbarkeit, den der junge Wolf verströmte. Er verneigte sich vor Eirik. »Ich danke Euch.«

»Hast du ein persönliches Interesse an der Tochter des Lairds?«

Die Augen des Wachpostens weiteten sich vor Furcht, als er zuerst seinem Laird einen raschen Seitenblick zuwarf und dann dem blonden Hünen, der sich schweigend zu ihnen gesellt hatte, während Eirik dem Sinclair von den Abenteuern seiner Adoptivtochter erzählt hatte. Niall, Talorcs Stellvertreter, starrte den jungen Wachposten mit tödlicher Bedrohung in den Augen an.

Der junge Wolf schüttelte vehement den Kopf. »Nein, es ist nur so, dass sie bei vielen in unserem Clan sehr beliebt ist.«

Niall und der Sinclair nickten, aber Eirik bemerkte, dass beide dem Wachsoldaten den gleichen warnenden Blick zuwarfen.

Kapitel 3

Wir träumen von einem Morgen,
das morgen ebenso fern sein wird,
wie es heute ist.

Lope de Vega

Der Sinclair entließ seine Wache mit der Anweisung, ihre Arbeit künftig besser zu machen oder aber zu riskieren, die Zeugungsfähigkeit zu verlieren.

Der Wolf hatte sehr gut verstanden, wie an dem sauren Geruch nach Wahrheit und Furcht zu erkennen war, den er beim Gehen hinterließ.

Talorc ergriff nach Art der Krieger Eiriks Unterarme und drückte sie. »Danke, dass du meine Tochter gerettet hast!«

»Sie ist jetzt eine Familienangehörige.«

»Aye.«

Der Gegenstand ihrer Unterhaltung wählte just diesen Moment, um zu ihnen herüberzukommen. Ciara blickte zu dem Mann auf, der sich ihr Vater nannte. »Laird Talorc, ich möchte mich für den Ärger entschuldigen, den ich verursacht habe.«

Eirik war überrascht zu sehen, wie schnell der Sinclair seinen Zorn verbarg und wie freundlich seine Miene wurde. »Schon gut, Ciara. Ich weiß, dass du niemandem Kummer bereiten wolltest.«

»Ganz sicher nicht. Ich dachte, ich könnte ungesehen zur Burg zurückkehren und niemand würde etwas bemerken.«

Das sollte ihren Laird beschwichtigen? Ihre Hoffnung, damit durchzukommen und daher niemanden zu beunruhigen?

»Ich sah Euch«, erinnerte Eirik sie. »Und andere könnten Euch genauso gut gesehen haben.«

»Nein, das konnten sie nicht«, widersprach sie freundlich, aber entschieden und in viel zu selbstsicherem Ton.

»Das könnt Ihr nicht wissen.«

Sie zuckte nur mit den Schultern, und die Geste war der ihres Stiefvaters so ähnlich, dass Eiriks Mundwinkel sich zum Anflug eines Lächelns verzogen. Doch dann kam ihm schlagartig eine Erkenntnis: Sie konnte sich nur aus einem Grund so sicher sein!

»Ihr wart schon vorher dort oben. Viele Male. Und seid nie dabei erwischt worden.«

Sie funkelte ihn böse an, und diesmal ließ ihr Gesichtsausdruck keinen Zweifel daran, dass sie nicht damit gerechnet hatte, dass die Wahrheit ans Licht kommen würde. Der nervöse Blick, den sie Talorc zuwarf, besagte auch nichts anderes.

Der Laird runzelte die Stirn, und etwas von seiner Verärgerung durchdrang die Luft um sie herum, während auch seine Haltung ein wenig von ihrer Nachsicht und Geduld verlor. »Ist das wahr?«

Ciara biss sich auf die Lippe, als überlegte sie, ob sie die Wahrheit sagen sollte oder nicht. Wie interessant, dass sie auch nur in Betracht zog, den Leitwolf ihres Rudels – und den Laird und Clan-Chef – zu belügen! Dachte sie etwa, sie würde so ungestraft davonkommen? Oder konnte sie noch mehr, als ihren Duft zu verbergen?

Schließlich nickte sie. »Es ist so ruhig und friedlich dort.«

»Ciara!« Neben der Verärgerung in Talorcs Stimme schwangen nun auch Überdruss und Abgespanntheit darin mit. »Ich werde es Abigail erzählen müssen. Sie wird vor lauter Sorge die Hände ringen. Und weinen, Ciara.«

Der Laird ließ es so klingen, als wäre ein solches Vorkommnis der denkbar schlimmste Ausgang.

Und Ciaras Reaktion nach zu urteilen, stimmte sie mit dieser Einschätzung auch überein. »Nein, bitte nicht! Ihr dürft es ihr nicht sagen! Sie sorgt sich auch so schon viel zu sehr.«

»Sie liebt dich.«

Ciara schüttelte den Kopf. Und wie schon zuvor hatte Eirik den Eindruck, dass sie damit nicht Talorcs Worten widersprach, sondern deren Auswirkung auf sich selbst zu leugnen versuchte. »Bitte, Laird!«

»Versprich mir, dass du es nicht wieder tust, und ich werde Abigail nichts erzählen. Weil ich dann weiß, dass sie sich keine Sorgen mehr zu machen braucht, da das Problem nicht länger existiert.«

Eirik fragte sich, wie Talorc verhindern wollte, dass seine Frau von anderen davon erfuhr, doch dann erkannte er, dass das vermutlich gar nicht in Laird Talorcs Absicht lag. In Wahrheit verließ er sich wahrscheinlich sogar darauf, dass irgendjemand sich verplapperte.

»Ich verspreche es.«

»Was versprecht Ihr?«, fragte Eirik, als Talorc auf keine genauere Erklärung drängte.

Wieder starrte Ciara ihn wütend an.

Doch damit konnte sie Eirik nicht beeindrucken. Ruhig wartete er auf ihre Antwort.

Der Sinclair warf ihm einen respektvollen Blick zu und betrachtete dann erwartungsvoll seine Adoptivtochter.

Ciara runzelte die Stirn, aber dann sagte sie: »Nicht mehr auf den Westturm hinaufzuklettern.«

Talorc lächelte und nickte zufrieden.

Eirik schüttelte nur den Kopf. Obwohl Talorc ein kluger Mann war im Umgang mit seinen eigenwilligen Frauen, war trotzdem nur allzu offensichtlich, dass er sein Leben nicht mit einer Schwester wie Sabrine verbracht hatte.

»Versprecht, dass Ihr auch nicht auf die anderen Türme steigen werdet!«, verlangte Eirik.

»Wer seid Ihr, um mir Vorschriften zu machen?«, versetzte Ciara mit vor Wut ganz rauer Stimme.

Ein scharfes Ziehen durchzuckte Eiriks Lenden, über das er so unglaublich überrascht war, dass er fast geantwortet hätte. Er war kein unerfahrener Mann, aber noch nie zuvor hatte eine Frau eine derart starke Anziehung auf ihn ausgeübt, dass sie ihn allein schon mit dem Klang ihrer Stimme erregen konnte.

Ihn *erregen?* Diese Frau, die ihn einen Mörder genannt hatte? Das war völlig inakzeptabel. Unmöglich. Unvertretbar.

Und dennoch hatte er sich kaum die eitle Feststellung verkneifen können, dass er der Prinz seines Volkes war und von ihr verlangen konnte, was er wollte, als Talorc das Wort ergriff:

»Ich bin mir sicher, dass du mit deinem Versprechen *alle* Türme meintest, Ciara, doch es würde uns beiden guttun, es dich aussprechen zu hören. Oder zumindest Abigail zuliebe.«

Ciara richtete ihren Blick auf ihren Adoptivvater, und für einen Moment flackerte Überraschung in seinen Augen auf, bevor ein Lächeln über seine Züge glitt, dessen Quelle Eirik nicht verstehen konnte.

»Natürlich«, sagte Ciara mürrisch. »Ich verspreche, auf *keinen Turm* mehr hinaufzuklettern.«

Niall brach in Gelächter aus, und als Ciara ihn strafend ansah, lachte er noch lauter. »Ich glaube, dass es mir gefallen wird, Eirik in unserem Clan zu haben«, sagte der Stellvertreter des Lairds.

Ciara sah nicht so aus, als wäre sie der gleichen Meinung. Kein bisschen, aber das war ja auch nicht überraschend, oder?

Schließlich machte sie ihn nicht nur für den Tod ihres niederträchtigen Bruders, sondern auch für den ihrer Mutter verantwortlich.

Ciara schob ihren Bierkrug ein wenig nach links und dann wieder an seinen ursprünglichen Platz neben ihrem Teller. Eine sanfte weibliche Hand legte sich auf ihren Arm, und Ciara hielt inne und blickte auf.

Abigail runzelte nachdenklich die Stirn, ihre hellbraunen Augen waren ganz dunkel vor Besorgnis. »Ist alles in Ordnung? Geht es dir gut?« Die Frau des Lairds war zwar gehörlos, verstand es jedoch hervorragend, von den Lippen zu lesen.

»Natürlich.« Aber es ging ihr *nicht* gut. Seit der Drache erschienen war, um sich ihrem Clan anzuschließen, hatte Ciara sich nicht mehr wohlgefühlt.

Nicht nur, weil er seltsame Empfindungen in ihr weckte, die sie bisher nicht gekannt hatte, sondern auch, weil sie besorgt war wegen seiner Zukunftspläne als Mitglied ihres Clans.

Laird Talorc und er schienen zwar gute Freunde zu sein, doch Ciara konnte dennoch ihre Ängste nicht verdrängen, dass Eirik versuchen würde, die Macht über den Clan an sich zu reißen. Immerhin war er ein Drache und sehr viel mächtiger als ein Wolf, auch wenn dieser so überlegen war wie Laird Talorcs Wolf.

In der einen Woche, seit Eiriks Leute sich dem Clan angeschlossen hatten, schien dieser Mann eine zunehmend wichtigere Rolle in der Leitung der Dinge zu spielen. Und Laird Talorc in seiner Arroganz ließ nicht das geringste Anzeichen von Besorgnis darüber erkennen.

Selbst Guaire besprach sich mit Eirik, bevor er zu seinem Laird ging, wenn er den Éan und Menschen, die mit ihnen gekommen waren, Aufgaben und Pächterkaten zuwies. Ciara hatte Niall darauf angesprochen, doch er hatte ihr nur eins seiner seltenen

Lächeln geschenkt und gesagt, sie solle sich keine Sorgen machen, es sei alles so, wie es sein sollte. Niall behauptete, dass die Loyalität seines Freundes Guaire immer zuerst und vor allem dem Sinclair gelten würde.

Was Ciara ihm gern glaubte, aber das würde ja wohl keine Rolle mehr spielen, falls Laird Talorc im Duell mit einem Drachen fiel! Deshalb war Ciara besorgt. Auch wenn sie es nicht sein wollte und es vorgezogen hätte, wenn ihr das alles egal gewesen wäre.

»Du bist so unruhig«, bemerkte Abigail mit ihrer sanften Stimme, die nur eine einzige Tonlage zu haben schien.

Ciara achtete darauf, dass die Frau des Lairds ihr Gesicht sah, um ihr Gelegenheit zu geben, von ihren Lippen abzulesen, als sie erwiderte: »Ich bin nicht hungrig.«

»Das bist du nie, aber trotzdem musst du essen.« Der strenge Ausdruck auf Abigails sonst immer so freundlichem Gesicht erlaubte keinen Widerspruch.

Und Ciara widersprach auch nicht. Sie hatte so viele Mahlzeiten wie nur möglich vermieden, seit der Drache in der Festung eingezogen war und begonnen hatte, den erhöhten Tisch zu teilen. Heute Abend waren ihre Absichten jedoch vereitelt worden. Talorc selbst hatte sie vor dem Essen im Großen Saal gesucht und ihr verboten, heute mit den Kindern zu speisen, wie sie es so oft zu tun vorgab.

Er bestand bei diesem Abendessen auf ihrer Gegenwart am erhöhten Tisch, und nachdem sie sieben Jahre bei seiner Familie wie eine der ihren gelebt hatte, konnte Ciara sich unmöglich weigern.

»Ich muss nicht für zwei essen«, entgegnete sie nun Abigail, um ihre Adoptivmutter wissen zu lassen, dass sie sich ihres erfreulichen Geheimnisses bewusst war.

Abigail errötete vor Freude. »Ich erwarte ein Kind? Ich hatte es gehofft, doch es war noch zu früh, um sicher sein zu können.«

»Soll das heißen, Talorc weiß noch nichts davon?«

Abigail schüttelte den Kopf. »Er wusste es auch bei den Jungen nicht. Niall fand es als Erster heraus. Ich dachte, er und sein Zwillingsbruder Barr wären die einzigen Wölfe mit einem solch starken Geruchssinn.«

»Dein Duft hat sich bisher noch kaum verändert.«

»Wie kannst du es dann wissen?«

Ciara versuchte abzuwägen, was ihr wichtiger war: ihre Geheimnisse auch weiterhin zu bewahren oder dem Bedürfnis nachzugeben, mit jemandem über den *Faolchú Chridhe* zu sprechen. Vielleicht konnte sie mit dieser kleinen Enthüllung beginnen und nach und nach zu den Visionen kommen, die ihr den Frieden raubten und ihr Handeln forderten. »Ich hatte einen Traum.«

Abigail musterte Ciara lange prüfend und fragte dann: »Träumst du von Dingen, die sich irgendwann ereignen?«

»Manchmal.« Sie hatte schon so lange vorher vom Tod ihrer Mutter geträumt, dass sie sich gezwungen hatte, es zu vergessen, bis sie in das nach Blut riechende Schlafzimmer gekommen war. »Die Träume sind anders, ungewöhnlich, und beim Erwachen weiß ich, dass sie der Wirklichkeit entsprechen.«

Abigails Augen brannten vor Neugierde. »Und was hast du von mir geträumt?«

»Ich sah dich in dem Sessel am großen Kamin sitzen. Du hattest ein Baby in den Armen, während die Jungen mit den Stöcken spielten, die Niall ihnen auf dem Bärenfell bei der Feuerstelle zurechtschnitzte.«

Weit davon entfernt, Ciaras Worte anzuzweifeln, drückte Abigails Miene nichts als freudige Erregung aus. »War das Baby ein Junge oder ein Mädchen?«

»Ein Mädchen.«

Abigail zog Ciara in die Arme und drückte sie so fest an sich, dass sie fast keine Luft mehr bekam. »Danke, Tochter! Vielen, vielen Dank!«

Dann ließ Abigail sie wieder los, und Ciara konnte gar nicht anders, als zu lachen. Dass ihre Adoptivmutter ihr glaubte, war Geschenk genug, doch mit ihrem Wissen eine solche Freude hervorzurufen war fantastisch.

Die Gespräche um sie herum verstummten, und Stille legte sich wie eine Decke über die lange Tafel auf dem Podium.

Verwirrt blickte Ciara sich um, bis sie schließlich Guaires Blick begegnete und ihm mit ihren Augen eine stumme Frage stellte. Hatte Talorc etwas Wichtiges gesagt, das ihr entgangen war?

Guaire schüttelte den Kopf in Beantwortung ihrer unausgesprochenen Frage und lächelte sie an. »Du hast gelacht«, formte er mit den Lippen.

Mit einem verwirrten Stirnrunzeln blickte sie zu Laird Talorc hinüber, doch er küsste gerade seine Frau. Ciaras Blick glitt über das glückliche Paar hinweg und blieb an den grimmigen, bernsteinfarbenen Augen des Drachen hängen. Im Gegensatz zu den anderen im Raum hatte er seine Aufmerksamkeit nicht dem Laird und seiner Lady zugewandt.

Nein, er fixierte unverwandt Ciara. Er sagte nichts, aber seine Augen funkelten von einer Botschaft, die tief in ihrem Innersten eine Antwort fand. Glühendes Verlangen durchflutete sie mit einer Hitze, die fast nicht zu ertragen war.

Und sie hatte keine Ahnung, was sie dagegen unternehmen sollte.

»Was hast du ihr gesagt?«, fragte Niall sie.

Ciara zwang sich, ihren Blick von Eirik abzuwenden, und schüttelte den Kopf. Es war nicht ihre Sache, Abigails Geheimnis mit den anderen zu teilen, doch sie war sicher, dass Laird Talorc, sobald er aufhörte, seine Frau zu küssen, den Anwesenden die gute Nachricht mitteilen würde.

Nialls Gesichtsausdruck veränderte sich in jähem Begreifen. »Unsere Herrin ist wieder guter Hoffnung!«

Ciara nickte nur ganz leicht.

»Woher weißt du das?«, fragte Eirik Talorcs Stellvertreter und zog mit seiner Stimme wieder Ciaras Blick auf sich, um ihn auch diesmal nicht mehr loszulassen.

»Ich merke es an ihrem Geruch«, antwortete Niall.

Aber der Drache schüttelte den Kopf. »Nein. Du hast es gerade erst bemerkt. Wenn du Ciaras Chrechte-Gabe teiltest, wäre es dir längst bewusst gewesen.«

Ciara hätte fast wieder gelacht, weil sie die Annahme, dass ihr neuer Clan inzwischen all ihre Geheimnisse erfahren hatte, äußerst komisch fand. Selbst Eirik kannte mehr ihrer Geheimnisse als alle anderen, weil er bei einem die Hauptrolle gespielt hatte.

»Sie verbringt mehr Zeit mit unserer Herrin«, widersprach Guaire an Nialls Stelle.

Aber Eiriks Gesichtsausdruck verriet, dass er den Einwand nicht gelten ließ. »Es ist mehr als das.«

Ciara dachte nicht daran, die angedeutete Frage zu beantworten. »Wenn ihr die Neuigkeiten noch nicht wusstet, warum sind dann plötzlich alle verstummt?«

»Weil du lachtest«, wiederholte Guaire.

»Und?«

»Du lachst sonst nie.«

»Außer beim Spielen mit den Kindern, und auch dann kommt es nur selten vor«, fügte Niall hinzu.

Ciara konnte spüren, wie Hitze in ihre Wangen stieg. »Natürlich lache ich.«

Aber das stimmte nicht. Lachen entsprang Freude, und Freude konnte nur dann entstehen, wenn man sich Emotionen erlaubte.

»Dass meine Frau ein Kind erwartet, ist Grund genug zu lachen«, sagte Laird Talorc mit tief empfundener Zufriedenheit.

»Das ist es wirklich«, stimmte Eirik mit einem unergründlichen Blick auf Ciara zu, bevor er sich abwandte, um dem Laird gratulierend auf die Schulter zu klopfen.

Innerhalb weniger Momente war aus dem ganz alltäglichen Abendessen eine fröhliche Feier geworden. Einer der Soldaten förderte eine Flöte zutage und begann zu spielen. Ein anderer fiel mit einer Art Dudelsack und ein weiterer mit einer Trommel ein. Lautes Gelächter erfüllte den Großen Saal, als einige spontan von ihren Tischen aufsprangen und zu tanzen anfingen.

Eirik und drei seiner Éan schlossen sich den anderen Soldaten an und begannen mit einem Tanztheater, wie Ciara es noch nie zuvor gesehen hatte. Es war ein Tanz, aber auch ein Scheinkampf, bei dem Dolche mit so scharfen Klingen, dass sie ein Haar durchtrennen könnten, gestoßen, geworfen und wieder aufgefangen wurden. Ciara konnte nicht umhin, gemeinsam mit dem Rest des Clans zu applaudieren.

Das stampfende Geräusch der harten Ledersohlen der Éan'schen Soldaten auf dem hölzernen Boden vermischte sich mit der Musik, und die perfekt aufeinander abgestimmten Bewegungen ihrer Füße erhöhten noch die Kompliziertheit dieses Kriegstanzes.

Ciara hatte so etwas noch nie gesehen und war sicher, dass auch die anderen Sinclairs es zum ersten Mal erlebten.

Abigails tonloses Lachen stimmte in das der anderen ein, und auch Ciara lächelte, während sich ein ganz ungewohntes Gefühl in ihrem Magen breitmachte.

Sie war *glücklich*.

Ciara konnte sich nicht erinnern, wann sie sich das letzte Mal so sorgenfrei und unbeschwert gefühlt hatte, und plötzlich beschlich sie Angst. Wie Liebe hatte auch Glück seinen Preis, und in ihrem Leben war dieser Preis stets Schmerz gewesen.

Entsetzt über die Erkenntnis, wie nahe sie die Sinclairs an sich herangelassen hatte, sprang Ciara auf, um hinauszulaufen. Die anderen an ihrem Tisch missverstanden sie jedoch und dachten, sie wolle sich zu den Tanzenden gesellen, da die Männer sich gerade zu einem Jig aufstellten.

Ciara blickte sich verzweifelt um, doch angesichts der überwältigenden Freude auf den Gesichtern ihrer Adoptivfamilie sah sie ein, dass sie nicht einfach verschwinden konnte. Und so ließ sie sich vom Podium herunterziehen und tanzte seit dem Tod ihrer Mutter zum ersten Mal wieder.

Eine ganze Stunde verging, bevor sie unbemerkt von den anderen Feiernden den Großen Saal verlassen konnte. Nachdem sie ungesehen aus dem Gebäude geschlüpft war, eilte Ciara zu Abigails Garten.

Vor dem Rosmarinstrauch, den sie und die Gemahlin des Lairds kurz nach Ciaras Ankunft bei den Sinclairs gepflanzt hatten, blieb sie stehen. Abigail hatte gesagt, er sei zum Gedenken an ihre Mutter, damit Ciaras Erinnerungen an sie mit einem wohlriechenden Kraut verbunden sein würden statt mit dem Geruch von Blut und Tod.

Ciara war zu höflich gewesen, um der sanftmütigen, ursprünglich aus England stammenden Frau zu sagen, dass sie verrückt war, falls sie glaubte, das würde helfen ... doch im Laufe der Jahre *hatte* dieser Rosmarinstrauch geholfen.

»Wir hatten im Wald keine Gärten wie diesen hier. Es wäre zu riskant gewesen, welche anzulegen.«

Ciara erschrak beim Klang von Eiriks Stimme und fuhr zu ihm herum. »Ich habe dich nicht kommen gehört.« Inzwischen waren sie wie fast alle innerhalb des Clans dazu übergegangen, sich zu duzen.

Im Mondlicht glänzte Eiriks langes Haar wie schwarze Seide,

während es in der Sonne eher rötlich schimmerte, und seine bernsteinfarbenen Augen hatten wieder diesen Ausdruck, bei dem es Ciara ganz anders wurde und sie weiche Knie bekam. Das Haar anderer Raben hatte einen bläulichen Glanz; es musste sein Drache sein, der Eiriks den rötlichen Schimmer verlieh. Ciara gefiel sein Haar, was sie ihm aber natürlich niemals sagen würde.

»Alle Éan werden dazu ausgebildet, sich geruch- und geräuschlos wie Gespenster im Wald zu bewegen.« Dass er sich als der Prinz der Éan besser als jeder andere darauf verstehen würde, war eigentlich selbstverständlich, und auch sein Ton schien anzudeuten, dass sie sich das eigentlich hätte denken müssen.

»Weil die Faol eure Leute jagen.« Ciara hasste diesen Umstand, allerdings nicht einmal annähernd so sehr wie den Beweis dafür, dass ihr Bruder einer dieser fehlgeleiteten Wölfe gewesen war.

»Nur einige der Faol wollen uns töten«, sagte Eirik, als erriete er, was sie dachte. »Diese wenigen sind jedoch genug, um ein großes Risiko für meine Leute darzustellen.«

»Die Rudelführer haben daran gearbeitet, diese Bösartigkeit in ihren Clans auszumerzen.«

»Aye, doch die Tatsache, dass du das weißt, wirft die Frage auf, woher dieses Wissen stammt.«

»Ich lebe innerhalb der Burg und höre Dinge.«

»Dann muss der Sinclair dir vertrauen. Trotz der Vergangenheit deines Bruders.«

»Davon weiß er nichts.«

»Du hast ihm nie die Wahrheit über das gesagt, was du im Wald gesehen hast?«

»Lais meinte, Laird Talorc wisse schon von deinem Drachen.«

»So ist es. Sein früherer Stellvertreter hat meine erste Verwandlung mitangesehen.«

»Wieso das denn?«

»Weil er der Ehemann und Gefährte meiner Schwester ist und an meiner Volljährigkeitszeremonie teilnahm.«

Das war nicht die ganze Geschichte, dessen war sich Ciara sicher, doch sie erwartete keineswegs von Eirik, dass er seine Geheimnisse mit ihr teilte. Immerhin war sie die Schwester eines Faol, der sich als Feind erwiesen hatte.

»Wusstest du vorher schon, dass du ein Drachen warst?« Und gab es noch mehr wie ihn unter den Éan?

So fehlgeleitet ihr Bruder und seine Freunde auch gewesen waren, hatten sie vielleicht doch Grund gehabt, wegen der Macht der Éan besorgt zu sein. Obwohl solche Sorgen natürlich noch lange nicht rechtfertigten, andere Chrechten wie Tiere im Wald zu jagen und zu töten.

»Bis ich mich vor sieben Jahren zum ersten Mal in einen Drachen verwandelte, hielten die Éan den Drachen für einen Mythos.«

»Das war, als du meinen Bruder ermor... als du deinen Cousin gerettet hast?«, ergänzte sie mit einem unguten Gefühl, bei dem es ihr kalt über den Rücken lief. Aber dann schüttelte sie den Kopf. Nein, er hatte gesagt, er habe seinen Drachen bei seiner Zeremonie zum Eintritt ins Erwachsenenalter entdeckt.

Eirik sah sie mit einem eigenartigen Blick an.

»Ach, egal! Ich bin ganz konfus, weil ich so müde bin.« Schrecklich müde, und doch blieb ihr Nacht für Nacht der Schlaf versagt.

Eirik wandte sich ab und blickte zu dem fast vollen Mond hinauf, der sie auf die Verwandlung zutrieb. »Das war das erste Mal, dass ich als Drache tötete.«

»Und du wusstest nicht, was dein Feuer anrichten würde.« Ciara war nicht ganz klar, warum sie sich darin so sicher war, aber das war sie.

»Ich hatte so eine Ahnung«, entgegnete er spöttisch.

»Ja, doch du hattest noch nicht gelernt, das Feuer zu kontrollieren«, folgerte sie.

»Ich speie nur Feuer, wenn ich es will«, versetzte er gekränkt.

Krieger! Wie empfindlich sie doch sein konnten! »Zweifellos, aber du musstest lernen, mehr oder weniger Feuer zu benutzen, je nachdem, wie viel zur Verteidigung deines Volkes benötigt wurde.«

Er wandte sich ihr wieder zu, und als er sie ansah, stand ein seltsamer Ausdruck in seinen gelben Drachenaugen. »Du glaubst, das Feuer ließe sich so leicht verwenden, dass ein bloßer Mann nur ein wenig davon benutzen könnte, wenn er will?«

»Nein, doch ein Mann, der auch ein Drache ist? Oh ja.« Chrechten mussten lernen, andere Gaben zu beherrschen, warum also nicht auch das Feuer?

»Du hast ja keine Ahnung.«

»Oder du weißt nicht so viel, wie du zu wissen glaubst.« Er mochte zwar der Prinz seines Volkes sein, aber er war nur acht Jahre älter als sie mit ihren neunzehn. Sie hatte gehört, wie Niall es zu Guaire sagte.

»Ich bin der Drache. Ich weiß Bescheid.«

»Immerhin hattest du dein Feuer genug unter Kontrolle, um nicht den ganzen Wald in Brand zu setzen«, erinnerte sie ihn.

Darauf erwiderte er jedoch nichts, und Ciara fragte sich, ob er sich dieser präzisen Kontrolle damals überhaupt bewusst gewesen war.

»Ich mag zwar nur ein Wolf sein, aber ich musste lernen, meinen Geruch zu verbergen und meinen Drang, mich zu verwandeln, zu beherrschen – ebenso wie den Wunsch zu jagen und den Tötungsinstinkt, wenn der Wolf meine Gestalt beherrscht. Es hat sehr viel Übung erfordert, Beute zu fassen und sie nicht zu töten.« Außerdem vermutete sie allmählich, dass Eiriks Drache noch wild und ungezähmt war, egal, wie gut Eirik als Krieger und Rabe auch trainiert sein mochte.

»Warum solltest du so etwas üben?«

»Weil eine Wölfin sich der Kraft ihres Kiefers und ihrer Zähne bewusst sein muss, um in Gegenwart von Welpen ungefährlich zu sein.« Vielleicht verstanden die Raben das nicht, da sie keine Raubvögel waren, doch die Adler unter ihnen mussten sich mit Sicherheit diese Art Kontrolle antrainieren.

»Die Kinder der Éan sind bei mir sicher.«

»Du spuckst kein Feuer in ihrer Nähe, aber nur mal angenommen, du tätest es? Könntest du dann verhindern, dass sie verletzt würden?«

»Ich habe Fidaich und Canaul damals auch kein Haar gekrümmt, oder?«

»Nein. Der Einzige, der an jenem Tag ein Kind verletzte, war Luag.« Wie sie es hasste, den Namen dieses Widerlings aussprechen zu müssen, auch wenn er längst aus dieser Welt verschwunden war!

»Wenn dein Bruder dich ihm zur Frau gegeben hätte, wärst auch du von diesem Luag verletzt worden.«

Beim heiligen Stein! Und dann warfen sie Frauen Klatschsucht vor! Krieger waren schlimmer als Großmütter, wenn es um anderer Leute Angelegenheiten ging. »Du hast mit Lais gesprochen.«

»Er erinnert sich an dich und deinen Bruder. Er sagte, Galen habe sich nach dem Tod eures Vaters zum Negativen hin verändert, obwohl er den Eindruck hatte, dass dein Vater Rowlands und Wirps Ansichten vielleicht sogar geteilt haben könnte.«

»Das hat er.«

Die Erinnerungen an ihren Vater waren keine angenehmen angesichts des Todes ihres Bruders und der Gründe, aus denen er hatte sterben müssen.

Und Galen *hatte* vorgehabt, sie Luag zur Frau zu geben. Sie hatte es schon als verängstigtes junges Mädchen gewusst und konnte es bis heute nicht vergessen, egal, wie sehr sie es sich auch wünschte. Sie rief sich in Erinnerung, dass ihre Adoptiveltern sich damit abgefunden zu haben schienen, dass sie unverheiratet blieb, und sie nie bedrängten, einen Mann zu nehmen. Trotzdem spürte sie, dass sich zwischen ihren Brüsten und auf ihrem Rücken Schweißperlen bildeten, als alte Ängste sie bestürmten.

Um sich abzulenken und ihnen nicht nachzugeben, ging Ciara zu den Rosenbüschen, die Abigails liebster Teil des Gartens waren. Tief atmete Ciara ihren süßen Duft ein, um sich zu beruhigen und daran zu erinnern, dass die Vergangenheit nichts weiter war als das: Vergangenheit.

Aus und vorbei.

»Es tut mir leid.«

Eiriks Duft verriet ihr, dass er es ehrlich meinte. Ciara hätte nur nicht sagen können, *was* dem Drachen leidtat ... die Veränderung ihres Bruders oder sein Tod.

»Mir auch«, sagte sie und meinte beides.

Eirik trat näher und schob sich mit seinem großen Körper zwischen sie und die Rosenbüsche. »Du hast die Feier früh verlassen.«

»Du auch.« Ciara sah sich außerstande, Abstand zwischen sie zu bringen, ja, sie kämpfte sogar noch gegen das schier unkontrollierbare Bedürfnis an, noch näher an ihn heranzutreten.

»Weil ich dir gefolgt bin.«

»Warum?«, fragte sie, obwohl sie es schon wusste.

Weil der maskuline Duft seiner sinnlichen Erregung sogar den starken, süßlichen der Rosen überdeckte.

Und seine Augen brannten von einem Begehren, mit dem noch kein Mann sie jemals angesehen hatte. »Du weißt, warum.«

»Nein.«

»Doch.« Jetzt legte er seine großen Hände an ihr Gesicht. »Du hast etwas, Ciara ... etwas ganz Besonderes, das ich nicht ignorieren kann.«

»Ich bin nichts Besonderes.« Nur die äußere Hülle einer Wölfin, deren Herz so gut wie tot war.

»Da bin ich anderer Meinung.«

»Obwohl ich deinen Cousin und seinen Freund nicht beschützt habe?«

»Du wolltest sie beschützen.«

»Aber du sagtest ...«

»Du warst damals selbst kaum mehr als ein Kind. Es ist schon sieben Jahre her, doch manchmal vergesse ich das.«

»Ich auch.«

»Lass mich dir helfen, das alles für ein Weilchen zu vergessen!«

Ciara hatte nie geglaubt, dass ihr irgendjemand helfen könnte, aber dieser Chrechte-Drache ...

Er könnte sie sogar vergessen lassen, wie man sich in einen Wolf verwandelte.

»Ja.«

Kapitel 4

Lehrt Eure Lippen nicht solche Häme, meine Dame,
denn sie wurden zum Küssen geschaffen und
nicht für solchen Hohn.

Shakespeare

Eiriks weiße Zähne schimmerten im Mondlicht, als er lächelte. Dieses Lächeln löste ein scharfes Ziehen zwischen Ciaras Schenkeln aus, das sie sich nicht erklären konnte, und sie fühlte sich mit einem Mal ganz schwach. Verwirrt hob sie die Hände, um sie auf Eiriks zu legen, die noch immer ihr Gesicht umfangen hielten.

Allein diese kleine Berührung durchzuckte sie mit der Kraft eines Blitzschlages. Und nun verstand sie endlich auch, wie der vom Blitz geknickte Baum noch immer leben konnte. Es war seine Sehnsucht nach einer weiteren dieser elektrisierenden Berührungen, was ihn weiterleben ließ.

Eiriks Daumen glitten streichelnd über ihre Wangen. »Wie schön du bist, Ciara!«

»Danke«, flüsterte sie, weil sie nicht wusste, was sie sonst sagen sollte.

»Und wie wunderbar du schmecken wirst.«

Schmecken? »Ich?« Was meinte er damit? Das Küssen zwischen Mann und Frau?

Als Ciara sich in Erinnerung rief, wie Talorc und Abigail sich manchmal küssten, dachte sie, dass Eirik vielleicht genau davon sprach.

»Aye«, erwiderte er in einem Ton, der flüssiges Feuer durch ihre Adern sandte. Dann senkte er den Kopf, um ihren Mund mit seinem zu bedecken.

Seine sanften, aber sehr geschickten Lippen schmeckten nach süßem Honigwein und etwas anderem, das nur sein Drache sein konnte. Der Kuss war berauschender als *usquebagh*, der Whisky, den nur Krieger trinken durften, und betörte und entflammte Ciaras Sinne.

Sie konnte nur noch Eirik schmecken. Kein anderer Geruch erreichte mehr ihre empfindliche Nase. Eiriks aufregend maskuliner Duft löschte sogar die kräftigen Wohlgerüche des Rosengartens aus. Die Luft um sie herum war trotz der Kälte der Nacht durchdrungen von Eiriks Wärme. Ihre Haut sehnte sich nach mehr Kontakt als nur dem Kuss, und doch reichte er aus, um sie schwindeln zu lassen. Sie konnte nur ihr eigenes schnelles Atmen und Eiriks starken Drachenherzschlag hören, der sich immer mehr beschleunigte, während er sie küsste.

Ciaras Wölfin, die noch mehr von der Süße seines Mundes kosten wollte, jaulte, winselte und bedrängte sie, den Mund zu öffnen. Von ihrem Instinkt getrieben, tat sie es, was der Drache sich sogleich zunutze machte. Seine Zunge glitt zwischen ihre Lippen und gab ihr, was sie sich ersehnte, während er sie mit sanftem Nachdruck drängte, es ihm nachzutun.

Und Ciara, die ihm nichts verweigern konnte, kostete ihn und ließ sich kosten, indem sie ihre Zunge mit der seinen zu einem tiefen, leidenschaftlichen Kuss vereinte, dessen Innigkeit sie überwältigte.

Noch nie hatte sie einen solch intimen körperlichen Kontakt zu einer anderen Person gehabt. Sie konnte sogar den Beweis seiner sinnlichen Erregung spüren, der sich an ihren Körper presste und eine Anerkennung forderte, die ihr Körper ihm nicht verweigern konnte.

Ihre Brustspitzen wurden fast schmerzhaft hart, und ihr eigener Duft offenbarte Veränderungen in ihr, die kein menschlicher Mann wahrnehmen könnte. Eiriks leises, zustimmendes Knurren an ihren Lippen sagte ihr jedoch, dass er es wusste – und erfreut darüber war.

Er ließ seine Hände von ihrem Gesicht zu ihren Hüften hinuntergleiten und zog sie noch fester an sich, um sie sein drängendes Verlangen spüren zu lassen. Er begehrte sie, und sie begehrte ihn. Es war unglaublich, dieses gegenseitige Verlangen zwischen ihnen.

Und er war erstaunlich. So groß und stark. Sogar noch stärker als ein Wolf. Das hätte ihr Angst machen müssen, denn schließlich hatte sie gesehen, wozu der Drache fähig war, doch das Einzige, was Ciara verspürte, war hemmungslose Leidenschaft. Bewundernd strich sie mit den Händen über seine unbehaarte, aber harte, muskulöse Brust.

Zum Abendessen hatte er ein Hemd getragen, es dann jedoch abgelegt, als er und die anderen Krieger zu tanzen begonnen hatten. Seine Haut war sehr heiß, aber Ciara merkte, wie sehr sie sich nach dieser Hitze sehnte. Sie konnte ihre Hände nicht mehr stillhalten, nachdem sie erst einmal begonnen hatte, und erkundete mit ihren Fingerspitzen jede Mulde und Erhebung seiner Brust.

Eiriks Mund war unersättlich, und das Raubtier in ihm verlangte Unterwerfung, was ihre Lippen ihm nur allzu gern gewährten.

Der Kuss schien kein Ende zu nehmen, bis Ciara das Gefühl hatte, sich nicht mehr auf den Beinen halten zu können, wenn Eirik sie nicht festhielte. Das Glücksgefühl, das sie erfüllte, überstieg alles, was sie je erfahren hatte. Noch nie zuvor hatte sie sich ihrer Wölfin so nahe gefühlt, so intim mit einer anderen Person verbunden und so überaus lebendig!

Es war dieser letzte Gedanke, der bewirkte, dass sie sich Eirik jäh entzog und nach Atem rang, um ihren aufgewühlten Körper zu beruhigen.

Nein. Sie konnte das nicht tun! Sie konnte nicht riskieren, solche Gefühle zuzulassen!

»Was ist?« Eirik sah sich um, ganz angespannt schon in Erwartung eines Kampfes. »Es ist niemand in der Nähe. Das wüsste ich.«

Wenn es doch nur so einfach wäre! Ciara würde sehr viel lieber jemand anderen fürchten als sich selbst. »Ich kann das nicht, Eirik.«

»Das?«

»Du weißt schon, was.«

»Es war doch nur ein Kuss.«

»Das …« Sie machte eine abwehrende Geste. »Das war nicht *nur irgend*was.«

»Schön, dass du so denkst!«, sagte er viel zu selbstzufrieden für ihren Geschmack und kam wieder auf sie zu.

Diesmal benutzte sie jedoch ihren Verstand und wich zurück. Als das nicht genügte, um Eirik aufzuhalten, hob sie die Hand. »Nein. Bitte nicht!«

»Was hast du denn, Ciara?«

»Ich will keinen Gefährten.«

»Gefährte? Ich hatte nicht vor, dich für mich zu beanspruchen.«

Ciara stutzte. »Paarung stellt eine Inanspruchnahme dar«, entgegnete sie steif.

Eirik lachte über ihre Naivität. »Wir haben uns nicht gepaart, sondern uns nur geküsst.« Und sein Duft verriet ihr, dass er damit weitermachen wollte. »Außerdem gilt diese Regel für die Éan nicht.«

»Talorc ist der Laird dieses Clans.«

»Aber nicht der Herr über meine Leute.«

Ciara glaubte zu ersticken, so eng wurde ihre Kehle aus Angst vor dem, was seine Worte zu bedeuten schienen. »Hast du etwa vor, Talorc zu ermorden wie meinen Bruder?«

Sie konnte selbst nicht glauben, dass sie ihre Sorge in so harte Worte gefasst hatte. Es war nicht ihre Absicht gewesen, schon wieder eine solche Beschuldigung zu erheben. Nicht nach ihrem Gespräch mit Lais. Und natürlich war Eirik auch nicht erfreut darüber. Jeglicher Duft nach sinnlicher Erregung verschwand; er wurde verdrängt von einem Zorn, der weit mehr als ein Geruch war, weil sie ihn buchstäblich in der Luft schmecken konnte.

Eiriks finstere Miene verurteilte sie auf eine Art und Weise, wie es noch nie zuvor jemand getan hatte, nicht einmal er, als er sie beschuldigt hatte, die Éan'schen Kinder nicht beschützt zu haben. Aber ihre Frage beantwortete er nicht.

»Bitte.« Ciara zupfte nervös an den Falten ihres Kilts, weil sie das Gefühl hatte, als würde ihr das Herz, das eigentlich aus Stein sein sollte, aus der Brust gerissen. »Talorc ist der richtige Laird für diesen Clan. Das kannst du ihm nicht nehmen. Und du kannst ihn *uns* nicht nehmen.«

»Talorc ist mein Freund.« Eiriks Stimme triefte förmlich vor Verachtung.

»Auch Freunde haben Freunde schon getötet.«

»Ich antworte nur deiner so offensichtlichen Furcht wegen, aber eines sage ich dir: Ich werde nicht dulden, dass du Zweifel dieser Art unter den Clan-Mitgliedern säst.« Sein eisiger Tonfall ließ Ciara frösteln.

Und dennoch bestand sie auf Antworten. »Dann sag mir, dass du nicht der Clan-Führer sein willst.«

»Das will ich nicht.«

Nach einigen Sekunden des Schweigens erkannte sie, dass er dieser simplen Feststellung nichts weiter hinzufügen würde. Aber das musste er auch nicht. Seine Aufrichtigkeit war so offensichtlich, wie sein Verlangen es vorher gewesen war.

»Danke«, flüsterte sie.

»Täusche dich nicht, Frau! Meine Loyalität gehört Talorc, jedoch nicht der kleinen Wölfin, die er Tochter nennt und die nicht einmal den Anstand besitzt, ihn mit dem Namen anzusprechen, den er verdient. Auf *deinen* Dank kann ich verzichten.«

Und damit ging er.

Sie hatte ihn zurückweisen und ihm die kalte Schulter zeigen wollen; das musste sie sich eingestehen. Und ihre Besorgnis war real gewesen, doch ihre Art, sie vorzubringen, sehr beleidigend, und der Drache war in Wut entflammt und hatte sie verbrannt.

Aber vielleicht war es das Beste so. Nein, das war es sogar ganz sicher.

Nur verstand sie nicht, warum sie dann diesen Schmerz verspürte, obwohl sie doch so bemüht war, sich davor zu schützen?

Kurz darauf kam ein anderer der Éan zu ihr, was bewies, dass Eirik trotz seiner Verachtung für sie eine Frau nicht allein und schutzlos draußen in der Dunkelheit zurücklassen wollte.

Ciara seufzte. »Hallo, Lais!«

»Eirik schickt mich, um bei dir zu bleiben, bis du zur Burg zurückkehrst.«

Genau wie sie gedacht hatte, doch warum versetzte ihr das Wissen einen Stich ins Herz, in dieses dumme, unbelehrbare Organ, das sich längst zu Stein verhärtet haben müsste? »Ich bin schon viele Abende allein hier draußen gewesen.«

»Weiß dein Laird das?«

Wahrscheinlich nicht, und deshalb verzichtete sie auch lieber darauf, die Frage zu beantworten.

Ein Schatten am Himmel veranlasste Ciara aufzublicken. Es war der Drache, der von der Burg wegflog und mit seinen dunklen Schuppen in der Dunkelheit kaum erkennbar war. Bevor sie es verhindern konnte, hob sie in einer stummen Bitte die Hand.

»Er ist erstaunlich, nicht?«, bemerkte Lais.

Erstaunlich? Ja. Eindrucksvoll. Unglaublich. Und sehr, sehr Furcht erregend. Nur war Ciara sich gar nicht mehr so sicher, dass das nur so war, weil dieses riesige Wesen Feuer speien und das Leben eines Menschen im Nu auslöschen konnte.

»Er ist sehr böse auf mich.«

Lais gab ein schnaubendes Geräusch von sich. »Oh, ja!«

»Wahrscheinlich ist es auch am besten so.« Ciara erschrak, weil sie gar nicht vorgehabt hatte, das laut auszusprechen.

Was war nur mit ihr los? Innerhalb einer Woche hatte sie die eiserne Beherrschung verloren, die sie sich in diesen letzten sieben Jahren so hart erkämpft hatte. Sie wollte diese schon fast verzweifelten Empfindungen nicht, die Eirik in ihr weckte. Es wäre ihr lieber, gar nichts zu empfinden, weil solch tief empfundene Gefühle gefährlich waren … sehr gefährlich.

Sie flößten ihr sogar noch mehr Furcht ein, als das reizbare wilde Tier in ihm es konnte.

»Glaubst du?«, fragte Lais mit unverkennbarem Interesse.

Ciara zuckte mit den Schultern.

»Du erinnerst mich an den Laird, wenn du das tust.«

»Wir sind keine Blutsverwandten.«

»Ich weiß.«

Aber Talorc nannte sie seine Tochter, während sie zu selbstsüchtig und ängstlich war, ihn Vater zu nennen. Eiriks letzte scharfe Bemerkung hatte den Panzer um ihr Herz durchdrungen, und Ciara hätte ihn deswegen am liebsten angeschrien. Sie gab, so viel sie konnte; das tat sie wirklich, aber sie würde nie wieder riskieren, die Art von Schmerz durchmachen zu müssen, an der sie vor sieben Jahren fast zerbrochen war.

Barr hatte nicht ohne Grund vorgeschlagen, sie solle ihren Clan verlassen. Seit dem Auffinden ihrer toten Mutter hatte sie nicht mehr genügend gegessen. Sie hatte auch aufgehört, ausreichend zu schlafen … und kaum noch mit irgendjemandem gesprochen.

Abigail und Talorc hatten Ciara ins Leben zurückgeholt, soweit das möglich war. Sie verdankte ihnen sehr viel, aber sie konnte ihnen nicht die gleiche schrankenlose Liebe zurückgeben. Weil in ihrem toten Herzen keine Liebe mehr vorhanden war.

Ciara wollte nicht einmal daran denken, was es für ihr seelisches Gleichgewicht bedeuten könnte, falls ihr Herz doch noch nicht ganz so tot war, wie sie angenommen hatte.

Solche Gedanken brachten sie nicht weiter. Statt sich mit ihren eigenen Unzulänglichkeiten oder der ungleichen Beziehung, die sie zu ihrer Adoptivfamilie hatte, zu befassen, sollte sie ihr Augenmerk besser auf etwas anderes richten.

»Dann ist der Drachenprinz also dein Freund.« *Herrgott noch mal!*, dachte sie ärgerlich. Über Eirik zu sprechen war ja auch wirklich sehr viel besser, als über ihn nachzudenken!

Hatte sie denn überhaupt keine Kontrolle mehr über das, was über ihre Lippen kam?

»Er akzeptierte mich, als andere meine Motive infrage stellten, und half mir, wieder zu gesunden, als ich glaubte, das sei unmöglich.«

»Mit dem heiligen Stein der Éan?« Hatte ihr Bruder recht gehabt? Befand sich der heilige Stein noch im Besitz der Éan?

Lais fuhr zusammen, als erschräke er. »Was weißt du über den *Clach Gealach Gra?*«

Der *Clach Gealach Gra* … Also wurde der Stein der Éan der *Herz-des-Mondes-Stein* genannt. Ein ebenso passender Name wie der, den die Wölfe ihrem heiligen Stein verliehen hatten, der als *Herz des Wolfes* bezeichnet wurde. Und Lais' Antwort hatte seine Existenz bestätigt.

»Ich weiß nur, dass früher einmal alle Chrechte-Stämme einen heiligen Stein hatten.« Sie blickte wieder zum Himmel auf, um ihren Drachen noch einmal zu sehen. *Den* Drachen, berichtigte sie sich. Nicht *ihren*. Eirik könnte nie der Ihre sein. »Den alten

Geschichten zufolge konnten die Steine bei der Volljährigkeitszeremonie dazu verwendet werden, eine Verbindung zu Gott und seiner Schöpfung herzustellen, um Gaben zu erlangen, die über die hinausgehen, die der Allmächtige uns mit unserer Fähigkeit verlieh, die Natur eines Tieres zu teilen.«

»Komisch, aber ich dachte immer, dass die Faol die heiligen Steine gar nicht kennen.«

Was eigentlich nur bedeuten konnte, dass Barr und Laird Talorc die alten Geschichten über den heiligen Stein der Wölfe entweder nie gehört hatten oder dass sie als Legenden abgetan worden waren. Etwa so, wie auch die Geschichten der Éan einst für unrichtig gehalten worden waren.

»Was besagen die alten Geschichten der Faol denn noch?«, fragte Lais mit fast schon inständiger Neugierde.

»Dass der Stein, wenn er von einem Mitglied der königlichen Familie berührt wird, noch andere wundersame Dinge wie beispielsweise Heilungen bewirken kann.«

»Und ich hielt es für ein Wunder, was mit mir geschah!«

»Das war es sicher auch, aber keins, das unter den richtigen Gegebenheiten nicht auch anderen Chrechten zuteilwerden könnte.« Zumindest hatte Galen das gesagt.

»Die Wölfe haben keinen solchen Stein.«

»Wie sicher du dir bist!«

»Die Faol hätten einen solchen Schatz nie aufgegeben, wenn sie ihn je besessen hätten.«

»Unsere Volljährigkeitszeremonien waren ziemlich gewalttätig und von sexuellen Aspekten bestimmt, die für moderne Clan-Mitglieder nicht leicht hinzunehmen wären, glaube ich. Vielleicht haben wir den Stein ja aufgegeben, als wir unsere Zeremonien aufgaben.«

»Möglich. Oder vielleicht hat MacAlpin den Stein gestohlen, so wie er auch seinen Verwandten den schottischen Thron stahl.«

Das wäre eine ebenso plausible Erklärung wie alle anderen, die Galen vorgebracht hatte, vermutete Ciara. »Einige Faol glauben, dass er von den Éan gestohlen wurde und sie ihn versteckten, doch im Laufe der Jahrhunderte vergaßen, wo.«

»Faol wie Wirp und Luag, meinst du?«

Ciara, die sich getadelt fühlte, obwohl Lais gar nichts gegen sie gesagt hatte, nickte. »Aye, Männer wie diese.«

»Es ist wohl eher so, dass es nie einen heiligen Stein der Wölfe gab. Wozu sollten solch machtvolle Gestaltwandler noch zusätzliche Gaben brauchen?«

Der *Faolchú Chridhe* existierte, doch das würde sie Lais nicht sagen, weil sie dann erklären müsste, wieso sie das wusste. Doch sie war noch nicht bereit, dieses Geheimnis mit anderen zu teilen. *Wenn* sie es tat, dann nur mit dem Mann, der sie Tochter nannte.

Weil das nur recht und billig wäre.

Eirik wirbelte herum und versetzte dem Sinclair einen Tritt gegen den Schenkel.

Laird Talorc stolperte, aber er ging nicht zu Boden. »Diesen Kniff solltest du unseren Soldaten zeigen.«

»Natürlich.«

Sie lieferten sich jeden Morgen Scheingefechte, bevor sie gemeinsam die Sinclair'schen Soldaten – Menschen, Faol und Éan – trainierten. Eirik hatte schnell gemerkt, dass die Kampfweise der Raubtiere eine andere war als die der Raben. Beide für sich waren effektiv, zusammen aber für den Gegner geradezu verheerend.

Was sogar die meisten Elitesoldaten feststellen mussten, wenn sie entweder ihrem Laird oder dem Prinzen der Éan in Scheingefechten gegenüberstanden.

»Ciara hat sich verändert, seit du hergekommen bist«, bemerkte der Sinclair, als er mit der Faust einen harten Schlag gegen Eiriks linke Schulter landete.

Eirik parierte, indem er den rechten Arm hob, um den nächsten Faustschlag abzuwehren, aber seine Bewegungen waren fast so unkoordiniert wie seine Gedanken. Deshalb tat er sein Bestes, um seine Reaktion auf die Worte des Lairds hinter einer routinierten Abfolge von Angriffen zu verbergen, die damit endete, dass er den Sinclair im Würgegriff hatte. »Natürlich bringen neue Mitglieder den Clan ein wenig durcheinander.«

»Aye.« Talorc entzog sich Eiriks Griff mit einem ebenso raffinierten Vorgehen. »Doch neues Blut und neue Gebräuche können auch gut für unsere Leute sein.«

Dann kämpften sie schweigend weiter, und eine Weile wurde die Stille nur von dem klatschenden Geräusch von Fleisch, das gegen Fleisch schlug, unterbrochen, bevor sie sich schließlich voneinander lösten, um sich für die nächste Runde aufzustellen.

»Meinst du nicht?«, fragte der Sinclair.

Eirik musste blitzschnell nachdenken, um sich an die letzten Worte des Lairds zu erinnern. »Ja.«

»Ciaras Veränderung ist uns sogar sehr willkommen«, sagte Talorc mit einem Blick zu dem Éan, den dieser nicht zu deuten wusste.

»Gut.« Eirik glaubte allerdings nicht, dass der Laird genauso erfreut über die Ereignisse des Vorabends wäre.

Über den Kuss, zu dem es nicht hätte kommen dürfen, oder das sinnliche Verlangen, das heißer als Drachenfeuer zwischen Eirik und Ciara aufgelodert war.

Die zwei Krieger bewegten sich wieder aufeinander zu und begannen, sich zu umkreisen. Beide warteten auf eine Gelegenheit, den Gegner anzugreifen.

Schließlich ließ der Sinclair mit der Schnelligkeit des Wolfes einen Fuß vorschnellen, um Eirik zu Fall zu bringen. »Als Ciara zu uns kam, um hier zu leben, aß sie kaum etwas, sprach nur selten und hat nie, aber auch wirklich nie gelächelt.«

Eirik war kein Wolf. Er war nicht einmal ein reinrassiger Rabe, sondern ein Drache. Und so übersprang er mühelos den blitzschnell vorschießenden Fuß und benutzte den Schwung, um einen kleinen Abstand zu dem anderen Krieger zu gewinnen. Genug, um selbst einen harten Tritt zu landen.

Er trat mit dem rechten Bein zu und sprang im selben Moment vor, um Talorc die Faust gegen den Kopf zu schlagen. »Jetzt scheint es ihr aber gut zu gehen.«

Der Sinclair wich dem Tritt aus und duckte sich, sodass Eiriks Faust seinen Kopf nur streifte, während sein eigener Arm in die Höhe und auf Eiriks Kinn zuschoss. »Sie hat Albträume und schläft kaum noch. Und sie hat auch wieder aufgehört zu essen.«

Der Kinnhaken traf Eirik und stieß seinen Kopf zurück, als die Worte des älteren Mannes in sein Bewusstsein drangen. »Und du meinst, es geht ihr besser, seit ich hier bin?«

»Ja. Die Träume und der Schlafmangel begannen, bevor du kamst. Abigail und ich befürchteten schon, Ciara würde wieder zu einem Gespenst unter uns werden, aber so war es nicht.« Der Laird unterbrach vorübergehend den Kampf, um Eirik anzusehen. »Seit dem Tod ihrer Familie hat Ciara ihre Emotionen so gut in Schach gehalten, dass sie manchmal überhaupt nichts zu empfinden scheint.«

»Und trotzdem behandelst du sie wie deine Tochter.«

»An jenem ersten Tag, als sie auf meine Burg kam und ich ihr in die Augen schaute, sah ich dort einen Schmerz, wie ich noch nie zuvor einen gesehen hatte. Danach verbarg sie ihn, aber ich vergesse niemals, dass er da war. Sie muss mich nicht Vater nennen, damit ich weiß, dass ich es bin. Eines Tages wird sie das auch erkennen.«

Eirik bereute jetzt seine Worte vom Abend zuvor, doch der Frau, die er kannte, mangelte es ja auch nicht an Emotion. Sie war voller Wut. Wut auf ihn.

Vielleicht war es an der Zeit, Talorc die Wahrheit über den Tod ihres Bruders zu erzählen.

Da Ciara ihren friedlichen Zufluchtsort auf den Türmen verloren hatte, begab sie sich zu ihrem nächstliebsten Ort – dem Wald –, in dem sie Trost und Ruhe fand. Denn beides brauchte sie. Sie war Eirik so gut wie möglich aus dem Weg gegangen, aber ihre Gefühle waren aufgewühlter, als sie es je zuvor gewesen waren. Und er, der damit beschäftigt war, seinen Leuten beim Einzug zuzusehen, schien ebenso bemüht zu sein wie sie, sich von ihr fernzuhalten.

Das hinderte ihn allerdings nicht daran, ihr Blicke zuzuwerfen, die ein Ziehen zwischen ihren Schenkeln auslösten und ihr Herz fast schmerzhaft hart gegen ihre Rippen pochen ließen. Diesen heißen Blicken ließ er jedoch ab und zu auch sehr unfreundliche folgen, um sie wissen zu lassen, dass er ihr immer noch verübelte, seine Absichten Laird Talorc gegenüber infrage gestellt zu haben.

Das Wissen, dass der Drache böse auf sie war, half ihr auch nicht gerade, ihre eigenen Gefühle zu unterdrücken. Ciara war sich ihrer Weiblichkeit noch nie so bewusst gewesen, und ihre Wölfin drängte sie, sie herauszulassen, weil sie heulen, bellen, jagen … und sich paaren wollte.

Zum Glück war Eirik kein Wolf, der die Anzeichen erkannt oder ausgenutzt hätte. Es war auch so schon schwer genug für Ciara, ihre Reaktionen vor ihrer Adoptivfamilie zu verbergen.

Und es half auch nicht, dass sie noch immer zögerte, Laird Talorc von ihren Träumen zu erzählen.

Sie tadelte sich für ihre Unentschlossenheit, weil sie schließlich wusste, dass sie ihrem Laird vertrauen konnte. Aber ihm ihre Träume zu offenbaren bedeutete, das letzte Stückchen ihres Lebens, das sie mit ihrem Bruder geteilt hatte, loszulassen.

Angesichts dieses Aufruhrs in ihr selbst blieb Ciara nichts anderes übrig, als in manchen Nächten dem Tier in ihr die Oberhand zu lassen. Ohne irgendjemandes Wissen hatte sie sich angewöhnt, in den Wald zu laufen, sobald die anderen Burgbewohner schliefen.

Ciara hatte herausgefunden, dass sie in ihrer Wolfsgestalt von ihrem Fenster auf die Burgmauer springen konnte, obwohl es eigentlich unmöglich zu sein schien. Von dort überwand sie dann mit einem Sprung die dreieinhalb Meter von der Mauer in das Gras. Während die Türme mehr als dreimal so hoch waren, war die Burgmauer gerade hoch genug, um Räuber oder Diebe draußen zu halten, aber keine entschlossene Wölfin innerhalb der Burg.

Sie schlief auch nicht besser, und beunruhigende Träume plagten sie mehr denn je. Und schlimmer noch als die Albträume vom Tod ihres Bruders oder ihrer Mutter waren die erotischen Träume, in denen sich der Kuss zwischen ihr und Eirik immer wieder wiederholte.

Und einige endeten nicht einmal damit, dass sie sich ihm entzog ...

Diese Träume flößten ihr die größte Furcht ein.

Den einzigen Schlaf überhaupt fand sie in ihrer Wolfsgestalt, wenn sie zusammengerollt am Fuße ihres Lieblingsbaumes lag. Er war alt und so hoch, dass sie die Krone vom Boden aus nicht sehen konnte, und so dick, dass eine ganze Familie in seinem Stamm Platz fände, wenn er innen hohl wäre.

Es war ein Baum, der seit Anbeginn der Zeit gewachsen war oder zumindest doch seit dem Erscheinen der Chrechten in den

Highlands, denn Ciara spürte ganz deutlich eine Verbindung zu Gott und den Chrechten, die vor ihr hier gelebt hatten, wenn sie unter diesem Baum saß. Es war ein ganz besonderer Ort. Vielleicht sogar ein heiliger.

Deshalb hätte sie eigentlich nicht überrascht sein dürfen, dass in dieser kühlen Sommernacht noch jemand anderer einen Zufluchtsort an seinem Fuß gefunden hatte. Eine menschliche Frau hatte sich dort an dem Stamm zusammengerollt und zitterte am ganzen Körper.

Getrieben von Mitgefühl und Sorge, tappte Ciara auf leisen Pfoten zu der Frau hinüber und stupste sie mit der Schnauze an.

Die junge Frau fuhr zusammen und wimmerte leise, aber sie schrie nicht auf, sondern setzte sich nur auf und blickte sich verängstigt um, bevor sie sich Ciara zuwandte.

Blondes Haar hing strähnig um ein Gesicht, das ganz verhärmt vor Sorge war, und große blaue Augen füllten sich mit Tränen. »Bitte sagt mir, dass Ihr es seid! Meine Träume haben mich hierhergeführt, aber falls Ihr es nicht seid, werdet Ihr mich vermutlich auffressen. Und ich will nicht aufgefressen werden! Ich glaube nicht, dass das eine Verbesserung gegenüber den Fäusten meines Vaters wäre.«

Ciara war so schockiert von der Andeutung, dass ein Mann aus den Highlands seine Tochter schlug, dass sie unwillkürlich bellte.

Die andere Frau erschrak, schien sich jedoch zur Ruhe zu zwingen. Sie streckte einen zitternden Arm aus, als wollte sie Ciara die Hand reichen – oder vielleicht auch den Wolf daran schnüffeln lassen. »Ich heiße Mairi. Bitte sagt mir, dass Ihr ein Gestaltwandler und kein wilder Wolf seid!«

Ciaras Wölfin begann, an Mairis Hand zu schnüffeln. Sie roch nach Kräutern, getrocknetem Blut und empfindlicher menschlicher Haut, aber da war nichts, das Grund zur Sorge böte.

»Mein Vater ist ein Wolf«, plapperte Mairi weiter. »Seine erste Gefährtin, meine Mutter, war eine nicht verwandlungsfähige Chrechte wie ich. Bitte seid der Wolf, von dem ich geträumt habe!«, warf sie beschwörend ein. »Dann nahm mein Vater eine Chrechte zur zweiten Frau. Er und mein Bruder halten nicht viel von mir, und seine neue Frau genauso wenig. Weil ich keinen Wolf habe, stellen sie mich als schwach und nutzlos hin.«

Bei den letzten Worten brach die Stimme der jungen Frau, und Ciara musste das Bedürfnis zu knurren unterdrücken. Die zunehmende Wut in ihr galt nicht Mairi, und Ciara wollte die arme Frau damit nicht noch mehr verängstigen.

Mairi hatte anscheinend Kenntnis von ihrem Volk, und der von ihr ausgehende Geruch verriet Ciara, dass ihre Geschichte wahr war. Aus eigener Erfahrung wusste sie jedoch auch, dass Täuschung und Lüge kaschiert werden konnten.

Trotzdem stupste sie die Frau mit der Nase an, damit sie sich erhob. Mairi stand auf, zuckte jedoch zusammen, als sie auf den Füßen stand, was Ciaras Entschlossenheit, in Wolfsgestalt zu bleiben, ins Schwanken brachte.

Der Geruch von getrocknetem Blut war stark, aber das waren auch die Furcht und die Verzweiflung, die die junge Frau ausstrahlte. Dieser Mensch brauchte Hilfe!

Kapitel 5

Wenn du dem Drachen keine Beachtung schenkst,
wird er dich fressen.
Wenn du versuchst, dich dem Drachen entgegenzustellen,
wird er dich überwältigen.
Wenn du den Drachen reitest,
wirst du dir seine Gewalt und Macht zunutze machen.

Chinesisches Sprichwort

Ciara wandte sich ab und lief um den dicken Baum herum, um sich ungesehen verwandeln zu können. Als sie zurückkam, lehnte Mairi an dem Stamm und sah wie ein Häufchen Elend aus.

Aber ihre gequälte Miene wich einem Ausdruck freudiger Erwartung, als sie Ciara sah. »Ihr *seid* es! Ihr seid die Prinzessin unseres Volkes, die mir die Gabe verleihen kann, ein Wolf zu sein, mit genügend Kraft, mich selbst zu schützen.«

»Ich weiß nicht, was du meinst.« Ciara hatte noch nie von so etwas gehört. Nicht einmal in den uralten Geschichten. »Außerdem bin ich keine Prinzessin, sondern eine Waise.«

»Oh, nein, meine Träume lügen nicht! Sie haben mich hierhergeführt, zu Euch. Nur eine Prinzessin unseres Volkes würde es wagen, nachts allein die Wälder zu durchstreifen, ohne Angst vor dem, was in den Schatten lauern könnte.«

»Du bist doch auch allein.«

»Aber starr vor Angst.« Mairi nickte, wie um die Behauptung zu bekräftigen, obwohl der Geruch der Furcht und Erschöpfung, der von ihr ausging, deutlich in der Luft hing. »Wenn ich eine Wahl hätte, wäre ich nicht hier draußen; dessen könnt Ihr Euch sicher sein.«

»Du brauchst Hilfe. Bei meinem Clan wirst du einen sicheren Zufluchtsort finden.«

»Falls Euer Clan mich aufnimmt, wird mein Vater das als kriegerischen Akt betrachten und meine Rückkehr fordern.«

»Derselbe Vater, dessen Fäuste dich allein und schutzlos in den Wald getrieben haben?«

Mairi errötete vor Scham. »Ja.«

»Die Ehrlosigkeit deines Vaters ist nicht die deine.«

»Wenn ich mich verwandeln könnte ...«

»Würde er einen anderen Grund finden, dir wehzutun. Bei Männern wie ihm ist das immer so.« Sie dachte an Luag und die Art von Mann, die er heute wäre, wenn er nicht gestorben wäre. Der bloße Gedanke sandte ihr einen kalten Schauder alter Furcht über den Rücken.

Und sie beschloss, Mairi zu helfen, was immer es auch erfordern mochte.

Die gesprächige, aber verängstigte junge Frau schüttelte jedoch den Kopf, als könnte sie Ciaras Gedanken lesen. »Ich ... es wäre nicht richtig ... Ich kann nicht Euren Clan gefährden.«

»Unser Laird wird nicht den Zorn eines Mannes fürchten, der seine schlechte Laune an seiner eigenen Tochter auslässt.«

»Mein Vater sagt, ich sei dumm und deshalb selbst schuld, wenn er mich schlägt«, gestand Mairi, als gäbe sie ein schreckliches Geheimnis über sich selbst und nicht über ihren abscheulichen Vater preis. »Er sagt, ich machte ihn zu wütend, um seine Fäuste zurückhalten zu können.«

»Er kann kein guter Chrechte sein, wenn er sich nicht besser unter Kontrolle hat. Und du kannst nicht so dumm sein, wie er behauptet, wenn du die ganze Strecke bis zu diesem Teil der Sinclair-Ländereien geschafft hast, ohne vorher schon entdeckt zu werden.« Sie waren nur etwa eine Stunde Fußweg von der Burg entfernt, also viel zu nahe für eine nicht wirklich kluge Frau, um unbemerkt so tief in fremdes Territorium vorzudringen.

Mairi schüttelte den Kopf und zuckte bei dem Schmerz, der sie dabei durchfuhr, zusammen. »Vielleicht war Euer Vater ja ein ganz besonderer Mann.«

»Ja, das ist er.«

»Sagtet Ihr nicht, Ihr wärt eine Waise?«

»Der Sinclair und seine Frau nahmen mich an Kindes statt an, nachdem ich meine letzten Familienmitglieder verloren hatte.«

»Er wird sich meinen Vater nicht zum Feind machen wollen.« Enttäuschung und Resignation schwangen in Mairis Stimme mit. »Er ist ein sehr mächtiger Laird, mein Vater.«

Ciara winkte ab. »Du kennst Talorc von den Sinclairs nicht. Es gibt keinen Laird in den Highlands, den er fürchtet.«

Laird Talorc respektierte den Balmoral und seinen Stellvertreter Barr, der zurzeit das Amt des Lairds der Donegals bekleidete, doch er fürchtete weder Menschen, noch Wölfe oder Drachen. Da verstand es sich von selbst, dass auch kein englischer Baron oder schottischer Flachland-Laird ihm Angst einflößen würde.

»Ich habe von dem Sinclair gehört. Deshalb bin ich zu seiner Burg und keiner anderen gekommen.« Mairis Gesichtsausdruck ließ Ehrfurcht und eine verzweifelte Hoffnung erkennen, die Ciara nur allzu gut verstand. »Viele fürchten ihn und seinen Schwager, den Laird der Balmorals.«

»Und das zu Recht.«

»Aber Ihr fürchtet ihn nicht?«, fragte Mairi argwöhnisch.

»Nein. Er drangsaliert nicht die, die schwächer sind als er.«

»Das ist gut.« Mairi klang jedoch noch immer nicht ganz überzeugt, was Ciara ihr auch nicht verübeln konnte. Die Tatsache, ausgerechnet von demjenigen misshandelt zu werden, der sie eigentlich beschützen müsste, schien ihr Vertrauen in alle, die Autorität über sie besaßen, zerstört zu haben.

»Ich wünschte, ich fürchtete meinen Vater nicht«, flüsterte sie. »Mein Bruder hat keine Angst vor ihm.«

»Dein Vater hat die uralten Gesetze unseres Volkes gebrochen. Chrechten schlagen ihre Kinder nicht.« Obwohl einige es offensichtlich doch taten. Ciaras Magen verkrampfte sich bei diesem Gedanken vor Nervosität.

Mairi runzelte die Stirn. »Ich hörte meinen Vater sagen, dass die alten Gesetze nicht mehr zählen und die Faol einen neuen Weg einschlagen müssen.«

Laird Talorc und der Geheime Rat, von dessen Existenz Ciara eigentlich nicht wissen dürfte, würden das sicher hören wollen. Ein Rudelführer, der die alten Grundsätze verwarf, nach denen sie lebten, stellte eine Gefahr für sie alle dar, Faol und Éan gleichermaßen.

In Mairis Duft vermischte sich jetzt Kummer mit Schmerz und Furcht, alles Gefühle, die Ciara sehr gut nachempfinden konnte. Sie wusste, wie weh es tat, einsehen zu müssen, dass derjenige, den man auf der Welt am meisten verehrte, nicht das besaß, was alle Chrechten als von größter Wichtigkeit erachteten – Ehre.

»Dein Vater gehört zu der geheimen Gruppe, die entschlossen ist, die Éan auszurotten, nicht?« Es war nur eine Vermutung, die für Ciara aber Sinn ergab.

Ein Chrechte, der so anormal war, dass er seine eigene Tochter misshandelte, war ein Mann, der auch unsinnige, absurde Vorurteile hegen würde. Und diese Sache mit dem *neuen Weg für die Faol* klang für Ciara viel zu sehr nach etwas, das Luag zu Galen gesagt haben würde.

»Woher wisst Ihr das?«

»Ich weiß es nicht mit Sicherheit, aber ich habe den Verdacht, dass es so sein könnte.« Sie streckte die Hand aus und berührte Mairi tröstend. »Ich habe andere gekannt, die ähnlich dachten wie er.«

»Sie wollen alle Éan töten und behaupten, dass die Faol nicht eher gedeihen können, bis sie die einzigen noch verbliebenen Chrechten sind. Mein Vater geht oft auf die Jagd, doch einmal im Monat treffen er und die anderen sich zu einer, bei der es nicht darum geht, Wild zu erlegen, um den Clan zu ernähren.«

Mairis Worte beschworen Erinnerungen herauf, bei denen Ciara so fest die Zähne zusammenbeißen musste, dass sie zu keiner Antwort fähig war.

»Und er will den *Faolchú Chridhe*«, flüsterte Mairi.

»Nein!« Ciara schrie beinahe. »Der heilige Stein wäre nicht sicher in seinen schmutzigen Händen!«

»Ihr habt recht.« Mairis Gesichtsausdruck wurde sogar noch beklommener. »Er will die Macht des Steins, um Schottlands König zu entthronen.«

»Woher weiß er von der Existenz des heiligen Steins?«

Tränen glitzerten in Mairis Augen. »Meine Mutter hatte das zweite Gesicht. Sie erzählte ihm alles, was sie sah, einschließlich ihrer Träume von dem *Faolchú Chridhe* und der Macht, die durch ihn erlangt werden kann.«

Mairis Stimme wurde sanfter, als sie von ihrer Mutter sprach, doch es war auch offensichtlich, dass sie deren Entscheidung nicht billigte, einem Mann wie ihrem Vater von solch geheiligten Dingen zu erzählen.

»Sie ließ sich von ihrer Loyalität ihrem Ehemann gegenüber täuschen«, versuchte Ciara, die junge Frau zu trösten.

Mairi nickte. »Aber er war ihr gegenüber nicht loyal.«

»Das tut mir leid.« Ciaras Worte erschienen ihr armselig und unzureichend, doch sie hatte keine anderen.

»Er wollte mehr Kinder, einen Sohn, aber nach mir hatte meine Mutter zweimal hintereinander eine Fehlgeburt. Die letzte, als ich sechs Jahre alt war. Zwei Monate später ertrank sie in dem See, in dem sie unsere Wäsche wusch.«

Wollte Mairi damit sagen, dass ihr Vater ihre Mutter ermordet hatte?

»Er wusste es«, sagte Mairi mit schwerer Zunge, als hätte sie zu viel getrunken. Ciara erkannte daran, dass ihr Zustand sich verschlechterte.

»Was wusste er?«, fragte sie und versuchte, die menschliche Frau dazu zu bringen, sich hinzulegen.

Doch Mairi wehrte Ciaras Bemühungen ab und lehnte sich Halt suchend an den Baum. »Ihm war klar, dass er einer anderen Frau beiliegen musste, wenn er mehr Kinder bekommen wollte, aber das konnte er nicht, solange meine Mutter lebte. Weil sie seine geheiligte Gefährtin war.«

Ciara drehte sich angesichts der Tragweite von Mairis Worten der Magen um. Seine Gefährtin zu töten war selbst für die Schlimmsten unter den Chrechten gleichbedeutend damit, geächtet und verflucht zu sein. »Und das hattest du in solch jungen Jahren schon erkannt?«

»Nein, aber später. Ich wusste es und hasste ihn dafür, sogar schon bevor er von meinem Makel, kein Wolf zu sein, erfuhr.«

Ciara hatte keine Worte des Trostes für etwas derart Böses.

»Ich habe auch das zweite Gesicht, doch das habe ich ihm nie erzählt.« Mairi klang sehr zufrieden darüber, dieses Geheimnis bewahrt zu haben.

Und sie hatte ja auch allen Grund dazu.

»Nicht einmal, damit er aufhörte, dich zu schlagen?«, fragte Ciara.

»Nein. Das wäre es nicht wert gewesen. Ich wollte ihm nicht bei irgendwelchen seiner Pläne helfen.«

»Du bist klug und willensstark«, sagte Ciara mit sehr viel Wärme und Anerkennung in der Stimme.

»Für einen Menschen, meint Ihr.«

»Für wen oder was auch immer. Ich habe meinem Bruder von

meinen Träumen erzählt, und er hätte den *Faolchú Chridhe* zu seinem eigenen Nutzen missbraucht.« Und das war Ciaras Schuld, die sie zu tragen hatte.

Diesmal war es Mairi, die versuchte, Trost zu spenden. »Es war nicht falsch von Euch, dem Bruder, den Ihr liebtet, zu vertrauen.«

Ciara wünschte, sie könnte das glauben. »Seine Dummheit hat ihn das Leben gekostet.« Es war das erste Mal, dass sie es laut in Worte fasste.

»Ich bin froh, dass du dir das endlich eingestehen kannst.«

Beide Frauen zuckten beim Klang von Eiriks tiefer Stimme zusammen. Ciara empfand jedoch mehr als Schreck. Sehr viel mehr.

Selbst die Bedeutsamkeit ihres Gesprächs mit Mairi konnte nicht verhindern, dass Ciara so stark auf die Gegenwart des Prinzen reagierte.

Sie fuhr zu ihm herum. Er stand nackt wie sie im Mondlicht, da offenbar beide ihre Kleider bei der Verwandlung in ihre tierische Gestalt zurückgelassen hatten. Wie von selbst glitt Ciaras Blick langsam an seinem Körper hinunter, um auf dem sehr beeindruckenden, aufgerichteten Geschlechtsteil zwischen seinen Beinen zu verweilen.

Er war paarungsbereit, und wider Willen und wider alle Vernunft reagierte Ciaras Körper mit einem heißen Pulsieren zwischen ihren Schenkeln.

»So schmeichelhaft dein Interesse auch sein mag, *faolán*, ist dies doch nicht der richtige Moment, ihm nachzugeben.«

Er nannte sie *Wölfchen*, dieser arrogante Kerl? Sie mochte zwar kleiner sein als er, aber sie war kein Wickelkind! Ihre Wölfin hingegen war hocherfreut über das Kosewort und wartete nur auf eine Gelegenheit, hervorzukommen und den Drachen zu beschnüffeln.

Ciara biss die Zähne zusammen und bekämpfte ihre animalische Natur mit ihrer enormen Willenskraft. »Verwechsle nicht Neugierde mit Interesse!«

Eirik warf den Kopf zurück und lachte schallend. Sein Körper ließ allerdings kein Anzeichen von *verlorenem* Interesse erkennen. »Du bist ein Hitzkopf, doch ich bin nicht dumm. Du kannst sagen, was du willst, aber dein Körper verrät mir die Wahrheit.«

Warum fiel es ihr so schwer, in Gegenwart dieses Mannes ihren Duft zu tarnen? Was zu einer tief verwurzelten Gewohnheit für sie geworden war, verzog sich wie die Zugvögel auf dem Weg in wärmere Regionen, sobald Eirik in ihre Nähe kam. Ihr Körper verriet sie auf eine Art und Weise, wie er es bei anderen niemals tat, jedenfalls nicht, seit sie sich vor so langer Zeit schon angewöhnt hatte, ihre Gedanken und Emotionen hinter einer Fassade unerschütterlicher Ruhe zu verbergen.

Es war die einzige Möglichkeit, Abigails große Besorgnis und Laird Talorcs ein wenig schroffe Art von Mitleid zu zerstreuen.

»Was tust du hier?«, fragte Ciara, ohne auf Eiriks Bemerkung einzugehen, und hoffte, dass er das Thema fallen lassen würde.

»Du läufst bei Nacht allein im Wald herum.« Der Tadel in seinem strengen Tonfall hätte ihren Laird mit Stolz erfüllt. »Das ist gefährlich.«

»Und deshalb hast du auf mich aufgepasst?« Welchen Grund sollte der Drache dafür haben?

Sie brauchte keinen Beschützer und wollte auch gar nicht wissen, dass er sich als solchen sah. Weil ihre Wölfin und auch ihre weiblichen Instinkte diese Möglichkeit nämlich leider viel zu reizvoll fanden.

»Aye.«

»Das glaube ich dir nicht.« Sein Erscheinen heute Nacht konnte nur Zufall sein. »Denn sonst hätte ich dich bemerkt.«

Es war ja nicht so, als wäre ein am Himmel dahinfliegender Drache leicht zu übersehen.

Er schien ihre Gedanken zu erraten und verdrehte die Augen. »Ein Rabe ist nicht so leicht zu entdecken.«

Oh. Natürlich! Sie war einfach noch zu verwirrt vom Schlafmangel und der Begegnung mit der verletzten Frau im Wald.

Doch dass Eiriks Rabe sie statt des Drachen beobachtete, erklärte immer noch nicht alles.

»Warum hast du Laird Talorc nicht von meinem Tun berichtet, wenn es dir so sehr missfiel?«

»Wer ist das?«, fragte er. Ohne auf Ciaras Frage einzugehen, deutete er auf Mairi.

Aus irgendeinem Grund ertappte Ciara sich dabei, dass sie zwischen die beiden trat, um der jungen Frau die Sicht auf den Éan-Gestaltwandler in seiner ganzen nackten Vollkommenheit zu verstellen. »Eine menschliche Frau, die Zuflucht sucht.«

Mairi gab einen Laut von sich, der als Widerspruch verstanden werden konnte.

»Du willst keine Hilfe von dem Sinclair?«, fragte Eirik verblüfft.

Ciara hätte Mairi dafür umarmen können, dass sie den herrischen Drachen in Verwirrung gestürzt hatte, gab diesem Impuls aber nicht nach, weil sie der verletzten Frau mit einer Umarmung wahrscheinlich nur noch mehr Schmerz zugefügt hätte.

»Ich möchte keinen Krieg zwischen den beiden Clans auslösen, doch es gibt Dinge, von denen ich Euren Laird in Kenntnis setzen muss. Und wenn der Sinclair begreift, welche Folgen es höchstwahrscheinlich haben würde, mich aufzunehmen, wird er mir ganz sicher keine Zuflucht anbieten. Doch vielleicht könnte ich wenigstens meine Verletzungen versorgen lassen?«

»Ich sagte dir schon, dass Laird Talorc deinen Vater nicht fürchten wird.« Ciara dachte nicht einmal daran, Mairi je wieder zu diesem bösartigen Chrechten zurückkehren zu lassen. Als zumindest das für sie entschieden war, wandte sie sich Eirik zu. »Du solltest jetzt gehen.«

»Du brauchst meine Hilfe, falls du hoffst, die menschliche Frau heute Nacht noch in die Burg hineinzubringen, um sie behandeln zu lassen.«

Ciara öffnete schon den Mund, um zu widersprechen, aber dann schloss sie ihn schnell wieder. Natürlich könnte sie zum Torhaus gehen und verlangen, dass die Zugbrücke hinuntergelassen wurde. Doch in diesem Fall würde jeder erfahren, dass sie entgegen dem ausdrücklichen Befehl des Lairds wieder einmal bei Nacht außerhalb der Burgmauern gewesen war. Und die Nachtwachen würden ihretwegen bestraft werden.

Ganz zu schweigen davon, dass Laird Talorc vor dem Clan wie ein Narr dastehen würde, weil andere die Sache so sehen würden, als hätte Ciara sich seinen Anweisungen wieder einmal erfolgreich widersetzt – obwohl das überhaupt nicht ihre Absicht gewesen war. Sie hätte nie die Burg verlassen, wenn auch nur die geringste Möglichkeit bestünde, außerhalb der Mauern erwischt zu werden.

Es war nur einfach so, dass ihre Träume ihr Durchhaltevermögen überstiegen.

Aber wie dem auch sei, Ciara konnte Mairis Notlage nicht ignorieren. Die junge Frau war in viel zu schlechter Verfassung, um zu riskieren, bis zum Morgen abzuwarten, um unbemerkt in die Burg hineinzugelangen.

»Und wie gedenkst du, uns zu helfen?« Ciara hatte ihre Frage noch nicht ganz beendet, als ihr die Antwort auch schon bewusst wurde und sie den Kopf schüttelte. »Nein, nein, nein! Wir sind keine kleinen Kinder, die auf dem Rücken deines Drachen reiten könnten.«

Denn wäre es Wölfen bestimmt zu fliegen, hätte Gott ihnen Flügel verliehen.

Sie erinnerte sich noch gut an ihre Reaktion, als der Drache sie mitten im freien Fall in der Luft ergriffen und vor dem sicheren Tod bewahrt hatte. Sie war ohnmächtig geworden.

»Hast du eine bessere Idee?«

Sie versuchte noch, sich eine auszudenken, als Mairi urplötzlich zusammenbrach. Ciara ließ sich neben der Verwundeten auf die Knie fallen und war froh, als sie das Auf und Ab von Mairis Brust unter ihrer Hand spüren konnte. Aber die junge Frau atmete nur ganz flach, und die dunklen Flecken und Druckstellen um ihren Nacken deuteten darauf hin, dass sie an Körperstellen, die ihr Plaid verdeckte, noch schwerer verletzt sein könnte.

Was für eine Art von Mann tat seiner Tochter so etwas an?

Ciara strich Mairi das blonde Haar aus dem Gesicht. »Wir müssen sie zur Burg bringen. So schnell wie möglich.«

»Ja.«

Es ging nicht anders, was allerdings nicht bedeutete, dass es Ciara auch gefallen musste. Wölfe liefen, rannten oder sprangen, so überwanden sie sogar große Entfernungen, aber sie flogen nicht.

Sie würde jedoch gleich fliegen. Schon wieder. Sie konnte nur hoffen, dass sie diesmal ihre fünf Sinne beisammenhielt.

Ciara drehte sich zu Eirik um. »Verwandle dich in deinen Drachen! Ich hebe sie auf deinen Rücken, und dann steige ich hinter ihr auf, damit sie nicht runterfällt.«

Würde sie wirklich den Drachen reiten, der Feuer gespien und ihren Bruder damit getötet hatte?

Als sie auf die bewusstlose Frau neben ihr herabsah, konnte Ciara nur eine Antwort in ihrem Herzen finden.

Ja.

Eirik verwandelte sich auf der Stelle, mit einem grell aufblitzenden, purpurroten Licht und einem leisen Drachenknurren. Mindestens ebenso schnell wie bei jedem Wolfs-Gestaltwandler, den Ciara je gesehen hatte, ja sogar schneller, war die Verwandlung vom Mann in den Drachen in Sekundenschnelle vollzogen.

Und dieser Drache war ein prachtvolles Tier und *riesig*. Aus der Nähe viel imposanter, als er am Himmel ausgesehen hatte (und da war er schon ganz schön beeindruckend gewesen), war der Drache etwa anderthalb Mal so hoch wie das Schlachtross eines Lairds und gut doppelt so lang. Seine Schwingen öffneten sich mit einem Luftzug, der Ciara das Haar ins Gesicht wehte, als er sich auf die Hinterbeine stellte.

Und wenn das nicht schon fast unmöglich wäre, sah er so sogar noch imposanter aus.

Vertraute bernsteinfarbene Augen betrachteten Ciara und die bewusstlose Mairi. Waren Drachen sich ihrer menschlichen Gegenstücke ebenso bewusst wie Wölfe?

Es gab keinen Grund, etwas anderes zu glauben, aber die animalische Kraft, die der Drache Eirik ausstrahlte, war immens. Trotzdem empfand Ciara keine Furcht. Überhaupt keine.

Eigentlich *müsste* sie verängstigt sein; sie wusste schließlich, wie zerstörerisch dieses Tier sein konnte. Doch alles, was sie fühlte, waren Ehrfurcht und dieses lächerliche, aber unausweichliche Entzücken, in seiner Nähe zu sein.

Und das war ein Gefühl, das völlig unangebracht war. Mythische Kreatur oder nicht, diese Bestie hatte ihren Bruder umgebracht, auch wenn es kein Mord gewesen war.

Ihre Wölfin weigerte sich jedoch, in Eirik einen Feind zu sehen. Sie wollte sich nur noch auf den Rücken wälzen und ihm ihren Bauch zeigen, aber nicht nur, um dem viel mächtigeren Raubtier ihre Anerkennung zu zollen. Oh nein. Das wäre zu einfach und zu leicht zu ignorieren. Ihre Wölfin *sehnte* sich nach der Berührung des Drachen, wollte von ihm liebkost, beschnüffelt und *genommen* werden.

Doch das würde nie geschehen.

Ciara brachte ihre wölfischen Bedürfnisse wieder unter Kontrolle und konzentrierte sich auf das eigentliche Problem. »Wie soll ich Mairi auf deinen Rücken bekommen?«

Eirik bewegte sich verblüffend behände für ein so großes Tier und hob Mairi mit seinen Vorderbeinen auf.

Obwohl Ciara wusste, dass Mairi seine Hilfe brauchte, brachte der Anblick der anderen Frau in Eiriks Armen ihre Wölfin zum Heulen. Sie beklagte sich, dass das nicht richtig sei. Kein anderes weibliches Wesen dürfte so behutsam an Eiriks mächtige, purpurrot beschuppte Brust gedrückt werden!

Aber Ciara ignorierte ihren wölfischen Instinkt und trat einen Schritt zurück. »Dann verwandle ich mich jetzt wieder und laufe zur Burg zurück.«

Eirik schüttelte den mächtigen Kopf und stieß ein Knurren aus, das nur als entschiedene Verneinung aufgefasst werden konnte. Und falls Ciara noch Zweifel hegte, genügte es, wie er seinen Schwanz um ihre Taille legte und sie zu sich heranzog, um klarzustellen, was er zu dem Thema dachte.

Vergeblich stieß sie gegen das lebendige Tau, das sie umschlang. »Wir haben keine Zeit zu streiten. Ich weiß nicht, wie schwer verwundet Mairi ist. Wir müssen sie zu Abigail bringen.«

Ciara musste nicht nur gegen den Impuls ankämpfen, den Drachenschwanz zu streicheln, um zu sehen, wie sich die Schuppen anfühlten, sondern auch gegen das überwältigende Gefühl der Sicherheit, das diese eigenartige Umarmung ihr verursachte.

Eirik nickte zustimmend, aber der entschiedene Blick seiner bernsteinfarbenen Augen besagte, dass sie dieses Vorhaben auf seine Art und Weise in die Tat umsetzen würden.

Der sture Drachenprinz!

»Ich weiß, du denkst, du müsstest auf mich aufpassen, doch ich bin hier im Wald völlig sicher.«

Wieder schüttelte er knurrend den Kopf, und sein Schwanz schloss sich noch fester um sie. Seine Wärme umgab sie wie ein Schutzschild, und Ciara wollte sich entspannen, hier, wo sie sich sicher genug fühlte, um zu schlafen, obwohl sie sich doch *nie* mehr irgendwo ganz und gar sicher fühlte.

Könnte der Drache sie vor ihren Träumen schützen? Ein seltsamer, wenn auch reizvoller Gedanke, den Ciara jedoch schnell wieder verwarf. »Du bist ein Tyrann. Aber das weißt du ja wohl selbst, nicht wahr?«

Der Drache zuckte mit den Flügeln, und wieder streifte ein sanfter Luftzug ihr Gesicht. Ciara fand das auf drollige Weise so charmant, dass sie unwillkürlich lächelte, anstatt die Stirn zu runzeln. »Arroganter Kerl.«

Das Schnauben, das aus seinem Mund kam, konnte nur ein Lachen sein.

»Und wie soll ich auf deinen Rücken kommen? Ich bin kein Vogel. Ich kann nicht fliegen.« Außerdem war der Gedanke, auf seinen gewaltigen Körper hinaufzuklettern, wie es die Jungen vor so langer Zeit im Wald getan hatten, alles andere als reizvoll.

Eirik stieß ein abwehrendes Schnauben aus. Dann hob er sie ganz unversehens auf, und sie fand sich in der Luft wieder.

Bevor Ciara es verhindern konnte, kam ein erschrockener Aufschrei aus ihrem Mund. Und die Spitze seines Drachenschwanzes streichelte ihren Rücken, um sie zu beruhigen. Und Teufel auch, wenn sie sich nicht wirklich gleich beruhigt fühlte!

Dieser verflixte, allwissende Drache!

Er stellte sie auf seinen großen, muskulösen Schenkel und ging ein wenig in die Knie, um eine Art Stufe zu bilden. Und Ciara kraxelte auf seinen Rücken hinauf wie ein Kind auf einen Baum, obwohl sie sich geschworen hatte, genau das nicht zu tun. Seine

Flügel brachte er so in Stellung, dass sie sich an einem festhalten konnte, während sie auf seinen Rücken stieg.

Die Drachenschuppen waren warm und glatt. Mit seinem Schwanz an ihrem Rücken und seinem fast völlig angelegten Flügel um sie herum lief sie jedoch nicht Gefahr, auf diesen Schuppen auszurutschen und zu fallen. Als sie sich hinter seinem Nacken niederließ, streckte sie rechts und links davon die Beine aus und stützte sie ab, wo seine Flügel in die Schultern übergingen. Dann schlang sie ihm die Arme um den Nacken und verschränkte vorsichtig die Hände.

An diesem Platz fühlte sie sich tatsächlich sicher genug, dieses sagenhafte Tier zu reiten. Ciara spürte, wie die Muskeln unter ihren Schenkeln sich anspannten, und wusste, dass Eirik sich anschickte, sich in die Lüfte zu erheben.

Es war nicht anders, als ein Pferd zu reiten. Ciara nickte vor sich hin. Ja. Es war genau so.

Auch wenn sie wesentlich weiter vom Boden entfernt war. Aber das machte nichts. So schlimm würde es schon nicht werden.

Eirik rannte ein paar Schritte und schwang sich in die Luft.

»Wie bei einem Pferd. Genau wie bei einem Pferd«, murmelte Ciara immer wieder vor sich hin.

Aber Pferde flogen nicht. Und Wölfe ebenso wenig.

Und Eirik stieg mit Mairi in den Armen und Ciara auf dem Rücken noch immer höher auf. Seine mächtigen Schwingen erzeugten einen kräftigen Luftzug unter ihnen. Als Ciara um seinen Nacken herum zur Erde hinunterblickte, verstärkte sich ihr Griff um seinen Hals. Sie flogen hoch über den Bäumen dahin … über Bäumen, die so hoch waren, dass ihre Kronen vom Boden aus kaum zu sehen waren.

Die panische Angst, die sie bei der Vorstellung zu fliegen erfasst hatte, zeigte sich jetzt jedoch nicht mehr, wo sie hoch in der Luft auf einem Drachenrücken saß. Stattdessen fühlte sie sich beschwingt wie nie zuvor, und auch das Gefühl der Verzauberung stellte sich wieder ein.

Sie flog, und es war fantastisch! Sie hätte laut aufjubeln können vor Freude und Begeisterung, wollte aber keine Aufmerksamkeit auf sie lenken, bis sie zu weit vom Boden entfernt waren, um von irgendjemandem gehört zu werden.

Und kaum waren sie es, warf sie den Kopf zurück und lachte. Ganz und gar bezaubert, lachte sie, wie sie es nicht mehr getan hatte, seit sie ein kleines Kind gewesen war. Auch der Drache hob den Kopf und stieß eine Art Trompeten aus, ein Geräusch, das wie sprudelnde Freude um sie herum explodierte.

»Es ist märchenhaft!«, schrie sie und hoffte, dass er sie über den brausenden Wind hinweg verstehen konnte. »Wundervoll!«

Sie hatte immer geglaubt, es könnte kein größeres Geschenk geben als die Fähigkeit, ihr Leben mit dem Wolf zu teilen, der zu ihrer Seele gehörte. Aber zu fliegen? Die Welt von oben zu sehen, den kalten Wind im Gesicht und den faszinierenden Körper eines Drachen unter ihr zu spüren? Das war ein Geschenk des Himmels, das alle anderen übertraf.

Sie umklammerte den Nacken des Drachen und flüsterte überwältigt: »Ich danke dir. Danke für diese wundervolle Erfahrung, Eirik.«

Kapitel 6

Der beste Mann ist der, der alles fürchtet und bedenkt,
was ihm widerfahren könnte,
wenn er seine Pläne macht,
aber kühn ist, wenn gehandelt werden muss.

Herodot

Eirik landete auf dem Platz hinter der Burg, der als Trainingsplatz für die Sinclair'schen Elitesoldaten diente. Er hatte mit dem Anflug gewartet, bis die Wachen auf den Türmen und Mauern woandershin blickten, und er hätte auch noch auf eine Wolke gewartet, die den Mond verdeckte, doch die menschliche Frau in seinen Armen war zu schwer verletzt für weitere Verzögerungen.

Dennoch war er versucht gewesen, noch länger in der Luft zu bleiben, nur um die wie in Wellen von Ciara ausgehende köstliche Freude zu genießen.

Sie hatte nicht fliegen wollen, es aber geliebt, sobald sie in der Luft gewesen waren. Diese Frau war die furchtloseste Chrechte, der er je begegnet war.

Aus diesem Grund hatte er Talorc auch nichts davon erzählen wollen, dass Ciara sich im Dunkeln aus der Burg geschlichen hatte. Weil Eirik viel zu beeindruckt war von ihrer Raffiniertheit und Courage.

Durch puren Zufall war er dort gewesen, als sie zum ersten Mal den Sprung von ihrem Fenster auf die Mauer gewagt hatte. Sie hatte nicht wissen können, ob es gut gehen würde. Er hatte es jedenfalls *nicht* geglaubt und sich ohne allzu große Hoffnung, sie diesmal auffangen zu können, in seinen Drachen verwandelt, bevor sie sauber und anmutig auf dem Wehrgang aufgekommen war. Dieser Sprung hätte eigentlich sogar für einen Wolf unmöglich sein müssen.

Aber Ciara war sicher aufgekommen, und das musste Eirik anerkennen.

Überdies hatte es seinem Raben Freude gemacht, auf sie aufzupassen, als sie durch den Wald gelaufen war, und ein Gefühl besitzergreifender Fürsorglichkeit, das sonst nur Familienmitgliedern vorbehalten war, hatte ihn erfüllt, als er über Ciara dahingeflogen war.

Der freiheitsliebende *kleine Wolf* war jedoch nicht gerade erfreut gewesen über die Entdeckung, dass er beobachtet und beschützt worden war.

Wäre er nicht in Drachengestalt gewesen, hätte Eirik jetzt gelächelt, als er Mairi, die menschliche Frau, behutsam auf den Boden legte. Aber Drachen lächelten nicht, und jeder Versuch, es doch zu tun, wäre mehr Furcht erregend als beruhigend.

Er war nicht überrascht, als Lais aus den Schatten trat. Über die telepathische Verbindung, die Eirik mit allen Éan teilte, hatte er den Heiler schon benachrichtigt, bevor er auch nur losgeflogen war. Als direkter Nachfahre des ersten Hüters des *Clach Gealach Gra* konnte Eirik sich nach Belieben mit seinen Leuten verständigen. Natürlich konnte er sie auch hören, falls es nötig war, doch er war auch dazu ausgebildet worden, sich davor abzuschirmen.

»Sie ist noch nicht wieder zu sich gekommen?«, fragte Lais, der sich Mairis Prellungen schon stirnrunzelnd besah.

»Nein«, antwortete Ciara, die anzunehmen schien, dass Lais mit ihr gesprochen hatte. Sie bewegte sich unruhig auf Eiriks Rücken. »Ich muss hier herunter!«

Ihr nackter Körper auf seinem war – selbst in seiner Drachengestalt – eine echte Herausforderung für Eiriks Selbstbeherrschung. Er konnte ihren Duft riechen, sie in der Luft um sie herum schmecken, und das Gefühl ihrer Schenkel an seinem Nacken machte jeden Gedanken unmöglich außer dem einen: der Frage, wie sie sich wohl um seinen Körper anfühlten, wenn er in Gestalt eines Mannes war.

Das Verlangen, sich auf der Stelle zu verwandeln, während sie noch auf ihm saß, brannte in ihm, aber er zwang sich, es zu ignorieren. Dies war nicht der richtige Moment, um seinen fleischlichen Gelüsten nachzugeben.

Er hob den Drachenschwanz an, um ihr etwas zum Festhalten zu geben, wenn sie von ihm herunterstieg. Gleichzeitig legte er seine Flügel so weit wie möglich an, um einen schützenden Schild für sie zu bilden. Damit wollte er einerseits verhindern, dass sie herunterfiel, andererseits jedoch auch ihre Nacktheit vor Lais verbergen. Doch der blickte gar nicht von seiner Patientin auf.

Zum Glück für Eiriks schnell aufbrausendes Temperament kletterte Ciara auf der anderen Seite herab, wo Lais sie ohnehin nicht sehen könnte. Aus was für Gründen auch immer hätte Eiriks Drache nämlich schon allein bei dem Gedanken, Lais könnte sie nackt sehen, Feuer speien können.

Sie waren Chrechten, Herrgott noch mal! Nicht wie die »gezähmten« Menschen innerhalb der Clans, die oft falsche Scham verspürten. Eirik war keineswegs beeinflusst von ihren zivilisierten Gepflogenheiten, doch sollte Lais Ciara in ihrer ganzen nackten Schönheit sehen, war Eirik sich nicht ganz sicher, ob er seine animalischen Instinkte unter Kontrolle halten könnte.

Lais zeigte mit dem Kopf auf einen Stapel Kleidungsstücke auf dem Boden. »Dort sind die Anziehsachen für Ciara, um die du mich gebeten hattest.«

Es war keine Bitte, sondern ein Befehl gewesen, und trotzdem bedankte Eirik sich über ihre telepathische Verbindung, bevor er seine menschliche Gestalt annahm.

Sowie die Verwandlung beendet war, griff er nach einem leichten Stoff, den er als eines seiner Hemden erkannte, und warf es Ciara zu. »Zieh dir etwas an!«

»Tyrannischer Drache!«, brummte sie, aber ihre schönen grünen Augen funkelten noch von der Freude, die sie während des Flugs erfahren hatte, und ihre Lippen verzogen sich zu einem hinreißenden Lächeln, das ihn dazu verlockte, sie zu küssen.

Sie zog das Hemd schnell über. Es reichte ihr bis weit über die Knie und bedeckte im Mondschein genug von ihr, um der Schicklichkeit Genüge zu tun. Schaute er allerdings genauer hin, konnte er ihre Brustspitzen erkennen, die noch hart waren von der kalten Luft und sich gegen den dünnen Stoff des Hemdes drängten.

Und er schaute genau hin. *Sehr* genau. So genau, dass er unter dem Stoff auch das dunkle Haar zwischen ihren nackten Schenkeln sehen konnte.

In diesem Augenblick wünschte er sich nichts mehr, als ihr das verdammte Ding wieder vom Leib zu reißen und seinen Spaß mit der kleinen Wölfin zu haben, die ihr liebevolles Herz hinter einem Panzer der Gleichgültigkeit verbarg.

Während er sie ansah, wie sie in seinem Hemd dastand, musste er lächeln. Verglichen mit ihm, war sie ein kleines Ding, was bei ihrer temperamentvollen Natur jedoch sehr leicht zu vergessen war.

Einer Natur, von der Talorc behauptete, sie habe sie bis zu Eiriks Ankunft tief in sich verschlossen gehalten. Eirik glaubte, dass es ihr Zorn darüber war, den Mörder ihres Bruders fortan in ihrem Clan zu haben, was ihre Emotionen wieder zur Oberfläche hatte aufsteigen lassen.

Doch anders als Ciara hatte Talorc nicht Eirik die Schuld an Galens Tod oder dem anschließenden Selbstmord von Ciaras Mutter gegeben. Nein, der Laird bestand darauf, dass die Gefühle, die Ciara endlich zeigte, nicht in Richtung Hass gingen.

Und Eirik, der das Thema nicht näher erörtern wollte, hatte den verblendeten Laird seinen Illusionen überlassen.

»Was ist mit dir?«, riss Ciaras scharfe Stimme ihn aus seinen Gedanken.

Verwirrt zog er die Augenbrauen zusammen. »Was soll mit mir sein?«

»Mairi könnte jeden Moment zu sich kommen.«

»Ja, das wäre gut.«

»Nicht, solange du noch nackt bist!«, stieß Ciara zwischen zusammengebissenen Zähnen hervor.

Und Eirik lächelte. Es gefiel ihm mehr, als gut für ihn war, dass die Wölfin in Bezug auf ihn offenbar auch von einem völlig unchrechtischen Schicklichkeitsgefühl befallen war.

Sie hatte klargestellt, dass sie im Moment genauso wenig interessiert daran war, einen Gefährten zu finden, wie er eine Gefährtin. Und obwohl sie schließlich zugegeben hatte, dass der Tod ihres Bruders dessen eigene Schuld gewesen war, folgerte daraus noch lange nicht, dass sie jemals in Betracht ziehen würde, ihr Leben mit dem seines Mörders zu verbinden.

Vorausgesetzt, dass Eirik auf der Suche nach einer Gefährtin *wäre*, was er keineswegs war. Im Moment hatte er noch viel zu viel für seine Leute zu tun, um seine Zeit mit Versuchen zu verbringen, eine Frau zu beschwichtigen oder sogar zu umwerben. Er konnte sich ja nicht einmal sicher sein, dass es eine Frau gab, mit der er sein Leben teilen könnte, ganz zu schweigen erst von einer, die er als wahre, geheiligte Gefährtin bezeichnen könnte. Außerdem müsste er noch zwei andere Naturen neben seiner menschlichen zufriedenstellen, wenn er eine lebenslange Gefährtin wählen würde.

Der Rabe und Drache in ihm waren oft geteilter Meinung, wenn es darum ging, sich für diese oder jene Handlungsweise zu entscheiden. Wie standen da die Chancen, dass *beide* mit einer von ihm erwählten Frau einverstanden sein würden?

»Warum machst du so ein grimmiges Gesicht?«, neckte Ciara ihn. »Wo du doch gerade eben noch gelächelt hast.«

»Ist eine halb tote menschliche Frau, die auf Sinclair'schem Land gefunden wurde, nicht Grund genug, ein grimmiges Gesicht zu machen?«, gab er zurück und legte seinen Kilt an.

Er bestand aus dem Leder des ersten Keilers, den er selbst erlegt hatte. Seine Tante hatte das Leder gegerbt und einen Jäger-Kilt daraus geschneidert, da Eiriks verstorbene Mutter es nicht mehr hatte tun können und seine Schwester zu beschäftigt damit gewesen war, als gestandene, voll ausgebildete Kriegerin ihre Leute zu beschützen.

Als Prinz seines Volkes hatte er nie ein kariertes Plaid getragen, nicht einmal eines der in den gedämpften Waldtönen gewebten, die von den Éan zu ihren Farben erklärt worden waren.

Ob sich das durch den Anschluss an die Sinclairs ändern würde, hatte er noch nicht entschieden.

Ciara biss sich auf die Unterlippe, und das Strahlen in ihrem Gesicht verblasste, als sie schnell den Blick abwandte, um ihn auf die im Gras liegende Frau zu richten. »Wir sollten sie hineinbringen. Und ich muss Abigail aufwecken.«

»Abigails Heilkräuter sind zwar Wundermittel, jedoch nicht mit der Gabe eines Chrechten zu vergleichen.«

»Lais ist ein Heiler?« Ciaras Stimme war vor Erstaunen leiser geworden. »Ich dachte, nur die heiligen Steine könnten zum Heilen benutzt werden.«

Eirik packte sie an den Schultern und drehte sie fast grob zu sich herum. »Was weißt du von dem *Clach Gealach Gra?*«

Sie verdrehte nur die Augen, was schon fast ein Wunder war angesichts der Furcht, die sie bisher vor ihm gezeigt hatte. »Lais hat mich das auch schon gefragt.«

Eirik warf dem Heiler seiner Leute einen tadelnden Blick zu, der aber unbemerkt blieb. »Hat er das?«

Lais beachtete Eirik nicht, doch Ciara nickte. »Du führst dich auf, als hätte niemand anderer als die Éan je die Geschichten von den alten Chrechten und ihren Gebräuchen gehört.«

»Die Faol erzählen Geschichten von dem *Clach Gealach Gra*?« Keiner der Wölfe, die von Éan ins Vertrauen gezogen worden waren, hatte je etwas davon erwähnt.

Ciara sah ihn an, als zweifelte sie an seinem Verstand. »Die Welt beginnt und endet nicht mit den Éan, Meister Drache. Es gibt noch andere Chrechten auf der Welt, und sie haben ihre eigene Vergangenheit, auch wenn kein Zweifel daran besteht, dass sie einmal eng miteinander verflochten waren.«

»Sag das nicht laut!«

»Dass die Chrechten eine gemeinsame Geschichte haben, die so lange zurückliegt, dass keiner von uns sich sicher sein kann, was in unseren alten Erzählungen Wahrheit und was Legende ist?«

»Du sollst nicht meine andere Gestalt erwähnen«, stieß er zwischen zusammengepressten Zähnen hervor.

Sie verdrehte schon wieder die Augen. »Glaubst du wirklich, du könntest dein Geheimnis vor dem Clan verborgen halten, so wie du in deiner Drachengestalt davonrauschst, wenn du die Nerven verlierst?«

»Ich verliere *nie* die Nerven.« Und er hatte auch noch niemals seine Drachengestalt angenommen, wenn Gefahr bestand, von jemand anderem gesehen zu werden als von ihr.

Sie war nicht gut für seine Geheimnisse und eine zu große Herausforderung an seine Selbstbeherrschung.

»Natürlich nicht, Eure Königliche Hoheit. Ein Prinz würde niemals etwas so Banales einräumen.« Ciara sagte das Wort *Prinz*, wie ein anderer vielleicht *Dung* aussprechen würde.

Aber Eirik dachte nicht daran, sich provozieren zu lassen. »Wechsle nicht das Thema! Ich habe dich gefragt, was du über unseren heiligen Stein weißt.«

»Sehr wenig.«

»Belüg mich nicht!«

»Tue ich nicht.« Ihre Augen waren wie grüne Dolche, die ihn zu durchbohren drohten.

»Sie versteht es, ihre Lügen zu tarnen«, warf Lais ein und wandte seine volle Aufmerksamkeit wieder seiner Patientin zu.

Ciaras dolchartiger Blick richtete sich auf den schon wieder völlig selbstvergessenen Heiler.

»Das ist unmöglich«, sagte Eirik.

»Genauso unmöglich, wie es ist, sich in einen Drachen zu verwandeln«, entgegnete Ciara mit unverhohlenem Spott. »Ich werde mir das merken.«

»Der Sinclair sagte, du wärst still. Und fügsam.«

Mit unschuldig-gekränkter Miene fragte sie: »Willst du etwa behaupten, ich sei es nicht?«

»Aye.«

Sie verschränkte die Arme vor der Brust, wahrscheinlich, ohne auch nur zu ahnen, welche Auswirkung das hatte. Es hob ihre schönen Brüste unter dem Hemd hervor und presste deren dunkle Spitzen noch fester an den dünnen Stoff. Auch der Saum war hinaufgerutscht und offenbarte noch ein wenig mehr von ihren wohlgeformten Beinen.

All das wurde vollendet von einem Gesichtsausdruck, der ihn dazu verlockte, sie zu zähmen. »Und was bist du? Arrogant.«

»Und du musst erst noch mit der Sprache herausrücken, wie du von unserem heiligen Stein erfahren hast«, entgegnete er.

»Durch meinen Bruder.«

Die bloße Erwähnung des Mannes machte Eirik wütend. »Er hat dir von unserem Stein erzählt? Hatte er etwa vor, ihn uns zu stehlen?«

»Natürlich nicht. Er erzählte mir Geschichten von den heiligen Steinen, wie zum Beispiel, dass sie während der Volljährigkeitszeremonie Gaben verleihen konnten oder dazu benutzt wurden, Chrechte-Abkömmlinge zu heilen.«

»Wie mich.« Die schwache weibliche Stimme ließ Eirik und Ciara zu Mairi und Lais herumfahren.

»Du bist eine Chrechte?«, fragte Eirik ungläubig.

Die Frau hatte überhaupt keinen Tiergeruch.

»Mein Vater ist einer.«

»Aber du hast kein Tier in dir.«

»Sie kann mir eines geben.« Mairi zeigte auf Ciara. »Sie ist die Hüterin des *Faolchú Chridhe*.«

»Auch die Wölfe haben einen heiligen Stein?«, fragte Eirik mit einem ärgerlichen Blick auf Ciara.

Er wollte es nicht glauben. Was für Geschichten hatten sie dieser armen, gebrochenen Frau erzählt? Wenn es wahr wäre, hätte Talorc es ihm längst gesagt. Und wenn nicht der Sinclair, dann doch Barr. Eiriks Schwager hätte ihm etwas so Wichtiges bestimmt nicht vorenthalten.

Ciara erwiderte seinen Blick nicht, und auch ihre Haltung hatte jetzt etwas Geheimnistuerisches. »Er ging verloren, bevor wir uns den Clans anschlossen.«

»Aber sie kann ihn wiederfinden«, behauptete Mairi.

Das leichte Erschrecken in Ciaras Gesicht war kaum zu sehen, doch Eirik entging es nicht. Hatte sie Mairi gegenüber diese Behauptung aufgestellt und nicht erwartet, sich dafür rechtfertigen zu müssen, oder wollte Ciara nicht, dass die Éan von ihren Hoffnungen erfuhren, den *Faolchú Chridhe* zu finden? Teilte sie etwa die Einstellung ihres Bruders zu den Éan?

»Ist das wahr?«, erwiderte Eirik, der mehr Antworten wollte, als er Fragen stellen würde. »Ach, vergiss es! Du kannst ja jede Lüge tarnen, die du mir erzählst. Ich werde Talorc fragen.«

Entschlossen, genau das zu tun, wandte er sich in Richtung Burg.

»Warte!« Ciaras Stimme war zu eindringlich, um den Ruf zu ignorieren.

Er blieb stehen, ohne sich jedoch noch einmal umzudrehen.

»Ich habe es ihm noch nicht gesagt.« Eirik konnte hören, dass sie auf ihn zukam, und dann spürte er ihre Hand auf seinem Arm. »Bitte lass mich es ihm selbst erzählen!«

Nun fuhr er doch zu der Wölfin herum und stieß mit einer schnellen Bewegung ihre Hand von seinem Arm. »Du hast es nicht für nötig gehalten, es deinem Laird zu sagen?«

Sie schüttelte den Kopf. »Ich habe mit niemandem darüber gesprochen seit Galens Tod. Ich hatte Angst ... Angst, dass es den gleichen Wahnsinn in ihnen aufkeimen lassen würde.«

»Du gibst eurem heiligen Stein die Schuld an der Dummheit deines Bruders?«

»Nein, die Schuld daran gebe ich Galens Wunsch, die Macht des Steines zu benutzen, aber ich konnte mir nicht sicher sein ...«

Ihr mangelndes Vertrauen in Talorc bestürzte Eirik. »Der Mann betrachtet sich als deinen Vater«, wies er sie scharf zurecht.

»Das ist er auch, in jeder Hinsicht, doch Galen war mein Bruder, mein Beschützer. Und trotzdem war es für ihn wichtiger als alles andere, den *Faolchú Chridhe* zu finden.« Ihre Stimme war rau von altem Kummer, aber ihre Augen glänzten feucht von neuer Furcht.

»Talorc ist ganz und gar nicht wie dein Bruder.«

»Ich weiß.«

»Und trotzdem hast du ihm nichts von dem heiligen Stein der Wölfe erzählt?«

»Ich hatte es vor.«

»Wann?«

»Bald.«

»Und warum wartest du noch?« Eirik wollte, dass sie ihm ihr

Misstrauen ihrem eigenen Vater und Laird gegenüber eingestand.

»Der Stein ist sehr, sehr machtvoll, was selbst für den ehrenwertesten Chrechten eine Versuchung ist. Er kann nicht nur den Wolf, sondern auch den *conriocht* hervorbringen.«

Einen Werwolf? Diese Kreaturen waren Legenden, weiter nichts.

Aber dann hätte Eirik fast über seine eigene Arroganz gelacht. Er, der sein Wesen mit einem Drachen teilte, bezweifelte die Existenz des *conriocht*? Diese Kreatur, von der es hieß, sie überrage andere Männer, habe die Schnauze, Fänge und Pfoten eines Wolfes und besäße die Kraft von zehn Männern, würde für alle außer einem Drachen unbesiegbar sein.

Obwohl sie nicht einmal fliegen konnte.

»Also wolltest du diese Macht deinem Laird und deinen Mitwölfen verweigern.«

»Vielleicht wurde sie uns aus einem bestimmten Grund verweigert. Der *Faolchú Chridhe* verschwand, und obwohl mein Bruder behauptete, er wäre von den Éan gestohlen worden, bin ich mir dessen nicht so sicher. Vielleicht sahen die Führer unseres Volkes den Missbrauch seiner Macht voraus und verbargen den Stein, um zu verhindern, dass so etwas erneut geschah.«

»Das sind alles nur Mutmaßungen.«

Ciara nickte. »Ja, aber das spielt keine Rolle. Der Stein will jetzt gefunden werden und wird mir keine Ruhe lassen, bis es so weit ist.«

»Du sprichst von deinen Träumen.«

»Was weißt du von meinen Träumen?«

»Nur, dass sie dir nachts keine Ruhe lassen. Du siehst aus, als schliefest du weniger als eine Mutter, die sich um Zwillingsbabys und gleichzeitig auch noch einen Wurf neugeborener Welpen kümmern muss.«

Ciara ließ die Schultern hängen. »Ich bin müde. Sehr müde.«

»Heute Nacht wirst du schlafen, und morgen sprechen wir mit dem Sinclair.«

Ciara verzog den Mund, als fände sie irgendetwas ziemlich komisch, doch sie nickte. »Morgen.«

Eirik wandte sich wieder Lais und Mairi zu. »Ist ihr Zustand schon stabil genug, um sie hineinzutragen?«

»Ja, wenn auch nur gerade eben. Sie hatte viele Verletzungen ... Knochenbrüche, innere Blutungen und an vielen Stellen schlimme Prellungen. Ich habe geheilt, was ich konnte, doch sie braucht jetzt viel Pflege und Schlaf. Und ich muss mich ausruhen, bevor ich mit der Heilung weitermachen kann.« Es war offensichtlich, dass Lais das Letztere nur ungern zugab.

Eirik respektierte ihn dafür jedoch nur umso mehr und nickte. »Dann werde ich sie in die Burg tragen.«

»Nein«, sagten der Heiler und die geheimnistuerische Ciara wie aus einem Munde.

Eirik ignorierte die kleine Wölfin und warf Lais einen fragenden Blick zu.

»Ich habe genug Kraft, um sie selbst zu tragen.«

Eirik sah Lais' beschützende Haltung der Frau gegenüber und die Art und Weise, wie er seinen Körper zwischen ihr und den anderen beiden Chrechten hielt. Sogar noch aufschlussreicher war der grimmige Ausdruck in den braunen Augen des Heilers. Der sonst immer so ausgeglichene Mann sah aus, als wäre er bereit, um das Recht zu kämpfen, die geschundene Frau in die Burg zu tragen.

Eirik trat mit voller Absicht einen Schritt zurück. *Überleg es dir sehr gut, bevor du eine menschliche Frau zur Gefährtin nimmst!*, riet er Lais über ihre geistige Verbindung. Laut sagte er: »Bring sie in Ciaras Zimmer!«

Mairi würde jemanden brauchen, der ein wachsames Auge auf

sie hatte, und trotz all ihrer Geheimnisse war Ciara die einzig vernünftige Wahl. Talorc würde nicht dulden, dass ein ungebundener Mann im selben Zimmer wie die Frau schlief, ob menschlich oder nicht. Daher kam der Heiler nicht infrage.

Womit nur Ciara blieb.

Die, wie nicht anders zu erwarten war, keine Einwände gegen Eiriks Anweisung erhob, Mairi in ihr Zimmer zu bringen. Denn trotz all ihrer Versuche, sich anders zu zeigen, hatte Ciara ein fürsorgliches Wesen, das sie nicht verbergen konnte.

Sie folgte ihnen in die Burg, und ihr anhaltendes Schweigen unterwegs ärgerte Eirik sehr, obwohl es das eigentlich nicht dürfte.

Ciara wollte nichts von ihm wissen, und auch er wollte nichts mit einer so unehrlichen Chrechte zu tun haben. Ihre Gründe, dem Sinclair nichts von dem *Faolchú Chridhe* zu erzählen, könnten den Schluss zulassen, dass Ciara Galens Sichtweise der Éan nicht teilte. Aber konnte Eirik diese Behauptungen als Wahrheit akzeptieren?

Ihre Fähigkeit, ihre Täuschungen und die vielen Geheimnisse zu verbergen, bedeutete jedoch, dass er ihr Wort nicht so einfach für bare Münze nehmen konnte.

Als sie ihr Schlafzimmer erreichten, legte Ciara sich schnell ein Plaid in den traditionellen blauen und schwarzen Farben der Sinclairs um. Mit flinken Fingern fältelte sie den Stoff, bevor sie das Ende schräg über ihren Oberkörper zog und mit dem Rest des Stoffes verband. Dann schlug sie eine Bettdecke aus dem gleichen Stoff zurück, damit Lais Mairi hinlegen konnte, und trat zurück, um dem Heiler Platz zu machen.

»Ich werde den Laird wecken und ihm von den Geschehnissen der Nacht berichten«, sagte sie mit gedämpfter Stimme, bevor sie schnell den Raum verließ.

Kapitel 7

Das Beste, was man für einen anderen tun kann,
ist nicht, einfach nur seine Reichtümer mit ihm zu teilen,
sondern ihm seine eigenen zu offenbaren.

Benjamin Disraeli

Ciara zog sich in eine Ecke ihres Zimmers zurück, als es sich mit Leuten füllte.

Laird Talorc und Abigail waren gekommen, um die Frau kennenzulernen, die Ciara im Wald gefunden hatte – der Laird, um die Bedeutsamkeit von Mairis Bitte um Zuflucht beurteilen zu können, und Abigail, um sich ein Bild von ihrem Gesundheitszustand zu machen. Auch Eirik und Lais, der Mairi nicht von der Seite wich, waren noch zugegen.

Ciara konnte nur froh sein, dass Niall als Talorcs Stellvertreter und Guaire als Seneschall nicht ebenfalls hereingerufen worden waren. Auch wenn sie keinen Zweifel daran hegte, dass sie morgen anwesend sein würden, wenn sie Laird Talorc ihre lange gehüteten Geheimnisse enthüllte.

»Ich glaube nicht, dass sie die Nacht überlebt hätte, wenn Ciara sie nicht gefunden hätte«, bemerkte Lais zu Abigail, während die sanftmütige Frau einige Kräuter in einem Becher vermischte, bevor sie kochendes Wasser darüber goss, das Ciara aus dem Küchentrakt geholt hatte.

»Dann werden wir unserer Tochter wohl für ihren Ungehorsam und Leichtsinn auch noch danken müssen.« Der Blick, den Abigail

Ciara zuwarf, ließ keinen Zweifel daran, dass die Angelegenheit damit noch lange nicht erledigt war.

Mairi dagegen schaute Ciara dankbar an.

Ciara schaute zu Boden, weil diese Dankbarkeit sie verlegen machte und sie zudem von Herzen wünschte, dass Abigail nicht schon wieder enttäuscht von ihr sein müsste. Ciara war nie die Tochter gewesen, die diese wunderbare Frau verdiente, und sie hoffte nur, dass das kleine Mädchen, das Abigail jetzt erwartete, sie für die Mängel ihrer Adoptivtochter entschädigen würde.

Sie hatte ihren Adoptiveltern nicht wehtun wollen, doch aus beider Blicke sprach schmerzliche Enttäuschung, als sie ihnen erzählte, wie sie Mairi gefunden hatte. Wie oft hatte sie schon diese Enttäuschung gesehen?

Zuerst bei ihrem leiblichen Vater, wenn er davon sprach, dass ein Chrechte Söhne brauchte, und dann in den Augen ihrer Mutter, wenn es Ciara gewesen war, die nachts kam, um sie zu trösten, statt des Ehemannes, nach dem sie weinend rief. Auch die Enttäuschung in Galens Gesicht, als sie den *Faolchú Chridhe* suchten und nicht fanden, war mit jedem gescheiterten Versuch gewachsen.

Dann war Ciara zu Laird Talorc und Abigail gekommen, um bei ihnen zu leben, und hatte schon bald gesehen, dass ihre Unfähigkeit, sie zu lieben, wie sie es als Eltern verdienten, auch ihnen Kummer bereitete. Dass sie sich um die Zwillinge kümmern konnte, war zumindest eine kleine Entschädigung für ihre anderen Unzulänglichkeiten gewesen. Oder bis vor Kurzem jedenfalls.

Wieder einmal war sie nicht so, wie ihre Familie sie sich wünschte, und wusste nicht, wie sie das ändern sollte, ohne viel zu viel Schmerz und Kummer zu riskieren.

Nachdem Mairi etwas von Abigails Kräutertee getrunken hatte, trat Laird Talorc an das Bett heran. »Du trägst die MacLeod'schen Farben«, sagte er zu der Kranken.

Seine Stimme hatte einen anklagenden Beiklang, daher war Ciara nicht überrascht, als Mairi zusammenzuckte. »Weil das der Clan meines Vaters ist.«

Ciara hatte das Gefühl, dass sie das überwiegend gelbe Plaid sofort hätte erkennen müssen. Da der Clan MacLeod jedoch weder Freund noch Feind war, war das Karomuster keines, das sie je zuvor gesehen hatte.

»Ihr verleugnet Eure eigene Familie?«, fragte Laird Talorc, noch immer mit unüberhörbarer Kritik in der Stimme.

Ciara verstand nicht, was er meinte. Er verübelte der jungen Frau doch wohl nicht, dass sie den Misshandlungen entkommen wollte, die ihr geschundener Körper so eindeutig bewies? Sie hatte Talorc sehr oft sagen hören, dass die alten Gesetze noch immer Gültigkeit besaßen, und eines von ihnen besagte, dass es nicht die Art der Chrechten war, sich an Schwächeren zu vergreifen.

»Ich meinte damit, dass er der Laird ist«, verdeutlichte Mairi. »Aber was die Frage angeht, ob er meine Familie ist und sein Clan der meine? Ich sehe keinen Vorteil darin, Farben zu tragen, die mir keinen Schutz gewähren.«

Ciara bewunderte Mairis Mut nach allem, was sie durchgemacht hatte, und nickte, um zu zeigen, dass sie sie verstand, als die junge Frau sie anschaute.

Mairi lächelte ihr dankbar zu, worauf Talorc sich ärgerlich zu Ciara umwandte. »Hast du etwas zu sagen, Tochter?«

Ciara schluckte den Kloß herunter, der sich in ihrer Kehle bildete, und nickte.

Sie verstand das Verhalten ihres Lairds nicht, befürchtete jedoch, dass sein Ärger ganz und gar nicht Mairi galt. Er war erbost über sie, seine Tochter, weil sie wieder einmal außerhalb der Burgmauern gewesen war, und ließ zu, dass dieser Groll in seinem Umgang mit der verletzten Frau zutage trat.

»So?«, sagte er zu Ciara und verschränkte streitlustig die Arme vor der Brust. »Und das wäre?«

»Er hat sie beinahe totgeprügelt.«

Da wechselte Laird Talorcs Ausdruck, wurde sogar noch grimmiger, und seine Wut wuchs noch bei ihren Worten, statt nachzulassen, wie sie gehofft hatte. Aber diesmal war Ciara sich sicher, dass sich der Gegenstand seiner Verärgerung nicht in diesem Raum befand.

Es war der MacLeod, den er durch und durch verabscheute.

Was allerdings noch nicht bedeutete, dass er Mairi Zuflucht gewähren würde. Andererseits jedoch konnte Ciara sich auch nicht vorstellen, dass Laird Talorc der jungen Frau seinen Schutz verwehren würde. Nie im Leben würde er die hilflose Mairi zu dem MacLeod zurückschicken, damit der sie wieder schlagen konnte.

»Als ich hierherkam, hatte auch ich dem Clan nicht viel zu bieten«, erinnerte sie ihren Laird.

Er zuckte mit den Schultern. »Du warst in Trauer.«

»Ich war teilnahmslos. Wütend. Und nicht gewillt, ein Teil der Familie zu sein, die mich aufgenommen hatte«, gestand sie voller Scham und fragte sich verzweifelt, ob sie je imstande sein würde, ihre Fehler wiedergutzumachen. »Abigail hat meinetwegen oft genug geweint.«

»Ach, Ciara!«, sagte ihre Adoptivmutter und bewies damit, dass sie das Gespräch verfolgt hatte … auf die eine oder andere Weise.

»Du hast nie die Hand gegen mich erhoben, obwohl du mich als sehr lästig empfunden haben musst … und mich nach wie vor als große Prüfung sehen musst.« Die letzten Worte flüsterte sie nur und senkte den Kopf, weil sie in den Augen ihres Vaters nicht die Bestätigung ihrer Befürchtungen sehen wollte.

»Ich habe nie das Bedürfnis gehabt, dir wehzutun«, stellte Laird Talorc, der einzige Vater, der *sie* je gewollt hatte, mit ruhigem Nachdruck klar. »Ein anständiger Mann vergreift sich nicht an einem Kind.«

»Oder an jemandem, der zu schwach ist, sich zu verteidigen«, sagte Ciara mit einem Blick zu Mairi, die zwar kein Kind mehr war, aber auch längst nicht stark genug, um sich gegen einen männlichen Chrechten zur Wehr zu setzen.

Talorc gab einen verächtlichen Laut von sich. »Der MacLeod ist kein ehrenhafter Chrechte. Er vergreift sich an den Schwachen.«

»Deshalb hat seine Tochter, die fast totgeschlagen wurde, auch allen Grund, bei einem anderen Clan Schutz zu suchen.« Ciara hob den Kopf, um Talorc wieder in die Augen sehen zu können.

Er schaute sie mit einer Hoffnung in den Augen an, die sie in diesem Zusammenhang nicht verstand. »Vielleicht.«

Seine Antwort bestürzte sie, weil sie fest damit gerechnet hatte, dass er Mairi den Schutz des Clans anbieten würde. »Bitte!«

»Bittest du deinen Laird?«, fragte er mit einem Gesichtsausdruck, von dem sie hoffte, dass sie ihn endlich richtig deutete.

»Nein, ich bitte meinen *Vater*, der ein besserer Vater ist, als der MacLeod es sich je erhoffen könnte.« Talorc hatte den Titel und das Lob verdient.

Und ihre töchterliche Liebe, egal, wie sehr es sie auch beängstigen mochte, sie ihm zu schenken. Sie war schon immer da gewesen, erkannte Ciara jetzt, und so zu tun, als wäre es anders, würde ihren Schmerz nicht verringern, falls sie ihre zweite Familie wie die erste je verlieren sollte.

Abigail gab einen Laut von sich, an dem Ciara sofort erkannte, dass sie weinte. Als sie ihre Adoptivmutter ansah, liefen ihr jedoch zwar Tränen über die Wangen, aber ihr Lächeln war strahlender als der Vollmond, der durch das Fenster hereinschien.

Auch Ciara konnte spüren, wie ihr die Tränen kamen, und wandte den Kopf ab, um ihre Schwäche zu verbergen.

Ihr Vater legte jedoch eine Hand unter ihr Kinn und drehte ihr Gesicht sehr sanft zu sich herum. »Es ist schon gut, Ciara.«

Sie blinzelte, um die Tränen zurückzudrängen. »Ist es das?« Sie hatte endlich zugegeben, dass sie wieder eine Familie hatte, die sie verlieren könnte. Und das fühlte sich gar nicht gut an, sondern ließ sie regelrecht erstarren.

»Aye, Tochter, das ist es«, bekräftigte er, bedachte sie dann aber mit einem strengen Blick. »Doch glaub nur ja nicht, das würde dich vor einer Strafpredigt deiner Mutter bewahren, weil du dich wieder einmal bei Nacht allein hinausgeschlichen hast.«

Ciara hätte fast gelacht, aber der Anfall von Erheiterung endete in einem Laut, der wie ein abgebrochenes Hicksen klang. »Nein, das glaube ich nicht.«

»Ich werde Mairi vom Clan der MacLeod Zuflucht gewähren.«

»Wartet!«, rief die geschundene Frau von ihrem Bett aus.

Talorc wandte sich ihr zu. »Ihr kamt, verletzt von den Fäusten eines anderen Chrechten, auf mein Land und suchtet hier Zuflucht.«

»Aber ich möchte nicht, dass Ihr sie mir gewährt, ohne sehr gründlich die Folgen zu bedenken.«

»Euer Vater wird es als kriegerische Handlung betrachten.« Talorcs Ton besagte jedoch, dass das für ihn keine Rolle spielte.

»Ja.« Mairi wandte den Blick ab. »Ich bin ihm nicht wichtig, doch sein Stolz ist es. Wenn ein anderer Clan mich aufnähme, würde das seinen Stolz verletzen.«

»Und deswegen würde er einen Krieg anzetteln?«, folgerte Abigail mit unverhohlener Verachtung.

Talorc schenkte seiner Frau ein nachsichtiges Lächeln. Eirik fing Ciaras Blick auf und fragte sie mit den Augen, ob Abigail tatsächlich so naiv war. Ciara nickte fast unmerklich. Abigail hielt die meisten Menschen für gut, und engherzige Tyrannen wie der MacLeod waren für sie wohl eher die Ausnahme als die Regel.

Wäre Abigail jedoch nicht so optimistisch, hätte sie es nie riskiert, Talorc von den Sinclairs eine Chance zu geben, und deshalb beklagte sich auch keiner von ihnen je darüber.

Der Drache schüttelte den Kopf, was die Kriegerzöpfe an seiner linken Schläfe leicht ins Baumeln brachte.

»Der MacLeod ist kein Verbündeter der Sinclairs.« Talorcs Ton verdeutlichte, dass dieser Mann es auch nie sein würde.

»Aber Ihr befindet Euch auch nicht im Krieg mit ihm«, wandte Mairi ein und zuckte zusammen, als sie sich bewegen wollte.

Lais trat vor und legte eine Hand auf ihre Schulter. »Ich konnte dich noch nicht ganz heilen, Mairi. Du musst dich vorsehen.«

Sie nickte errötend und mit einem Ausdruck des Erstaunens in den blauen Augen.

Lais lächelte sie an und zog die Decken fester um sie. »Braves Mädchen.«

»Ich bin kein Mädchen«, erklärte Mairi leise.

Lais' Lächeln wurde noch viel wärmer, bis Ciara glaubte, wegsehen zu müssen, so intim war es. »Ich weiß«, sagte er in leisem, beifälligem Ton.

Eirik grinste. Abigail lächelte mit Tränen in den Augen, und Ciara fragte sich, ob sie wirklich gerade gesehen hatte, was sie gesehen zu haben glaubte … den Beginn einer Beziehung.

Ihr Vater schüttelte den Kopf und klopfte dem Éan'schen Heiler auf die Schulter. »Ich werde euer Bindungsritual leiten, damit dein Prinz euer Trauzeuge sein kann.«

Mairis Augen weiteten sich, ihr Mund öffnete und schloss sich, aber kein Laut kam von ihren Lippen.

Lais' Lächeln erstarb, und er warf zuerst seinem Freund und dann seinem Laird einen bösen Blick zu, doch er widersprach Talorcs scherzhafter Bemerkung nicht.

»Ich verstehe nicht«, brachte Mairi schließlich in einem Ton hervor, in dem Verwirrung und Furcht mitschwangen.

»Das Thema Zuflucht ist damit beendet«, antwortete Talorc.

»Willkommen in unserem Clan, Mairi!«, sagte Abigail mit ihrer sanften Stimme.

Ein Aufschluchzen entrang sich der jungen Frau, und ihre Augen füllten sich mit Tränen. »Danke.«

Talorc runzelte die Stirn. »Das ist kein Grund zu weinen.«

Mairi wischte sich schnell über die Wangen. »Nein, natürlich nicht.«

»Und jetzt werden wir dich schlafen lassen.« Talorc wandte sich zum Gehen und legte eine Hand um Abigails Taille, um sie hinauszuführen.

Nun, da die Anspannung aus Mairis Zügen wich, wurde ihre Erschöpfung mehr als offensichtlich. »Noch einmal meinen aufrichtigsten Dank«, sagte sie leise zu dem sich schon zurückziehenden Laird.

Ciaras Vater hob nur grüßend die Hand und führte seine Frau hinaus.

Lais kümmerte sich noch ein bisschen um Mairi und wandte sich dann Ciara zu. »Wirst du bei ihr wachen?«

»Aber natürlich.« Ciaras Stimme klang ein wenig erstickt, weil ihr aus irgendeinem Grund die Kehle eng geworden war.

»Und du holst mich, falls sie irgendwelche Beschwerden hat?«

Ciara nickte, doch Mairi zog die Augenbrauen zusammen.

»Ich habe es den ganzen Weg vom Land meines Vaters bis hierher geschafft. Da werde ich doch wohl eine Nacht in einer warmen Burg und in einem richtigen Bett überstehen«, sagte sie sichtlich ungeduldig

Lais sah jedoch ganz und gar nicht reuig aus, und Mairi seufzte nur. »Ich weiß es zu schätzen, dass du mich zu heilen versuchst und ... na ja, dass du dich um mich kümmerst.«

»Es ist mir ein Vergnügen.« Damit beugte er sich über sie und tat das Undenkbare, indem er einen sanften Kuss auf ihre Stirn hauchte.

Die menschlichen Frauen innerhalb der Clans duldeten es nicht, dass Männer sich in Gegenwart Dritter solche Freiheiten herausnahmen, aber andererseits war ja auch wirklich gar nichts an dieser Nacht normal, oder? Und weit entfernt davon, beleidigt auszusehen, schien Mairi sogar sehr glücklich über Lais' Liebesbeweis zu sein.

Der Heiler ging, allerdings nicht, ohne noch einen langen Blick zurückzuwerfen, bevor Eirik ihn kurzerhand zur Tür hinausschob. Dann wandte er sich noch einmal zu Ciara um. »Morgen früh sprechen wir mit dem Sinclair.«

»Ja.«

»Und heute Nacht wirst du schlafen.«

Glaubte er wirklich, er könnte das einfach so mit bloßer Willenskraft bewirken? Sie ersparte sich jedoch die Mühe, mit ihm zu diskutieren, sondern zuckte nur mit den Schultern, was weder Zustimmung noch Widerspruch bedeutete.

Da kam er entschlossenen Schrittes zu ihr zurück und legte seine Hände rechts und links an ihre Wangen. »Du wirst heute Nacht keine Träume haben.«

»Vielleicht wird der *Faolchú Chridhe* ja auf dich hören und mir ein bisschen Ruhe gönnen.«

»Das wird er«, erklärte Eirik mit einer derartigen Zuversicht, dass Ciara ihm beinahe glaubte.

»Ich weiß nicht, ob ich dir vertrauen kann, aber ich möchte, dass du morgen ausgeruht bist. Wenn nicht, brichst du noch zusammen und wirst niemandem von Nutzen sein.«

Seine Worte hätten sie kränken müssen, doch so war es nicht. Warum hätte er ihr auch vertrauen sollen? Sie bedeutete ihm schließlich nichts. »Ich werde mir die größte Mühe geben.«

»Das erwarte ich von dir.« Er zog seine Hände zurück, was sie wie einen Verlust empfand, aber es gelang ihr wenigstens, das Winseln ihrer Wölfin zu unterdrücken. »Gute Nacht.«

»Gute Nacht.« Ihr Gruß war kaum mehr als ein Wispern, als er mit schnellen Schritten aus dem Zimmer ging.

Ciara richtete sich ein Nachtlager auf dem Boden neben dem schmalen Bett.

Mairis Lider flatterten. »Was tut Ihr da? Ihr könnt nicht auf dem Boden schlafen.«

»Ich habe Felle, die bequem genug sind.«

»Aber ...«

»Das Bett ist zu schmal, um es mit dir zu teilen. Ich würde mir Sorgen machen, dass ich dich in der Nacht stoße und dir wehtue.« Besonders bei ihren Albträumen.

»Weil du einen unruhigen Schlaf hast?«

»Ja.«

»In den letzten sechs Monaten habe ich auch nur sehr schlecht geschlafen. Zuerst dachte ich, es läge daran, dass mein Vater mich einem seiner Soldaten zur Frau geben wollte. Der Mann ist nicht nett und alles andere als sauber, aber dann erkannte ich, dass es die Träume waren, die mich mit einem Gefühl der Angst erfüllten, das auch beim Erwachen nicht verging.«

»Der *Faolchú Chridhe* ist in Gefahr. Er muss gefunden werden.« Auf Gedeih oder Verderb.

»Bevor er in die falschen Hände fällt«, ergänzte Mairi.

Ciara nickte. »Wir werden das morgen früh mit meinem Vater besprechen.«

»Vielleicht am späten Morgen«, murmelte Mairi schon halb im Schlaf.

Ciara lächelte, löschte das Wandlicht und zog das Leder vor das Fenster, um den Raum in Dunkelheit zu tauchen. »Schlaf, so lange du kannst! Abigail sagt, es helfe bei der Heilung.«

Ciaras Herz hatte der Schlaf jedoch nie heilen können. Vielleicht lag das aber auch daran, dass er etwas so schwer zu Fassendes in ihrem Leben war.

Sie tastete sich in der Dunkelheit zu ihrem Nachtlager vor und kroch zwischen die Felle.

Ein paar Momente verstrichen, ohne dass eine von ihnen ein Wort sagte. Ciara dachte schon, Mairi sei eingeschlafen, doch da irrte sie sich.

»Ciara?«

»Ja?«

»Werdet Ihr mir helfen, meinen Wolf zu finden?«

»Ich weiß nicht, ob das möglich ist.«

»Das ist es«, erklärte Mairi leise, aber offenbar völlig überzeugt.

»Ich bin keine Prinzessin.«

»Meine Träume sagen etwas anderes.«

Träume. Eigentlich hätte Ciara längst beginnen müssen, sie zu hassen, doch manchmal waren es auch glückliche, und nur dann war sie imstande, wahre Freude zu empfinden.

»Deine Träume könnten sich irren.«

»Nein, auf keinen Fall.«

»Du klingst, als wärst du dir sehr sicher.«

»Meine Mutter hat mich den Unterschied zwischen den Träumen einer Seherin und den gewöhnlichen gelehrt. Ich *bin* mir sicher.«

»Wenn ich es kann, werde ich es tun.« Mehr konnte Ciara nicht versprechen, doch in Anbetracht all dessen, was Mairi riskiert hatte, um zu ihnen zu gelangen, konnte sie auch nicht weniger tun.

Eirik wartete mit dem Sinclair und seinem Stellvertreter im Großen Saal darauf, dass Lais mit Ciara und Mairi die Treppe hinunterkam.

Niall war nicht erfreut gewesen zu hören, dass Mairi so weit auf Sinclair-Land hatte gelangen können, ohne entdeckt zu werden, und beschwerte sich bei Talorc darüber. »Wie hat eine kleine Frau wie sie es geschafft, an unseren Wachen und Clan-Angehörigen vorbeizukommen?«

»Vielleicht hatte sie göttliche Hilfe«, sagte Abigail, die hinter Eirik eingetreten war.

Die Zwillinge waren bei ihr und rannten auf ihren Vater und den hünenhaften Krieger zu, der bei ihm saß. Nialls Stirnrunzeln verwandelte sich augenblicklich in ein Lächeln, und er nahm einen der Jungen auf den Schoß, um irgendeinen Schatz zu bewundern, den das Kind ihm zeigte.

Der andere Zwilling fragte seinen Vater, ob er dessen Dolch sehen dürfe, und Abigail warf Talorc einen drohenden Blick zu, der besagte: Wage es ja nicht!

Als Eirik Stimmen auf der Treppe hörte, wandte er seine Aufmerksamkeit den Neuankömmlingen zu. Mairi ging noch sehr vorsichtig und auf Lais' Arm gestützt, aber sie sah schon sehr viel besser aus als in der Nacht zuvor.

Ciara dagegen hatte einen gehetzten Gesichtsausdruck, und dunkle Schatten lagen unter ihren Augen. Eiriks Drache knurrte bei ihrem Anblick. Sie hatte wieder nicht geschlafen.

Aber heute Abend würde sie Schlaf finden, und wenn er sie dazu in den Armen halten und ihre Träume mit seinen eigenen Träumen beschützen musste. Als Prinz seines Volkes konnte Eirik im Geiste zu jedem Éan sprechen, und als vom *Clach Gealach Gra* begnadeter Drache vermochte er auch, die Seelen anderer zu beruhigen.

In der Nacht zuvor hatte er damit bei Ciara begonnen, sich dann jedoch eines anderen besonnen, was die Preisgabe dieser Fähigkeit anging. Inzwischen wusste er aber, dass er sie bei der nächsten Gelegenheit, die sich ihm bot, einsetzen würde.

Lais, der jetzt mit Mairi den Fuß der Treppe erreichte, sah aus wie ein Mann, der seine Gefährtin gefunden hatte und nicht wusste, wie er damit umgehen sollte.

Die Zwillinge liefen zu Ciara und umarmten sie stürmisch. »Wir haben dich vermisst«, gestand der kleine Drost. »Mama meinte, du wärst müde.«

»Sie sagte, du schliefest«, fügte Brian hinzu.

Eirik runzelte die Stirn. »Aber du siehst nicht so aus, als hättest du geschlafen.«

»Du hättest zum Spielen runterkommen sollen«, maulte Drost.

Ciara schüttelte den Kopf und lächelte die Jungen an. »Das hätte ich, ja.«

Mairi warf Ciara einen besorgten und auch schuldbewussten Blick zu. »Ich hätte Euch nicht das Bett wegnehmen dürfen.«

»Unsinn, Mairi! Es waren meine Träume, die mich störten, nicht mein Lager auf dem Boden.«

»Du durftest auf dem Boden schlafen?«, fragte Drost mit einem verblüfften Blick zu seiner Mutter. »Wir dürfen das nie!«

»Ich will auch auf dem Boden schlafen«, verkündete Brian, bevor er wieder auf Nialls Schoß kletterte und die Arme vor der Brust verschränkte, wie Talorc es tat, wenn er etwas Wichtiges zu sagen hatte.

»Eure Mutter zieht es vor, dass ihr in einem Bett schlaft.« Talorcs Ton machte klar, dass seine Söhne zuerst Abigails Erlaubnis würden einholen müssen, auch wenn er selbst geneigt sein mochte, ihnen den Wunsch zu erfüllen.

»Nun ja, wenn ihr wirklich auf dem Boden schlafen wollt, werde ich euch heute Nacht ein Lager auf dem Fußboden unseres Schlafzimmers zurechtmachen«, erbot sich Abigail und schenkte ihrem Ehemann ein zuckersüßes Lächeln.

Natürlich runzelte der Sinclair sofort die Stirn. »Wieso in *unserem* Schlafzimmer?«

»Weil es ein Abenteuer sein wird.«

Das auch Talorc dazu zwingen würde zu *schlafen*. Abigail war eine kluge und raffinierte Frau.

Eirik mochte sie.

Ciara lächelte über den kleinen Austausch, doch da war auch ein wehmütiger Ausdruck in ihren Augen, den Eirik sich nicht erklären konnte.

Nicht sicher, was ihn dazu veranlasste, erhob er sich und ging zu ihr, nahm ihren Arm und führte sie zu dem Sessel, in dem er vor dem Kamin gesessen hatte. »Nimm Platz, *faolán!*«

»Warum nennt er Ciara *Wölfchen*, Niall?«, fragte Drost den großen Krieger. »Sie ist doch gar nicht klein. Sie ist größer als ich.«

Niall blickte mit einem herausfordernden Gesichtsausdruck zu Eirik auf. »Ich weiß es nicht, Drost. Eirik, warum sagst du uns nicht, warum du die Tochter unseres Lairds mit diesem Kosewort ansprichst?«

Ciara war so müde und erschöpft, dass sie gar nicht wirklich auf die Unterhaltung um sie herum achtgab. Eirik hatte sich schon gewundert, dass sie sich nicht einmal gesträubt hatte, in seinem Sessel Platz zu nehmen. Und seiner Erfahrung nach war sie keineswegs die gefügige Wölfin, für die Talorc sie hielt.

»Was ist ein Kosewort?«, wollte Brian wissen.

»Wenn dein Vater dich Welpe oder seinen kleinen Mann nennt, benutzt er für dich ein Kosewort«, antwortete Abigail.

Talorc und Niall waren viel zu sehr damit beschäftigt, Eirik böse anzusehen.

»Oh.« Drost schwang die Beine herum, wobei er Niall einen Tritt versetzte, was den großen Mann jedoch nicht mal mit der Wimper zucken ließ. »Aber sie ist kein Welpe mehr.«

»Nein, das ist sie nicht.«

»Nun?«, beharrte Talorc und hielt seinen feindseligen Blick auf

Eirik geheftet. »Gibt es einen Grund dafür, dass *du* meine Tochter gestern Nacht im Wald entdeckt hast?«

»Ich bin ihr schon oft gefolgt und habe sie aus der Luft beobachtet, wenn sie nachts dort umherstreift.«

»Dann war dein Ausflug gestern Abend also kein einmaliges Vorkommnis?«, wandte sich der Sinclair streng an Ciara.

Doch die antwortete nicht.

»Ciara?«

Sie blickte auf, und erst jetzt bemerkte er ihre geröteten Augen und ihr blasses Gesicht. »Ja?«

»Du musst ins Bett zurück.« Talorcs Ton war streng, aber liebevoll, und was immer er hatte sagen wollen, hatte er angesichts der unverkennbaren Erschöpfung seiner Adoptivtochter vergessen.

»Muss ich?« Sie blickte sich um und bemerkte die besorgten Blicke der anderen um sie herum. »Ich bin doch gerade erst aufgestanden.«

»Abigail, kannst du ihr einen Tee bereiten, der ihr hilft zu schlafen?«, fragte der Sinclair seine Frau.

»Ich habe es versucht ... sie scheinen nicht zu wirken.«

»Ich kann ihr helfen zu schlafen.«

Damit zog Eirik Nialls und Talorcs feindselige Blicke erneut auf sich, nur dass sie jetzt sogar noch ärgerlicher wirkten.

»Nein.« Talorcs Ton ließ keinen Raum für Widerspruch.

»Ich kann ihren Geist beruhigen, und mein Drache kann über ihre Träume wachen.«

»Musst du dazu im selben Zimmer wie sie sein?«, fragte Talorc, der den Unterschied, den Eirik machte, zu verstehen schien.

»Sowie ich ihren Geist beruhigt habe, wird sie schlafen, doch ich kann sie nicht in ihren Träumen schützen, ohne sie zu berühren.«

»Also würde sie nur wieder aufwachen. So ist es auch bei meinen Kräutertees«, meinte Abigail besorgt.

Eirik nickte.

Der Sinclair öffnete den Mund, um etwas zu sagen, doch was immer das auch war, verlor sich, als Ciara urplötzlich vornüberkippte. Sie wäre auf dem harten Boden aufgeschlagen, wenn Eirik und Abigail sie nicht blitzschnell ergriffen hätten.

Ciara setzte sich gerade hin und schüttelte den Kopf. »Ich weiß nicht, was mit mir los ist.«

»Du schläfst zu wenig«, erklärte Talorc. »Und das schon zu viele Nächte.«

Abigail seufzte. »Und du isst auch nicht genug.«

»Zu viele Träume«, setzte Mairi hinzu.

Und alle starrten sie verwundert an.

»Ich habe sie auch, aber ich kann Euch nicht davon erzählen, bis Ciara ausgeruht genug ist, um an der Unterhaltung teilzunehmen. Ich werde ihre Geheimnisse nicht verraten, indem ich meine eigenen offenbare.«

»Also gut«, meinte Talorc grollend zu Eirik. »Du kannst ihr beim Einschlafen helfen. Aber die Tür bleibt offen, und wir werden nach euch sehen.«

Eirik hätte jetzt gekränkt sein müssen, doch stattdessen konnte er nur mit Mühe ein Lachen unterdrücken.

So reizvoll er die hübsche kleine Wölfin fand, hatte er seine Bettgefährtinnen doch lieber wach und bei Bewusstsein. Außerdem brauchte Ciara Ruhe und keine körperlichen Anstrengungen bei Nacht …

»Wir werden im Wald schlafen, weil ich in Drachengestalt sein muss, um ihre schlechten Träume abzuschirmen. Ich glaube nicht, dass Abigail erfreut darüber wäre, wenn ich das Bett zerstörte, nachdem sie dich endlich dazu überreden konnte, ihr eins zu bauen. Du kannst einen Aufpasser mitschicken, doch es muss einer der Éan oder der wenigen vertrauenswürdigen Faol sein, die meine andere Gestalt schon kennen.«

Talorc stimmte zu und schickte Niall und Guaire mit Eirik und Ciara in den Wald.

Sie war so benommen vor Müdigkeit, dass sie nicht einmal Fragen stellte, wohin sie gingen oder warum sie auf das Pferd des hünenhaften blonden Kriegers gesetzt wurde.

Eiriks Drache brüllte darüber, beruhigte sich aber ein wenig, als er sich erinnerte, dass der andere Chrechte eine glückliche Beziehung hatte … mit Guaire. Sein Drache war jedoch noch immer nicht zufrieden, und Eirik hoffte nur, dass der Ritt schnell über die Bühne ging, bevor das Tier in ihm sich durchsetzte und er sich Ciara schnappen und sie von Nialls Pferd auf seins befördern würde.

Kapitel 8

Heilen ist eine Frage der Zeit,
aber manchmal ist es auch eine Frage der Gelegenheit.

Hippocrates

Lais hob Mairi auf die Arme und ignorierte ihren überraschten Ausruf, als er sich zu seinem Laird umwandte. »Ich werde eine weitere Behandlung vornehmen.«

Talorc nickte. »Abigail wird euch begleiten.«

»Wenn ihr das wünscht. Aber meine Heilkräfte sind stärker, wenn keine Ablenkungen vorhanden sind.«

»Ich glaube, deine Patientin wird Ablenkung genug sein«, beschied Talorc ihn trocken.

Mairi schnappte nach Luft und zappelte in Lais' Armen, der sie jedoch fest an seine Brust gedrückt hielt. »Genau«, stimmte er seinem Laird zu. »Noch mehr Ablenkungen würden meine Handlungsfähigkeit behindern, doch ich beuge mich natürlich deinem Willen.«

Der Laird schüttelte den Kopf. »Du bist genauso überheblich wie dein Prinz.«

»Ich glaube, da schimpft ein Esel den anderen Langohr«, warf Abigail leise lachend ein.

Da Lais der gleichen Meinung war, musste er sich Mühe geben, seine Belustigung zu verbergen. Schließlich wollte er seinen Kopf dort behalten, wo er war – schön fest auf seinen Schultern sitzend.

»Du wirst nicht ihre Hilflosigkeit ausnutzen«, befahl der Rudelführer der Faol ihm streng. »Sie steht unter meinem Schutz, vergiss das nicht!«

Lais nahm es dem Laird nicht übel, dass er an seiner Ehre zweifelte. Nach dem, was Lais seinen eigenen Leuten angetan hatte, erwartete er auch gar nicht, dass andere Chrechten ihm vertrauten.

Deshalb war ihm Eiriks Freundschaft auch so wichtig. Weil sein Prinz nicht ein einziges Mal Lais' Beweggründe oder Handlungen infrage gestellt hatte.

Und trotzdem kränkten Lais die Zweifel an seiner Redlichkeit. »Sie ist meine Patientin und in meiner Obhut völlig sicher.«

»Natürlich ist sie bei dir sicher«, sagte Abigail beschwichtigend und bedachte Talorc dann mit einem ärgerlichen Blick. »Mein Mann wollte auch gar nichts anderes andeuten.«

Der Laird wirkte jedoch gar nicht reuig. »Er will sie«, entgegnete er trocken.

Abigail errötete und warf Mairi einen mitleidigen Blick zu.

Die junge Frau gab einen schrillen Protestlaut von sich, versuchte aber nicht wieder, sich aus Lais' Armen zu befreien. Ihre Verletzungen mussten ziemlich schmerzhaft sein – und das hatte im Augenblick Vorrang.

»Ich werde sie behandeln, als wäre sie ein weiteres Mündel unseres Lairds«, versprach Lais.

»Gut.« Die Augen des Alphawolfs verhießen nichts Gutes für den Fall, dass der Heiler der Éan sein Versprechen brach. »Denn im Moment ist sie auch genau das.«

»Aber ich ... mein Vater ... er wird nicht ...«, wandte Mairi unsicher mit ihrer sanften Stimme ein.

Talorc beachtete ihren Einwand nicht, doch sein Gesichtsausdruck wurde auf fast wundersame Weise weicher, als er sich seiner Frau zuwandte. »Ich glaube, es wird Zeit, die Jungs mal wieder zum Buddeln in deinen Kräutergarten zu bringen.«

»Als du es das letzte Mal gewagt hast, haben sie meinen Thymian ausgegraben, worunter unsere Mahlzeiten sehr gelitten haben«, gab Abigail mit schroffer Stimme, aber amüsiertem Blick zurück.

»Dann solltest du mitkommen und uns beaufsichtigen.«

»Ja, vielleicht wäre das tatsächlich besser.« Abigails Lippen zuckten vor Belustigung.

»Wenn ihr erlaubt …«, sagte Lais zu dem Laird und seiner Lady und wies mit dem Kinn zur Treppe hinüber.

Talorc wandte sich wieder dem Heiler und Mairi zu. »Tut für sie, was Ihr könnt! Sie ist kein Krieger, der solche Schmerzen erträgt.«

Es hätte Lais nicht überraschen dürfen, dass der Sinclair Mairis Unwohlsein bemerkt hatte oder dass es ihn überhaupt kümmerte, aber ein Teil von ihm war in der Tat erstaunt darüber. Und es beschämte Lais, sich eingestehen zu müssen, dass er sein eigenes Urteil auf vergangene, noch nicht ganz überwundene Erfahrungen stützte.

»Das werde ich.«

Talorc nickte und führte dann seine Familie aus dem Großen Saal.

Lais trug Mairi zu seinem Schlafzimmer hinauf.

Er war sprachlos gewesen, als der Laird ihm ein Zimmer in der Burg neben Eiriks angeboten hatte. Doch Talorc hatte gesagt, wegen seiner Heilkräfte werde Lais ein wertvolles Mitglied des Clans sein und daher am besten ganz in der Nähe des Lairds und seiner Familie leben.

Mairi in seinem eigenen »Nest« zu heilen würde ihm helfen, sich zu konzentrieren und der ganzen Kraft seiner Chrechte-Gabe zu bedienen. Mit seinen Waffen in der Nähe und den Fellen, die er aus seinem Zuhause im Wald mitgebracht hatte, so hingelegt und angeordnet, dass sein Adler sich bequem und sicher fühlte, obwohl sie auf dem Boden lagen.

In dem hohen Fenster bewahrte er eine Schale duftender Kräuter auf, die er zum Heilen benutzte, deren Duft jedoch auch beruhigend und zugleich eine Erinnerung war. Anya-Gra hatte ihn gelehrt, dass seine Fähigkeit zu heilen zwar eine großartige Gabe war, er aber keineswegs allein auf sie vertrauen musste. Eine ihrer Töchter hatte Lais in den letzten sieben Jahren in der Verwendung von Heilkräutern, Tinkturen und anderen Behandlungsmethoden für Chrechten wie auch für Menschen unterwiesen.

Das einzige Mobiliar im Raum, ein langer, schmaler Tisch an der Wand dem Bett gegenüber, enthielt Tiegel, Töpfchen und Ledersäckchen mit medizinischen Instrumenten aus der Zeit seiner Ausbildung. In der Mitte stand ein kleiner Holzkasten. Ein geschnitzter Drache schmückte den Deckel, ein Rabe, Adler und Falke die drei Seiten des Kästchens, während die Rückseite ganz schmucklos war. In dem Kasten befand sich der kleine Bernstein, den Lais an dem Tag, nachdem er zu den Éan gekommen war, um bei ihnen zu leben, von Anya-Gra geschenkt bekommen hatte.

Der bräunlich gelbe Kristall, ein Andenken daran, dass ihm eine zweite Chance gegeben worden war, half ihm, sich an jenen Tag der Heilung vor sieben Jahren in der Höhle zu erinnern. Anya-Gra hatte auch mit Lais daran gearbeitet, den Stein zur besseren Konzentration und Verstärkung seiner Heilkräfte zu nutzen.

Mit einem Fuß trat er die Tür zu und stieß mit der Schulter den Riegel an, damit er herunterfiel und sicherstellte, dass niemand hereinplatzen und sie stören konnte. Seine Konzentration in einem entscheidenden Moment der Heilung zu unterbrechen, könnte sehr schädliche Auswirkungen auf Mairis Genesung haben.

»Das ist nicht Ciaras Zimmer«, sagte die sanfte blonde Frau mit einem verwirrten Blick, als Lais sie auf seine Felle legte.

Lais nickte und schob ihr ein kleineres, zusammengerolltes Fell unter den Kopf. »Es ist meins.«

»Aber das ziemt sich nicht!« Sie versuchte, sich aufzurichten, schaffte es jedoch nur, den Kopf zu heben, bevor sie sich mit gequälter Miene zurückfallen ließ. »Ich kann nicht im Zimmer eines unverheirateten Soldaten sein.«

Lais trainierte zwar mit den Soldaten, doch er war keiner von ihnen. »Ich bin ein Heiler, kein Soldat.«

Aus dem Waschkrug in seinem Zimmer goss er Wasser in die große Holzschüssel, die er für alles Mögliche benutzte. Das Holz war von einem der geschickten Handwerker unter den Menschen, die ihr Leben bei den Éan im Wald verbracht hatten, dünn geschnitzt und auf Hochglanz poliert worden.

»Pfff!« Sie zog einen entzückenden kleinen Schmollmund, der den Drang, sie zu küssen, beinahe übermächtig in Lais werden ließ. »Das ist ja wohl kaum ein großer Unterschied.«

Für Lais war es das. Er würde nie wieder versuchen, einen anderen Chrechten zu verletzen, sofern es nicht zu seiner Verteidigung nötig war. »Du hast den Laird gehört. Deine Tugend ist nicht in Gefahr.«

Die Röte, die ihr ins Gesicht stieg, war so tief, dass sie fast die verbliebenen Prellungen in ihrem Gesicht verbarg. »Das meinte ich nicht. Ich habe nie gedacht ... Du würdest doch nicht wollen ... Ich bin so hässlich mit all diesen blauen Flecken ... Du ...«

Diese kleine menschliche Frau war bezaubernd und entschieden zu begehrenswert, wenn sie in Verlegenheit geriet. Lais merkte, dass er trotz seines inneren Kampfes gegen sich selbst und sein Begehren lächeln musste. »In meiner Gesellschaft bist du sicher.«

»Das habe ich nie bezweifelt, doch das ist nicht der Punkt.«

»Und was *ist* der Punkt, meine Kleine?« Ihr Vertrauen zu ihm war ein sogar noch stärkeres Aphrodisiakum als ihre Schönheit.

Er brauchte ein wenig Luft, die nicht so stark von ihrem Duft durchdrungen war, und so stand er auf und ging zu seinem Tisch, wo er Kräuter und Tücher für ihre Behandlung zurechtlegte.

»Mein Name ist Mairi.«

»Ist *das* der Punkt?«, konnte er nicht umhin, zu scherzen, als er alles, was er brauchte, neben die Schale Wasser legte.

»Natürlich nicht.«

Als Lais sein Verlangen wieder besser unter Kontrolle hatte, legte er die junge Frau behutsam auf den Fellen zurecht, damit kein unnötiger Druck auf die Stellen ausgeübt wurde, die sie am meisten schmerzten. Wieder musste er mit sich kämpfen, um nicht jede Berührung in eine Liebkosung zu verwandeln, und war sehr stolz auf sich, als er es schaffte.

Mairi atmete flacher und schloss die Augen, als zwei rote Flecken auf ihren Wangen erschienen.

»Habe ich dir wehgetan?« Er hatte sich alle Mühe gegeben, so vorsichtig wie möglich vorzugehen.

»Nein.«

»Was macht dir denn zu schaffen?« Aber seine geschärften Sinne verrieten es ihm schon, bevor sie den Mund öffnete.

Seine Berührung hatte sie erregt.

Mairi ballte die Fäuste zwischen den Falten ihres Plaids. »Du bist mir sehr nahe«, sagte sie in fast schon anklagendem Ton.

»Ich kann dich ja wohl kaum von der anderen Seite des Zimmers her versorgen.«

»Das habe ich auch nicht gemeint.« Sie schlug die Augen wieder auf, deren blaue Tiefen eine Botschaft vermittelten, die Lais mit aller Kraft zu ignorieren versuchte. »Ich bin nur ... Na ja, dass du mir so nahe bist, fühlt sich irgendwie ... komisch an.«

»Aye.« Unwissenheit vorzutäuschen, mochte ihre Gefühle schonen, aber es würde nichts an den Tatsachen zwischen ihnen ändern.

»Für dich auch?«, fragte sie überrascht.

Er zuckte nur mit den Schultern, weil er nicht die Absicht hatte, diese Frage zu beantworten. Wenn sie nicht sehen konnte, wie sein Kilt sich vorne auszubeulen begann, würde er sie bestimmt nicht darauf hinweisen. Er hatte sich noch nie zuvor zu einer Patientin hingezogen gefühlt, doch in der Nacht zuvor war genau das zum ersten Mal passiert.

Diese Reaktion hätte ihn zweifellos beschämt, wenn er nicht wüsste, dass sein Adler diese menschliche Frau als seine Gefährtin beanspruchen wollte.

Und deshalb war Lais' Reaktion auf Mairi unvermeidlich.

»Warum fühle ich mich so zu dir hingezogen?«, hakte sie sichtlich verwirrt nach. Ihr Gesicht war blass vor Schmerz, doch ihre blauen Augen glühten förmlich vor Verlangen.

»Weil du meine Patientin bist?«

»Es ist mehr als das. Bei der Methode meines Vaters, seiner Enttäuschung über meine Mängel Luft zu machen, kannst du mir glauben, dass ich viel Zeit bei der MacLeod'schen Heilerin verbracht habe. Ich fühlte mich jedoch nie so zu ihr hingezogen. Ich war ihr dankbar, verspürte aber nie die gleichen seltsamen Gefühle wie bei dir.«

Lais lachte, weil er Mairis Naivität entzückend fand.

»Und jetzt lachst du, weil du glaubst, ich wüsste nicht, dass das hier eine Sache zwischen Mann und Frau ist«, sagte Mairi leise. »Doch ich fühle mich auch zu den anderen nicht so hingezogen.«

»Zu welchen anderen?«, fragte er, obwohl er wusste, dass er es bereuen würde.

»Na, zu deinem Prinzen, dem Laird oder dem großen blonden Krieger, der so aussieht, als wäre er jederzeit bereit, jemanden zu töten.«

Eine solche Beschreibung von Niall hatte er noch nie gehört, aber sie war so zutreffend, dass Lais lächelte. »Er ist ein großer Krieger, doch er würde dir niemals etwas zuleide tun.«

»Wenn du meinst.«

»Das meine ich nicht nur, ich weiß es.«

»Du musst immer das letzte Wort haben, nicht?«, beschuldigte sie ihn.

Der gequälte Ausdruck, der nie ganz ihr Gesicht verließ, erinnerte ihn daran, dass er vielleicht seinen Bernstein für die heutige Behandlung brauchen würde.

Und so stand er auf und holte ihn aus dem Kästchen. »Du bist es, die gern viel redet.«

»Das ist wahr.« Sie klang jedoch nicht allzu glücklich über Lais' Beobachtung. »Mein Vater findet das sehr ärgerlich.«

»Ich nicht.« Wieder kniete Lais sich hin, um den Bernstein neben ihren Kopf zu legen, und seine Finger streiften dabei ihr wie Gold schimmerndes Haar.

Es kostete ihn seine ganze Willenskraft, seine Finger nicht in den seidenen Strähnen zu vergraben. Aber alles an ihr berauschte ihn noch weitaus mehr als gut gereifter Whiskey. Ihr femininer, überaus verführerischer Duft kitzelte ihn in der Nase, und Lais konnte gar nicht anders, als ihn tief einzuatmen, um das Verlangen seines Adlers noch zu schüren.

Was ein Fehler war, wie er sofort bemerkte. Aber es war zu spät, um das Erschauern zu verhindern, das ihn durchlief, als seine Sehnsucht nach der MacLeod'schen Frau noch wuchs.

Wäre sie nicht so schwer verletzt, würde er sein Verlangen nach ihr nicht mehr unterdrücken können. Dessen war er sich ganz sicher.

Vielleicht hatte der Sinclair recht gehabt, Lais' Selbstbeherrschung, wenn nicht gar seine Ehre infrage zu stellen.

»Das freut mich«, sagte sie leise, »denn ich möchte dir bestimmt nicht auf die Nerven gehen.«

»Das wäre gar nicht möglich. Du hast solch enorme Entschlossenheit und Courage bewiesen, dass ich dich nur bewundern kann.«

Sie sagte nichts, als Lais ihre Füße in einem Kräutersud badete, der eine Entzündung der wenigen noch verbliebenen Hautabschürfungen verhindern würde. In der Nacht zuvor waren die Füße noch so aufgerissen und zerschrammt gewesen, dass er sich zuerst um sie gekümmert hatte, ohne zu ahnen, dass weitaus schwerere Verletzungen seine heilende Berührung benötigten.

»Und wieso fühle ich mich so zu dir hingezogen und nicht zu den anderen?«

»Ich sagte dir ja schon, dass ich dein Heiler bin. Du spürst die Wirkung meiner Kraft in dir und fühlst dich davon angezogen.« Das war eine gute, wenn auch nicht ganz wahrheitsgetreue Erklärung.

»Dann fühlst du dich also nicht zu mir hingezogen?«

»Für eine noch unschuldige junge Frau bist du recht kühn in deiner Redeweise.«

»Nur bei dir. Vor dem Mann, den mein Vater als Ehemann für mich bestimmt hatte, habe ich mich so gut wie möglich versteckt und nur mit ihm gesprochen, wenn es sich nicht vermeiden ließ.«

Bei einer Frau, die so gern und viel redete wie seine Mairi, sagte das einiges über ihre Gefühle für den Mann aus, den ihr Vater für sie vorgesehen hatte. Lais' Adler hatte seine eigene Meinung von jenem Krieger – und eine ziemlich blutrünstige Verfahrensweise mit ihm im Sinn.

»Du bist also schon vergeben?«, fragte er in einem Ton, der hart und schroff war vor Missfallen angesichts der Möglichkeit.

»Bin ich wirklich das Mündel des Sinclair?«

Laird Talorc hatte ihr Zuflucht gewährt ... doch heute war er sogar noch weitergegangen und hatte ihr einen Platz in seiner Familie gegeben. »Er sagte es, also ist es so.«

»Dann ist die Antwort Nein.«

»Erklär mir das!«

»Mein Vater hat diesem Mann ohne meine Zustimmung meine Hand versprochen.«

»Das ist nichts Ungewöhnliches, schon gar nicht für die Tochter eines Lairds.« Doch ein Mann, der seine Tochter so misshandelte wie der MacLeod Mairi, war bestimmt keiner, der ihren zukünftigen Ehemann mit Sorgfalt auswählen würde.

»Aber wenn ich nicht mehr seiner Autorität unterstehe, dann ist sein für mich gegebenes Versprechen nicht mehr bindend. Und da ich dem nie zugestimmt habe, bin ich auch nicht durch mein eigenes Wort gebunden.« Ein Frösteln durchlief sie. »Und das ist auch gut so. Der Mann hat zu viele der schlechten Eigenschaften meines Vaters.«

»Er hätte dich geschlagen, meinst du?«, fragte Lais, und seine Wut auf diesen Unbekannten wuchs. »Ist er Chrechte?«

Der MacLeod'sche Clan litt unter einem Übel, das wohl eher Nialls Geschick benötigte als Lais' Heilkräfte.

»Ja, obwohl er kein sehr starker Wolf ist.«

»Selbst ein schwacher Wolf ist viel stärker als die meisten Menschen.«

»Ja.« Sie wandte den Kopf ab. »Er *hat* mich geschlagen. Nicht all diese Verletzungen stammen von den Fäusten meines Vaters.«

Eirik hatte Lais gestern über ihre geistige Verbindung mitgeteilt, dass Mairi von ihrem Vater geschlagen worden war und verarztet werden musste. Es jedoch von ihren eigenen Lippen zu hören war schlimmer für Lais als ein Tritt in den Magen.

»Warum?« Nicht, dass das eine Rolle spielte, weil nichts eine so grausame, feige Handlung rechtfertigen könnte, doch Lais wollte so viel wie möglich über diese menschliche Frau in Erfahrung bringen.

Denn selbst wenn er sie nie als Gefährtin beanspruchen würde, würde sie ihm doch immer etwas bedeuten. Ihm war ein neues Leben unter seinen Brüdern geschenkt worden, aber er wusste, dass er es nicht verdiente. Deshalb würde er nie im Leben eine Frau bitten, einen Krieger mit einer so unguten Vergangenheit anzunehmen.

Egal, wie sehr sein Adler sich die Berührung dieser Frau ersehnte – sie war eine Patientin und könnte niemals etwas anderes sein.

Dennoch würde Lais sich nach Kräften bemühen, sie von jetzt an zu beschützen. Und zu verstehen, wie sie hierhergekommen war, war ein wichtiger und notwendiger Schritt in diese Richtung.

»Ich bin in der Nacht vor der Heirat mit Ualraig davongelaufen.« Mairis Augen flehten um Verständnis. »Ich konnte den Gedanken nicht ertragen, mit einem Mann verheiratet zu sein, der wie mein Vater ist. Ualraig war ohnehin nur bereit, mich zur Frau zu nehmen, weil er überzeugt war, dass ich nicht seine wahre Gefährtin war und er daher trotzdem noch seinen Samen einer Wölfin geben konnte, wenn sich die Gelegenheit dazu ergab.«

»Woher weißt du das?«

»Er hat es mir gesagt.«

Lais fluchte. Kein Wunder, dass sie es vermieden hatte, mit dem elenden Schuft zu reden! »Und sie haben dich gefunden, als du geflohen bist.«

»Sie sind Chrechten. Natürlich haben sie mich gefunden, aber erst, als ich schon fast die nördliche Grenze eures Landes erreicht hatte.« Sie klang, als erfüllte es sie mit Stolz, und sie hatte auch allen Grund dazu.

Ihren Chrechte-Jägern so weit entkommen zu sein war wirklich eine Leistung.

»Und wie bist du beim zweiten Mal entkommen?« Auch bei dieser Gelegenheit hatte sie es bis zu den Sinclair'schen Ländereien geschafft.

»Da haben sie mich zum Sterben zurückgelassen.« Sie holte tief

Luft, bevor sie sie langsam wieder ausließ, und ihr Kummer war für Lais' Sinne noch immer viel zu deutlich wahrnehmbar. »Ich erwachte mit so furchtbaren Schmerzen, dass ich wusste, ich durfte dort nicht liegen bleiben, weil ich sonst sterben würde, wie sie es beabsichtigt hatten. Ich hatte von einem alten Krieger gehört, der an der Grenze unseres Landes lebte, angeblich, um sie zu verteidigen, doch ich wusste auch, dass mein Vater ihn nicht ausstehen konnte.«

»Und er hat dir geholfen?«

»Gewissermaßen. Ich stahl sein Pferd, um wegzukommen.«

»Du hattest aber kein Pferd bei dir, als Ciara dich fand, oder?«

»Nein. Ich habe den Hengst den gleichen Weg zurückgeschickt, den wir gekommen waren. Er war ein kluges Tier und ist inzwischen zweifellos wieder zu Hause.«

Das erklärte, wieso sie es so weit geschafft hatte, aber nicht, wie es ihr unbemerkt gelungen war.

»Dann hält dein Vater dich also für tot?«

»Inzwischen ganz bestimmt nicht mehr.«

»Wieso nicht?«

»Weil sie zweifellos zurückgekehrt sind, um meine Leiche abzuholen, nachdem die wilden Tiere sich daran gütlich getan hatten.«

Die Schlechtigkeit des MacLeod war sogar noch größer, als Lais ursprünglich gedacht hatte. Da nicht einmal ein Laird zugeben konnte, seine eigene Tochter getötet zu haben, hatte er Maßnahmen ergriffen, um sicherzustellen, dass er dessen nicht beschuldigt werden würde.

»Sie wollten es so aussehen lassen, als wärst du auf der Flucht von wilden Tieren angegriffen worden«, sagte Lais voller Abscheu. Allein schon der Gedanke drehte ihm den Magen um. »Und du lebtest noch, als sie dich liegen ließen. Ein Chrechte musste wissen, dass du noch am Leben warst.«

»Ja.«

Und trotzdem hatten diese beiden elenden Bastarde sie so schwer verletzt zurückgelassen, dass sie sich nicht einmal vor einem Ferkel hätte schützen können, geschweige denn vor einem wilden Keiler. »Abscheulich.«

»Ja.«

»Aber du warst nicht so schwach, wie sie dachten, und klug genug, es bis hierher zu schaffen«, sagte er mit unverhohlener Bewunderung in der Stimme. Denn die verdiente sie.

»Ich war schon ganz in der Nähe. Ich glaube, mein Vater hoffte, meinen Tod einem anderen Clan zur Last legen zu können. Deshalb ließ er mich zurück, wo er und sein Soldat mich nahe der Grenze des MacLeod'schen Landes gefunden hatten.«

»Doch du hast ihn überlistet.«

»Ja, aber wenn Ciara mich gestern Nacht nicht entdeckt hätte, hätte ich bestimmt nicht bis zum Morgen überlebt.«

Lais nickte. Gewiss nicht. »Aber du hast es geschafft.«

»Ja, und das ist letztendlich das einzig Wichtige.«

Oh, nein!, dachte Lais. Gegen die Perfidie und Grausamkeit ihres Vaters musste vorgegangen werden, nur nicht jetzt und nicht durch sie!

Er schickte sich an, Mairis Plaid zu entfernen.

Aber sie griff schnell nach dem Stoff und drückte ihn an sich. »Was tust du?«

»Ich muss deine Verletzungen sehen.«

Er hatte keine andere Wahl, als für ihre inneren Verletzungen und Knochenbrüche sein inneres Auge zu benutzen. Auch wenn er dazu viel mehr von seiner Macht aufwenden musste und es ihn erschöpfte. Aber sollte er wirklich seine Energie verschwenden, nur um ihrer albernen Schamhaftigkeit Genüge zu tun?

»Ich kann mich in deiner Gegenwart doch nicht entkleiden!« Sie schluckte, und ihr Geruch verriet ihre plötzliche Nervosität. »Das schickt sich nicht.«

»Ich bin Heiler, schon vergessen?«, entgegnete er leicht gereizt.

»Soll das heißen, dass du in Ausübung deiner Pflicht schon Dutzende unbekleideter Frauen gesehen hast?«, konterte sie und wirkte irgendwie verärgert über den Gedanken.

Lais würdigte diese unsinnige Frage keiner Antwort, sondern zog nur wortlos an dem Plaid, das sie so fest umklammert hielt.

Doch statt es loszulassen, schüttelte sie nur den Kopf.

»Unsere Chrechte-Gaben haben ihren Preis«, sagte er.

»Und was hat das damit zu tun, dass du mich ausziehen willst?«

»Du könntest dich auch selbst entkleiden, doch deine Rippen sind noch zu empfindlich, um mühelos die Arme anzuheben.«

»Du lenkst schon wieder ab.«

Normalerweise hätte er über ihre Gereiztheit gelächelt, aber in dieser Sache durfte er nicht nachgeben. »Ich habe nicht allzu viel Kraft, um dich mit meiner Chrechte-Gabe zu behandeln. Vor einem weiteren Versuch, dich auf die Beine zu bringen, werde ich Schlaf und Zeit brauchen.«

»Und?«

»Und wenn ich meine Kräfte damit vergeude, deinen Anstand zu bewahren, werde ich keine Besserung deiner ernsteren Verletzungen bewirken können.«

»Was meinst du mit ›deine Kräfte vergeuden‹?«

»Ich muss deine Wunde sehen, um sie zu heilen. Wenn ich sie mit meinen Augen betrachte, kann ich meine Energie auf das Heilen statt auf das Sehen konzentrieren.«

»Aber gestern Nacht …«

»Habe ich den Fehler gemacht, auf deine Schamhaftigkeit Rücksicht zu nehmen, und meine Energie dazu benutzt, mir deine Wunden *anzusehen*, ohne dir die Kleider auszuziehen.« Nachdem er bereits zu viel Mühe auf die oberflächlichen Wunden an ihren Füßen und ihrem Gesicht verwendet hatte, die sogar im Mondlicht klar zu erkennen gewesen waren.

»Aber du hast mir schon so viel geholfen.«

»Und ich muss noch viel mehr tun, um dich völlig wiederherzustellen. Ich bin mir nicht einmal sicher, dass ich gestern Nacht all deine inneren Verletzungen gesehen habe.« Als er gemerkt hatte, wie schlimm verletzt sie wirklich war, hatte er sich selbst an den Rand der Erschöpfung getrieben, indem er versucht hatte, ihre Prellungen *unter* den Kleidern zu betrachten.

»Du kannst durch meine Kleider sehen?«, fragte sie schockiert.

»Nein. So ist das nicht. Zu meiner Gabe gehört die Fähigkeit, die Verletzung zu spüren oder zu ›sehen‹, doch wenn ich *dazu* meine Kraft benutze, habe ich weniger Energie zur Verfügung, um zu heilen.«

Es war nicht so, als könnte er die makellosen Kurven ihres Körpers sehen. Die Verletzungen zogen sein inneres Auge an, und er *erkannte*, was sie waren und was nötig war, um sie zu heilen.

»Du willst also nicht einfach nur meine Sachen ausziehen?«

»Nein.«

»Aber soll ich denn wirklich alle Kleidung ablegen?«, fragte sie mit unsicherer Stimme.

»Sie haben dich überall geschlagen, nicht?«

»Ja.«

Lais ließ sie ihre eigenen Schlüsse ziehen.

Nach kurzem Schweigen nickte sie, doch ohne ihn anzusehen. »Na schön.«

»Ich tue das nicht, um dich in Verlegenheit zu bringen, meine Kleine.«

»Das glaube ich dir.« Aber sie hielt den Blick noch immer abgewandt.

Sein Adler wollte sie beruhigen. »Vielleicht sollte ich doch Abigail hereinholen?«

Nach allem, was sie durchgemacht hatte, verdiente Mairi jede Rücksichtnahme, die er ihr erweisen konnte.

Seine Antwort veranlasste sie, ihn wieder anzusehen, und die Panik in ihrem Gesicht verursachte ihm körperlichen Schmerz.

»Nein. Bitte! Es wäre mir lieber, von niemand anderem nackt gesehen zu werden.«

»Sie ist doch unsere Herrin und auch eine Heilerin.«

»Und sie würde meine Schande sehen.«

»Deine Schande?« Mairi empfand es als Schande, sich ihm nackt zu zeigen?

Ihre Augen füllten sich mit Tränen. »Die Schnitte, die Prellungen – die Beweise, dass mein Vater und der Mann, der mich zur Frau nehmen sollte, so wenig von mir hielten, dass sie mich verprügelten, ohne sich darum zu scheren, ob ich überlebte oder starb.«

»Kindchen, deine Verletzungen sind *ihre* Schande, nicht die deine.« Er strich ihr mit der Hand über die Schulter, weil das Bedürfnis, sie zu trösten, in diesem Moment größer war als jedes andere.

Jetzt strömten die Tränen nur so aus ihren Augen und liefen ihr über die Wangen. »So fühlt es sich aber nicht an.«

»Mairi, du bist schön, liebenswert und gut. Du verdienst es, beschützt zu werden – nicht verletzt!« Und er würde sie beschützen.

»Ich bin weggelaufen. Ich habe meinen Vater beschämt; ich hätte das Versprechen halten sollen, das er in meinem Namen gab.«

»Nein«, widersprach Lais entschieden und legte die Hände um ihr Gesicht, um Mairi zu zwingen, ihn anzusehen. »Du kannst nicht die Versprechen eines Mannes einhalten, der keine Ehre kennt.«

»Er sagte, ich sei eine widernatürliche Tochter und von keinem Nutzen für ihn. Er hasst mich.«

»Er ist ein bösartiger Schuft, dem ich am liebsten mit meinen Adlerkrallen die Eingeweide herausreißen würde!«

Ihre in Tränen schwimmenden Augen weiteten sich.

Und Lais ertrug es nicht mehr länger. Sie gehörte ihm, auch wenn er sie nie voll und ganz in Anspruch nehmen konnte. Doch er konnte ihr zeigen, dass sie geschätzt wurde und alles andere als nutzlos war.

Deshalb senkte er seinen Mund auf ihren und küsste sie behutsam, um ihr nicht wehzutun. »Mein Adler möchte sich mit dir paaren. Du bist nicht nutzlos.«

Als er seine Lippen von ihren löste, erhob sie traurig den Blick zu ihm. »*Du* willst mich aber nicht zu deiner Gefährtin nehmen, nicht?«

»Ich kann es nicht.«

Sie nickte. »Ich verstehe«, sagte sie, obwohl das eindeutig nicht stimmte.

Lais griff mit einer Hand nach ihrem Gürtel, um ihn ihr abzunehmen. »Lass mich dir deinen Wert beweisen! Lass mich dich gesund machen.«

»Gut.«

Kapitel 9

Bezwinge deine Leidenschaft,
oder sie wird dich bezwingen!

Horaz

Eirik nahm Ciara von Niall entgegen und trug sie in die Höhle. Er überließ es dem blonden Krieger und seinem Freund, dem Seneschall, sich um die Pferde zu kümmern.

Ciaras Augen waren trüb und halb geschlossen, deshalb setzte er sie nicht ab, aus Angst, sie könnte fallen.

»Warum hast du dir das angetan?«, fragte er sie.

In ihren grünen Augen erwachte daraufhin etwas von ihrem gewohnten Temperament. »Ich tue mir nichts an. Ich habe nicht um diese Träume gebeten, die mir den Schlaf rauben, oder um die Visionen, die mich bestürmen, bis ich nicht einmal mehr denken kann.«

»Und du kämpfst gegen sie an.«

»Natürlich.«

»Warum?«

»Weil sie nur Schmerz mitbringen.«

»Ja. Weil du gegen sie ankämpfst.«

»Das letzte Mal, als ich ihnen nachgab, verlor ich meinen Bruder.« Die Traurigkeit, von der die Atmosphäre zwischen ihnen durchdrungen war, verkrampfte ihm das Herz.

»Du darfst nicht ...«

»Bitte, du hast gesagt, du könntest mir helfen zu schlafen. Du könntest mir die ständige Sorge nehmen, die mich plagt. Dann hilf mir! *Bitte!*«

Eirik hätte ein Herz aus Stein haben müssen, um die Bitten der Wölfin zu ignorieren. Sie war körperlich und geistig vollkommen erschöpft und wünschte sich sehnlichst Ruhe. Und die konnte er ihr verschaffen.

»Psst. Ich werde dir helfen.«

»Danke.«

Und dann kam Niall herein und brachte einen Armvoll Felle mit.

»Leg sie dort drüben hin, in die Mitte der Höhle!«, wies Eirik den großen, mit Narben übersäten Krieger an.

Die Kammer war groß genug für Eiriks Drachen und bot auch noch den anderen beiden Kriegern reichlich Platz, um einigermaßen bequem zu schlafen. Nicht, dass ihre Bequemlichkeit von maßgeblicher Bedeutung für Eirik wäre, aber er war es gewohnt, die Bedürfnisse seiner Leute zu berücksichtigen. Und dieser Faol und sein menschlicher Freund waren zu seinen Leuten geworden, als er sich dem Clan des Sinclair angeschlossen hatte.

Niall breitete die Felle aus. »Kannst du ihr wirklich zu einem ruhigen Schlaf verhelfen?«

»Ich würde so etwas nicht behaupten, wenn es nicht so wäre.«

Der Krieger brummte zustimmend. »Ich werde Guaire helfen, die Pferde zu versorgen.«

Eirik, in Gedanken schon dabei, es der vor sich hin dösenden Ciara zwischen den Fellen bequem zu machen, nickte nur zerstreut.

Als er sich über sie beugte, öffnete sie die Augen und sah ihn an. »Mein Schlaf ist nicht tief genug. Ich erwache immer wieder.«

»Nicht heute Nacht.«

»Versprochen?«, fragte sie schmerzerfüllt, jedoch nicht ganz ohne Hoffnung.

»Versprochen.«

Eirik legte die Hände an beide Seiten ihres Kopfes und konzentrierte sich darauf, beruhigende Gedanken in ihr Bewusstsein einströmen zu lassen. Und sie schloss auch wieder die Augen, aber ihre Angespanntheit ließ nicht nach.

Sie hatte so lange keinen tiefen Schlaf mehr gefunden, dass ihr überlasteter Körper schon vergessen hatte, wie man zur Ruhe kam. Eirik begann zu summen, mit Lauten, die nur ein Drache erzeugen konnte, und sah, wie sich Ciaras Mundwinkel zu einem kleinen Lächeln verzogen.

Die Versuchung, ihre Lippen mit seinen zu berühren, war zu groß, um ihr zu widerstehen, und so hauchte er einen sanften Kuss darauf. Sie seufzte an seinem Mund, und ihr Körper entspannte sich.

Eine Sekunde später war sie eingeschlafen.

Eirik verwandelte sich augenblicklich in seinen Drachen und zog die kleine Faol in seine Arme, während sein Schwanz sich schützend um ihre Beine wand. Die leisen Geräusche, die Niall und Guaire erzeugten, als sie hinter ihm ihr eigenes Lager vorbereiteten, ignorierte er.

Sein Drache wusste, dass sie Freunde und keine Feinde waren, und deshalb störte die Wahl ihres Nachtlagers ihn nicht. Sein Rabe hatte sich mit der Frau, die er als seine Gefährtin betrachtete, zur Ruhe begeben und spürte bereits ihre Träume auf.

Eirik hatte dem Sinclair nicht gesagt, dass seine Gabe zweifacher Natur war und sowohl der Rabe als auch der Drache Ciaras Träume beeinflussen konnten. Es war nicht nötig, diese Information preiszugeben, und er war sich auch nicht sicher gewesen, ob sie relevant sein würde. In der Vergangenheit hatte sein Rabe nämlich nur in die Träume seiner Familie hineingelangen können.

Doch während auch sein Drache einschlief und seine Macht benutzte, um Ciara vor dem *Faolchú Chridhe* abzuschirmen, der ihr im Traum erscheinen würde, drang sein Rabe in Ciaras Gedanken ein.

Sie führten ihn in eine Bauernkate, deren Schlafzimmer nicht viel größer war als das Bett, auf dem eine grauhaarige Frau schlief. Aber sie schlief nicht – sie war tot, denn der Gestank nach getrocknetem und geronnenem Blut war zu stark, um etwas anderes zu bedeuten.

Eirik konnte Ciaras Kummer und Herzensqualen spüren, als sie merkte, dass ihre Mutter sich das Leben genommen hatte.

Dies war nicht der Ort, an den Ciaras Gedanken sich begeben durften. Eiriks Rabe drang noch tiefer in die Traumlandschaft ein und suchte Bilder von der Frau auf dem Bett in glücklicheren Zeiten. Er fand sie, zog sie in den Vordergrund und versetzte die träumende Ciara an einen Nachmittag, an dem sie Nähen lernte und die Hände ihrer Mutter sanft die ihren führten.

Plötzlich hob die Ciara in dem Traum den Blick, um Eirik anzusehen. Sie wusste also, dass er da war, denn sie lächelte und sagte: »Danke.«

Die Kate verblasste, und jetzt waren sie in Ciaras Schlafzimmer. Sie lag in ihrem Bett, mit nichts anderem bekleidet als dem ärmellosen Hemd, in dem sie schlief.

Wieder sah sie Eirik an, doch diesmal wirkte sie mehr misstrauisch als dankbar. »Ich will nicht noch einen Traum von dir.«

»Träumst du denn von mir?«, entgegnete er und bereute die Frage sofort.

»Ja. Träume, die mir seltsam wehtun.«

In einer anderen Nacht würde er vielleicht der Versuchung nachgeben, einen solchen Traum mit ihr zu teilen, doch im Augenblick brauchte diese Frau vor allem Ruhe.

»Heute wird dir nichts wehtun, aber du wirst dich ausruhen.«

Er ging durch den Raum zu ihrem Bett und kniete sich daneben. »Sei ganz beruhigt, *faolán*. Ich werde nicht zulassen, dass du hier gestört wirst, und auch kein Traum wird dich heimsuchen.«

»Kann ich dir vertrauen?«

»Aye.«

»Du hast meinen Bruder getötet.«

»Aye.«

»Ein anderer Éan hätte es später vielleicht auch getan, wenn er sie weiter gejagt hätte.«

So Gott will, ja. Doch das dachte nur Eiriks Traum-Ich. Er sagte es nicht laut.

Ciara seufzte. »Ich habe ihn so geliebt! Er versicherte immer, er sei froh, eine kleine Schwester zu haben, auch wenn mein Vater es bedauerte, dass ich kein Sohn geworden war.«

»Dann war er also doch nicht ganz so dumm.«

Sie lächelte, als ihre Augen sich langsam schlossen. »Nein, so dumm war er nicht. Und warmherzig war er ... als wir noch jünger waren.«

Ihre Züge entspannten sich, ein friedlicher Ausdruck legte sich über ihr Gesicht, und dann war sie auch schon eingeschlafen. Wirklich eingeschlafen.

Da er wusste, dass es nicht schaden konnte und wahrscheinlich sogar helfen würde, legte Eiriks Traum-Ich sich neben Ciara auf das schmale Bett und nahm sie in die Arme. Sie seufzte, drehte sich um und kuschelte sich an ihn, als suchte sie Schutz in seinen Armen.

Offensichtlich fand sie ihn, da sie nicht wieder erwachte.

Lais ging sehr behutsam vor, als er Mairi zuerst das Plaid auszog und dann die Bluse und das Hemd darunter.

Sie wimmerte, als er ihren Arm anheben musste, um die Bluse

zu entfernen, biss sich aber auf die Lippe und unterdrückte den Laut, als Lais sanft ihr Hemd hinaufzog und es ihr abstreifte. Sie war ein zierliches Persönchen, aber ihre weiblichen Rundungen waren wohlgeformt und üppig. Lais musste ein Stöhnen unterdrücken, als zuerst das goldblonde Haar zwischen ihren Schenkeln und dann die rosigen Spitzen ihrer Brüste sichtbar wurden.

Sie verhärteten sich in der kühlen Luft, doch Lais' Libido war dem Entsetzen nicht gewachsen, das ihn beim Anblick ihres so arg geschundenen Körpers ergriff. Die faustgroßen Prellungen, die ihre schöne helle Haut verschandelten, ließen Galle in seiner Kehle aufsteigen. Gleichzeitig brandete eine ebenso heftige Welle des Zorns in ihm auf.

Dafür würde der MacLeod bezahlen!

Diese ... diese grauenvollen Beweise der an ihr begangenen Misshandlung waren erst *nach* seiner Behandlung in der Nacht zuvor erschienen.

Mairi wandte das Gesicht ab. »Ich weiß, wie hässlich sie sind.«

»Aye.«

Sie zuckte zusammen.

»Aber du, Mairi? *Du* bist wunderschön.«

Sie hielt verblüfft den Atem an und sah Lais an, der nicht einmal versuchte, das Begehren, das der Anblick ihrer Nacktheit trotz allem in ihm entfachte, vor ihr zu verbergen.

»Du findest mich anziehend, obwohl du mich nicht zur Gefährtin willst?«

»Es geht hier nicht um das, was ich *will*, sondern um das, was ich haben *kann* und was nicht. Und ich kann dich nicht haben.«

»Warum nicht?«

»Vielleicht werde ich es dir eines Tages sagen.« Aber nicht heute, nicht, wenn sie empfänglich für ihn und seine Berührung sein musste, wollte er ihre Genesung erreichen.

»Musst du mich anfassen, um mich zu heilen?«

»Du weißt, dass es nötig ist.«

»Ich habe Angst.«

»Wovor? Davor, geheilt zu werden?« Das ergab keinen Sinn.

»Nein. Aber davor, wie ich auf deine Berührung reagieren werde.« Wieder wandte sie den Blick ab und verkrampfte sich. »Ich weiß nicht, ob ich … meine Reaktion beherrschen kann.«

Ihr argloses Begehren und ihre Aufrichtigkeit diesbezüglich würden ihm zum Verhängnis werden.

»Ich habe genügend Selbstbeherrschung für uns beide«, behauptete er mit einer Zuversicht, die er keineswegs empfand.

Nicht mit der zunehmenden Erektion, die er unter seinem Plaid verspürte. Der gefältelte Tartan verbarg mehr als der Lederkilt, den die Éan'schen Jäger trugen, doch eine volle Erektion vermochte auch er nicht zu verbergen.

Und Lais befürchtete, dass er auf dem besten Wege dazu war.

Mairi, die noch unerfahren genug war, um sich seiner körperlichen Erregung nicht bewusst zu sein, sah ihn mit vertrauensvollen Augen an. »Danke, Lais.«

Er nickte nur und legte dann eine Hand auf eine besonders hässliche dunkle Stelle an ihrem Arm. In der Nacht zuvor hatte er geglaubt, der Knochen könnte gebrochen sein, und hatte ihn mit heilender Energie versorgt, aber die Verletzung sah nach wie vor sehr schlimm aus. Deshalb nahm er seinen Bernstein und drückte ihn ganz leicht in die Mitte der bläulich roten Prellung.

Dann ließ er seinen Geist in Mairi eindringen; die Haut unter seiner erwärmte sich, und er konnte die Verletzung jetzt auch ohne sein inneres Auge sehen. Der Knochen hatte eine Fissur, und Lais konzentrierte sich darauf, den Riss zu schließen.

Wieder stöhnte Mairi leise.

Lais blickte von der Wunde auf. »Tut es weh?«

Niemand hatte je unter seiner Behandlung über Schmerzen geklagt. Seine Patienten hatten die Hitze der Haut oder auch schon mal ein Prickeln erwähnt, sich aber niemals über Schmerzen beklagt.

Mit einem Ausdruck der Verzweiflung in den Augen schüttelte Mairi den Kopf. Und dann roch er ihn, den Duft ihrer Erregung. Sie reagierte sogar auf den Geist seines Adlers, während Lais ihre Verwundungen versorgte.

»Das ist schon in Ordnung«, beruhigte er sie.

»Wirklich?«

»Aye.«

»Aber ich will Dinge, die ich mir nicht wünschen sollte. Du hilfst mir, und meine Gedanken führen mich zu einem anderen Ort, an den eine anständige Frau nicht gehen sollte.«

»Nein, nein, du hast gar keine andere Wahl«, versicherte er ihr. »Du reagierst auf meinen Adler.«

Sie stieß ein kleines Lachen aus, obwohl es ihr sichtlich wehtat. »Ich bin mir ziemlich sicher, dass es nicht dein Vogel ist, von dem ich an unaussprechlichen Stellen berührt werden will.«

Lais, der dem Wunsch, sie zu berühren, nicht länger widerstehen konnte, strich mit dem Handrücken über ihre Wange. »Du bist wirklich einzigartig, Mairi.« Ihr Humor in dieser für sie zweifellos sehr unangenehmen Situation machte sie ihm noch sympathischer. »Vergiss nicht, dass mein Geist durch meine Chrechte-Gabe in deinen Körper eingedrungen ist.« Und sein Adler wollte sie zur Gefährtin! »Du reagierst nur darauf.«

»Reagieren alle deine Patienten so? Das kann doch nicht angenehm für dich sein.«

»Nein.«

»Nein, sie reagieren nicht so, oder nein, es ist nicht angenehm?«

»Sie reagieren nicht so.«

»Aber ist es schon mal vorgekommen?«, beharrte sie.

»Nein.«

»Also ist diese ... Hingezogenheit etwas Einmaliges.« Sie nickte leicht, doch er konnte sehen, dass sie darauf bedacht war, keine Muskeln zu dehnen, die nicht gedehnt werden wollten.

»Ja.«

»Und du verspürst sie auch.«

Ohne die Frage zu beantworten, bewegte er seine Hand zu einer weiteren Verletzung und konzentrierte sich darauf, auch sie zu heilen.

»Du brauchst es mir nicht zu sagen. Ich kann es sehen«, erklärte sie und richtete ihren Blick auf die Stelle, an der sein Kilt Lais' Begehren erkennen ließ.

»Ignorier es einfach!«

Sie lachte, doch es klang eher ungläubig als belustigt. »Ist das deine Methode, meine Tugend zu bewahren? Diese Empfindungen zu ignorieren?«

»Aye. Wir haben keine andere Wahl.« Nicht, wenn sie dieses Zimmer noch unberührt verlassen wollte.

Als er ihren Armknochen gerichtet hatte, hatte er gewusst, dass der Moment gekommen war, sich mit ihren Rippen zu befassen. Sie mussten ihr sehr zu schaffen machen, so stark verfärbt und fleckig, wie die Haut darüber war.

Er legte den Bernstein zwischen ihre Brüste und dann seine Hände rechts und links an ihren Oberkörper.

Ein kleines Zischen entwich ihren Lippen. »Oh!«

Zwei der Rippen unter seinen Händen waren angebrochen, und eine hatte einen feinen Sprung. Es war ein Wunder, dass sie nicht vollständig gebrochen waren und einen Lungenflügel durchstoßen hatten, als Mairi auf dem Weg zur Sinclair-Burg gewesen war.

Wieder ließ Lais seine Chrechte-Macht in sie hineinströmen und hörte selbst dann nicht auf, als er seine zunehmende Erschöpfung wahrnahm.

Doch noch etwas anderes baute sich auf und ließ einen stetigen Strom kleiner Tröpfchen aus seinem Glied entweichen.

Als seine Arbeit getan war, zog Lais seine Hände nicht sofort zurück. Er konnte es einfach nicht. Der Drang, sie ein paar Zentimeter höher gleiten zu lassen und Mairis wohlgeformte Brüste zu umfassen, war zu stark.

»Ich kann wieder ohne Schmerzen atmen«, sagte sie staunend. »Danke, Lais.«

»Gern geschehen.«

»Es gibt im Rudel meines Vaters keine Heiler wie dich.«

»Wie können die Faol ihre Fähigkeiten ohne den *Faolchú Chridhe* überhaupt anwenden?«, fragte er, obwohl es offensichtlich war, dass sie ihn nicht brauchten, um ihr Chrechte-Erbe an ihre Nachkömmlinge weiterzugeben.

Denn andernfalls würde es in den Highlands keine Wolfs-Gestaltwandler mehr geben, und obwohl ihre Anzahl viel geringer war als die der Menschen, war sie dennoch zehn Mal höher als die der Raben.

Mairi holte zum ersten Mal tief Luft, ohne vor Schmerz zusammenzuzucken. »Der Stein muss gefunden werden.«

»Du glaubst, dass er dir zu einem Wolf verhelfen wird.« Doch diese Annahme war viel zu aberwitzig, um sie auch nur in Betracht zu ziehen.

Mairis Gesichtsausdruck verriet, dass sie da ganz anderer Ansicht war. Leidenschaftliche Zuversicht und Hoffnung ließen ihre blauen Augen glänzen. »Ja, das glaube ich.«

»Wie könnte der *Faolchú Chridhe* dir zu so etwas verhelfen?«, fragte er, obwohl vielleicht gerade er an eine solche Chance glauben sollte.

War ihm nicht hinsichtlich seiner Chrechte-Gaben eine zweite Chance von dem *Clach Gealach Gra* und seinen Hütern gegeben worden? Und trotzdem … Als Mensch einen Wolf zu erhalten schien selbst für einen Menschen mit Chrechte-Blut eine zu fantastische Möglichkeit zu sein, um sie ernsthaft in Betracht zu ziehen.

»Mit Ciaras Hilfe. Sie kann sich durch den Stein der Chrechte-Macht bedienen.«

»Warum?«

»Was glaubst du? Sie ist die Hüterin des Steins.«

»Du missverstehst mich. Warum willst du das?« Und dann beantwortete er sich die Frage selbst. »Weil du noch immer die Anerkennung eines Mannes suchst, der dich fast totgeschlagen hätte?«

»Nein«, verneinte Mairi vehement. »Aber wenn ich einen Wolf hätte und mein ... dieser Mann erneut versuchen würde, mich zu schlagen, könnte ich ihm die Kehle durchbeißen.«

Sie war klein und zart. Und menschlich. Doch wenn sie eine Faol gewesen wäre, hätte sie zweifellos genau das getan.

»Du bist ein wildes kleines Ding.«

»Für einen Menschen.«

»Für eine Chrechte.«

Sie lächelte. »Danke.«

»Der heilige Stein der Wölfe muss gefunden werden, und wenn auch nur, damit Ciaras Träumen ein Ende bereitet wird«, sagte er. »Sie kann nicht ewig mit so wenig Schlaf leben.«

»Sie hat gegen ihre Berufung angekämpft.« Mairi klang sehr verwirrt darüber.

»Aye.«

»Ich frage mich, warum.«

Lais wusste es nicht und konnte im Moment auch kein Interesse für dieses Thema aufbringen. Dazu war er viel zu hingerissen von der schönen Frau vor ihm. Ihre zarte Haut war noch von den Prellungen gezeichnet, die schwereren ließen jedoch schon die Wirkung seiner Bemühungen erkennen.

Alles konnte er allerdings nicht wiederherstellen, und so ließ er die Verletzungen, die keine dauerhaften Schäden hinterlassen würden, von selbst verheilen. Nur um eine letzte Wunde musste er sich noch kümmern. Eine große dunkle Stelle an ihrer linken Hüfte von der Größe eines Stiefeltritts.

Seine Untersuchung in der Nacht zuvor hatte einen weiteren lädierten Knochen darunter offenbart. Er musste gerichtet werden, weil sie sonst Gefahr liefe, ihn sich bei so etwas wie einem simplen Stolpern ganz zu brechen.

Aber Lais traute sich noch nicht zu, seine Hände von ihren Rippen wegzunehmen.

Und er war auch nicht der Einzige, der innerlich so aufgewühlt war. Mairis Puls am Ansatz ihres Halses flatterte, ihr Atem kam so schnell und flach, dass ihre Brust sich kaum noch hob und senkte, und ihr Mund öffnete sich leicht, als schmeckte sie ihr gegenseitiges Begehren genauso in der Luft wie er.

»Nein.« Es sollte streng klingen, um sie wissen zu lassen, dass er ihre Tugend mit seiner ganzen Willenskraft beschützen würde. Stattdessen hörte sich das Wort jedoch schon fast wie eine Bitte an.

Er war ein Heiler, Herrgott noch mal, und überdies auch noch ein erfahrener Krieger. Er hatte die Kontrolle über seine niederen Instinkte. *Und er würde sie beherrschen*.

»Lais ...«

Ein Stöhnen entrang sich ihm angesichts des arglosen Verlangens in ihrer Stimme. »Nein«, sagte er wieder.

»Ich fühle mich ganz seltsam.« Sie berührte ihre eigene Brustspitze und zog dann aufstöhnend ihre Hand zurück. »Was ist mit mir?«

Aber beide wussten es, egal, wie unschuldig sie war.

»Du musst dein Verlangen ignorieren«, knurrte er mit zusammengebissenen Zähnen, weil er eigentlich etwas völlig anderes sagen wollte.

»Warum?«

»Du weißt, warum.« Sie war eine menschliche Frau und ihre Unschuld ein wichtiger Faktor bei den Verhandlungen zu einer Heirat. Und deshalb erinnerte er sie daran.

»Ich bin nicht an einer Eheschließung interessiert.«

»Wegen des Narren, dem dein Vater dich versprochen hat? Ualraig ist ein grausamer, brutaler Feigling und kein Beispiel dafür, wie ein Chrechte-Mann in einer Ehe sein kann.«

»Das sagst du.«

»Glaubst du, Talorc würde Abigail je schlagen?«, fragte er, um Mairi zum Nachdenken zu bewegen.

Um ihr ein für alle Mal zu zeigen, wie falsch es war zu glauben, ihr Vater und Ualraig seien Beispiele dafür, wie ein anständiger Mann von ihm Abhängige behandeln würde.

»Ich glaube es zwar nicht, doch ich weiß es auch nicht«, antwortete sie. »Schließlich bin ich erst seit einem Tag hier«, fügte sie schnell hinzu, als sie Lais' Bestürzung über ihren Zweifel sah.

»Und was hast du vorher über den Sinclair gehört?« Highlander blieben unter sich, aber Gerüchte verbreiteten sich mit dem Wind, wie es oft schien.

»Im Kampf soll er gnadenlos sein, heißt es, doch es gibt keine Gerüchte, dass er jenen wehtut, die ihm nahestehen. Aber nur ein Mann kann seine hässlichsten Sünden verbergen.«

»Wenn du so wenig von unserem Laird hältst, warum bist du dann zu seinen Ländereien gekommen?« Lais war selbst überrascht darüber, dass er den Sinclair sogleich verteidigen wollte.

Er war diesem Clan erst vor einigen Wochen beigetreten, aber für ihn stand bereits fest, dass Talorc ein Chrechte mit unbefleckter Ehre war.

»Ich denke nicht *schlecht* von ihm, sondern erlaube mir nur zu bemerken, dass Vertrauen sich nicht so schnell einstellt.«

»Aber mir vertraust du.«

»Ja.«

»Warum?«, fragte er, obwohl er die Antwort bereits kannte.

Sie waren Gefährten, die füreinander bestimmt waren, auch wenn er sie nicht beanspruchen würde.

»Ich weiß es nicht.« Ihre Augenbrauen zogen sich besorgt zusammen. »Ich weiß nur, dass ich mich vom ersten Moment an, als ich gestern Nacht beim Erwachen dein Gesicht erblickte, in deiner Gesellschaft sicher fühlte.«

»Ich bin ja auch ein Heiler.«

Sie verdrehte die Augen. »Das ist deine Erklärung für alles.«

Er zuckte mit den Schultern, und durch die Bewegung glitten seine Hände über ihre zarte Haut. Mairi hielt den Atem an, obwohl klar war, dass er ihr nicht wehgetan hatte. Beim Gefühl der seidenglatten Haut unter seinen Fingerspitzen musste er ein Stöhnen unterdrücken.

»Ich möchte, dass du mich berührst«, sagte sie in einem sehnsüchtigen Ton, den zu ignorieren ihn große Überwindung kostete.

Trotzdem sagte er: *»Nein.«*

»Doch.«

»Mairi«, mahnte er.

»Du kannst mich streicheln, ohne meine Tugend zu gefährden. Viele Liebespaare tun das.«

»Was weißt du über diese Art Berührungen?«, fragte er scharf.

»Ich habe davon gehört.«

»Du hast niemand anderem gestattet, dich auf diese Weise zu berühren?«

»Natürlich nicht.« Der Duft ihrer sinnlichen Erregung vermischte sich mit dem von Ärger. »Was glaubst du, was für eine Art von Frau ich bin?«

Eine auf ganz entzückende Weise ahnungslose. »Ich habe dir

versprochen, dich sowohl vor mir selbst als auch vor deinen eigenen Sehnsüchten zu beschützen.«

Und ein anständiger Chrechte brach seine Versprechen nicht.

»Ich vertraue auch darauf, dass du es tust, aber dein Ehrenwort schließt nicht mit ein, mich überhaupt nicht zu berühren.«

»Oh doch.«

»Nein. Wenn es so wäre, hättest du mich nicht heilen können. Du versprachst nur, meine Tugend zu bewahren.«

»Und das werde ich auch.«

»Ja. Du wirst mir nicht meine Jungfräulichkeit nehmen«, sagte sie, während sie seine Handgelenke ergriff und daran zog.

Er war ein Chrechte und sie eine menschliche Frau; ihre Kraft war nichts, verglichen mit der seinen. Und trotzdem bewegten sich seine Hände, wohin Mairi sie führte ... wie die wenigen Zentimeter hinauf zu ihren Brüsten, die plötzlich nicht mehr nackt waren.

Weil sie jetzt bedeckt von seinen Händen waren und ihre harten kleinen Knospen sich gegen deren Innenflächen drückten. Und Mairi bog sich ihm entgegen und befeuchtete mit der Zungenspitze ihre Lippen; ihre Augen wurden ganz dunkel vor Verlangen. Ihre Finger schlossen sich noch fester um Lais' Handgelenke, doch sie unternahm keinen Versuch, ihn zu einer noch aufregenderen Berührung zu bewegen.

»Das ist schön«, sagte sie atemlos, und in ihren blauen Augen spiegelte sich eine Freude, die Lais nur allzu leicht süchtig machen könnte. »Deine Hände dort zu spüren, meine ich. Bin ich deswegen jetzt verdorben?«

Ihre Naivität berührte ihn an einer Stelle seines Herzens, von der er geglaubt hatte, niemand könnte sie erreichen. Er lächelte und schüttelte den Kopf. »Noch nicht.«

Sie bewegte seine Hände wieder ein wenig, sodass seine Handflächen nun ganz leicht über ihre zarten Knospen rieben. Ein leises Stöhnen entrang sich ihr. »Oh, wie das überall in meinem Körper kribbelt! Jetzt bin ich doch bestimmt verdorben.«

»Nein«, knurrte er. »Noch nicht.«

»Aber es fühlt sich so ... sündhaft gut an.«

»Aye, das stimmt.«

Mairi hielt inne, und ihre großen blauen Augen erwiderten plötzlich sehr entschlossen seinen Blick. »Dann können wir einander Vergnügen schenken, ohne dass du dein Versprechen brichst.«

»Du bist ganz schön raffiniert«, sagte er bewundernd und schockiert zugleich.

»Es wäre tragisch, wenn ich in all den Jahren meiner Kindheit nichts Vernünftiges gelernt hätte.«

Darin konnte er ihr nur recht geben, wenn auch mit weniger Belustigung, als sie darüber zu empfinden schien.

»Ich muss noch dein Bein behandeln, wenn du es nicht verlieren willst.«

»Doch danach darf ich dann auch dich berühren?« Es war eine völlig andere Art Versprechen, das sie jetzt von ihm verlangte.

Kapitel 10

*Unter all den Arten von Schlangen gibt es keine,
die vergleichbar mit dem Drachen ist.*

Edward Topsell

»Ich werde dir geben, was ich kann«, versprach Lais.

»Gut. Dann kannst du jetzt mein Bein behandeln.«

»Du freches Ding!«

Mairi grinste. »Ich stelle fest, dass du Dinge in mir hervorbringst, die ich anderen nie zu zeigen wagte.«

»Aber jetzt bist du ja in Sicherheit.«

»Ja.«

»Du kannst dem Sinclair vertrauen.«

»*Du bist hier*, und deshalb fühle ich mich sicher.«

Ihre Worte weckten in ihm Zweifel an seiner Überzeugung, dass er keine Gefährtin haben konnte, doch andererseits war sie ja auch nicht über seine Vergangenheit im Bilde. Denn wenn es so wäre, würde Mairi ihm ganz sicher nicht so leicht vertrauen.

Er zog seine Hände von ihren perfekt gerundeten Brüsten zurück, konnte aber nicht umhin, dabei noch einmal ihre zarten Knospen zu berühren.

Sie zog scharf den Atem ein und bog sich ihm noch weiter als zuvor entgegen, doch dann runzelte sich ihre Stirn, und Mairi stieß einen kleinen Schmerzensschrei aus.

»Was ist, Mairi?«

»Nichts. Es ist alles in Ordnung.«

»Lüg mich nicht an!«

»Mein Rücken …«

Also war noch mehr Arbeit erforderlich, als er gedacht hatte. Lais sagte jedoch nichts, als er beide Hände auf den großen Bluterguss an der Außenseite ihres Schenkels legte und sofort den angebrochenen Knochen und die erhebliche Verletzung des Muskels und des ihn umgebenden Gewebes spüren konnte.

Er wollte den Mann umbringen, der ihr das angetan hatte; der Adler in ihm schrie nach Rache.

Mairi legte ihre kleine Hand an seine Wange. »Keine Sorge, Lais! Es fühlt sich schon viel besser an.«

»Dich zu heilen ist einfacher, als es je zuvor gewesen ist.« Und das war gut so, weil er sonst nie die Kraft zu all dem gehabt hätte, was er bis jetzt bewirkt hatte.

»Ich frage mich, warum«, erwiderte sie in einem Ton, der durchklingen ließ, dass beide die Antwort kannten, und der Lais dazu aufforderte, es zuzugeben.

»Wir sollten uns besser fragen, ob ich danach noch die Kraft haben werde, deinen Rücken zu behandeln.« Aber das würde er. Er hatte gar keine andere Wahl.

Bevor er Mairis Bein zu verarzten begann, sprach er ein kurzes Gebet, und als er das Aufwallen von Energie und Macht in sich verspürte, senkte er den Kopf, um Gott zu danken.

»Du musst dich jetzt umdrehen«, forderte er dann Mairi auf und zog sich ein wenig zurück.

Aber sie streckte sofort eine Hand nach ihm aus. »Hilfst du mir dabei?«

»Natürlich.« Er half ihr, sich auf die Seite zu drehen, während er mit der anderen Hand ihre Hüfte abstützte.

Als sie auf der Seite lag, das Gesicht von ihm abgewandt, und er den Blick auf ihren Rücken senkte, stieß er einige sehr wortreiche Chrechte-Flüche aus. Der Anblick, der sich ihm bot, war zu schrecklich. Es war kaum zu glauben, dass Mairi in der Nacht zuvor und auch heute klaglos auf dem Rücken gelegen hatte, denn er war mit Blutergüssen übersät.

»Sieht es sehr hässlich aus?«

»Nichts an dir ist hässlich, Mairi, aber diese Mistkerle müssen sich dabei abgewechselt haben, deinen Rücken mit den Fäusten zu bearbeiten.«

»Ich hatte mich zusammengerollt, um mich zu schützen.« Ein kleines Aufschluchzen entschlüpfte ihr, das verriet, dass ihr bei der Erinnerung die Tränen kamen. »Sie haben immer wieder zugetreten und -geschlagen.«

»Oh Gott, mein liebes Kind, das tut mir leid.«

»Wieso? Du hast mich nicht so zugerichtet. Du würdest nie so etwas tun.«

Sie hatte solches Vertrauen zu ihm, und es war nicht einmal berechtigt, oder zumindest nicht bei dem Mann, der er einmal gewesen war. Und obwohl er wirklich niemals eine Frau oder ein Kind geschlagen hätte, waren seine Taten doch genauso verachtungswürdig. »Ich muss dich abtasten, um festzustellen, wo du am schlimmsten verletzt bist.«

»Ja.«

»Es tut mir leid«, sagte er noch einmal.

In einer stummen, doch eindeutigen Bitte legte sie ihre Hand auf seine, die auf ihrer Hüfte ruhte. Lais zögerte nicht, seine Finger mit Mairis zu verschränken. Dann griff er mit der anderen Hand nach dem Bernstein und berührte sie mit der glattesten Seite des Kristalls so sachte, wie er konnte. Mairi zuckte nicht zurück, obwohl es wehtun musste.

So behutsam wie nur möglich strich er mit dem Bernstein über ihren Rücken und suchte nach weiteren Fissuren in den Knochen. Zum Glück waren keine anderen mehr da. Dann heilte er die schlimmsten ihrer Prellungen, und dennoch würde sie morgen noch Schmerzen haben, weil er heute zu viel unbehandelt lassen musste.

Als er fertig war, zitterte er vor Erschöpfung, und trotzdem quälte ihn noch immer seine sinnliche Erregung.

»Bist du fertig?«, fragte sie mit matter Stimme.

»Für heute ja.«

»Kann ich mich wieder umdrehen?«

»Auf der Seite würdest du bequemer liegen.«

»Ich will dich aber anschauen.«

Er nickte, obwohl sie es nicht sehen konnte. Nur widerstrebend zog er die Hand von ihr zurück und richtete sich auf. »Beweg dich nicht!«

»Nein.«

»Gut.« Obgleich er an seinem eigenen Verstand zweifelte, entkleidete er sich und trat dann an das Bett, um sich zu Mairi zwischen die Felle zu legen.

Ihre Lider waren schwer geworden, doch der verführerische Duft, der von ihr ausging, war für die Sinne seines Adlers der Beweis dafür, dass auch ihre sinnliche Erregung noch nicht abgeklungen war. Lais breitete die Felle über sie, bevor er darunter ihre Hand in seine nahm. »Wir werden jetzt schlafen, Mairi, und danach werde ich weiterarbeiten, ohne deine Tugend zu gefährden.«

»Versprichst du es?«

»Aye.«

»Gut«, sagte sie schläfrig. »Ein anständiger Chrechte hält seine Versprechen.«

Er lächelte, als sie seine eigenen Gedanken in Worte fasste, und schloss die Augen, um in einen erholsamen Schlaf hinüberzugleiten.

Ciara erwachte in den Armen eines Drachen.

Das Letzte, woran sie sich erinnerte, waren Eiriks Hände an ihrem Gesicht, seine Augen, die wie Bernstein glühten, als sie in die ihren blickten ... an einen Kuss, der so sanft gewesen war wie die Berührung eines Schmetterlingsflügels, und dann an ein Gefühl des Friedens, das sie in warmen Wellen durchflutet hatte. Und danach ... an nichts mehr.

An keine beunruhigenden Träume, kein ungutes Gefühl und keine Angst. Ciara fühlte sich besser als seit Monaten und wacher als seit Wochen, als sie blinzelnd in die Dunkelheit hineinschaute. Aber es schreckte sie überhaupt nicht, im Dunkeln bei einem Drachen zu liegen, und sie fragte sich höchstens, was für eine Art Magie Eirik in ihr bewirkt haben mochte.

Ihr Kopf ruhte auf einem seiner kräftigen Vorderbeine, während sein anderes beschützend um ihren Körper geschlungen war. Gefährliche Krallen, die für sie jedoch keine Bedrohung darstellten, lagen unter einer ihrer Hände. Ein weiches Fell unter ihr schützte sie vor dem harten Boden, und ein weiteres bedeckte sie und hüllte sie in die Wärme des Drachen ein.

In der Nähe konnte sie Niall und Guaire riechen, aber ihre Umrisse ließen sich im Dunkeln nicht ausmachen.

Eiriks Duft umhüllte sie und betörte ihre Wölfin. Und für einen Moment erlaubte Ciara sich, das Gefühl des Friedens und der Sicherheit zu genießen, das sie in Gegenwart des Drachen fand.

Eine raschelnde Bewegung hinter ihnen verriet ihr, wo sich Niall und Guaire befanden. Und dass auch sie schon wach waren.

»Wo sind wir?«, fragte sie in die Dunkelheit. »Und warum sind wir hier?«

»Du bist wach.« Zufriedenheit schwang in Nialls tiefer Stimme mit.

Ciara konnte auch den angenehmen Geruch von Erleichterung

in der Luft wahrnehmen, doch ob er von ihm oder von Guaire kam, ließ sich nicht unterscheiden.

Das Geräusch eines an Stein geriebenen Feuersteins ertönte, dann loderte eine Fackel auf und brachte Licht in die Höhle. Die Wände waren glatt bis auf einige darin eingeritzte Bilder, aber um erkennen zu können, was sie darstellten, würde sie mit einer Fackel an sie herantreten müssen.

Ciara setzte sich zwischen den Fellen auf, doch nicht einmal in dieser Haltung konnte sie über Eiriks große Drachengestalt hinwegschauen.

»Du hast einen ganzen Tag und eine Nacht geschlafen«, bemerkte Guaire, als er mit Niall um den Drachenkopf herumkam.

Der hünenhafte Krieger lauschte auf irgendetwas und sagte dann: »Meiner Schätzung nach ist es kurz nach Tagesanbruch.«

»Ich danke euch.«

»Dank nicht uns, Ciara! Es war dein Drache dort, der dich so friedlich schlafen ließ. Er hat sich einmal erhoben, um einem körperlichen Bedürfnis nachzugeben, und innerhalb von Sekunden fingst du an, dich herumzuwerfen. Seitdem ist er dir nicht mehr von der Seite gewichen.« Der widerstrebende Respekt in Nialls Stimme entlockte ihr ein Lächeln.

Er lächelte ebenfalls, wobei sich sein Gesicht der Narbe auf seiner Wange wegen grotesk verzog, aber das störte Ciara nicht. Niall war ein genauso guter Mann wie ihr Adoptivvater.

Und dann, ganz ohne Vorwarnung, schrumpfte der Drache um sie herum, und in einem Aufblitzen von purpurrotem Licht saß sie in den Armen eines Mannes. Eines splitterfasernackten Mannes.

Guaires Augen weiteten sich vor Schock, der jedoch schnell Bewunderung wich, als sein Blick über den nackten Eirik glitt. »Oho!«

Niall knurrte, und seine Augen glitzerten auf eine Art, die klar erkennen ließ, dass sein Wolf schon viel zu nahe unter der Oberfläche war. Ciara konnte auch die Unruhe ihrer Wölfin spüren, die hinauswollte, und ohne sich dessen auch nur bewusst zu sein, deckte Ciara Eirik mit dem Fell zu, unter dem sie geschlafen hatten.

Guaire grinste sie und Eirik an. »Hat jemand Appetit auf Frühstück?«

Ciaras Magen knurrte, und voller Erstaunen erkannte sie, dass sie tatsächlich hungrig war.

Eirik hielt sie noch immer im Arm, aber mit der freien Hand drehte er jetzt ihr Gesicht zu sich herum. »Du wirst essen.«

»Ja.« Dachte er etwa, sie habe vor, ein Essen auszuschlagen? Dann irrte er sich aber ganz gewaltig.

Es war nicht ihre Schuld, dass ihr Magen in letzter Zeit immer so verkrampft gewesen war, dass sie ihn nicht auch noch mit Nahrung hatte belasten wollen.

»Du bist ein Unruhestifter«, hörte sie Niall zu Guaire sagen.

Schnell zog sie den Kopf aus Eiriks Griff und wandte sich den anderen Männern zu … nur um sich rasch auf die Lippe zu beißen, um nicht zu kichern. Aber Niall hatte Guaire zu einem heißen Kuss an sich gezogen, und Ciara konnte sich des Gedankens nicht erwehren, dass das wahrscheinlich die ganze Zeit schon Guaires Plan gewesen war. Der menschliche Seneschall wusste, wie er seinen Chrechte-Krieger nach der Melodie tanzen lassen konnte, die nur Guaire spielen konnte.

Sie grinste und wandte sich wieder Eirik zu. »Es könnte noch ein Weilchen dauern, bis es Frühstück gibt.«

»Wie lange sind sie eigentlich schon ein Paar?«, fragte der Prinz der Éan.

»Das waren sie schon, bevor ich zu den Sinclairs kam.«

»Aber sie benehmen sich, als hätten sie sich gerade erst gefunden.«

»Sie sind verliebt.«

»Sie können von Glück sagen, dass Talorc die Verbindung toleriert. Bei den Éan müssen diejenigen mit gleichgeschlechtlichen oder menschlichen Partnern zunächst einmal Nachwuchs mit einem anderen Éan zeugen, bevor das Paarungsritual vollzogen werden kann.«

»Das ist ja schrecklich!«

Eirik zuckte mit den Schultern, als spielte das eigentlich keine Rolle. »Vielleicht wird es heutzutage nicht mehr nötig sein, da wir nicht länger einer nach dem anderen wegsterben, weil man uns im Wald zu Tode jagt.«

»Unser Laird würde so etwas nie verlangen.« Ciara vertraute auf Talorcs Glauben an das geheiligteste aller Chrechte-Gesetze, demzufolge eine wahre Partnerschaft unantastbar war. »Weil es wahre Partnerschaft und die damit verbundene Liebe verhindern würde.«

»Liebe ist nur im Himmel von Bedeutung. Hier unten unter Sterblichen müssen andere Überlegungen berücksichtigt werden. Nach Art unseres Volkes auf die Vereinigung mit seinem wahren Partner zu warten ist nur ein kleiner Preis für den Fortbestand unserer Spezies.«

»Wie gut für uns, dass Talorc in diesem Punkt nicht einer Meinung mit dir ist!«, bemerkte Niall, als er seinen Gefährten freigab, der sich sofort daranmachte, den mitgebrachten Proviant auf einem Sinclair-Plaid hübsch anzurichten. »Denn sonst hätte ich mich meinem Laird widersetzen müssen. Ich würde mich nie im Leben mit einer Wölfin paaren, nur um Welpen hervorzubringen.«

»Die Faol sind auch noch nie vom Aussterben bedroht gewesen. Ihr wart niemals gezwungen, die Art von Entscheidungen zu treffen, die unsere Anführer für uns treffen mussten. Es gab eine Zeit – das war, kurz nachdem die Éan begonnen hatten, in die nördlichen Wälder zu flüchten –, in der es kaum noch zwei Dutzend unserer Leute gab. Einige von ihnen waren zudem auch schon über das Alter hinaus, Nachkommen hervorzubringen.«

Ciara schnappte bestürzt nach Luft. Sie hatte keine Ahnung gehabt, dass die Éan dem Aussterben so nahe gewesen waren. Ein Teil von ihr bewunderte Eirik, weil sie wusste, dass er die schwierigen Entscheidungen, von denen er sprach, getroffen hätte. Ein anderer Teil von ihr war allerdings zutiefst bekümmert, als sie merkte, dass er der Liebe keinerlei Bedeutung zumaß.

»Rein theoretisch kann ich verstehen, was du sagst, doch es hätte mir das Herz gebrochen, wenn Niall eine Frau genommen hätte«, bekannte Guaire. »Die Jahre, die ich darauf warten musste, von ihm beansprucht zu werden, brachen mir auch so schon fast das Herz.«

Ciara rappelte sich auf und merkte erst dann, dass sie nichts weiter als ein Hemd am Leib trug. Da sie jedoch wusste, wessen Schuld das sein musste, warf sie Eirik einen ärgerlichen Blick über die Schulter zu.

Dann streckte sie die Hand aus und tätschelte Guaire beruhigend den Arm. »Niall liebt dich viel zu sehr, um auch nur je daran gedacht zu haben, jemand anderen zu nehmen.«

Die beiden mochten ihre wahre Beziehung zwar vor dem größten Teil des Clans verbergen müssen – obwohl Ciara ziemlich sicher war, dass viele es inzwischen längst erraten hatten –, aber sie sollten niemals an der Liebe ihres Partners zweifeln. Dazu war diese Liebe viel zu rein und strahlend.

Guaire erwiderte Ciaras Lächeln und wandte sich dann mit verliebter Miene dem hünenhaften blonden Krieger zu. »Das weiß ich.«

»Liebe kann durchaus auch mit Pflicht zusammenfallen. Nicht immer schließen sie sich gegenseitig aus.« Eiriks Stimme klang gedämpft, da er sich bückte, um seinen Kilt aufzuheben und ihn anzuziehen.

»Aber die Pflicht sollte der Liebe nicht im Wege stehen«, beharrte Ciara.

Niall grunzte zustimmend, doch Guaire wirkte nachdenklich.

»Was denkst du, Lieber?«, fragte Niall ihn.

»Hätte der Vater unseres Lairds sich mehr seinen Pflichten gewidmet als seiner obsessiven Liebe zu der Engländerin, könnten er und viele andere unseres Clans heute noch leben.«

»Das ist wahr«, gab Niall zu.

Eirik reichte Ciara nur kommentarlos einen Apfel. »Iss!«

Anscheinend kümmerte es ihn nicht, ob andere seiner Argumentation zustimmten oder nicht.

Ciara aß den Apfel, ein Haferplätzchen und sogar ein Stück von dem Kaninchenbraten, den Guaire am Vorabend vor dem Schlafengehen zubereitet hatte. Es schmeckte wundervoll. Nachdem sie mit Wasser aus dem Trinkhorn nachgespült hatte, brachte sie ihre Kleidung aus dem von der Fackel erhellten Bereich und zog sich im Dunkeln an.

»Warum sind wir eigentlich in einer Höhle?«, fragte sie Eirik, nicht ganz sicher, ob die Suche nach dem *Faolchú Chridhe* schon begonnen hatte.

»Weil du Schlaf brauchtest«, erwiderte er, als beantwortete das ihre Frage.

So war es aber nicht. »Und? Ich verstehe trotzdem nicht, wieso du, ich und zwei der vertrauenswürdigsten Krieger meines Vaters deswegen in einer Höhle übernachtet haben.«

»Weil Eirik behauptete, sein Drache würde über deine Träume wachen«, warf Niall ein.

Unter anderen Umständen hätte Ciara gelacht, doch jetzt ergaben die früheren Worte des blonden Kriegers auf einmal mehr Sinn für sie. Hoffnung und Pragmatismus kämpften in ihrem Herzen. Wenn der Drache tatsächlich über ihre Träume wachen konnte, würde sie auch in Zukunft schlafen können. Nur glaubte sie nicht, dass ihr Vater ihr erlauben würde, ihre Nächte in einer Höhle im Wald zu verbringen.

Nachdem sie sich angezogen hatte, ging sie zu Eirik hinüber, der gerade seinen Schwertgurt umlegte. »Danke.«

»Du warst bei der Besprechung vor lauter Müdigkeit zu nichts zu gebrauchen; du konntest dich ja kaum auf dem Stuhl halten.«

Sie erinnerte sich, dass sie fast umgekippt war und das Gefühl gehabt hatte, als wäre das vielleicht gar nicht mal so schlimm. »Ich war sehr müde.«

»Aye.«

»Aber jetzt geht es mir viel besser.«

»Das freut mich.« Allerdings war ihm von dieser Freude überhaupt nichts anzumerken. Er erschien nur wieder ganz wie ... Eirik, Prinz der Éan. Unantastbar. Unerreichbar.

»Es tut mir leid, dass ich dir solche Mühe gemacht habe«, sagte sie steif.

»Es war keine Mühe. Mein Drache mag dich.« Den Mann dagegen könnte sie nicht weniger interessieren.

Ciara verstand die Botschaft nur allzu gut, auch wenn sie entmutigend und verwirrend war. Sie und ihre Wölfin waren ein und dieselbe, doch Ciara konnte zwischen den Gefühlen und Gedanken unterscheiden, die mehr mit dem Tier in ihr in Zusammenhang standen als mit ihrer Menschlichkeit.

Und trotzdem war es ihre Wölfin, die sich nach der Nähe des Éan sehnte und es nicht einmal zu verleugnen versuchte. Ciaras Logik sagte ihr, dass die Gefühle, die der Drachen-Gestaltwandler in ihr weckte, keine Zukunft haben konnten, und ihr menschlicher Verstand wehrte sich gegen Eiriks Wirkung auf sie, was jedoch gar nicht leicht war.

Eirik dagegen schien keine solchen inneren Konflikte mit sich auszutragen. Sein Drache mochte sie vielleicht, doch der Mann, zu dem er gehörte, fand sie nahezu unerträglich.

»Nun, dann richte bitte deinem Drachen meinen Dank aus!«

Eiriks bernsteinfarbene Augen wurden schmal, aber er erwiderte nichts darauf.

Auf dem Rückritt zur Burg saß Ciara hinter Niall auf dessen großem Schlachtross. Sie waren jedoch erst ein paar Meter von dem Höhleneingang entfernt, als Eirik sein Pferd neben sie lenkte.

Niall sagte etwas, das Ciara nicht mitbekam, weil sie zu sehr damit beschäftigt war, ein Protestgeschrei zu unterdrücken, als Eirik sie einfach vom Rücken des anderen Pferdes auf das seine hob.

Sie landete auf dem Schoß des Drachen-Gestaltwandlers, dessen Arm sich wie ein stählernes Band um ihren Körper schloss.

»Was fällt dir ein?«, fuhr sie ihn an.

»Du wirst bei mir mitreiten.«

»Wenn dein Drache etwas dagegen hat, dass sie mit Niall reitet, kann sie mein Pferd haben, und ich steige bei Niall auf«, erbot sich Guaire hinter ihnen.

Ohne Guaire auch nur einer Antwort zu würdigen, stieß Eirik seinem Pferd die Knie in die Flanken und trieb es zu einem Galopp an.

»Das war sehr unhöflich!«, schimpfte Ciara, doch ihre Worte wurden vom Wind verschluckt.

Und selbst wenn Eirik sie gehört hätte, wäre er bestimmt nicht darauf eingegangen. Der Prinz der Éan mochte es zwar nicht auf Talorcs Stellung abgesehen haben, aber er war arrogant genug für jeden Chrechte königlichen Blutes.

Er brauchte nicht den Status eines Clan-Chefs, um überzeugt zu sein, dass er das Recht besaß, anderen Vorschriften zu machen. Und nach Ciaras erstem wirklich tiefen, dauerhaften Schlaf seit Monaten wollte sie sich auch nicht allzu lautstark über Eiriks eigenwillige Methoden beklagen.

Denn wäre er nicht so, wie er war, hätte er ihren Vater niemals dazu überreden können, sie in den Armen eines Drachen in einer Höhle im Wald übernachten zu lassen.

Dessen war sie sich ganz sicher.

Außerdem war es offenbar nicht nur Eiriks Drache, bei dem sie sich beschützt und geborgen fühlte. Sie merkte jetzt, dass es ihr fast ebenso viel Freude bereitete, mit ihm auf seinem Pferd zu sitzen, wie auf seinem Drachen durch die Luft zu reiten.

Und so akzeptierte sie ihre Gefühle als unabwendbar und ihre Situation als unvermeidlich angesichts der Arroganz eines Prinzen, der zudem auch noch ein Drache war, und lehnte sich entspannt an seine Brust. Sie verließ sich darauf, dass er sie nicht fallen lassen würde, und genoss einfach nur die Gerüche und Geräusche des Waldes, als sie auf die Burg zugaloppierten.

Eirik spürte, wie Ciara sich an ihm entspannte, und sein Drache brummte zufrieden, während sein Rabe ihn bedrängte, seinen Kopf an ihrem zu reiben. Eirik biss verärgert die Zähne zusammen, doch er zog sie dennoch noch fester in die Arme.

Er brauchte diese Art von Gefühlsregungen nicht, aber er wollte verdammt sein, wenn er untätig dabeisaß, während sie an einen anderen Mann gelehnt nach Hause ritt!

Ob dieser Mann nun in festen Händen war oder nicht.

Lais erwachte mit einem warmen Körper dicht an seinem. Er hatte vor dem Einschlafen darauf geachtet, nicht die Arme um Mairi zu schlingen, und sich die ganze Nacht nicht von der Stelle gerührt, an der er sich hingelegt hatte. Aber sie hatte sich an ihn gekuschelt und schien sich so sehr wohlzufühlen, obwohl Lais' Hand an ihrem wunden Rücken lag. Seinen anderen Arm benutzte sie als Kopfkissen.

Lais ertappte sich dabei, dass er lächelte … und verdammt erregt war, wie er an seiner beachtlichen Erektion bemerkte.

Der Drang, Mairi zu nehmen, war stark, doch die Erinnerung an ihre noch nicht ganz verheilten Verletzungen war stärker – und sehr viel wirksamer, als sich zu sagen, dass seine Ehre davon abhing, seine Bedürfnisse beherrschen zu können.

Und da veränderte sich ihre Atmung, und er wusste, dass auch sie erwacht war.

Sie legte den Kopf zurück, um ihm in die Augen zu sehen, machte jedoch keine Anstalten, sich seinen Armen zu entziehen. »Haben wir sehr lange geschlafen?«

Er blickte zu dem Fenster hoch in der Mauer auf und versuchte, den Stand der Sonne einzuschätzen, bevor er mit nur einer Schulter zuckte, weil er Mairi nicht wehtun wollte. »Nicht allzu lange. Das Mittagessen haben wir allerdings verpasst.«

Dann blinzelte er, dachte noch einmal nach und merkte, dass er die Schatten falsch gedeutet hatte. Es war die Morgen- und nicht die Abenddämmerung, die er draußen vor dem Fenster sah.

Talorc hatte sie also den ganzen Tag und die Nacht über schlafen lassen. Denn sie müssten schon unglaubliches Glück gehabt haben, wenn in all dieser Zeit niemand nach ihnen gesehen hätte. Lais war kein Langschläfer und hielt nicht viel von Müßiggang. Daher musste der Sinclair wissen, dass Mairi die Nacht in Lais' Schlafzimmer verbracht hatte, und trotzdem hatte kein erboster Laird mit der Faust gegen die Tür geschlagen.

»Lais?«, fragte sie leise, ihre Züge noch ganz weich vom Schlaf.

»Aye?«

»Ist es schon später?«

»Ja, aber Morgen und nicht Abend, wie ich beim Erwachen zuerst dachte.«

»Ich glaube, das wusste ich, weil ich mich viel zu erfrischt und gesund fühle, um nur ein paar Stunden geschlafen zu haben.«

»Wirklich?«

»Oh ja, es geht mir schon gut genug, glaube ich.«

»Bist du jetzt der Heiler?«

»Vielleicht ist es mir bestimmt, dein Herz zu heilen.«

Wenn es doch nur so wäre! Trotzdem verzogen sich Lais' Lippen zu einem Lächeln, als er sie zum ersten Mal küsste. Sie schmeckte vertraut und doch ganz anders als alle Frauen, die er bisher geküsst hatte.

Mairi schien nicht zu wissen, dass sie ihre Lippen öffnen müsste, aber das machte Lais nichts aus. Auch so waren ihre Küsse heißer als alle anderen, die er je mit einer Frau ausgetauscht hatte, und lösten ein jähes, heftiges Verlangen in ihm aus.

Er umfasste ihre Brust und drückte sie leicht, worauf sie mit einem entzückenden kleinen Laut des Begehrens reagierte. Dann jedoch spürte er die zaghafte Berührung einer Fingerspitze an seinem Glied, und auch ihm entrang sich ein ersticktes Aufstöhnen.

Sanft strich er mit der Zungenspitze verführerisch über Mairis Lippen, um sie zu ermutigen, sie zu öffnen. Sie zögerte nur sekundenlang, bevor sie seiner Zunge mit einem leisen Seufzen Einlass in ihren Mund gewährte. Langsam und zärtlich begann er, die warme Höhle ihres Mundes zu erforschen, während er ebenso sanft mit einer Hand ihren vollkommenen Körper erkundete ... sehr behutsam, um sie nicht zu erschrecken. Sie liebte es, wenn er ihre Brustspitzen berührte, aber auch als er ihr Haar beiseiteschob und ihren Nacken streichelte, stöhnte sie vor Wonne.

Sehr sachte und vorsichtig drehte er sie auf den Rücken, um sich dann über sie zu beugen und mit den Lippen ihre Brüste zu liebkosen. Und sie ließ es zu – ohne auch nur den kleinsten Klagelaut von sich zu geben, obwohl ihr Rücken noch immer sehr empfindlich sein musste.

Um ihre Schmerzen nicht noch zu vergrößern, hielt Lais sie fest, als sie sich bewegte. »Rühr dich nicht!«

»Aber … es fühlt sich zu groß an, um still zu liegen.«

»Ich werde dir nicht wehtun.«

»Ich weiß.«

»Wenn du dich bewegst, höre ich auf, dich zu berühren.«

Sie blieb augenblicklich reglos liegen, was ihn in einer Art und Weise erregte, mit der er nicht gerechnet hatte. Doch auch sie blickte mit einem Ausdruck der Verwirrung in ihren schönen blauen Augen zu ihm auf. »Lais?«

»Ja, meine Kleine?«

»Warum zieht sich alles in mir zusammen, wenn ich so vor dir liege?«

»Ich weiß es nicht. Vielleicht freut es dich ja, mir vertrauen zu können?«

»Hmm.«

Und vielleicht machte es ja auch ihn froh, ihr Vertrauen zu besitzen, froher, als er je erwartet hätte.

Sanft umfasste er mit beiden Händen die festen Rundungen ihrer Brüste und strich mit den Daumen über die empfindsamen Knospen. »Sie haben genau die richtige Größe für mich.«

An der Anspannung, die sie ergriff, konnte er ihren Drang erkennen, sich zu bewegen, und trotzdem blieb sie ruhig liegen. »Vielleicht bin ich ja für dich geschaffen.«

Ihr Blick drückte sowohl tiefe Sehnsucht als auch offenkundigen Zweifel aus. Wenn Lais gedacht hätte, dass sich dieser Zweifel auf seine Ehrenhaftigkeit bezog, hätte er ihn zurückgewiesen, doch er wusste, dass er nur ihr selbst galt.

Und er ertrug es nicht, einen solchen Ausdruck in ihren Augen zu sehen. »Vielleicht bist du es ja in der Tat. Ich weiß jedenfalls, dass ich mich sehr glücklich schätzen kann, dich so berühren zu dürfen.«

Ihr Lächeln war wie die hinter den Wolken hervorkommende Sonne.

Wieder beugte er sich vor und nahm eine ihrer rosigen Brustspitzen zwischen die Lippen, umspielte sie mit der Zunge und strich spielerisch mit den Zähnen über die harten Knospen, bis Mairi vor Sehnsucht wimmerte und der Duft ihrer weiblichen Erregung ihn immer unwiderstehlicher anzog.

Und so glitt er schließlich tiefer auf dem Bett und folgte dem verlockenden Duft, bis sein Gesicht zwischen ihren Schenkeln lag.

»Was tust du?«, fragte sie mit einem Anflug von Erschrecken, aber auch Neugier und Verlangen in der Stimme.

»Deine Tugend hüten«, murmelte er und liebkoste zum ersten Mal ihre intimste Stelle.

Sie versuchte, die Hüften zu bewegen, aber da er das schon erwartet hatte, spreizte er sanft ihre Beine und hielt sie in dieser Stellung fest.

»Lais«, wisperte sie sehnsüchtig.

Und ihm gefiel dieser Laut, der dem Winseln eines Wolfes so nahe kam, obwohl sie menschlich war.

»Vergiss nicht, meine Süße, dass ich aufhöre, sowie du dich bewegst!«

»Ich kann nicht anders.«

»Doch, das kannst du«, sagte Lais und strich mit der Zunge über die heiße Feuchte zwischen ihren Schenkeln.

Wie berauscht von ihrem Geschmack, wechselte er zwischen unendlich zarten Liebkosungen und leidenschaftlicheren, streichelte sie entweder nur mit seiner Zunge oder drang tief mit ihr in sie ein, bis Mairi ihn mit einer wahren Litanei von flehentlichen Bitten überschüttete.

Sie begehrte ihn, aber sie brauchte auch Erleichterung. Und da sie noch nicht wusste, was das war, bettelte sie mit zusammenhanglosen Worten um etwas, das sie nicht benennen konnte.

Zu wissen, dass er diese Unschuld von ihr bekam – und dass er die Fähigkeit besaß, sie zum allerersten Mal an bisher unerreichte körperliche Wonnen heranzuführen, ließ sein Glied im gleichen unbeherrschten Rhythmus pochen wie seinen Puls.

Den Kopf ein wenig zur Seite gelegt, um mit der Zunge an ihre empfindsame Knospe heranzukommen, liebkoste er sie wieder und wieder auf solch aufreizende Weise, dass Mairi den Kopf ins Bettzeug drückte und ihr Stöhnen und ihre rauen Schreie in den Fellen erstickte.

Von diesem Moment an dauerte es nicht mehr lange, sie auf den Höhepunkt der Lust zu führen, doch selbst dann hielt Lais nicht inne und setzte seine sinnlichen Zärtlichkeiten fort, bis Mairi von Neuem die Kontrolle über sich verlor. Bis sie sich unter ihm wand, als die Lust erneut in ihr aufflammte und ein zweiter Höhepunkt sie übermannte, bei dem sie seinen Namen schrie, heiser und gedämpft durch die Pelze, mit denen sie sich den Mund zuhielt.

Lais kniete sich zwischen ihre Beine und befriedigte sich mit schnellen, harten Bewegungen selbst, die ihn fast unmittelbar zum Orgasmus brachten. Auf dem Höhepunkt musste er seine ganze Selbstbeherrschung aufbieten, um seinen Samen in der Hand zu behalten und Mairi nicht mit ihm als die Seine zu markieren.

Kapitel 11

Ich bin keiner, der im Schutze der Weisheit geboren wurde,
sondern jemand, der alte Zeiten liebt und
eifrig auf der Suche nach dem heiligen Wissen der Menschen
der Antike ist.

Gustave Courbet

Der Ritt zurück zur Sinclair-Festung dauerte weniger als eine Stunde, und jeder Augenblick brachte sowohl Vergnügen als auch wahre Folterqualen für Eirik mit sich.

Als endlich wieder alle im Großen Saal versammelt waren, diesmal ohne die Zwillinge und dafür mit Guaire, war Eirik in denkbar schlechter Stimmung.

Trotzdem stand er neben Ciaras Stuhl, die Hand auf dessen hoher Rückenlehne, und schien mit seiner Miene alle anderen dazu herauszufordern, irgendwelche Schlüsse aus der Wahl seines Platzes zu ziehen.

Talorc schmunzelte, als er in seine Richtung blickte, aber er sagte nichts. Abigails Lächeln war weitaus argloser, auch wenn der besorgte Blick, den sie ihrer Adoptivtochter zuwarf, Eiriks Drache nicht gefiel.

Es gab keinen sichereren Platz für Ciara als bei ihm, was alle Anwesenden eigentlich begreifen müssten.

In täuschend entspannter Haltung lehnte Talorc am Sims des noch kalten Kamins. »Bist du jetzt in besserer Verfassung als gestern, um zu besprechen, was dir Sorgen macht?«, fragte er Ciara.

Sie nickte. »Ich fühle mich wieder viel mehr wie ich selbst.«

Der Sinclair nickte Eirik anerkennend zu. »Das freut mich zu hören. Deine Mutter und ich waren sehr besorgt um dich.«

»Das tut mir leid.«

»Du brauchst dich nicht zu entschuldigen, Ciara. Schließlich bist du unsere Tochter, und es ist unsere Aufgabe, uns um dich zu sorgen.«

So wie es Eiriks Aufgabe war, sich um seine Leute und nun auch um diesen Clan zu sorgen, zu dem er jetzt gehörte. Was unter anderem bedeutete, dass er Antworten hinsichtlich des *Faolchú Chridhe* benötigte.

Es fiel ihm schwer, sich damit abzufinden, dass Ciara Talorc bisher noch nichts dazu gesagt hatte. Sein Drache vertraute ihr, doch dieses Mal war Eirik sich nicht sicher, ob die Instinkte des Tieres in ihm die richtigen waren.

Denn trotz seiner beschützenden Haltung ihr gegenüber und ihrer Vertrautheit während der Nacht, als er ihre Träume mit ihr geteilt hatte, wusste er nicht, ob er ihr hinsichtlich der Sicherheit der Éan genauso blind vertrauen konnte, wie er ihrem Stiefvater vertraute.

Ciara nickte, doch ihre grünen Augen waren dunkel vor Besorgnis. »Ich hatte wieder diese Träume …«

»Ich weiß.« Laird Talorc runzelte die Stirn. »Wenn ich deine Albträume abstellen könnte, würde ich es tun.«

»Es sind nicht nur Albträume«, sagte sie mit einem schwer zu deutenden Blick zu Eirik.

Aber er konnte sich schon vorstellen, was sie dachte. Ihre Visionen von dem *Faolchú Chridhe* hatten nichts mit ihm zu tun, doch ihr Traum-Ich hatte ihm so gut wie verraten, dass ihre Träume sich manchmal um *ihn* drehten.

Er hatte den Eindruck gewonnen, dass sie ihn für diese Träume verantwortlich machte, obwohl er ja wohl kaum die Schuld an ihnen trug. Trotzdem war dieser Blick, den sie ihm zugeworfen hatte, kein tadelnder gewesen.

Nachdenklich zog er die Augenbrauen zusammen und konnte gerade noch einen Anflug von Furcht in Ciaras grünen Augen sehen, bevor sie ihn geschickt verbarg. Und obwohl sie ihre chrechtischen Talente sehr gut beherrschte, konnte er noch immer Reste ihrer Ängste riechen. Allerdings hatte er nicht den Eindruck, dass außer ihm noch jemand anderes dazu in der Lage war.

Das wunderte ihn, und er fragte sich, wieso sie diese Ängste überhaupt empfand.

Weil sie keine Éan war und irgendwann gelernt hatte, ihre Chrechte-Kräfte genauso sehr zu fürchten, wie sie sich darauf verließ. Sie wollte nicht, dass er von der Art ihrer Träume über ihn erfuhr. Das konnte nur bedeuten, dass sie für ihn sehr interessant sein würden.

Sie würde schon noch lernen, dass sie kaum etwas vor ihm verbergen konnte, und schon gar nichts, von dem er sich vornahm, es ans Licht zu bringen.

»Sie hat das zweite Gesicht«, warf Mairi ein, die in ihrer Unschuld nichts von den Unterströmungen zwischen Ciara und Eirik bemerkte.

Sichtlich verwirrt starrte der Sinclair seine Tochter an. »Du meinst, manche sind so wie dein Traum von Abigail und unserem Kind?«

Ihre Adoptivmutter streckte die Hand aus und berührte Ciaras Schulter. »Ich dachte, das wäre auf deine Chrechte-Sinne zurückzuführen gewesen, die etwas wahrnahmen und es dir durch deine Träume kundtaten. Bist du sicher, dass es nicht so ist?«

»Ja.« Ciara verschränkte nervös die Hände im Schoß. »Es war nicht das erste Mal. Und nicht alle Träume sind solch erfreulicher Natur wie dieser.«

»Hast du irgendetwas gesehen, das uns betrifft?« Talorc klang mehr neugierig als überzeugt.

Hatten sich die Faol der Chrechten schon so weit von ihren alten Gewohnheiten entfernt, dass sie nichts mehr von den Sehern und Seherinnen unter ihnen wussten?

Vielleicht würden die Éan, die sich dem Clan anschlossen, mehr als nur ihre Rasse retten.

Als Ciara sich wieder auf die Lippe biss, die schon angeschwollen war von dieser Art Behandlung, hätte Eirik sie am liebsten in die Arme genommen und ihr versprochen, dass alles gut werden würde. »Ich glaube, ja«, erwiderte sie leise.

»Erzähl mir von den Träumen!«, wies Talorc sie sanfter an, als man es von dem leicht aufbrausenden Laird gewohnt war.

Ciara blickte zu Eirik auf und dann zu Abigail hinüber, bevor sie ihre Aufmerksamkeit wieder dem Laird zuwandte. Es war für alle nur zu offensichtlich, wie unangenehm ihr das Thema war. »Ich habe diese Träume schon, seit ich ein kleines Mädchen war.«

Talorc nickte ihr ermunternd zu.

»Ich habe Mitglieder meines alten Clans in ihrer Chrechte-Gestalt gesehen, die aber nicht immer die war, die sie dem Rest des Donegal-Rudels zeigten.«

»Was willst du damit sagen?«

Ciara wandte sich mit besorgter Miene Eirik zu.

Da er zu wissen glaubte, was sie nur so widerstrebend preisgab, nickte er ihr ermunternd zu. »Er weiß es schon.«

Ihre Schulter unter seiner Hand entspannte sich. »In meinen Träumen sah ich Circin und seine Schwester als Raben durch die Luft fliegen.«

Talorcs Schock hätte nicht größer sein können. »Wie das?« Er schüttelte den Kopf. »Du musst sie gesehen haben, als du wach warst.«

»Nein. Ich wusste auch, dass Lais ein Adler war, obwohl er es dem ganzen Clan verheimlichte.«

»Nicht einmal Wirp wusste es«, warf Lais mit ehrfurchtsvoller Stimme ein.

»Aber du glaubst es noch immer nicht«, warf Ciara ihrem Vater vor.

Der Sinclair verzog bedauernd das Gesicht. »Ich würde es gern glauben, wenn es nicht so unvorstellbar wäre.«

Ciara senkte für einen Moment den Kopf, aber dann straffte sie die Schultern und sah den Clan-Chef direkt an. »Es gibt ein Geheimnis, das du bewahrst und für das dein Vater gestorben ist.«

»Das wissen andere in unserem Rudel auch«, sagte Talorc fast entschuldigend.

»Doch im Gegensatz zu mir können sie dir nichts Genaueres über dieses Geheimnis erzählen.«

Sie hob ihre rechte Hand und betrachtete sie, als könnten ihren zarten Fingern sämtliche Antworten des Universums innewohnen. »Wäre meine Hand die einer Heiligen, wären mir sicher nicht die vielen Fehler unterlaufen, die ich gemacht habe.«

Alle Farbe wich aus dem Gesicht des Sinclairs. »Woher weißt du …«

»Sie hat dir gesagt, woher, und jetzt solltest du endlich aufhören zu zweifeln«, erklärte Abigail mit einer so ärgerlichen Miene, dass Eirik heute wenig Aussichten auf eheliche Freuden für seinen Freund sah.

»Ja, du hast wie immer recht, Liebste. Es tut mir leid, dass ich an dir gezweifelt habe, Ciara.«

»Ich habe dich nie belogen, aber du weißt, dass ich viel verborgen habe. Und ich kann verstehen, dass dich das misstrauisch macht.«

Talorc sah regelrecht gequält aus, und Abigail war den Tränen nahe.

»Das reicht«, warf Niall mit schroffer Stimme ein. »Wir alle glauben dir, Ciara.«

Sie nickte, doch ihr Blick war seltsam leer und weit entfernt. »Ich träumte vom Tod meines Vaters und dann auch von dem meiner Mutter. Von ihren letzten Jahren, bevor es geschah, und es war so blutig, dass ich diesen Traum als Albtraum abtat. Ich war noch nicht bereit.« Ihre Stimme war dumpf geworden. »Ich sehe sie noch heute in meinen Träumen.«

»Ach, Ciara.« Abigail wollte die jüngere Frau offenbar umarmen, aber sie schien bemerkt zu haben, wie tröstend Eirik seine Hand auf ihre Schulter legte.

Ciara konnte ihre Emotionen fast nicht mehr beherrschen, und es brauchte nicht die geschärften Sinne eines Chrechten, um das zu erkennen.

Als sie weitersprach, verriet ihre Stimme nichts mehr von dem Aufruhr der Gefühle, der in ihren aufgewühlten grünen Augen noch zu lesen war. »Ich begann von dem *Faolchú Chridhe* zu träumen, als ich kaum laufen konnte. Zuerst wusste ich nicht, was es war, aber dann erzählte ich Galen von meinen Träumen, obwohl ich befürchtete, dass er sich darüber lustig machen würde.«

»Doch das tat er nicht«, warf Eirik ein.

Sie blickte kurz zu ihm auf und schüttelte den Kopf. »Er bezeichnete meine Träume als prophetisch und glaubte, ich würde ihn damit zum heiligen Stein der Wölfe führen. Anfangs machte er noch ein Spiel daraus, wenn er mit mir in den Wald zum Suchen ging. Das waren glückliche Zeiten, doch dann verstarb unser Vater, und Galen veränderte sich sehr.«

»Für ihn war es kein Spiel mehr.« Und war es auch nie gewesen, dessen war sich Eirik sicher. Vor allem angesichts der Tatsache, dass auch Galen – falls seine Schwester tatsächlich die Hüterin des Steines war, wie ihre neue Freundin Mairi behauptete – der richtigen Blutlinie entstammte, um sich der Macht des Steines zu bedienen.

»Und auch nicht für seine Freunde, die seinen Hass auf die Éan teilten.« Eiriks Stimme klang schärfer als beabsichtigt, doch dass jemand wie Ciaras Bruder über die Macht eines heiligen Chrechte-Steins verfügen könnte, war ein schauriger Gedanke.

»Nein. Es war kein Spiel für sie. Wir waren an jenem furchtbaren Tag wieder einmal auf der Suche, als Luag Raben witterte und beschloss, auf die Jagd zu gehen, statt nach einem sagenhaften Stein zu suchen. Galen hatte begonnen, seinen Freund zu unseren Streifzügen mitzunehmen, aber keiner von ihnen hörte auf mich, wenn ich ihnen sagte, wo wir suchen müssten. Sie waren felsenfest davon überzeugt, dass sie in allem richtig lagen.«

»Und doch waren sie vollkommen im Irrtum«, bemerkte Lais.

Ciara holte tief Luft und ließ sie langsam wieder entweichen. »Ja.«

»Und Luag glaubte auch nicht an deine Träume.« Eirik war überzeugt, dass der Donegal'sche Wolf sich niemals mit der Jagd auf die Éan'schen Kinder aufgehalten hätte, wenn er Ciaras Träumen Glauben geschenkt hätte. Denn dann wäre es ihm viel wichtiger gewesen, den *Faolchú Chridhe* zu suchen, als kleine Kinder zu drangsalieren.

»Nicht wie Galen.« Wieder biss sich Ciara auf ihre schon wunde Unterlippe, und Eiriks Drache brummte ärgerlich in seiner Brust. »Galen *wollte* nur glauben, dass er die Macht des Steins erlangen könnte.«

»Wenn er dein Bruder war, hätte er Verbindung mit dem Stein aufnehmen können«, erklärte Mairi mit unerschütterlicher Überzeugung.

Ciara erwiderte nichts darauf, doch Eirik nickte zustimmend. Und der Sinclair wirkte gar nicht glücklich über diese Möglichkeit.

»Und ihr habt nie auch nur eine Spur des Steins gefunden?«, fragte Guaire.

Bisher hatte er geschwiegen, doch Eirik konnte sehen, wie aufmerksam der Seneschall jedes Wort in sich aufnahm und die Bedeutung des Gehörten abwog. Eirik hatte ihn das schon oft tun sehen, wenn er mit ihm und dem Laird daran arbeitete, die Éan im Clan einzugliedern.

Guaire sprach nicht viel, aber *wenn* er eine Bemerkung machte, traf sie stets ins Schwarze und war immer nützlich. Talorc konnte sich glücklich schätzen, einen solchen Seneschall zu haben.

»Nein«, antwortete Ciara. »Nicht die kleinste Spur.«

Und dennoch glaubte sie noch immer, dass der *Faolchú Chridhe* irgendwo dort draußen war und nur gefunden werden musste. Ihre Verbindung zu ihm musste sehr, sehr stark sein.

»Aber du träumst noch immer davon?«, fragte Guaire.

»Ja.«

Guaire nickte. »Dann musst du diese Träume auch ernst nehmen.«

Niall nickte zustimmend. Der Sinclair runzelte jedoch die Stirn. Offenbar missfiel es ihm sehr, dass seine Tochter unter etwas leiden musste, vor dem er sie trotz seiner Macht und Position nicht schützen konnte.

»Und wenn auch nur aus dem einen Grund, dass du keine Ruhe finden wirst, bis du es tust«, sagte Abigail mit einem mütterlich-besorgten Blick zu Ciara.

Eirik bewegte die Hand von Ciaras Schulter zu ihrem Nacken und drückte ihn ein wenig, um ihr zu zeigen, dass sie nicht allein war. Er hinterfragte den Impuls nicht, denn für den Moment würde er den Instinkten seines Drachen folgen.

»Die Träume sind sogar noch intensiver und nachdrücklicher geworden. Der Stein ruft mich jetzt schon, wenn ich wach bin.« Wieder sah sie mit gequältem Blick zu Eirik auf, bevor sie sich ihrem Adoptivvater zuwandte. »Ich kann nicht mehr schlafen und nichts mehr essen. Der *Faolchú Chridhe* muss endlich gefunden werden.«

»Aye.« Eiserne Entschlossenheit und das ganze Selbstvertrauen eines Clan-Chefs lagen in diesem einen Wort.

Ciara stieß einen erleichterten Seufzer aus, denn obschon die Geheimnisse, die sie bewahrte, auf etwas anderes schließen lassen könnten, vertraute sie dem Sinclair voll und ganz.

Sie würde schon noch lernen, dass sie Eirik genauso blind vertrauen konnte. Sein Drache verlangte es, und sein Rabe pochte darauf, dass sie es eigentlich längst tun müsste.

»Bevor mein Vater und seine Kumpane ihn finden«, fügte Mairi hinzu, und alle konnten den starken, bitteren Geruch nach Furcht wahrnehmen, der bei ihren Worten von ihr ausging.

Der Laird wandte sich ihr zu. »Dein Vater weiß von dem *Faolchú Chridhe?*«

Mairi zuckte zusammen, doch als Lais einen Arm um ihre Schultern legte und sie an sich zog, beruhigte sie sich wieder, und ihre Furcht verflog.

Allerdings errötete sie vor Verlegenheit und versuchte, Lais von sich fortzuschieben, trotz des offensichtlichen Trostes, den er ihr spendete. Er blieb jedoch beharrlich und rührte sich nicht vom Fleck.

Stirnrunzelnd und sichtlich verwirrt blickte sie zu ihm auf. Doch Lais lächelte nur, und auch Eiriks Mundwinkel verzogen sich zu einem amüsierten Lächeln. Es würde keine leichte Beziehung zwischen den beiden werden, aber eine gute.

Dann ergriff Mairi mutig das Wort. »Viele der Faol kennen die alten Geschichten über den *Faolchú Chridhe.* In manchen Rudeln lehrt man die Jungen die Geschichte der Chrechten mit wesentlich mehr Einsatz, als es bei den Sinclairs der Fall zu sein scheint«, sagte sie in etwas missbilligendem Ton.

Diese offensichtliche Kritik an ihm hätte den Alpharüden des Rudels ärgern können, doch stattdessen nickte er nur zustimmend. »Da hast du völlig recht, Mairi. Mein Großvater wollte, dass unser Rudel sich vollständiger in den Clan integrierte, und deshalb erklärte er die alten Geschichten zu Mythen und sagte, niemand profitiere davon, sie weiterzugeben.«

Ciara war so schockiert darüber, dass sie scharf den Atem einzog.

Talorc lächelte verständnisvoll. »Ja, das war wirklich erstaunlich angesichts der Tatsache, für wie wichtig er die alten Chrechte-Gesetze für uns alle hielt.«

»Vielleicht ist es an der Zeit, so einiges in unserem Rudel zu verändern«, bemerkte Abigail.

Der Sinclair warf seiner Frau einen anerkennenden Blick zu und nickte. »Vielleicht wird es wirklich höchste Zeit, etwas zu ändern, Liebste.«

»Der MacLeod dagegen hat mehr neuere Informationen als alte Geschichten, oder?«, fragte Guaire Mairi nachdenklich.

»Ja. Auch meine Mutter hatte das zweite Gesicht«, antwortete Mairi in einem entschuldigenden Ton, den Eirik sich nicht erklären konnte. »Sie träumte von dem Stein, als sie mit mir schwanger war. Ich glaube, dass das so war, weil mein Vater ein entfernter Verwandter der Familie des *Faolchú Chridhe* ist.«

»Gestern Abend sagtest du, dass Ciara die Hüterin des Steines ist«, warf Eirik ein.

»Das ist sie. Anders als mein Vater ist sie eine direkte Nachfahrin der ursprünglichen Hüter des *Faolchú Chridhe.* Sie ist die Prinzessin der Faol. Würden wir noch in den Zeiten unserer Vorfahren leben, dann wäre sie unsere Königin.« Mairis blaue Augen glänzten vor Bewunderung und Hoffnung, als sie den Blick auf Ciara richtete.

Ciara schüttelte so bestürzt den Kopf, dass ihr ein Protestlaut entfuhr. Auch die Luft war plötzlich durchdrungen von Schock und Sorge.

Eirik ignorierte das alles und hockte sich vor die widerwillige Prinzessin. Mit purer Willenskraft zwang er sie, ihn anzusehen.

»Die Hüterin des Steins zu sein ist eine große Verantwortung, aber auch ein Segen.«

Ciara schüttelte erneut den Kopf, aber Eiriks eindringlicher Blick ließ sie innehalten. »Ich will keine Prinzessin sein.«

»Würdest du deinen Kindern ihren rechtmäßigen Platz unter den Faol verweigern, weil dir der deine verweigert wurde?«

»Nein. Natürlich nicht. Aber ich werde keine Kinder haben!«, erwiderte sie schrill.

Eiriks Drache erhob knurrend Einspruch gegen diese Behauptung, obwohl er selbst sich nach Kräften bemühte, sie zu ignorieren. »Es besteht kein Grund, Angst davor zu haben, Ciara«, sagte er beruhigend.

»Ich habe *allen* Grund, Angst davor zu haben!«

»Ich werde dir helfen.«

»Du? Du hasst mich.«

»Das ist nicht wahr.«

»Aber ...«

»Vertrau mir!«

»Du bist ein echter Prinz ... während ich nur ...«

»Es gibt in diesem Zusammenhang kein *nur*. Der Stein hat dich gerufen und dich auserwählt. Du kannst gar nichts anderes tun, als diesem Ruf zu folgen.« Schon als kleiner Junge hatte er das gewusst. In die königliche Familie eines Chrechte-Volks hineingeboren zu werden bestimmte schon von Geburt an sehr viel im Leben eines Mannes.

Und Ciara, die sich als Prinzessin ihres Volkes und Hüterin des *Faolchú Chridhe* entpuppt hatte, würde er helfen, damit umzugehen.

»Ich bin auch Seherin und habe von der *guten* Macht geträumt, die sie mit dem Stein ausüben wird«, sagte Mairi mit unerschütterlicher Überzeugung.

»Wenn Ciara also eine direkte Nachfahrin der ursprünglichen Hüter des Steines ist, bedeutet das, dass sie der königlichen Familie der Faol entstammt?«, fragte der Sinclair, als hätte er noch immer Mühe, diese Tatsache zu begreifen.

Nicht der kleinste Zweifel überschattete Mairis entschiedenen Gesichtsausdruck. »Ja.«

»Das kann nicht sein«, wandte Ciara ein, doch ihrer Stimme fehlte es an Überzeugung, und ihre schönen Augen flehten Eirik an. »Hätten meine Eltern mir das nicht gesagt? Oder doch zumindest meinem Bruder?«

Eirik war töricht genug, in diesem Moment zu wünschen, er könnte sie belügen. »Wie du schon sagtest, hatte Galen vor, die Macht des Steins für seine eigenen Zwecke zu benutzen.«

»Aber wir waren Geschwister!«

»Und er sah das Gute in dir, deine Unfähigkeit, eine andere Rasse unseres Volkes zu hassen, nur weil sie die Natur eines anderen Tieres in sich trug.« Und endlich wusste auch Eirik mit absoluter Sicherheit, dass dies die volle Wahrheit war.

Er vertraute dieser Frau noch immer nicht ganz, denn dazu verbarg sie zu viele Geheimnisse. Aber er zweifelte nicht daran, dass sie nie die Absicht gehabt hatte, den Éan Schaden zuzufügen.

»Er wollte *conriocht* oder Werwölfe erschaffen«, gab sie flüsternd zu.

Lais schnappte entsetzt nach Luft, Mairi stöhnte vor Besorgnis, doch Talorc und Eirik sahen sich mit grimmiger Entschlossenheit in die Augen. Der *Faolchú Chridhe* würde gefunden und in Sicherheit gebracht werden, bevor er Chrechten in die Hände fallen konnte, die seine Macht missbrauchen würden, um andere Gestaltwandler zu vernichten.

»Es wird alles gut«, versprach Eirik Ciara eindringlich.

Irgendwann nickte sie und biss sich wieder in die Unterlippe.

Eirik stöhnte innerlich, und bevor er dem schier überwältigenden Drang nachgeben konnte, die Faol'sche Prinzessin zu küssen, sprang er auf, um wieder seine alte Stellung an ihrer Seite einzunehmen.

»Soweit ich weiß, kennt einer der Ältesten unter den Balmorals alle alten Geschichten der Faol«, sagte der Sinclair in einem Ton, der mehr als alles andere erkennen ließ, wie sehr er es bedauerte, keinen solchen Ältesten in seinem eigenen Clan zu haben. »Wir müssen mit ihm reden.«

»Dann werde ich nach Balmoral Island reisen«, erklärte Eirik prompt, ohne auch nur in Betracht zu ziehen, dass der Laird vielleicht lieber einen Faol mit dieser Aufgabe betrauen würde.

Aber Talorc nickte zustimmend. »Du wirst die Suche leiten.«

»Was? Warum?«, fragte Ciara, alles andere als erfreut über die Entscheidung ihres Adoptivvaters.

Was dachte sie sich eigentlich? Dass Eirik, nur weil er ein Éan war, irgendetwas Unheilvolles mit dem heiligen Stein der Wölfe vorhatte? Anscheinend hatte sie wirklich keine Ahnung, dass die heiligen Steine der Chrechten nicht zerstört werden konnten und dass der *Faolchú Chridhe* nicht aufhören würde, ihr im Traum zu erscheinen, bis er gefunden und von ihr benutzt werden würde.

Der Sinclair sah nicht so aus, als hätte er vor, die Fragen seiner Tochter zu beantworten, doch Abigail gab ihm einen Klaps auf die Schulter, und Talorcs Gesichtsausdruck änderte sich.

Was auch immer seine Frau ihm über die geistige Verbindung zwischen Lebensgefährten gesagt haben mochte, er wirkte jedenfalls ordentlich gemaßregelt. »Als Prinz der Éan machen Eiriks Kenntnisse des *Clach Gealach Gra* und seine Fähigkeit, jeden zu besiegen, der versuchen könnte, den *Faolchú Chridhe* in seine

Hände zu bekommen, ihn zum besten Krieger für diese Mission«, sagte Talorc steif.

»Es tut mir leid, dass ich deine Entscheidung angezweifelt habe, Vater.«

»Von Familienangehörigen erwarte ich nicht die gleiche widerspruchslose Akzeptanz meiner Befehle, wie ich sie bei meinen Soldaten voraussetze«, entgegnete der Clan-Chef, als rezitierte er etwas, das er schon viele Male zu hören bekommen hatte.

Eirik musste ein Grinsen unterdrücken. Er war ziemlich sicher, dass er wusste, von wem der Laird diese Worte hatte. Abigails zufriedenes Lächeln bestätigte seine Vermutung.

Talorc wandte sich an Eirik. »Du wirst Ciara mitnehmen. Da sie die Hüterin des Steins ist, glaubt meine Gemahlin, dass der *Faolchú Chridhe* sie auch weiter zu sich hinziehen wird.« Dann erschien ein grimmiger Zug um das Kinn des Sinclair, und er nickte kurz wie in Beantwortung einer stummen Frage. »Und dein Drache wird auch weiterhin über Ciaras Träume wachen, damit sie schläft und isst und nicht erkrankt.«

Eirik bemerkte, dass er nicht der Einzige war, der über das sichtliche Unbehagen seines Lairds ein Schmunzeln unterdrücken musste. Talorc sah sich offenbar gezwungen, so etwas genehmigen zu müssen. Doch seine Frau schaute wieder einmal sehr zufrieden drein, und Eirik zumindest hatte kein Verlangen, ihren Ärger zu erregen.

Schließlich wusste er inzwischen längst, wie raffiniert sie war.

Ciara öffnete den Mund, um etwas zu sagen, aber was auch immer sie äußern wollte, ob Widerspruch oder Zustimmung, ging in Mairis schneller Bitte unter:

»Bitte lasst mich sie begleiten, Laird! Ich habe sehr oft von diesem Stein geträumt ... und ich weiß zwar nicht, warum, doch ich habe das Gefühl, als müsste ich unbedingt an dieser Reise teilnehmen.«

Lais blickte stirnrunzelnd auf sie herab. »Du brauchst mehr Zeit, um zu genesen, Mairi.«

»Ist es so, dass du tatsächlich das Gefühl hast, dabei sein zu müssen, oder sehnst du dich nur nach dem Wolf, den du in deinen Träumen durch den Stein erlangt hast?«, fragte Eirik, als ihm wieder einfiel, was die menschliche Frau in der Nacht ihrer Rettung durch Ciara behauptet hatte.

Mairi ließ bei seiner Frage keine Anzeichen von Verlegenheit erkennen. »Wenn Ihr so oft geschlagen worden wärt wie ich, und für nichts anderes als die Tatsache, dass ich keinen Wolf in mir habe, wärt Ihr nicht so respektlos, was die Macht des *Faolchú Chridhe* angeht, *alle* Chrechten heilen zu können. Und ich habe das gleiche Recht wie jeder andere, das Geschenk dieser Heilung zu empfangen.«

»Natürlich hast du das«, warf Abigail schnell ein.

Und niemand widersprach ihr. Auch sie war menschlich, doch sie war die Herrin des Clans und ein anerkanntes Mitglied des Rudels, obwohl auch sie keinen Wolf in sich trug.

Mairi nickte dankend und wandte sich dann stirnrunzelnd Eirik zu. »Aber *nicht deshalb* glaube ich, dass ich dort sein sollte. Wenn der Stein erst einmal gefunden ist, werden viele von seiner Macht berührt werden. Auch meine Zeit wird kommen, früher oder später, doch sie wird kommen. Ihr müsst mir erlauben, Euch auf dieser Suche zu begleiten, weil ich es in meinen Träumen gesehen habe. Wenn Gott Euch eine Vision schenkt, schneidet Ihr dann die Teile heraus, die nicht praktisch oder logisch sind, und erwartet trotzdem, dass sich die Prophezeiung erfüllt?«

Lias nickte bei Mairis Worten beifällig, und Eirik schüttelte den Kopf darüber. Den armen Mann hatte es schwer erwischt, doch das rechtfertigte noch lange nicht, dass er den respektlosen Ton dieser menschlichen Frau billigte.

Ciaras böser Blick in Eiriks Richtung war jedoch noch unerfreulicher, und daher zog er fragend eine Augenbraue hoch. Was hatte er getan?

»Gib ihr eine Antwort!«, verlangte Ciara.

Eirik öffnete schon den Mund, um beide Frauen für ihren mangelnden Respekt zu tadeln, aber dann wiederholte er in Gedanken Mairis Worte und kam zu dem Schluss, dass sie Grund für ihren scharfen Tonfall hatte. »Ich habe noch nie eine Vision gehabt. Ich würde es wahrscheinlich nicht einmal merken, wenn ich eine hätte.«

»Ich schon«, sagte Mairi. »Meine Mutter hat mich jedoch vor allem gelehrt, wie wichtig es ist, selbst auf die kleinsten Aspekte solch besonderer Träume zu achten. Wenn sie es selbst auch getan hätte, würde sie noch leben.«

»Wenn mein Bruder mir in *allen* Punkten meines Traumes zugehört hätte, hätten wir den *Faolchú Chridhe* längst gefunden, glaube ich.« Ciara blickte mit einem Stirnrunzeln zu Eirik auf, als trüge er die Schuld daran.

Was ihn anging, war jedoch gerade dieser Fehler Galens das Beste, was ihnen hatte passieren können. »Dann ist es ja gut, dass er dir nicht zugehört hat.«

Ciara zuckte bei seinen Worten zusammen, und es kostete Eirik enorme Überwindung, den Drang zu beherrschen, sie zu trösten, aber dann bestätigte ihr leichtes Nicken ihm nur, dass sie ihm im Grunde sogar zustimmte.

»Wir fliegen noch heute Nacht nach Balmoral Island.«

Kapitel 12

Alle Wahrheiten sind leicht zu verstehen,
wenn sie erst einmal entdeckt sind.
Worauf es ankommt, ist, sie zu entdecken.

Galileo Galilei

Du willst Ciara auf deinem Drachen reiten lassen?«, fragte der Sinclair.

»Aye. Sie hat sich als sehr geschickte Reiterin erwiesen.« Und auch Eiriks Drache wollte sie wieder auf seinem Rücken haben. Ja, er verlangte danach, wie das mächtige Tier noch nie zuvor nach etwas verlangt hatte.

Lais zog die blonden Augenbrauen zusammen. »Würdest du auch meine ... Mairi auf deinem Drachen fliegen lassen?«

»Du könntest sie auch auf einem Boot hinüberbringen«, schlug Eirik vor, weil er damit rechnete, dass Lais ablehnen würde.

Weil ein Adler es immer vorziehen würde zu fliegen.

Außerdem würden der Ritt zu Pferd zu der Stelle, an der die Sinclair'schen Boote für die Überfahrt lagen, sowie die Überfahrt selbst einige Stunden mehr in Anspruch nehmen als der direkte Flug zur Insel. Auch wenn ein Adler beträchtlich langsamer in der Luft war als ein Drache.

Doch Lais nickte schnell. »Das ist eine gute Idee!«

Es war eine dumme Idee, doch da Eirik die Bootsfahrt selbst vorgeschlagen hatte, wenn auch in Erwartung einer Ablehnung, konnte er seine Worte jetzt nicht mehr zurücknehmen.

»Und ich werde Lais und Mairi im Boot begleiten.« Ciara klang sehr erfreut über die Möglichkeit.

Eirik und ihr Adoptivvater sagten jedoch beide wie aus einem Mund: »Nein!«

Doch Eirik überließ es dem Älteren, seiner Tochter die Sache zu erklären.

»Aber warum denn nicht?«, fragte Ciara da auch prompt.

»Weil du von dem Moment an, in dem du diese Burg verlässt, bis zu dem Augenblick, in dem du mit dem *Faolchú Chridhe* zu ihr zurückkehrst, dem Drachen-Gestaltwandler nicht mehr von der Seite weichen wirst.«

Aha. Der Sinclair wollte Ciara also um jeden Preis beschützen. Das war verständlich. Schließlich war sie nicht nur die Tochter des Lairds, sondern auch die Prinzessin der Faol. Der *Faolchú Chridhe* würde ohne ihr Blut von begrenztem Nutzen für sein Volk sein, um seine volle Macht hervorzubringen.

»Es ist deiner Sicherheit wegen«, erklärte Abigail ihrer Tochter. »Also tu bitte, worum dein Vater bittet!«

Ciaras Augen füllten sich mit Tränen, und sie nickte nur noch stumm. Zumindest ihre Liebe zu ihrer angenommenen Familie stand nicht infrage.

Niemand bemerkte etwas zu den gemurmelten Worten des Sinclair: »Das war keine Bitte.«

Ciara brauchte nicht viel für ihre Reise zu der Balmoral'schen Festung.

Laird Lachlan, ihr Adoptiv-Onkel, würde dafür sorgen, dass es ihr auf seiner Insel an nichts fehlte, aber wohin die Reise sie danach führen würde, wusste Ciara nicht. Das Beste war also, auf alles Mögliche eingestellt zu sein.

An dem Kettengürtel, den sie um die Hüften trug, befestigte sie eine kleine, mit Leder gefütterte Stofftasche in dem Karomuster der Sinclair-Clans. Darin befand sich ein Messer, das hauptsächlich zum Gemüseschneiden benutzt wurde, aber auch in anderen Situationen nützlich sein konnte. Des Weiteren packte sie ein Taschentuch ein, ein Päckchen Kräutertee, der eine beruhigende Wirkung hatte und sich außerdem zum Reinigen kleinerer Wunden verwenden ließ, und den Ring ihres Bruders, ihr letztes Andenken an ihn.

Unter dem Ärmel ihrer Bluse trug sie den bronzenen Armreif, den ihr Vater ihrer Mutter an ihrem Hochzeitstag geschenkt hatte. Ciara trug ihn immerzu und nahm ihn nur vor einer Verwandlung ab. Das darauf eingravierte Bild zweier Wölfe, die ihre Nasen aneinanderrieben und von kunstvoll verschlungenen Linien umgeben waren, hatte ihr immer Trost gespendet. Und für das, was vor ihr lag, brauchte sie wirklich alles, was ihren Mut vergrößerte, darin war sie sich ganz sicher.

Nachdem Ciara so lange gegen den Ruf des *Faolchú Chridhe* angekämpft hatte, nahm sie allein schon bei dem Gedanken, ihm jetzt nachzugeben, den unangenehmen Geschmack von Furcht auf ihrer Zunge wahr.

Sie schämte sich dieser Furcht jedoch und war fest entschlossen, ihr nicht zu erliegen.

Ciara fügte noch den kurzen und sehr scharfen Dolch mit dem edelsteinbesetzten Griff hinzu, der ihr von ihrer Ururgroßmutter hinterlassen worden war. Den schmalen Ledergurt mit der Scheide befestigte sie so geschickt um ihre Hüften, dass er unter dem breiten Kettengürtel lag und auch der Dolch von der Stofftasche daran fast ganz verborgen wurde.

Als das erledigt war, öffnete sie die kleine Truhe, die Abigail und Talorc ihr an dem Tag geschenkt hatten, an dem sie angekommen war, um bei ihnen zu leben. Sie hatten ihr geraten, ihre privaten Schätze darin aufzubewahren, und das hatte sie getan. Die, die sie mitgebracht hatte, und auch die wenigen, die seither hinzugekommen waren.

Das Sinclair-Plaid, das eigentlich kaum mehr als ein Umschlagtuch war, aber das erste, das sie je erhalten hatte, schob sie beiseite. Abigail hatte ihr vorgeschlagen, es über den Schultern zu tragen, auch wenn sie weiterhin einen Rock in den Donegal'schen Farben trug. So könne sie den Sinclairs ihre Loyalität zeigen und sich dennoch Zeit lassen, um ihren alten Clan, die letzte Verbindung zu ihrer verstorbenen Familie, nach und nach ganz aufzugeben, hatte ihre Adoptivmutter gemeint.

Ciara dieses Umhängetuch zu schenken war die erste von vielen mitfühlenden Gesten Abigails gewesen.

Unter dem Tuch lag ein ordentlich gefaltetes Plaid in den Donegal'schen Farben, das Ciara noch sechs Monate nach ihrer Ankunft bei den Sinclairs getragen hatte. Bis zu dem Tag, an dem Abigail ihr einen hübschen Rock in den Sinclair'schen Farben überreicht hatte, dazu ein neues, kleineres Umschlagtuch, das kaum ihre Schultern bedeckte und von Bronzenadeln mit dem Wappen der Sinclairs an einer ebenso neuen Bluse festgesteckt wurde, die so blendend weiß war, dass Abigail sich sehr viel Mühe mit dem Bleichen des Stoffes gegeben haben musste.

Die Frau des Lairds hatte noch ein Mieder aus fein gesponnener schwarzer Wolle dazugelegt und die ganze Zusammenstellung als »modische Mischung« aus dem Stil ihres Heimatlandes und den Farben der Highlands bezeichnet. Es waren nur leider zu viele Kleidungsstücke für eine Gestaltwandlerin, ganz abgesehen davon, dass sie zu *englisch* für die Highlands waren. Doch Ciara hatte es nicht über sich gebracht, das der freundlichen menschlichen Abigail zu sagen.

Sie hatte sich nur höflich bei ihr bedankt und war am nächsten Morgen in einer ähnlichen Bekleidung erschienen, wie sie sie seitdem jeden Tag getragen hatte. Abigail hatte sich daraufhin einen passenden Kilt und ein Mieder genäht, um der Welt zu zeigen, dass sie eine Familie waren, wenn auch keine Blutsverwandten.

Ciara nahm das Donegal'sche Plaid heraus und legte es auf ihr Bett, um es zu entfalten und das sorgsam darin eingehüllte Schwert herauszuholen. Mit seinem mit daumengroßen Smaragden besetzten Griff, die den gleichen tiefen Grünton hatten wie die an ihrem Dolch, war es mehr als halb so groß wie Ciara selbst.

Es hatte ihrem Bruder gehört, der es von ihrem Vater und der wiederum von ihrem Großvater geerbt hatte. Wie lange es sich schon insgesamt in ihrer Familie befand, wusste sie nicht, doch die schwere Bronze glänzte von vielen Jahren sorgfältiger Pflege.

Die ziselierten Darstellungen eines *conriocht*, eines Drachen und eines Greifs schmückten den Griff. Der *conriocht* befand sich in der Mitte, und der Kopf des Werwolfs war mit einem kleineren Smaragd als die anderen an dem Griff verziert. Der Drache hielt einen Bernstein zwischen seinen Vorderpfoten, und der Greif hatte einen tiefblauen Saphir unter einer seiner Krallen.

Das Schwert war schwer und massiv – ein Schwert, das eines Königs würdig wäre, hatte Ciara stets gedacht.

Ganz plötzlich versagten ihre Knie ihr den Dienst, und sie ließ sich neben dem Bett zu Boden sinken.

Ein Schwert, das eines Königs würdig wäre.

Aber wäre ihr Vater tatsächlich ein Nachfahre der einstigen Faol-Könige gewesen, wäre er doch zweifellos auch Laird gewesen. Er war aber kein Anführer gewesen. Er war seinem damaligen Laird treu ergeben gewesen und hatte diese Treue dann auf Rowland übertragen, den Laird, dessen Machenschaften dem Clan der Donegals so schwer geschadet hatten.

Als schließlich auf Befehl des schottischen Königs Barr das Amt des Lairds der Donegals übernommen hatte, war ihr Vater schon lange tot gewesen.

Und Galen hatte schon sehr stark unter Luags und Wirps Einfluss gestanden.

Barr hatte ihren Clan von der Führerschaft eines üblen, aber machtvollen Chrechten befreit, nur leider nicht rechtzeitig genug, um ihren Bruder noch zu retten. Barr hatte jedoch sein Bestes getan, um Ciara in Sicherheit zu bringen, und dafür würde sie ihm immer dankbar sein.

Versonnen strich sie mit der Hand über den *conriocht* auf dem Schwert. Wann hatte der letzte wahre *conriocht* gelebt? War er gar einer ihrer Vorfahren gewesen? Ein guter Mann oder genauso verdorben von seiner Gier nach Macht wie Rowland? Wie viel Zeit war vergangen, seit die Wölfe ihren heiligen Stein verloren hatten?

Und wie hatte das geschehen können? Die Éan hatten ihren Stein ganz offensichtlich noch, wie konnten die Wölfe also etwas so Kostbares verloren haben?

Oder war er ihnen von den Éan gestohlen worden, wie ihr Bruder stets behauptet hatte? Oder von dem anderen Stamm der Chrechten, den Paindeal … die ihr Wesen mit den großen Raubkatzen teilten?

Die Ältesten behaupteten beharrlich, die Geschichten von den Paindeal seien nur Legenden, andererseits jedoch hatten ja auch die Faol, die die Éan *nicht* jagten, diese viele Generationen lang für einen Mythos gehalten.

Ciara ergriff das Schwert und schloss fest die Hand um den Griff. Seltsamerweise fühlte das Metall sich ziemlich heiß an, obwohl es im Schlafzimmer noch kühl vom nächtlichen Temperaturabfall war. Erst später, wenn die Sonne diese Seite der Festung erreichte, würde es hier wärmer werden.

Deshalb müsste eigentlich auch das Schwert kühl sein.

Nur wurde sein Griff in Ciaras Hand sogar noch wärmer. Und vielleicht war es nichts als eine Sinnestäuschung, die sie sich nicht erklären konnte ... aber die Smaragde an dem Griff schienen sogar regelrecht zu *glühen*.

Ciara verschloss die Augen vor diesem Hinweis auf Chrechte-Magie und eine Kindheit, in der sie über ihre wahre Herkunft im Dunkeln gelassen worden war.

Ihr Vater hatte nicht nur gewünscht, sie wäre ein Sohn, sondern ihr zudem auch noch ihre Familiengeschichte vorenthalten. Die Gewissheit, dass er all diese Geheimnisse nur Galen anvertraut hatte, verschlimmerte Ciaras Kopfweh noch.

Denn obwohl ihr Bruder sie geliebt hatte, hatte auch er ihr diese Geheimnisse verschwiegen. Weil er Ciara ebenfalls nicht für wichtig genug gehalten hatte, um ihr die Wahrheit über ihre Abstammung zu sagen.

Bittere Tränen liefen Ciara über das Gesicht, als sie sich verzweifelt eine Verbindung zu ihrer Vergangenheit wünschte, die ihr Leben lang vor ihr verborgen worden war.

Und ganz plötzlich saß sie nicht mehr auf dem Fußboden ihres Schlafzimmers, sondern stand in einer von Fackeln erhellten Höhle. Eine alte Frau, die nichts als einen ledernen Lendenschurz am Körper trug, kauerte in der Mitte der Höhle auf dem Boden.

Ihr faltiger Körper war mit groben, kunstlosen Tätowierungen versehen, ähnlich jenen, mit denen die Chrechten ihre erste Verwandlung, Paarungen und Rangordnungen kenntlich machten, nur dass die der alten Frau viel schlichter waren. Über ihrem Herzen befanden sich die groben Umrisse eines Wolfes, und obwohl sie eine Frau war, war ihr Arm mit einem ebenfalls eintätowierten Band versehen, wie es sonst Rudelführern vorbehalten war. Nur war das ihre nicht mit einem Wolf verziert, sondern mit dem Symbol für Gott, den Schöpfer.

War sie vielleicht eine spirituelle Führerin? Eine *kelle*, wie sie in den alten Geschichten vorkamen – Frauen, die sowohl Priesterinnen als auch Kriegerinnen waren? Trotz ihres offensichtlich hohen Alters hatte sie ausgeprägte Muskeln und hockte in einer wachsam-angespannten Haltung da, die für jemanden sprach, der noch beweglich genug war, um in Sekundenschnelle aufzuspringen und aktiv zu werden.

Ein gefährlich aussehender Dolch hing an einem Lederriemen zwischen ihren Beinen, und … Ciara stockte der Atem, als sie den bronzenen Reif an dem nicht tätowierten Arm der *kelle* sah. Er war identisch mit dem, den Ciara trug, nur hatte er nicht die kunstvollen Spiralen, die vermutlich erst später hinzugefügt worden waren.

Als die alte Frau den Kopf hob, sah Ciara auch den schmalen bronzenen Reif in ihrem langen grauen Haar. Mit dem großen Smaragd, der bis in die Mitte der Stirn der *kelle* fiel, wies dieser Haarschmuck sie eindeutig als eine Angehörige des Faol'schen Königshauses aus.

Plötzlich straffte sie sich, und Ciara konnte ein fest an ihre Brust gedrücktes Lederbündel erkennen. Augen vom gleichen Smaragd-Grün wie Ciaras blickten sich in der Höhle um, als versuchten sie, die Schatten zu durchdringen und durch Ciara hindurchzusehen, als wäre sie nicht da.

Jede Bewegung, jede Linie des Körpers der *kelle* zeugten von Entschlossenheit und Dringlichkeit. Als sie sich dem hinteren Teil der Höhle zuwandte, offenbarte sie ein kurzes, an ihrem Rücken festgeschnalltes Schwert, ähnlich jenem, das Ciara so sehr schätzte. Nichts an ihrem Gang ließ auf ihr Alter schließen, als sie hoch erhobenen Hauptes und mit sicheren, zielstrebigen Schritten auf den Hintergrund der Höhle zuging.

Dort verschwand die *kelle* im Dunkeln, und genauso abrupt, wie Ciara sich in der Höhle wiedergefunden hatte, befand sie sich plötzlich wieder auf dem Boden ihres Zimmers.

Ihre Augen waren offen, obwohl sie sich nicht erinnerte, sie geöffnet zu haben, und starrten die gegenüberliegende Wand an.

Im Geiste konnte sie die *kelle* jedoch noch sehen und erschauderte bei der Gewissheit, dass sie gerade nicht nur einen Moment im Leben einer ihrer Vorfahrinnen mitangesehen hatte, sondern auch den Verlust des *Faolchú Chridhe*. Denn aus irgendeinem Grund war Ciara klar, dass der Stein sich in dem Lederbündel befunden haben musste, das die Priesterin so fest an ihre Brust gedrückt hatte.

Ciaras Hand lag noch immer um den Schwertgriff, aber das Metall fühlte sich jetzt nicht mehr unnatürlich heiß an. Trotzdem ließ sie es schnell los, als könnte es sie noch verbrennen. Als sie sich ihre Handfläche anschaute, sah sie jedoch keine Rötung von der Hitze des Schwertgriffs.

Sie fragte sich, wo das Schwert, das die *kelle* getragen hatte, hingelangt sein mochte? Zu einem anderen entfernten Verwandten vielleicht, einer anderen Faol-Familie, die ihren Töchtern vielleicht sogar die Wahrheit über ihre Vergangenheit erzählte?

»Was tust du da?«, vernahm sie plötzlich Eiriks Stimme an der Tür.

Langsam und mit einem Gefühl, als befände sie sich unter Wasser, wandte Ciara den Kopf, um ihn anzusehen. Ungefähr genauso gekleidet wie beim ersten Mal, als sie ihn von dem Turm aus gesehen hatte, schien der Drachen-Gestaltwandler den ganzen Eingang auszufüllen, und ein grimmiger Ausdruck lag auf seinen wie gemeißelt wirkenden Gesichtszügen.

»Ich wollte …« *Versuchen, meine Vergangenheit zu verstehen, und nach einem Beweis für Mairis Behauptung suchen, dass ich weitaus mehr bin, als ich glaubte.*

Eiriks Blick glitt an ihr vorbei zu der Waffe auf ihrem Bett, und sein Gesichtsausdruck verfinsterte sich noch mehr. »Das ist ein Schwert von einem der alten Chrechte-Könige. Woher hast du es?«

Sein anklagender, misstrauischer Ton verletzte Ciara viel tiefer, als sie es sich eingestehen wollte.

»Ich habe es nicht gestohlen, falls du das meinst, und mein Bruder auch nicht.« Sie hätte bei diesem Gespräch lieber gestanden, aber nach der Vision war sie nicht mehr sicher, ihren Beinen trauen zu können.

»Du bist hier derjenige, der behauptet, sich noch immer an die Sitten und Gebräuche der alten Chrechten zu halten. Dann müsstest du doch auch an die Visionen glauben ... und daran, dass ich die Nachfahrin eines Chrechte-Königs bin. Warum sollte ich also nicht sein Schwert haben?« Nur wussten sie beide, warum nicht. Weil sie keine Ahnung gehabt hatte, bis Mairi damit herausgerückt war, dass ihre Blutlinie bis zu den einstigen Herrschern ihrer Rasse zurückreichte.

»Ich habe nicht gesagt, dass du es gestohlen hast«, gab er sichtlich unwillig zurück.

Jetzt zwang sie sich doch, aufzustehen, und schwankte auch nur ein wenig, als sie auf den Füßen stand.

Trotzdem war Eirik schneller bei ihr, als sie blinzeln konnte, und ergriff ihren Arm, um sie zu stützen. Sein finsterer Gesichtsausdruck war unverhohlener Beunruhigung gewichen. »Was ist mit dir?«

Wachträume schwächten sie sogar noch mehr als die, die ihre Nachtruhe störten, doch das war ihre eigene Last, die sie zu tragen hatte und von der sie ihm ganz sicher nichts erzählen würde. »Nichts. Es geht mir gut.«

»Du bist blass.«

»Tja, dann werde ich wohl mehr in die Sonne gehen müssen.«

Er runzelte die Stirn, weil die Oberflächlichkeit ihrer Antwort ihm offensichtlich nicht gefiel.

»Ich hatte eine Vision«, sagte sie, um ihn von ihrer vorübergehenden Schwäche abzulenken.

Wenn er vorher schon besorgt gewirkt hatte, sah er jetzt regelrecht erschrocken aus. »In wachem Zustand?«

Der Mann schien sich nicht entscheiden zu können, ob er sie hasste oder mochte, und Ciara wollte nicht riskieren, an das eine zu glauben, wenn das andere vielleicht schon hinter der nächsten Ecke lauerte.

»Es war nicht das erste Mal«, erwiderte sie so beiläufig wie möglich, als beängstigten diese Wachträume sie absolut nicht.

»Du hast nichts davon erwähnt, als wir uns vorhin mit den anderen unterhielten.«

»Ich hielt es nicht für wichtig.« Und sie hatte auch ihre Eltern nicht noch mehr beunruhigen wollen. Sie waren über ihre Träume und den Ruf des heiligen Steins der Wölfe schon bestürzt genug gewesen.

»Du musst mit meiner Großmutter sprechen.«

»Mit deiner Großmutter? Warum?«

»Weil sie Anya-Gra, die spirituelle Führerin unseres Volkes, ist.«

»Eine *kelle*?«

»Nein, eine *celi di*. Sie ist keine Kriegerin, obwohl auch sie dazu ausgebildet wurde, sich verteidigen zu können. Aber sie würde nicht die Hand gegen einen anderen erheben. Das liegt nicht in ihrer Natur.«

»Ich dachte, nur Männer könnten *celi di* sein.« Diener Gottes, die zwar keine richtigen Priester waren, doch als Diener der Kirche trotzdem sehr geachtet waren. Obwohl sie genau genommen nicht der Autorität der Kirche unterstanden, vollzogen Highland-Priester religiöse Zeremonien und bemühten sich auch sonst um das spirituelle Wohlergehen ihres Volkes.

»Bei den menschlichen Clans ist das irgendwann so geworden, aber lass dich davon nicht täuschen, denn die Chrechten sind weiblichen *celi di* und *kelle* seit Anbeginn der Zeit gefolgt! Genau so, wie sie Männern mit solchen Berufungen gefolgt sind.«

»Das wusste ich ... aus den alten Geschichten.«

»Aber die Faol praktizieren diese Art Spiritualität nicht mehr.«

Das konnte Ciara nicht bestreiten. »Abigail sagte, von ihrer Freundin, der Äbtissin, wisse sie, dass in der Bibel steht, es gebe im Glauben keinen Unterschied zwischen Mann und Frau. Männer machten die Unterschiede, sagte sie.«

»Wie wir es auch in so vielen anderen Dingen tun.«

»Dann ist deine Großmutter also eine *celi di*?«

»Das ist sie, und sie kann dir helfen zu lernen, mit deiner Gabe zu leben und mit ihr fertigzuwerden.«

»Du meinst, die Visionen lassen sich beherrschen?«

»Ich weiß es nicht, doch meine Großmutter ist von ihnen nie so krank geworden, wie du es warst, als ich hierherkam.«

»Sie ist nicht bei den Éan, die sich den Sinclairs angeschlossen haben?«

»Nein.«

»Und wo ist sie? Bei den anderen im Wald geblieben?«

»Woher weißt du, dass einige der Éan es vorzogen, im Wald zu bleiben?«

»Ich war mir nicht sicher, aber dann erinnerte ich mich an die Geschichten von einigen der Faol, die das Gleiche taten, als wir den Clans beitraten.«

»Meine Großmutter behauptet, es gäbe noch immer solche Faol im Wald.«

»Wenn sie eine Seherin ist, wird sie es wissen.«

»Aye.«

»*Ist* sie noch im Wald?«

»Nein. Sie ist zum Donegal-Clan gezogen, weil sie in der Nähe meiner Schwester sein will, der ersten unserer Generation, die ein Kind geboren hat.«

»Deine Schwester ist Barrs Frau, nicht wahr?«

»Ja, doch nur wenige wissen von der Verbindung zwischen uns.«

Ciara zuckte mit den Schultern. Was sollte sie sagen? Sie wusste Dinge, die sie eigentlich nicht wissen konnte oder sollte.

»Ich frage mich, was der Priester der Donegals von deiner Großmutter denken mag?«

»Ich habe keine Ahnung. Aber er ist nicht wie viele andere Priester. Er hat einen der Donegals zum *celi di* ausgebildet und erlegt den Leuten nicht aus bloßer Bosheit Bußen auf.«

»Dann ist er wirklich ein Mann Gottes.«

»Aller Wahrscheinlichkeit nach ja.«

Schweigen breitete sich zwischen ihnen aus, doch Eirik ließ Ciara nicht los, und sie versuchte auch nicht, sich von ihm zu lösen.

Sie biss sich allerdings auf die Lippe, wie sie es so oft tat, wenn sie nervös war. »Es ist ganz schön schwer.«

»Was?« Konnte das wirklich Eiriks Stimme sein, so sanft und so verständnisvoll?

Sie blickte zu ihm auf und verlor sich wider alle Vernunft in seinen bernsteinfarbenen Augen. »Dinge zu wissen, von denen andere keine Kenntnis haben, oder Dinge, die man eigentlich nicht wissen dürfte.«

»Ist es das?«, fragte er und strich ihr mit dem Handrücken über die Wange.

»Ja.«

»So schlimm ist es doch sicher auch nicht?«

»Kommt darauf an.« Ciara konnte gar nicht anders, als sich an seine Hand zu schmiegen.

»Immerhin brachte es mir Galens Interesse ein, als er sich seiner Familie entfremdet hatte und fast nur noch mit seinen Freunden unterwegs war. Aber es hat ihn auch das Leben gekostet.«

»Dein Bruder ist nicht gestorben, weil du versucht hast, ihm zu helfen, den *Faolchú Chridhe* zu finden. Er starb, weil er sich von Luag dazu verleiten ließ, auf unschuldige Éan-Kinder Jagd zu machen.«

»Galen wollte ihnen nichts antun«, beteuerte sie.

Etwas von der Härte kehrte in Eiriks Gesichtsausdruck zurück. »Aber er hat auch nichts unternommen, um Luag aufzuhalten.«

»Nein.« Ciara senkte den Kopf, weil sie die Kritik in Eiriks Blick nicht sehen wollte.

Ihr Bruder hatte eine schändliche Tat begangen, als er auch nur einen anderen Chrechte gejagt hatte; die Tatsache, dass er den Kindern nichts hatte antun wollen, entlastete ihn nicht.

»Es tut mir leid, dass du deinen Bruder verloren hast.«

Eiriks anteilnehmende Worte kamen so unerwartet, dass Ciara zu verblüfft war, um etwas zu erwidern.

»Aber nicht, dass du ihn getötet hast«, sagte sie dann jedoch, als sie wieder Worte fand.

»Das kann mir nicht leidtun. Das zu bereuen hieße, sein Leben über das der Kinder zu stellen, denen er nicht einmal beigestanden hat.«

»Ja.«

»Du stimmst mir zu?« Er hob mit einer Hand ihr Kinn an, damit sie wieder den Blick zu ihm erheben musste.

»Ich bin nicht dumm.«

Eirik nickte, und Verständnis blitzte in seinen bernsteinfarbenen Augen auf. »Nur eine Frau mit Wissen, mit dem sie nichts anfangen kann.«

Sein Verständnis trieb ihr die Tränen in die Augen, und sie blinzelte schnell, um sie zurückzuhalten. »Ja.«

»Anya-Gra wird dir helfen.«

»Dann bin ich also nicht die Nachfahrin eines Königs, sondern eine Art Priesterin?«, fragte sie beim Gedanken an die alte Frau aus ihrer jüngsten Vision.

»Wahrscheinlich bist du beides. Die königliche Familie der Éan hat unser Volk Jahrtausende regiert, und alle spirituellen Führer, die wir hatten, stammten auch von meiner Linie ab.«

»Glaubst du, dass es vor MacAlpin bei den Faol auch so war?«

»Aye. Ich bin mir dessen sogar sicher.«

»Aber unser königliches Geschlecht ist heute unter den Clans verstreut wie aus einem hohen Fenster verstreutes Vogelfutter.«

»Doch nur du besitzt das Schwert des Königs.«

»Ich habe auch einen Dolch mit den gleichen Edelsteinen und den Armreif einer meiner Vorfahrinnen, die *kelle* war. Aber ihr Schwert habe ich nicht.«

»Wie du schon sagtest, wurde dein Geschlecht unter den Clans verteilt, doch da du alle drei Gegenstände hast, muss deine Blutlinie so rein sein, wie Mairi behauptet.«

»Sie haben es mir nie gesagt.«

»Deine Eltern?«

»Auch mein Bruder nicht. Sie alle haben es mir verheimlicht, als wäre ich völlig unbedeutend.«

»Vielleicht wollten sie dich nicht mit Wissen belasten, das zu schwer zu ertragen war.«

Eiriks Versuch, sie zu trösten, rührte ihr wundes Herz, aber sie kannte auch seine wahren Gefühle und schüttelte deshalb den Kopf.

Als sie endlich die Willenskraft dazu aufbrachte, entzog sie sich ihm, um zum Bett hinüberzugehen, wo sie auf das Schwert hinunterstarrte. Sie hatte Angst, es noch einmal zu berühren und damit vielleicht eine weitere Vision auszulösen.

»Es ist also wirklich die Waffe eines Fürsten? Ich fand schon immer, dass es so aussah, als müsste es das sein.« Was sie jedoch selbst nach ihrer Vision noch schwer zu glauben fand.

»Aye. Ich habe auch so eins.« Eirik zog sein Schwert, das er auf dem Rücken trug, über die Schulter und schwang es herum, um es in die andere Hand zu nehmen.

Es war aus Bronze wie das ihre, nur waren die Schneiden der Klinge zu viel feineren Abschrägungen geschärft als die der Waffe, die Ciara sonst in ihrer Truhe aufbewahrte.

»Darf ich den Griff sehen?«, bat sie.

Diesmal hielt er die Waffe so, dass sie auf seinen flachen Händen ruhte, um Ciara einen noch besseren Blick zu ermöglichen.

Nachdem sie sich das Schwert eine Weile angesehen hatte, trat sie von ihm und dem auf ihrem Bett liegenden zurück. »Sie sind nicht genau gleich.«

»Sind sie nicht?«, hakte er nach, als wollte er sie nicht enttäuschen.

»Nein. An deinem Griff ist der Drache die zentrale Figur, während es an meinem der *conriocht* ist.«

Beide schwiegen einen Moment und überlegten, was dieser kleine Unterschied bedeuten könnte.

»Das würde darauf hindeuten, dass irgendwo dort draußen ein weiteres Schwert ist, das einen Vogel Greif als zentrale Figur am Griff hat«, sagte Eirik dann in einem Ton, den sie bei dem Drachen-Gestaltwandler noch nie gehört hatte … ehrfurchtsvoll geradezu!

»Noch ein Mythos …«

Der Blick, den Eirik ihr zuwarf, war unverhohlen spöttisch. »Wie die Éan und der wahre *conriocht* oder Werwolf.«

»Aber wo sind dann die Raubkatzen-Gestaltwandler, die Paindeal?«

Eirik setzte eine nachdenkliche Miene auf. »Einige der ältesten Geschichten erzählen von einer Landzunge, die Schottland einst mit dem Wikingerland verband. Die Chrechten sind angeblich über diese Landzunge gereist, bevor diese im Meer versank und das Land der Wikinger danach nur noch über das Wasser zu erreichen war, weil nicht einmal ein Adler so weit fliegen kann.«

Ciara dachte, dass ein Drache es vielleicht könnte, doch das sagte sie nicht laut. »Glaubst du, dass die Paindeal noch in diesen Ländern sind?«

»Möglich. Vielleicht werden wir diese Frage beantworten können, nachdem wir den heiligen Stein der Wölfe gefunden haben.«

Da Ciara der Meinung war, dass die Zeit für Geheimnisse vorüber war, weil zu viel auf dem Spiel stand, sagte sie: »Ich glaube, ich habe die Frau gesehen, die den *Faolchú Chridhe* versteckte.«

»In deiner Vision?«

»Ja. Sie saß in einer Höhle, die von Fackeln erhellt war, und in die Wände waren Bilder eingeritzt, die ich in dem schwachen Licht aber nicht erkennen konnte.« Außerdem war ihre ganze Aufmerksamkeit auf die Frau gerichtet gewesen.

Ciara hatte die Wandbilder nur als Eindruck am Rande ihres Sichtfeldes in Erinnerung.

»War es die Höhle aus deinen anderen Träumen?«

»Nein, aber vielleicht ist sie ja Teil des Höhlensystems, das dorthin führt.«

»Du glaubst also, dass der Stein in einer Höhle versteckt wurde?«

»Ja, in einer Höhle tief unter der Erde. Sie flimmert von einem seltsamen grünen Licht.« Würde Eirik ihr mehr glauben als Galen, oder würde auch er die Gewissheit, mit der sie aus ihren Träumen erwachte, in Zweifel ziehen?

»Ich verbringe nicht viel Zeit in Höhlen, wenn mein Drache nicht gerade damit beschäftigt ist, über die Träume von Seherinnen zu wachen, die unter ihrer Gabe leiden. Gibt es Höhlen, von denen man weiß, dass sie wie diese sind?«

»Möglicherweise ja. Wir sollten unseren Laird … ich meine, meinen Vater fragen. Wenn er es nicht weiß, dann vielleicht jemand bei den Balmorals.«

»Das ist ein guter Plan.«

Aus einem ihr unerklärlichen Grund errötete sie vor Freude über sein Lob. Und das, obwohl ihr Eiriks Meinung über sie doch eigentlich vollkommen egal war.

Kapitel 13

Nichts lastet so schwer auf uns wie ein Geheimnis.

Jean de La Fontaine

»Wir müssen unverzüglich mit dem Sinclair sprechen.« Eirik steckte sein Schwert wieder ein. »Außerdem haben wir unsere Pläne für die Reise nach Balmoral Island geändert.«

»Werden wir nun doch mit Lais und Mairi auf dem Boot mitfahren?«, fragte Ciara hoffnungsvoll.

Eirik schüttelte den Kopf. »Wir werden sie nur begleiten, bis wir weit genug von der Burg und den Pächterhütten entfernt sind, um nicht Gefahr zu laufen, dass jemand meinen Drachen sieht. Dann werde ich mich verwandeln und dich zur Insel bringen. Fidaich und Canaul werden bei den Pferden bleiben, solange wir auf der Insel sind.«

»Sie sind doch noch halbe Kinder.«

»Aber alt genug, um Pferde zu hüten.«

»Und wenn Mairis Vater Soldaten losgeschickt hat, um sie aufzuspüren? Einem ausgewachsenen Chrechte-Krieger wären die Jungen nicht gewachsen. Und da wir außerdem noch nach dem *Faolchú Chridhe* suchen, sollten wir uns besser von Faol'schen Soldaten begleiten lassen.«

»Traust du mir nicht zu, dass ich dich auch ohne Unterstützung der Faol beschützen kann?«

Sie hätte jetzt Nein sagen und ihn daran erinnern sollen, wie erbarmungslos er sich Wölfen gegenüber schon gezeigt hatte, doch das brachte sie nicht über sich. Egal, wie sie zu dem Prinzen der Éan stehen *müsste*, konnte doch nichts ihre Gewissheit erschüttern, dass ihr Leben bei ihm sicher war. Und sie konnte ja auch wohl kaum behaupten, dass ein Drache nicht der Aufgabe gewachsen war, sie zu beschützen.

»Du bist viel zu sehr damit beschäftigt, deinen Leuten beim Einleben in den Clan zu helfen, um diese Aufgabe zu übernehmen«, wechselte sie das Thema, um die Vertrauensfrage damit vielleicht zu umgehen.

Sie wünschte jetzt, ihr wäre dieses Argument schon während des Gesprächs mit allen anderen eingefallen. Es hätte ihren Vater vielleicht umgestimmt ... aber andererseits ... wahrscheinlich doch nicht.

Genauso wenig, wie sie den Prinzen der Éan umstimmen könnte. Wenn er bereits entschieden hatte, dass seine Leute der Führung ihres Vaters anvertraut werden konnten, würde Eirik auch nicht zögern, sie allein zu lassen, um sich seiner eigenen Aufgabe für den Clan zu widmen.

»Die neuen Pläne für unsere Suche geben mir die Möglichkeit, mich vom Wohlergehen der Éan, die bei den Balmorals und Donegals leben, zu überzeugen.«

»Es gibt noch mehr Éan bei anderen Clans?« Als er erwähnt hatte, dass seine Großmutter zu den Donegals gezogen war, hatte Ciara angenommen, sie sei die einzige Éan dort.

»Aber ja.«

»Wie viele?«

»Zwei Gruppen von etwa der gleichen Größe wie die, die ich zu den Sinclairs brachte.«

»Also insgesamt ein Stamm von einer Größe, der sich nicht mehr leicht im Wald verbergen ließe.«

Eirik kniff die Augen zusammen, als überraschte ihn ihr schnelles Auffassungsvermögen, aber er nickte zustimmend. »Wenn wir uns den Clans nicht angeschlossen hätten, wäre es für unsere Feinde immer leichter geworden, uns zu finden.«

»Und jeden Éan zu ermorden, den sie aufspürten«, stimmte Ciara mit einem Gefühl der Übelkeit im Magen zu.

»Aye.«

»Das tut mir leid.«

»Warum? Du bist keine der Faol, die uns töten würden.«

»Nein, doch es ist unrecht und lässt mich Scham über meine eigene Herkunft empfinden.«

»Das sollte es aber nicht. Es gibt zu viele gute Faol, um euch alle mit dem schurkischen Rowland und seinen Kumpanen über einen Kamm zu scheren.«

»Mein Vater war Rowland treu ergeben. Er und meine Mutter haben sich oft darüber gestritten. Sie war überzeugt davon, dass Rowland für den Tod unseres vorherigen Lairds verantwortlich war, obwohl die beiden angeblich gute Freunde waren.«

»Deine Mutter war eine kluge Frau.«

»Bis sie nach dem Tod meines Vaters den Verstand verlor.« Da ihre Eltern wahre und sehr eng verbundene Gefährten gewesen waren, hatte ihre Mutter die Einsamkeit nach dem Tode ihres Mannes einfach nicht ertragen können.

»Hat sie sich deswegen das Leben genommen?«

»Sie war nicht mehr richtig bei Verstand, doch ich hätte nie gedacht, dass sie zu so etwas fähig wäre. Ich glaubte nicht einmal, dass sie noch klar genug im Kopf war, um es zu wollen, aber der Verlust meines Bruders war ein letzter, einfach zu schwer zu verkraftender Schlag für sie.«

»Sie hatte doch noch dich.«

»Ja, da ich jedoch kein Sohn war, besaß ich für meine Eltern keinen großen Wert. Auch nicht für meine Mutter.«

»Das ist aber nicht die Art der Chrechten.«

»Nein, doch es war die meiner Eltern.« Ciara schüttelte den Kopf. »Trotzdem hätte ich sicherlich etwas unternehmen können, um meiner Mutter den Kummer erträglicher zu machen. Aber ich war zu sehr mit meinen eigenen Gedanken beschäftigt, um auch nur die Richtung zu bemerken, in die die ihren gingen.«

»Und gab es Anzeichen für das, was sie vorhatte, wenn du im Nachhinein darüber nachdenkst?«

»Ich kann noch immer keine finden, egal, wie sehr ich mir den Kopf zerbreche, doch es muss welche gegeben haben.«

»Nicht unbedingt. Du hast selbst gesagt, sie hätte sich nach dem Tod ihres Mannes ganz und gar in sich zurückgezogen. Sie hätte ihr Vorhaben nicht angekündigt, weil sie sich vermutlich selbst nicht mal im Klaren darüber war.«

»Ich ...«

»Es war nicht deine Schuld, Ciara.«

»Glaubst du das wirklich?«

»Ich *weiß* es – und du wüsstest es auch, wenn du auf deine innere Stimme hören würdest.«

»Du bist ganz schön arrogant, weißt du?«

»Das sagtest du bereits.«

»Ich glaube, es tut dir gut, es öfter mal zu hören.«

Eirik zuckte mit den Schultern, und Ciara merkte, dass sie lächelte, obwohl sie selbst nicht sicher war, warum. »Also haben die Éan sich nur noch zwei anderen Clans angeschlossen?«, wechselte sie das Thema.

»Den Balmorals und Donegals vertraue ich die Sicherheit meiner Leute an, niemandem sonst.«

Auch diese Antwort war von haarsträubender Arroganz, fand Ciara. Doch Eiriks Pflichtgefühl war mindestens genauso ausgeprägt. »Du betrachtest es also als deine Aufgabe, die Sicherheit deiner Leute zu gewährleisten.«

»Aber selbstverständlich.«

»Dein Cousin war sich an jenem Tag im Wald seines Beschützers übrigens völlig sicher. Und als ich zum ersten Mal deinen Drachen sah, verstand ich auch, warum.« Und war vor Ehrfurcht wie erstarrt.

»Die Éan zu führen und zu beschützen ist meine größte Ehre und Verantwortung.«

Ciara fiel es nicht schwer, ihm zu glauben.

»Du hast deine Rolle als Herrscher aufgegeben, um für die Sicherheit und Langlebigkeit deiner Rasse zu sorgen.« Die Selbstlosigkeit und Voraussicht dieser Handlung waren so überwältigend, dass Ciara sie kaum erfassen konnte.

»Ich bin den Faol nur zu den Clans gefolgt.«

Als sie wieder Arroganz hätte erwarten können, und dieses Mal sogar mit gutem Grund, wurde sie von Bescheidenheit überrascht. Dieser Mann gab ihr ein Rätsel nach dem anderen auf.

»Aber wir Faol kamen wegen MacAlpins Verrat zu den Clans«, erinnerte sie ihn. Nicht durch ein großes persönliches und freiwilliges Opfer wie Eiriks.

»Vielleicht war seine schändliche Tat das Ereignis, das eure Führer die Sinnlosigkeit einer so strikt von den Menschen getrennten Lebensart erkennen ließ. Auch wenn sie irgendwann so oder so eingesehen hätten, was getan werden musste.«

»Da traust du ihnen aber sehr viel zu.«

»Ich weiß, wie es ist, die Last der Sicherheit eines Volkes zu tragen.«

Irgendwie waren sie näher aneinander herangetreten, sodass ihre Körper sich schon fast berührten. Ciara hätte auch diese kleine Distanz noch zu gern überbrückt, um Eiriks Lippen wieder auf ihren zu spüren, doch das wäre der helle Wahnsinn.

Und so trat sie entschieden einen Schritt zurück. »Und deshalb verteilst du diese Last unter den Clans, ohne sie wirklich völlig abzugeben. Ich denke, dass man schon ein wahrer Diener seines Volkes sein muss, um dem Thron zu entsagen, damit diejenigen, die man als König die seinen nennt, anderen Clan-Chefs Gefolgschaftstreue schwören können.«

»Ich habe das Königsamt nie angenommen.«

Was? Aber das ergab doch keinen Sinn. Ciara wusste nicht so viel wie er über die alten Bräuche, sie war jedoch überzeugt davon, dass die Könige der Chrechten in ihr Amt geboren und nicht gewählt wurden. »Warum nicht?«

Mit einem seltsamen Ausdruck in den Drachenaugen blickte er auf Ciaras Schwert herab, das noch immer auf dem Bett lag. »Weil ich wusste, dass dieser Tag kommen würde, und hätte ich die Eide eines Königs abgelegt, hätte ich meine Leute niemals guten Gewissens anweisen können, einem anderen Anführer Gefolgschaft zu schwören.«

»Du bist die Art von Führer, von der mein Vater immer sagt, *genau so* müsse ein Mann sein. Deshalb verabscheut er den MacLeod auch so.« Schon bevor Mairi bei den Sinclairs Zuflucht gefunden hatte, waren zahlreiche Gerüchte über die egoistische Verhaltensweise des anderen Lairds in Umlauf gewesen.

»Was glaubst du, warum ich diesem Clan beigetreten bin?«, fragte Eirik und grinste schief.

»Ich bin froh, dass du es getan hast.« Kaum waren die Worte heraus, hätte Ciara sie am liebsten wieder zurückgenommen. »Deinen Leuten und meinem Vater zuliebe, meine ich. Ein Rudelführer und Clan-Chef kann nie genug vertrauenswürdige Männer um sich haben.«

Mit einem plötzlich verwegenen Ausdruck im Gesicht trat Eirik näher, und Ciara wich zurück, bis die Wand hinter ihr einen weiteren Rückzug unmöglich machte.

Er kam ihr so nahe, dass der leicht salzige Geruch seiner Haut ihre Sinne bestürmte. »Ich glaube, du bist nicht nur deines Vaters wegen froh, dass ich hier bin.«

Sie brachte es nicht fertig zu lügen, doch sie war auch nicht bereit, seinem Ego mit der Wahrheit noch mehr Auftrieb zu geben. Und deshalb presste sie die Lippen zusammen und blickte mit grimmiger Entschlossenheit, nichts zu sagen, zu ihm auf.

Ungerührt von ihrem Schweigen, schenkte Eirik ihr dieses seltene Lächeln, vor dem sie sich zu hüten gelernt hatte, und senkte dann den Kopf. »Ich bin auch froh, dass ich diesem Clan beigetreten bin, Ciara.«

Sein Kuss war wie der letzte ... und doch ganz anders. Mit seinen Lippen erkundete Eirik sanft die ihren und versuchte, sie mit seiner verführerisch geschickten Zunge dazu zu verleiten, den Mund zu öffnen. Abgesehen davon berührte er sie jedoch überhaupt nicht.

Seine Hände lagen rechts und links von ihrem Kopf an der Wand, sein Unterleib war nur einen Atemzug von ihrem eigenen entfernt. Sie konnte überall seine Hitze spüren, obwohl wirklich nur ihre Lippen sich berührten.

Ciara drückte ihre Hände an die kalte Mauer hinter sich, weil sie sich geradezu verzweifelt danach sehnten, die harten Muskeln unter der glatten Haut an Eiriks Oberkörper zu berühren.

Bevor sie dem Verlangen nachgeben konnte, unterbrach er den Kuss jedoch und trat zurück. »Wir müssen noch einmal mit deinem Vater sprechen, bevor wir uns auf die Reise machen.«

Ciara, die noch immer an der Wand lehnte, konnte nur nicken.

»Ich werde dich bald wieder küssen.«

Ciara wollte ihm schon wieder zustimmen, doch sowie ihr das bewusst wurde, schüttelte sie stattdessen schnell den Kopf.

Eiriks Lächeln ähnelte dem einer Raubkatze. »Pack zusammen, was du brauchst, damit wir gleich nach dem Gespräch mit dem Sinclair aufbrechen können!«

Wie schaffte Eirik das nur bei ihr? Ihr Verstand war wie benebelt, aber da sie ihn das nicht sehen lassen wollte, wandte sie sich ab und beeilte sich, ihr Schwert wieder in das Donegal'sche Plaid zu hüllen.

»Als du deine Vision hattest, hast du da das Schwert berührt?«, fragte Eirik und zeigte auf das Bündel.

»Woher wusstest du das?«

»Ich wusste es nicht, sonst hätte ich nicht gefragt.«

»Ach so ... Ja, ja, natürlich ... habe ich es berührt, meine ich.« Sie klang wie ein Einfaltspinsel, und das war ganz allein seine Schuld.

»Vielleicht sollten wir es dann auf die Suche nach dem *Faolchú Chridhe* mitnehmen.«

»Es ist zu groß und schwer für mich, um es zu tragen.«

Eiriks Mundwinkel zuckten belustigt. »Es ist ja auch ein Schwert für Männer. Ich werde es zusammen mit meinem tragen.«

»Zwei Schwerter?« Sie hatte schon andere Krieger mit zwei solcher Waffen gesehen, aber immer nur mit einem langen und einem kurzen Schwert. Jemand, der zwei *lange* Schwerter trug, war ihr noch nie begegnet.

»Das wäre viel zu schwer«, wandte sie ein, ohne zu überlegen.

Eirik warf den Kopf zurück und lachte schallend. »Ich bin ein Drachen-Gestaltwandler. Ich könnte ein ganzes Waffen*arsenal* auf dem Rücken tragen und immer noch ohne jede Mühe kämpfen.«

Wahrscheinlich traf das zu, und sie hätte das sicher auch bedacht, wenn sie von seinem Kuss nicht immer noch so verstört gewesen wäre. Trotzdem zögerte sie noch, das Schwert ihres Bruders mitzunehmen.

»Ich werde es nicht behalten, falls es das ist, was dir Sorgen bereitet«, bemerkte Eirik schmunzelnd. »Und verlieren werde ich es auch nicht. Ich bin mir des Wertes deines Erbstückes bewusst.«

»Ich weiß.« Ärgerlich über ihn, runzelte Ciara die Stirn, weil sie nicht verstand, wie er auch nur annehmen konnte, sie würde so etwas befürchten. »Du magst zwar ungeheuer anstrengend und viel zu arrogant sein für einen einzelnen Mann, doch du bist kein Dieb und schon gar nicht jemand, der das Schwert eines Chrechte-Königs verlegen oder gar verlieren würde.«

Er war ein verdammt selbstloser Prinz seines Volkes, nicht nur ein einfacher und ganz normaler Mann.

Eiriks Lippen verzogen sich zu einem etwas schiefen Grinsen. »Ich bin mir nicht sicher, ob das jetzt ein Lob oder Kritik war.«

»Als bräuchtest du bei deinem übersteigerten Selbstvertrauen noch Lob!«

»Weißt du nicht, dass Selbstvertrauen nur dann übersteigert sein kann, wenn es nicht gerechtfertigt ist? Und meines ist mehr als gerechtfertigt.«

»Zweifellos«, erwiderte sie trocken und dachte, dass er ganz genauso wie ihr Vater klang.

»Wenn du also keine Angst hast, dein Schwert zu verlieren, warum willst du es dann nicht mitnehmen?«

Jetzt blieb ihr nichts anderes mehr übrig, als mit der Wahrheit herauszurücken. »Weil ich es nicht mehr anfassen will.«

Und wenn sie dadurch einen weiteren dieser Wachträume verhindern konnte, umso besser.

»Vielleicht wird dir gar keine andere Möglichkeit bleiben.«

»Wenn wir es bei uns haben, dürfte das wohl stimmen.«

»Du bist doch kein Feigling, Ciara.«

»Nein.« Obwohl sie manchmal gern einer wäre.

»Also nehmen wir das Schwert mit.«

Ciara seufzte. »Na schön«, gab sie nach. »Wenn dir so viel daran liegt.«

Eirik hob das Schwert auf und schob es in die Scheide, die er sich dann auch umschnallte, sodass er jetzt auf beiden Seiten seines Rückens ein Schwert trug. »Du kannst deine Sachen später zusammenpacken. Wir müssen zuerst den Sinclair suchen und mit ihm reden.«

Er sprach, als brauchte sie Zeit, um zu packen, was aber keineswegs so war. Nachdem sie schnell ihr altes Donegal-Plaid zusammengelegt hatte, verstaute sie es in der Truhe. Dann zog sie die Decke von ihrem Bett und rollte sie mit einem der Felle zu einem Bündel zusammen, das sie fest mit einem Lederriemen verschnürte. »Das ist alles, was ich brauche.«

»Bist du sicher?«, fragte er überrascht.

»Ja.«

»Ich dachte, du würdest mehr ... Schnickschnack mitnehmen.«

»Wieso?«

»Na, weil du eine Frau bist.«

»Und die Éan-Frauen brauchen *Schnickschnack*, wenn sie reisen?«, entgegnete sie, obwohl sie das beim besten Willen nicht glauben konnte.

Die Frauen seines Volkes, die sie bisher in ihrem Clan gesehen hatte, wirkten sehr spartanisch, was ihre Kleidung und ihr Äußeres betraf. Mit der Zeit würde sich das vielleicht noch ändern, doch im Moment lebten sie noch ganz so, wie sie vermutlich auch im Wald gelebt hatten.

»Nein.« Sein Ton verriet, wie absurd er ihre Frage fand.

Die Sinclair'schen Frauen waren auch nicht viel mehr auf ihr Äußeres bedacht als die weiblichen Éan, die neuerdings bei ihnen lebten. »Warum denkst du dann, ich bräuchte eine ganze Truhe voller Sachen für die Reise?«

Eirik warf einen vielsagenden Blick auf Ciaras Kleid, und da verstand sie endlich.

»Das hier ist wie ein Mittelding zwischen der Kleidung einer schottischen Frau und der einer Engländerin. Und ich weiß schon, was du meinst. Es sind zu viele Kleidungsstücke für eine leichte Verwandlung, aber Abigail verachtet ihr Heimatland nun mal nicht so sehr wie wir. Und als Nicht-Gestaltwandlerin hat sie keine Vorstellung davon, wie man sich kleidet, damit der Wechsel schnell und leicht vonstattengehen kann.«

Eirik runzelte die Stirn. »Hat der Laird ihr nicht erklärt, dass es besser für dich wäre, dich wie die anderen Frauen des Clans zu kleiden?«

»Er möchte sie nicht kränken, und ich auch nicht.«

»Man kann es ihr auch sagen, ohne ihre Gefühle zu verletzen.«

»Sicher.« Schließlich lebte sie in einer Burg voller Chrechte-Krieger, die nicht gerade sehr vertraut waren mit Feinheiten oder Takt, sich aber immerhin bei ihrer Herrin Mühe gaben. »Doch Abigail ist zu gut zu mir gewesen, um ihre Gefühle außer Acht zu lassen. Sie ist ein sehr liebevoller, sanftmütiger Mensch.«

»Sie muss aber auch stark sein, um dem Laird eine so gute Ehefrau zu sein.«

»Das ist sie. Und Sanftmut ist ja auch nicht mit Schwäche gleichzusetzen.«

»Doch du schonst ihre Gefühle auf Kosten deiner eigenen Bequemlichkeit.«

»So ist das in einer Familie.« Selbst als Ciara noch nicht hatte zugeben wollen, dass sie eine Familie hatte, war ihr das schon klar gewesen.

Eirik schüttelte den Kopf, erhob aber zumindest keine weiteren Einwände gegen Ciaras Kleidungsstil, der für eine Chrechte sehr unpassend war.

Sie fanden ihren Vater im Zimmer der Zwillinge, wo er den kleinen Jungen bei ihrem Nachmittagsschlaf zusah. Seine Züge waren von einer solchen Liebe geprägt, dass sie sehr viel weicher wirkten, als man es von ihm gewohnt war. Talorc von den Sinclairs, der mächtige Chrechte-Rudelführer und Clan-Chef, bestand darauf, seine Söhne so oft wie möglich selbst zu Bett zu bringen und ihnen vor dem Einschlafen eine Geschichte zu erzählen.

Seine Soldaten schienen ihr Training oder ihre Pflichten der kurzen nachmittäglichen Pausen ihres Lairds wegen jedoch keineswegs zu vernachlässigen.

Talorc drehte sich um, als Ciara in das Zimmer kam. Schweigend deutete sie mit dem Kopf zur Tür, und er nickte, aber sie folgte ihm nicht gleich hinaus.

Vorher nahm sie sich noch die Zeit, ihren Adoptivbrüdern einen Abschiedskuss auf die Stirn zu hauchen. Sie wusste nicht, wie lange die Suche sie von der Burg fernhalten würde, und die Zwillinge würden ihr fehlen. Seit sie auf der Welt waren, hatte sie fast ebenso viel Zeit mit ihnen verbracht wie Abigail und Talorc. Wie sie es geschafft hatte, sich einzureden, sie habe keine Familie zu verlieren, war ihr inzwischen selbst ein Rätsel.

Aber die Bedürfnisse des Herzens machten vieles möglich.

Mit feuchten Augen blickte sie lächelnd auf die kleinen Jungen herab und betete, dass ihnen während ihrer Abwesenheit nichts geschehen möge. Sie waren ganz reizende Kinder, die jedoch beide dazu neigten, sich jede Menge Ärger einzuhandeln, wenn man sie nicht besser im Auge behielt als einen verletzten Keiler. Brian, dessen engelsgleiches Gesicht nicht einmal im wachen Zustand seine schelmische Natur erkennen ließ, lag ausgestreckt auf seinem Bett, während Drost sich unter die Decken gekuschelt hatte und sein hölzernes Lieblingsmesser an sich drückte wie eine Puppe.

Eines Tages würde er ein Schwert führen wie sein Vater und

wahrscheinlich auch genauso hart und kompromisslos sein wie Laird Talorc. Diese Jungen würden stark sein, doch ihre Stärke würde stets von Ehre und Mitgefühl gemäßigt sein. Genauso wie bei Talorc, egal, wie sehr er das bestreiten würde.

Schweren Herzens schlüpfte Ciara aus dem Zimmer und folgte ihrem Vater und Eirik die Treppe hinunter. Sie fanden Abigail und Guaire an der erhöhten Tafel im Großen Saal, wo sie zusammen die Vorratslisten der Burg durchgingen.

Abigail blickte mit einem Lächeln auf, das allen galt, aber ihr Blick richtete sich auf Ciara, als sie bemerkte: »Ich bin froh, dass ihr gekommen seid, um Auf Wiedersehen zu sagen, bevor ihr aufbrecht.«

»Das hätte ich so oder so getan«, versicherte ihr Ciara. »Doch ich habe auch noch eine Frage an ... Vater.«

Abigails Lächeln wurde noch strahlender, und auch die Freude des Lairds war deutlich in der Luft um sie herum zu spüren. Über etwas so Simples wie die Verwendung eines Wortes, das in ihrem Herzen schon so lange da gewesen war.

Sie wollte sich dafür entschuldigen, es nie gesagt zu haben, aber die Gesichter ihrer Adoptiveltern verrieten ein Verständnis, das Ciara niemals als selbstverständlich ansehen würde.

Abigail sorgte dafür, dass alle mit einem Glas verdünntem Wein am Tisch saßen, bevor Talorc das Wort ergriff. »Und was wolltest du mich fragen, Ciara?«

»Ich hätte es schon heute Morgen tun sollen, doch ich bin es nicht gewohnt, von meinen Geheimnissen zu sprechen.« Es war keine direkte Bitte um Verzeihung, aber doch fast. Das hoffte Ciara zumindest.

»Du wirst noch lernen, dass es ungefährlich ist, sie mit deiner Familie zu teilen«, sagte Abigail mit ihrer sanften Stimme. »Ich habe es auch gelernt.«

Der Laird lächelte sie an, und sie schienen eine stumme Botschaft miteinander auszutauschen. »Was ist denn nun deine Frage, Tochter?«, wollte er dann wissen.

Er hatte sie schon oft »Tochter« genannt, doch heute erlaubte Ciara sich zum ersten Mal, die Bezeichnung voll und ganz zu akzeptieren. Das Wort bewirkte sogar einen süßen Schmerz in ihr. »Ich besitze ein Schwert, von dem Eirik glaubt, dass es einem der früheren Chrechte-Könige gehörte«, sagte sie zu ihrer eigenen Überraschung, statt nach den grün glühenden Höhlen zu fragen.

Damit schien sie auch die anderen am Tisch zu überraschen, denn Abigail schnappte nach Luft, Talorc fluchte, und Guaire meinte: »Nun, das ist wirklich eine Kostbarkeit, die sich zu schützen lohnt.«

Daraufhin stieß Talorc einen weiteren Fluch aus. Guaire wirkte jedoch nicht beunruhigt, und Ciara war sich ziemlich sicher, dass der menschliche Lebensgefährte des Stellvertreters ihres Vaters auch keinen Grund zur Sorge hatte.

»Niall!«, fauchte ihr Vater.

»Er hat nichts ausgeplaudert, was er für sich behalten müsste«, versetzte Guaire scharf. Er war zwar nur halb so groß wie sein Lebensgefährte, aber kein Schwächling. »Doch ich lebe hier und bekomme Dinge mit. Ich weiß, was Niall *nicht* sagt, wenn er sich bemüht, gewisse Dinge vor mir zu verbergen. Ihr werdet euch erinnern, dass ich mir der Bedeutung eurer und seiner Chrechte-Natur schon lange bewusst war, bevor er auch nur auf die Idee gekommen wäre, sie mir gegenüber zuzugeben.«

Ciaras Vater warf Eirik einen vielsagenden Blick zu, und der Prinz der Éan verdrehte die Augen. »Glaubst du, die Éan hätten keine Geheimnisse, die wir von Generation zu Generation mitnehmen? Was auch immer für einen Schatz du mit deinen vorsichtigen Worten und Handlungen beschützen magst, er ist vor meiner Neugier sicher. Wie Guaire schon ganz richtig sagte, ist die Tatsache, dass deine Tochter das Schwert eines Chrechte-Königs in einer Truhe am Fußende ihres Bettes aufbewahrt, ein Geheimnis, das sich zu kennen lohnt.«

»Weil es bedeutet, dass sie tatsächlich eine Nachfahrin der früheren Faol'schen Könige ist?«

»Das und das Schwert selbst haben die Macht, sie Visionen des heiligen Steins sehen zu lassen.«

»Wirklich?«, fragte Abigail mit aufrichtigem Interesse in ihren sanften braunen Augen.

Ciara nickte, doch unter dem Tisch versetzte sie Eirik einen Tritt gegen das Schienbein. Er hätte dieses bisschen Information auch ruhig für sich behalten können.

Der Blick, den er ihr zuwarf, war ausdruckslos, sein Ton dagegen sehr entschieden. »Keine Geheimnisse mehr. Oder hast du das schon vergessen, *faolán*?«

Das Lachen ihres Vaters bremste den Protest, der ihr schon auf der Zunge lag, und sie beschränkte sich auf ein Nicken.

»Ich nehme an, dass es das zweite Schwert ist, das du trägst«, bemerkte Talorc.

»Ja.« Eirik griff hinter sich, um Ciaras Schwert zu ziehen. »Möchtest du es sehen?«

Das eifrige Nicken ihres Vaters und das glühende Interesse in seinen Augen, mit dem Ciara nie gerechnet hätte, flößten ihr Gewissensbisse ein. Sie hätte ihm schon längst von diesem Schwert erzählen sollen. Sie hatte die ganze Zeit gewusst, dass es etwas Besonderes war, auch wenn sie sich seiner wahrhaft illustren Herkunft nicht bewusst gewesen war.

Eirik zog das Schwert und legte es auf den Tisch. Die Smaragde glühten nicht, wie sie es in Ciaras Schlafzimmer getan hatten, hatten jedoch dennoch etwas Magisches an sich.

Talorcs blaue Augen verdunkelten sich vor Ehrfurcht, als er langsam danach griff. »Es stammt tatsächlich von den alten Chrechten. Seht euch nur den *conriocht* am Schwertgriff an!«

»Heb es auf! Und versuch den Kriegertanz damit!«, sagte Eirik in einem Ton, den Ciara merkwürdig bezwingend fand – so wie ihr auch der Vorschlag selbst ein bisschen seltsam vorkam.

Ihr Vater schien jedoch nichts daran auszusetzen zu haben, da er Eiriks Bitte sofort nachkam. Talorc führte das Schwert durch die Bewegungsmuster, die Ciara schon viele Male gesehen hatte, doch diesmal gelang es ihm, den Tanz zu etwas weitaus Größerem zu machen, als er je gewesen war.

Und Ciara bemerkte auch, dass die Edelsteine am Griff jetzt glühten.

Talorc unterbrach den Tanz und hielt das Schwert mit einer Eleganz, als wäre es für ihn geschaffen worden. »Der Griff ist heiß.«

»Man sagte mir, dass niemand außer den Angehörigen meiner Blutlinie das Schwert führen könnte, das mir nach dem Tod meines Vaters übergeben wurde«, sagte Eirik. »Dass es nur einen Chrechten mit rechtschaffenem Herzen als Herrn und Meister anerkennen würde.«

»Es ist ein Schwert, kein Pferd«, gab Ciaras Vater ein wenig ungläubig zurück.

Kapitel 14

Lernen birgt gewisse Gefahren in sich,
weil man notgedrungen auch von seinen Feinden
lernen muss.

Leon Trotzki

Ja, aber durch die Steine im Griff ist es mit eurem *Faolchú Chridhe* verbunden«, erklärte Eirik. »Unsere mündliche Überlieferung besagt, dass der ursprüngliche heilige Stein in den großen Stein, den wir bei unseren Zeremonien benutzen, und eine Reihe kleinerer zerteilt wurde.«

»Davon habe ich noch nie etwas gehört«, erwiderte der Sinclair.

Eirik zuckte mit den Schultern, als überraschte ihn das nicht. »Ursprünglich wurden diese Steine von verschiedenen Mitgliedern der Familie verwahrt, die im Namen unseres Volkes mit dem Schutz und Gebrauch des *Clach Gealach Gra* betraut worden waren. Später gingen einige der kleineren Steine verloren, während andere als Schmuck für Waffen verwendet wurden, die bei der Beanspruchung des Titels eines spirituellen Führers oder Königs ebenso bedeutend wurden wie Blutlinien.«

»Und du glaubst, dass es auch bei den Faol so war?«, fragte Ciara, die fand, dass das vernünftig klang.

Eirik blickte auf sie herab. »Aye.«

»Also spürt mein Vater die Hitze im Griff, weil er ebenfalls dieser Blutlinie entstammt.«

»Aye.« Eirik berührte Ciaras Schläfe, wie um ihr auf diesem

Wege eine Wahrheit zu vermitteln. »Das Schicksal hat dich nicht ohne Grund zu diesem Haus geschickt, nachdem du die letzten deiner leiblichen Angehörigen verloren hattest.«

»Genau das dachte ich auch immer.« Abigail nahm Ciaras Hand und drückte sie. »Dass es dir bestimmt war, meine Tochter zu sein.«

Ciaras Kehle war so eng geworden, dass sie nichts erwidern konnte.

»Dann willst du also sagen, dass kein anderer Krieger dieses Schwert genauso mühelos führen könnte, Eirik?«, fragte Talorc, der sich sichtlich unwohl fühlte in der gefühlsgeladenen Atmosphäre um sie herum.

»Genau.«

»Das glaube ich nicht.«

»Dann lass einen anderen Krieger kommen!«

Guaire sprang auf. »Ich werde Niall suchen und ihn bitten, einen Soldaten herzuschicken.«

Talorc nickte zustimmend, und der Seneschall eilte hinaus. Ciaras Vater legte das Schwert auf den Tisch zurück. »Wie war deine Frage, Ciara?«

»Was?«

»Ob ich das Schwert führen könnte oder nicht?«

»Oh ... ähm ... nein. Ich wusste nicht, dass Eirik dachte, du könntest es, oder dass manche es nicht könnten. Das Schwert hat mit meiner Frage nichts zu tun.«

»Nicht direkt«, warf Eirik ein.

Und Ciara nickte, weil sie die Verbindung zwischen dem Schwert und dem *Faolchú Chridhe* nicht bestreiten konnte. Nicht nach ihrer jüngsten Vision.

Als ihr Vater ihr nur einen fragenden Blick zuwarf, schluckte sie und wappnete sich dafür, noch mehr von den Geheimnissen preiszugeben, die sie so lange für sich behalten hatte.

»Hat es etwas mit deinen Träumen zu tun?«, fragte Abigail, um ihrer Tochter das Reden zu erleichtern.

Ciara kämpfte mit dem Kloß in ihrem Hals und zwang sich auszusprechen, was gesagt werden musste. »In meinen Träumen sehe ich den *Faolchú Chridhe* in einer gewaltigen Höhle, die von einem seltsamen, grün glühenden Licht erhellt ist. Es sind keine Fackeln, die dieses Licht erzeugen. Es ist vielmehr so, als strahlten die Wände selbst das Licht ab. Kennt ihr irgendwelche Höhlen oder Grotten dieser Art?«

Laut ausgesprochen klang es sogar noch bizarrer, fand sie.

Bevor ihr Vater Gelegenheit bekam zu antworten, kam Guaire mit einem Chrechte-Soldaten namens Everett herein.

Abigail begrüßte ihn freundlich lächelnd, doch Talorc verschwendete keine Zeit mit Höflichkeiten und zeigte auf das Schwert auf der erhöhten Tafel. »Benutz diese Waffe, um uns die grundlegenden Fechtbewegungen zu zeigen, die alle Krieger lernen!«

Everett fragte nicht nach dem Grund, sondern gehorchte einfach nur. Es wurde allerdings sehr schnell offensichtlich, dass er mit dem Schwert nicht gut zurechtkam. Seinen Bewegungen fehlte jegliche Eleganz, und das Schwert sah in seiner Hand wie ein schwerer Stein aus, nicht wie eine Waffe von so beeindruckender Handwerkskunst.

Trotzdem beendete Everett seine Vorführung, bevor er das Schwert stirnrunzelnd auf den Tisch zurücklegte.

»Es ist schön, aber es hat nicht das richtige Gewicht. Ich würde mir wahrscheinlich den Arm abschlagen, wenn ich versuchte, mit diesem Schwert zu kämpfen. Ist es ein Geschenk der englischen Verwandten unserer Herrin?«, fragte er verwirrt.

»Nein. Du darfst jetzt wieder gehen, Everett.«

Der Soldat zuckte mit den Schultern und schien froh zu sein, zu seinem normalen Training zurückkehren zu können.

Eirik verschränkte die Arme vor der Brust und sah Ciaras Vater triumphierend an. »Zweifelst du noch immer an der einzigartigen Natur dieser Waffe?«

»Everett ist ein fähiger Krieger.« Talorcs Verwirrung war sogar noch größer, als es die seines Soldaten gewesen war. »Er ist befördert worden und bildet jetzt die jüngeren Soldaten aus.«

»Aber er kann das Schwert des *Faolchú Chridhe* nicht führen.« Eirik wirkte kein bisschen erstaunt.

»Du glaubst tatsächlich, dass mein Vater ebenso wie ich ein Nachfahre der Hüter des Steines ist«, stellte Ciara mit Ehrfurcht in der Stimme fest.

»Allerdings. Du hast selbst gesagt, dass diejenigen, die dieses Blut noch in den Adern hatten, unter den Highland-Clans verstreut wurden.«

»Aber einige dieser Blutlinie müssen eine stärkere Verbindung zu dem Stein haben als andere«, bemerkte Guaire, während Abigail und Talorc sich offensichtlich wieder auf telepathischem Weg austauschten.

»Aye. So ist es. Hast du gehört, wie der Sinclair sagte, der Schwertgriff erhitze sich in seiner Hand?«

»Ja.«

»Das ist ein Zeichen, dass das Schwert ihn akzeptiert. Es genügt nicht, das Blut der ursprünglichen Hüter des Steins in den Adern zu haben; das Schwert muss sich auch bei dem, der es führt, bemerkbar machen.«

Keiner der Anwesenden, die Everett und Talorc kannten, konnten Eiriks Worte anzweifeln, weil der Krieger und sein Laird entfernte Cousins waren. »Dann sollten wir es bei meinem Vater lassen.«

»Nicht, bevor wir den *Faolchú Chridhe* gefunden haben.« Eiriks Ton besagte, dass er sich nicht umstimmen lassen würde.

Und er ließ seinen Worten Taten folgen, indem er das Schwert wieder in die Scheide an seinem Rücken schob.

»Aber ...«

»Ich stimme Eirik zu«, kam Talorc ihren Einwänden zuvor. »Das Schwert gehört dir, Ciara, und muss bei dir bleiben.«

Sie blickte flehend ihre Mutter an.

Doch obwohl Abigail ihr ein verständnisvolles Lächeln schenkte, sagte sie: »Dein Vater hat recht. Also hör bitte auf ihn!«

Da es sinnlos gewesen wäre, auf ihrer Meinung zu beharren, gab Ciara durch eine stumme Geste ihr Einverständnis zu erkennen. Sie musste ja nicht glücklich darüber sein, doch sie würde auch nicht schmollen wie ein Kind.

Oder jedenfalls nicht allzu lange.

»Was hältst du von dieser seltsam grün glühenden Grotte?«, fragte Eirik den Laird, um das Thema Schwert endgültig abzuschließen.

»Es ist gar nicht so ungewöhnlich, dass Höhlen glühen, wie Ciara es beschreibt. Besonders solche, die irgendeine Wasserquelle haben. Mir fällt allerdings keine ein, die in eine so gewaltige Kaverne mündet, wie du sagst.« Talorc zog die Stirn kraus. »Ihr solltet eure Suche bei den Höhlen beginnen, die deinen Leuten schon immer heilig waren, Ciara. Vielleicht findet ihr dort Tunnel, von denen wir nichts wissen und die zu dieser riesigen Höhle führen.«

»Ich weiß nicht, warum ich mir so sicher bin, doch ich hege nicht den kleinsten Zweifel, dass die Kaverne sich tief in der Erde befindet«, sagte Ciara. »Es wäre also gar nicht so weit hergeholt zu denken, dass es längst vergessene Tunnel gibt, die von unseren Vorfahren einst benutzt wurden.«

Ihr Vater nickte, ohne ihre Annahme, dass die Höhle sich tief unter der Erdoberfläche befand, infrage zu stellen. Anders als ihr Bruder, war der Sinclair offenbar keineswegs der Überzeugung, dass die Éan den *Faolchú Chridhe* gestohlen hatten.

»Nicht alle Höhlen befinden sich auf Freundesland«, wandte

Guaire ein und schürzte dann die Lippen angesichts des Blickes, den ihm sein Laird zuwarf. »Niall hat keine Geheimnisse vor mir … bis auf eines.«

Ciaras Vater nickte zustimmend.

Im weiteren Verlauf der Unterhaltung stellte sich heraus, dass es vier Höhlen gab, von denen Talorc wusste und die bei den Faol-Chrechten seit vielen Generationen als heilig galten. Zwei befanden sich auf Sinclair'schem und Donegal'schem Land, eine auf den Ländereien des MacLeod und wieder eine andere in einem herrenlosen Wald ein wenig weiter nördlich.

»Vielleicht weiß der Balmoral von weiteren Höhlen«, schlug Talorc vor. »Ich glaube nicht, dass sie über das Wasser kommen, um ihre heiligen Riten zu vollziehen, und daher müssten sie eigentlich irgendeinen heiligen Ort auf ihrer Insel haben.«

»Dann werden wir die Suche dort beginnen, nachdem wir mit dem Ältesten gesprochen haben«, entschied Eirik, auch wenn er keineswegs so klang, als erwartete er, den *Faolchú Chridhe* auf Balmoral Island zu finden.

Talorc runzelte die Stirn. »Falls Ciaras leibliche Familie von einem Ort in der Nähe der Donegal'schen Festung kam, solltet ihr vielleicht dort beginnen.«

»Ich weiß nicht, ob sie von dort kamen«, sagte Ciara. Sie wusste viel zu wenig über die Geschichte ihrer leiblichen Familie, hatte sie inzwischen festgestellt. »Immerhin ist auch Eirik hier gelandet, obwohl seine Familie in den wilden Wäldern des Nordens, aber in nächster Nähe zu den Ländereien meines früheren Clans lebte.«

»Und der *Clach Gealach Gra* befindet sich hier auf Sinclair'schem Land, in den Höhlen, die bei unserem Volk länger als heilig galten, als sich irgendwer erinnern kann.«

Vielleicht sollten wir die Suche *dort* beginnen, überlegte Ciara. Nur wurden diese Höhlen noch so oft für heilige Chrechte-Riten benutzt, dass die Chance nicht sehr groß war, gerade dort eine vergessene, in all diesen Generationen nie gefundene Höhle zu entdecken.

»Früher war es Donegal'sches Land«, erinnerte Abigail sie alle. »Circin war jedenfalls sehr verärgert, als dieses Land den Sinclairs vom schottischen König als Bestandteil meiner Mitgift überlassen wurde.«

Talorc nickte und machte bei der Erinnerung daran ein sehr zufriedenes Gesicht. »Aber davor wurde es von dem Sinclair beansprucht und vor allem von dem Rudel, das auf Sinclair'schem Land jagte, bevor es sich dem Clan anschloss.«

»Du meinst *dein* Rudel?«, fragte Guaire.

Ciaras Vater nickte. »Aye. Meine Vorfahren waren die eigentlichen Chrechten dieser Gegend, bevor das Rudel sich aufteilte, als wir den Clans beitraten und einige zu den Donegals gingen, während andere zu den Sinclairs kamen.«

»Was nur beweist, dass gerade diese Höhlen sich auf einem Stück Land befinden, das schon seit Generationen umstritten ist«, warf Eirik ein.

Talorc nickte seufzend. »Wir werden also mit unserem ursprünglichen Plan fortfahren.«

»Ich weiß, dass du Ciara nicht länger als unbedingt nötig gehen lassen willst, doch ich werde dafür sorgen, dass ihr nichts geschieht«, versprach Eirik.

»Das kann ich dir auch nur raten«, sagte Talorc grimmig.

Der Ritt durch den Wald verlief sehr ruhig. Das einzige Geräusch, das ihre kleine Gruppe verursachte, waren die vorsichtigen Schritte der gut trainierten Schlachtrösser der vier Reisenden. Ein Adler und zwei Raben begleiteten sie und zogen ihre Kreise am Himmel über ihnen.

Eirik hatte Ciara überrascht, indem er ihre Sorge um die beiden jungen Éan, Fidaich und Canaul, ernst genommen und einen erfahrenen Krieger damit beauftragt hatte, mit ihnen gemeinsam die Pferde zu bewachen. Ciara war sogar noch erstaunter, als sie die Entdeckung machte, dass beide Jungen schon verwandlungsfähig waren.

»Du sagtest, deine Volljährigkeitszeremonie sei erst vor sieben Jahren gewesen«, sprach sie leise das Thema an, das sie während des Rittes schon eine ganze Weile beschäftigt hatte.

»Aye.«

»Aber Fidaich und Canaul können sich bereits verwandeln.«

»Die Verwandlungsfähigkeit stellt sich bei den Éan früh ein; einige können ihre Vogelgestalt schon als kleine Kinder annehmen, obwohl die meisten warten, bis ihre körperliche Entwicklung zu Erwachsenen abgeschlossen ist.«

»Und wie war es bei diesen beiden?«

»Fidaich begann sich dieses Jahr zu verwandeln, was keine Überraschung war, doch auch Canaul fing schon kurz danach an, und er ist ein Jahr jünger.«

»Na ja, zusehen zu müssen, wie sein bester Freund sich ohne ihn verwandelte, war wohl zu viel für Canauls Raben.«

»Aye«, sagte Eirik mit dem Anflug eines Lächelns um die Lippen. »Bei mir und meinem zwei Jahre älteren Cousin war es genauso.«

»Und wahrscheinlich führten alle deine frühe Verwandlungsfähigkeit darauf zurück, dass du ihr Prinz und von königlichem Blut bist.«

Eirik zuckte nur mit den Schultern, doch Ciara war überzeugt, richtig geraten zu haben. »Trotzdem verstehe ich nicht, wozu noch eine Volljährigkeits-Zeremonie stattfindet, wenn ihr euch doch vorher schon verwandeln könnt.«

»Es ist anders, als du denkst. Bei der Zeremonie werden uns

besondere Talente verliehen, und unsere Fähigkeit, den Raben an die nächste Generation weiterzugeben, hängt von unserer Verbindung zu dem *Clach Gealach Gra* während der Volljährigkeits-Zeremonie ab.«

Entsetzen erfasste Ciara bei dem Gedanken, dass die Éan wie die Faol ihren heiligen Stein verlieren könnten. »Im Ernst?« Sie musste es wissen.

»Aye.«

»Aber die Wölfinnen bekommen auch ohne den *Faolchú Chridhe* Nachwuchs.«

»Und das ist gut so, denn sonst würde es heute keine Faol mehr auf dieser Erde geben.«

»Glaubst du, dass eine der anderen Chrechte-Rassen unseren Stein gestohlen hat, weil sie vielleicht hofften, genau das zu erreichen?« Ihre heutige Vision wies auf nichts dergleichen hin, doch Sorgen machte sie sich trotzdem.

»Ich weiß es nicht. Aber spielt das Warum jetzt überhaupt noch eine Rolle? Jahrhunderte sind seitdem vergangen, und wer auch immer eigene Pläne mit dem Stein der Faol hatte, lebt nicht mehr.«

Es war ein befreiender Gedanke, dass die Feindschaften der Vergangenheit in der Gegenwart keinen Platz mehr hatten. »Wenn die Volljährigkeits-Zeremonie der Éan nicht unbedingt mit ihrer ersten Verwandlung verbunden ist, woher wisst ihr dann, wann es Zeit dafür ist?«

»Nach der ersten Verwandlung und bevor ein Éan zwanzig Jahre alt ist, kann sie jederzeit vollzogen werden. Wenn sie aber zu früh oder zu spät stattfindet, sind die von dem Stein verliehenen besonderen Fähigkeiten nur schwach.«

»Und wer entscheidet, dass die Zeit gekommen ist?«

»Der Stein. Er ruft Anya-Gra, die Eltern und manchmal auch den Éan selbst.«

»Das heißt, er rief auch dich.«

»Ja, doch er war gestohlen worden und nicht in den heiligen Höhlen.«

»Das wusste ich nicht.«

»Natürlich nicht. Zum Glück brachte meine Schwester ihn rechtzeitig zu meiner endgültigen Segnung zurück.«

»Und wäre es ihr nicht gelungen, hättest du nicht deinen Drachen.« Für Ciara ein unvorstellbarer Gedanke.

»Und Lais besäße keine Heilkräfte.«

»Glaubst du, dass auch der *Faolchú Chridhe* solche besonderen Fähigkeiten verleihen kann?«

»Ja.«

»Und trotzdem ist es nicht dasselbe.« Das hatten sie schon der Tatsache entnommen, dass die Faol sich ohne Volljährigkeits-Zeremonie vermehren konnten. Mit oder ohne Stein.

»Jede Rasse hat ihre Unterschiede. Die Éan beispielsweise haben die Kontrolle über ihre Verwandlung schon vom ersten Mal an, wenn ihr Vogel von ihnen Besitz ergreift.«

»Wirklich?« Bei den Faol konnten die meisten Männer ihre Verwandlung nicht selbst steuern, und deshalb wurde sie vom Vollmond bestimmt, bis sie den heiligen Akt der Paarung vollzogen. Nur weiße Wölfe und deren Nachkommen bildeten die Ausnahme von dieser Regel.

»Aye.«

»Ich frage mich, wie das bei den Paindeal sein mag.«

»Falls es überhaupt noch welche gibt«, wandte er ein.

»Oh, ich bin mir sicher, dass es sie noch gibt.«

Eirik runzelte die Stirn und blickte sich aufmerksam nach möglichen Gefahren um. »Niemand kann sich dessen sicher sein.«

»Ich schon.«

»Oh. Der Träume wegen!«, sagte er und nickte verstehend.

»Ja.«

»Du hast also auch von den Paindeal geträumt? Davon hast du nie etwas erwähnt.«

»Weil ich noch sehr jung war, als ich diese Träume hatte, und immer überzeugt war, dass es nichts als Traumbilder waren.« Bis heute, als so viele Dinge klarer oder noch verwirrender geworden waren, je nachdem, wie man es sah. »Diese Träume hatten für mich nichts Prophetisches. Und erschienen mir nicht wie ein Geheimnis, das ich glaubte, für mich behalten zu müssen.«

»Du hast zu viele Jahre die Wahrheit über dich selbst verborgen.«

Aber sie hatte gar nichts über sich verborgen. »Ich *wusste* nichts über mich selbst, was nicht dasselbe ist.«

»Du verstehst nicht, was ich sagen will. Du hast deine Fähigkeit versteckt, mit dem *Faolchú Chridhe* in Verbindung treten zu können.«

»Glaub mir, ich habe viele Male darüber nachgedacht.«

»Aye. Und du verdientest es, die Wahrheit über dich zu erfahren, doch niemand hat sie dir gesagt.«

»Ich bin deswegen sehr böse auf meine Familie«, gab sie zu. »Aber sie sind tot, und es beschämt mich, dass ich immer noch so wütend auf sie bin. Nur kann ich diese Gefühle leider nicht vertreiben.« Zu viele Empfindungen wollten sich heute nicht mehr unterdrücken lassen.

»Sie haben dich mit ihrer Unaufrichtigkeit zutiefst verletzt, und der Schmerz ist noch zu frisch, weil du ihre Lügen gerade erst entdeckt hast.«

»Du hast recht«, flüsterte sie. Sie wollte keinen Groll jenen gegenüber hegen, die sie geliebt hatte und die für immer gegangen waren, aber der Schmerz in ihr wollte einfach nicht vergehen.

»Ihre Täuschungen haben auch deinem Volk geschadet.«

»Nur Galen wusste von dem *Faolchú Chridhe*.«

»Aber wenn deine Mutter und dein Vater dir die Wahrheit über deine Herkunft gesagt hätten, hättest du gewusst, wie wichtig es für alle Faol war, den heiligen Stein zu finden.«

»Glaubst du, dass der Stein versucht hat, Verbindung zu meinem Vater aufzunehmen?«

»Nein.«

»Ich auch nicht.« Und aus irgendeinem Grunde machte sie das traurig, doch ihr Vater war eben leider nicht sehr klug in seinen Loyalitäten gewesen.

Ein Krächzen ertönte über ihnen. Ciara blickte gerade rechtzeitig auf, um einen Raben einen anderen über den Himmel jagen zu sehen. Die beiden erinnerten sie an spielende Welpen, und ihr Anblick entlockte ihr ein Lächeln. Allerdings bezweifelte sie, dass Eirik oder der Adler-Gestaltwandler genauso tolerant sein würden.

Die beiden Raben flogen auch sogleich wieder zu dem Adler zurück, obwohl Ciara keine Anzeichen dafür sah, dass der Raubvogel sie in die geordnete Formation zurückbeordert hatte.

»Sie sind noch jung, Eirik«, bemerkte sie.

»Und sie genießen die Freiheit, zu einem Clan zu gehören, statt sich ihr Leben lang im Wald verbergen zu müssen.«

»Das ist doch gut, nicht?«

»Wenn es sie oder die, die sie behüten sollen, nicht gefährdet.«

»Sie werden lernen. Immerhin ist Fidaich ein Verwandter von dir.«

»Und Canaul der Sohn einer unserer besten Krieger.«

»Des Adlers, der mit ihnen fliegt«, erriet Ciara.

»Ja. Canauls Mutter war ein Rabe; er kam in seiner Tiergestalt nach ihr.«

»War?«

»Sie verschwand im Wald.«

Eines der Opfer der Wölfe, die glaubten, alle Éan müssten sterben. »Das tut mir leid.«

Eirik zuckte mit den Schultern. »Es ist nicht deine Schuld.«

»Aber ich hasse es.«

»Was?«

»Dass deine Leute von meinen gejagt wurden.«

»Das ist noch nicht vorbei, doch Barr und dein Vater müssen sich sehr bemüht haben, ihre Clans von jenen, die weitermachen würden, zu befreien.«

»Aber nicht der Balmoral?«

»Es gab niemanden in seinem Rudel, der diesem geheimen Bund der Wölfe angehörte.«

»Es wundert mich, dass es unter den Sinclairs welche gab.«

»Deinen Vater wunderte es auch.«

»Hat er sie verbannt?«

»Diejenigen, die er nicht umbrachte, wenn sie dabei erwischt wurden, wie sie Éan jagten.«

»Und du? Hast du noch andere Wölfe außer Luag und Galen getötet?«

»Ich bin der Beschützer meiner Leute.«

Auch das war eine Antwort ... irgendwie.

Wieder ertönte ein lautes Krächzen über ihnen. Diesmal blickte Ciara jedoch ganz bewusst nicht auf, weil sie hoffte, dass die Streiche der jungen Raben den Prinzen weniger verärgern würden, wenn sie vorgab, sie nicht zu bemerken.

Das Grollen tief in Eiriks Brust, das an das Knurren eines Wolfes erinnerte, bewies jedoch, dass diese Hoffnung sich nicht erfüllte.

»Weißt du, wenn du bereit wärst, die Reise mit dem Boot zu unternehmen statt als Drache, könnten wir unsere Pferde mitnehmen, und wir würden keine Wache für die Rösser brauchen.«

»Vögel fliegen übers Wasser. Wir fahren nicht in Booten.«

Ja, genau, du arroganter Drache! »Lais fährt auch in einem Boot.«

»Weil er Mairis Sicherheit niemand anderem anvertrauen würde.«

»Ist sie wirklich seine Gefährtin?«, fragte Ciara flüsternd, obwohl sie bezweifelte, dass die anderen sie hören konnten.

Lais und Mairi waren zurückgefallen, weil der Heiler auf einem langsameren Tempo für ihr Pferd bestand. Er umsorgte sie, als wäre sie noch verletzt wie vor seinen heilenden Sitzungen mit ihr. Und das, obwohl völlig klar war, dass es ihr viel besser ging und sie durchaus in der Lage war, ein Pferd zu reiten.

Es war drollig, wie er sie verhätschelte, und irgendwie auch sehr süß. Obwohl Lais es sicher nicht als Kompliment betrachten würde, so etwas von ihr zu hören.

Eirik blickte zum Himmel auf und wandte sich dann mit ausdrucksloser Miene Ciara zu. »Das wird sich zeigen.«

»Aber er ist ihr gegenüber so fürsorglich.«

»Er ist ein Heiler.«

»Ach, vergiss es!«, sagte Ciara, weil Eirik offenbar nicht die Absicht hatte, ihr eine eindeutige Antwort zu geben.

Auch wenn es nach seinen Bemerkungen in der Nacht, in der Ciara Mairi gefunden hatte, ziemlich klar war, dass Eirik die Tochter des MacLeod und Lais für Gefährten hielt.

»Warum fragst du, wenn du keine Antwort willst?«

»Vielen Dank auch, aber wenn ich Doppelzüngigkeit wollte, würde ich zu den Engländern gehen.«

Statt beleidigt zu sein, lachte Eirik. Laut und mit so erfrischender Heiterkeit, dass Ciaras Brust bei diesem faszinierenden Geräusch seltsam eng wurde. Sofort wollte sie noch mehr davon hören.

Doch leider brach das Lachen fast augenblicklich ab. »Still!«, befahl Eirik.

Sie fragte nicht, warum, sondern versuchte, den Grund für seine Besorgnis zu finden. Im Wald konnte sie nichts Ungewöhnliches hören, aber ihr fiel auf, dass der Adler hoch oben in der Luft ziemlich weit links von ihnen flog statt direkt über ihnen, während die beiden jüngeren Raben sich rechts von ihnen befanden.

Und Lais und Mairi hatten sie plötzlich eingeholt, und Eirik übernahm die Führung, während Lais zurückfiel, sodass Ciaras und Mairis Pferde nun zwischen den beiden Männern waren. Sie zogen auch gleichzeitig die Schwerter, und beider Blicke waren nach links gerichtet, obwohl Ciara noch immer kein ungewöhnliches Geräusch vernehmen konnte.

Wenn sie es nicht besser wüsste, wäre sie sicher, dass die zwei Männer sich auf telepathischem Weg verständigten. Doch nur Familienangehörige und wahre Gefährten besaßen die Fähigkeit zur geistigen Kommunikation. Andererseits war es natürlich möglich, dass dies ein weiterer Unterschied zwischen Éan und Faol war.

Mairi gab keinen Laut von sich, aber ihr schien durchaus bewusst zu sein, dass irgendetwas nicht in Ordnung war. Ciaras scharfes Wolfsgehör konnte das wilde Pochen des Herzens der anderen Frau hören und die Furcht riechen, von der die Luft um sie herum durchdrungen war.

Eirik hob witternd den Kopf, und eine steile Falte bildete sich zwischen seinen Augenbrauen. Auch er hatte Mairis ängstlichen Geruch bemerkt und war nicht erfreut darüber.

Die Gefahr musste näher sein, als Ciara angenommen hatte, wenn der Drache so beunruhigt war.

Sie lenkte ihr Pferd neben Mairis, bis sie nahe genug war, um die Hand der anderen Frau ergreifen zu können. Ciara drückte sie beruhigend und beugte sich zu Mairi vor, um ihr ins Ohr zu flüstern: »Du musst deine Angst beherrschen. Falls uns Wölfe aus dem Rudel deines Vaters jagen, werden sie sie riechen.«

Doch Mairis Geruch der Furcht verstärkte sich, obwohl sie sich anscheinend die größte Mühe gab, sich zu beruhigen. Sie atmete tief durch und schloss sogar die Augen, als vertraute sie darauf, dass Ciara ihr Pferd unter Kontrolle hielt.

»Gut. Denk daran, dass wir fünf Chrechte-Krieger bei uns haben und einer von ihnen ein Drache ist!« Die beiden jungen Raben als Krieger zu bezeichnen war ein bisschen übertrieben, doch Mairi brauchte die Ermutigung. »Dir wird nichts geschehen, das verspreche ich dir.«

Mairi drückte ihre Hand, und ihre Angst schien ein wenig nachzulassen. Und dann hatte Ciara eine Idee. Sie hatte so etwas noch nie versucht, aber sie hatte auch nichts zu verlieren …

Man lehrte die Faol schon früh, dass menschliche Kinder von Chrechte-Eltern keine ihrer Gaben hatten, weil sie nicht verwandlungsfähig waren. Ciara war nicht immer überzeugt gewesen, dass das stimmte.

Wenn MacAlpin nicht die List der Chrechten besessen hätte, wäre er dann imstande gewesen, seine eigenen Familienmitglieder zu verraten und zu töten, wie er es getan hatte?

»Konzentrier dich auf die Gerüche des Waldes!«, wies sie Mairi an. »Kannst du mir diesen Gefallen tun?«

Die junge Frau nickte.

»Gut. Kannst du die Bäume riechen?«

»Ja«, wisperte Mairi nahezu unhörbar.

»Und nun riech die Erde, die toten Blätter, den Keiler, der vorhin vorbeigelaufen ist, den Farn und das Heidekraut! Lass ihre sonnenwarmen Düfte deine Sinne erfüllen!«

Der Geruch von Mairis Angst verflüchtigte sich allmählich.

»Gut. Konzentrier dich weiter auf Farn und Heidekraut!« Zwei Gerüche, die überall im Wald zu finden waren und Mairis eigenen überdecken würden, ohne etwaige auf den Plan zu rufen.

Mairi atmete weiter tief ein und aus, noch immer mit geschlossenen Augen, und ihr eigener Geruch war inzwischen schon fast vollkommen verschwunden.

»Und jetzt denk ganz fest an diese Gerüche, von denen du umgeben bist! Stell dir vor, deine eigene Haut strahlte den Duft von Heidekraut aus oder den frischeren des Farns!«

Es funktionierte. Mairis eigener Geruch war völlig überdeckt von den Düften des Waldes um sie herum.

Kapitel 15

Zweifellos gibt es kein anderes Tier,
das mit dem mächtigen Drachen vergleichbar wäre,
und nur wenige,
die der gewissenhaften Studien weiser Männer
derart würdig wären.

Gildas Magnus, *Ars Draconis*

Ciara wusste nicht, ob Mairi dies alles hatte vollbringen können, weil sie eine hellseherische Gabe besaß oder weil sie mehr vom Chrechte-Blut ihres Vaters hatte, als ihr je bewusst gewesen war. Oder wäre jedes Kind eines Chrechten dazu imstande?

Doch all das spielte jetzt auch keine Rolle. Im Moment war das einzig Wichtige, dass Mairis Geruch sie ihren Feinden nicht verraten würde.

»Öffne nun wieder die Augen, Mairi!«

Die junge Frau gehorchte, und Ciara sah, dass ihre blauen Augen ganz glasig waren von der Anstrengung, sich auf die Tarnung ihres Duftes zu konzentrieren.

Eiriks Kopf fuhr herum, und er starrte Ciara schockiert und fragend an; dabei verursachte er keinen Laut, wie es sich für einen guten Krieger gehörte.

Ciara lächelte. Ihr wurde vor Stolz auf Mairis Leistung ganz warm ums Herz, und deshalb deutete sie mit einer Kopfbewegung auf ihre Begleiterin, um Eirik zu verstehen zu geben, dass Mairi und nicht sie dieses kleine Wunder vollbracht hatte. Nicht, dass Ciara das überhaupt vermocht hätte, doch vielleicht war es für die Éan sogar möglich.

Eirik nickte verstehend, bevor er sich wieder abwandte, um sich auf die Richtung zu konzentrieren, in die er sie führte.

Ciara beugte sich erneut zu Mairi vor, um ihr etwas zuzuflüstern. »Es ist sehr wichtig, dass du dich weiter auf diese Gerüche konzentrierst. Du bist in diesen Dingen noch zu unerfahren, um die Tarnung deines Geruchs aufrechtzuerhalten, ohne dich voll und ganz darauf zu konzentrieren.«

Mairi nickte, dieses Mal schon viel entschiedener.

Eiriks Pferd bog scharf nach rechts ab, und Ciara folgte ihm, nachdem sie Mairis Bein einen kleinen Schubs gegeben hatte, um sicherzugehen, dass sie ihrem Beispiel folgte. Der Pfad verschmälerte sich zwischen den Bäumen, sodass Ciara gezwungen war, vor Mairi zu reiten statt neben ihr, doch die Konzentration der Frau ließ nicht einmal für eine Sekunde nach.

Zwei Stunden ritten sie in vollkommenem Schweigen, bevor Eirik eine Faust in die Luft streckte, als Zeichen für die kleine Gruppe, anzuhalten.

Als alle ihre Pferde zügelten, blickte er sich über die Schulter nach ihnen um. »Wir sind nicht mehr in Gefahr, von den MacLeod'schen Soldaten entdeckt zu werden, wie ich aus der Luft erfahre.«

Also *waren* der Adler und die Raben auf Patrouille gewesen. Kein Wunder, dass Eirik so verärgert über ihre Spielereien gewesen war. Aber das Wichtigste war, dass die Éan Eirik die Gefahr hatten übermitteln können.

»Bist du sicher?«, wollte Mairi angespannt wissen.

Kaum hatte Eirik mit »Ja« geantwortet, erschlaffte Mairis ganzer Körper, und ihr persönlicher Geruch wurde unter den Düften des Waldes wieder wahrnehmbar. Und obgleich er nicht mehr von Furcht durchdrungen war, lag jetzt ein unverkennbarer Anflug von Erleichterung darin.

Sie rutschte zur Seite weg, und Ciara konnte sie gerade noch auffangen, bevor sie vom Pferd fiel. Einen Herzschlag später war Lais bei ihnen und zog Mairi auf sein Reittier und auf seinen Schoß.

»Es war sehr anstrengend für sie, ihren Geruch zu tarnen.« Die Sorge des Heilers war ebenso unübersehbar wie sein Stolz auf Mairis Leistung. »Sie hat es aber geschafft, und das ohne einen Wolf, der ihre Seele teilt.«

»Ja, das hat sie großartig gemacht«, stimmte Eirik zu.

Ciara schüttelte den Kopf. Wie typisch für die Männer, *über* Mairi zu sprechen statt *mit* ihr! Tröstend streckte sie die Hand aus und klopfte der jungen Frau auf das Bein. »Du warst genauso gut wie jeder Wolf.«

Mairi antwortete mit einem müden Lächeln. »Wirklich?«

»Und ob! Besser als ich, als ich zum ersten Mal versuchte, meinen Geruch zu tarnen.« Ciara verzichtete allerdings auf die Erwähnung, dass sie damals noch ein Kind gewesen war.

Ihr Vater hatte nicht auf die erste Verwandlung warten wollen, um mit der Ausbildung seiner Kinder in den Gebräuchen der Chrechten zu beginnen. Da ihre beiden Eltern Faol gewesen waren und deren Eltern ebenfalls, hatte kein Zweifel daran bestanden, dass Ciara und Galen ihre Seele mit einem Wolf teilen würden.

»Bis zum Wasser haben wir noch einen zweistündigen Ritt vor uns.« Eirik sah Mairi prüfend an. »Brauchst du eine Pause, um dich auszuruhen?«

Sie verneinte, und Lais antwortete: »Sie wird bei mir mitreiten.«

Wogegen Mairi keinen Widerspruch erhob.

Ciara musste lächeln, als ihr auffiel, dass Eirik *sie* nicht fragte, ob sie eine Rast benötigte. Offenbar hielt er sie trotz des Tributes, den ihre Träume von ihr gefordert hatten, nicht für schwach.

Sie blickte zum Stand der Sonne auf, bevor sie sich nach anderen Orientierungspunkten in der Nähe umsah. Eirik hatte sie außer Gefahr gebracht und nur mit einem minimalen Zeitverlust auf dem Weg zu den Booten, mit denen sie nach Balmoral Island übersetzen würden.

Es war eine beeindruckende Leistung, auch wenn Ciara nicht vorhatte, ihm das zu sagen. Sein Selbstvertrauen war auch so schon groß genug. Sie musste ihm mit ihrem Lob nicht noch mehr Auftrieb geben.

Er lenkte sein Pferd neben das ihre, sodass die Tiere Seite an Seite standen, sie selbst sich aber gegenübersaßen und ansehen konnten. »Das hast du gut gemacht, Mairi beizubringen, ihren Duft zu tarnen.«

»Es war ganz allein ihr Verdienst.«

»Nein.« Er strich mit den Knöcheln über Ciaras Wange, und sie hätte sich am liebsten an seine Hand geschmiegt. »Dir ist es scheinbar nicht bewusst, doch als ihre Prinzessin konntest du die Chrechte in ihr erreichen, wie kein anderer es vermocht hätte.«

Aber auf eine Art und Weise, die er verstand.

»Ist das wahr?«, konnte sie nicht umhin, zu fragen.

»Ja. Bei den Éan werden meine Familienangehörigen mit der Ausbildung der menschlichen Nachkommen unserer Chrechte-Brüder betraut. Nicht alle haben die gleichen Fähigkeiten, doch es muss jemand aus der Familie der Gra Gealach sein, um Chrechte-Gaben hervorzubringen, welche es auch sein mögen.«

»Das ist erstaunlich.«

»Ja. Meine Tante wurde damit beauftragt, als wir noch im Wald lebten. Doch nun, da wir alle unter den Clans verstreut sind, werden andere sich die Bürde teilen müssen.«

»Kam deine Tante zu den Sinclairs?«

»Eine von ihnen. Fidaichs Mutter.«

»Oh.« Ciara hatte noch immer Mühe, sich als eine Art Prinzessin zu betrachten, aber sie dachte, dass ihr Vater von diesem

Brauch der Éan in Kenntnis gesetzt werden sollte. Vielleicht konnten die Faol es ihnen ja nachtun.

»Danke, Ciara«, sagte Eirik, als sich das Schweigen zwischen ihnen in die Länge zog.

Ciara war in Gedanken versunken gewesen, doch anscheinend war ihr Gespräch für ihn noch nicht beendet.

»Wofür?«

»Ich wollte den Feind nicht angreifen. Deine Sicherheit und die der menschlichen Seherin sind von größter Wichtigkeit.«

»Des *Faolchú Chridhe* wegen.« Warum wünschte ein Teil von ihr, Eiriks Besorgnis gelte ihr persönlich?

»Wir müssen ihn vor dem MacLeod finden.«

»Natürlich.« Ciara wusste, dass sie über Eiriks Antwort nicht enttäuscht sein dürfte. Wirklich nicht ... aber ihr törichtes Herz schmerzte trotzdem. »Und das werden wir.«

»Aye, das werden wir.«

»Bist du dir so sicher?«

Ihre ermutigenden Worte waren mehr ihrer Hoffnung entsprungen, doch Eirik hatte sich so angehört, als hätte er in die Zukunft geblickt und wüsste, was geschehen würde. Und als Prinz seines Volkes hatte er es ja vielleicht wirklich getan.

Aber wenn er Visionen hatte, warum hatte er ihr sie dann verschwiegen? »Hast du auch, was Mairi das zweite Gesicht nennt?«

»Nein, doch es besteht kein Zweifel, dass der *Faolchú Chridhe* dich auf eine Weise ruft, wie er es bei niemandem sonst versucht.«

»Woher weißt du das?« Obwohl sie sich sicher war, dass er die Wahrheit sprach, war dieses Wissen wie ein unverrückbarer Felsbrocken, der auf ihrem Herzen lastete.

»Weil er sonst längst gefunden worden wäre. Du hast sieben Jahre seinen Ruf verleugnet.«

»Ich hatte Angst vor dem, was er bewirken könnte.«

»Weil du nur die selbstsüchtige Machtgier deines Bruders sahst. Dir war nicht bewusst, was für ein Geschenk der heilige Stein ist und dass er es für alle Faol sein sollte.«

»Nein, das war mir nicht bewusst.« Sie schluckte und gestand dann leise: »Ich wollte auch nicht den Egoismus sehen, der meinen Bruder antrieb. Ich musste einfach glauben, dass auch er das Beste für die Faol wollte.«

»Er war jung und irregeleitet. Vielleicht hätte er noch eingesehen, dass die Macht des Steins nicht nur für einige wenige, sondern für alle bestimmt war.«

»Danke, dass du das sagst.«

Eirik zuckte mit den Schultern, und Ciara musste ein Lächeln unterdrücken. In einigen Dingen war er ihrem Adoptivvater sehr ähnlich.

»Wir werden warten, bis Lais und Mairi auf dem Wasser sind, bevor wir in die Luft aufsteigen«, sagte Eirik, für den das andere Thema offenbar erledigt war.

»Gut.«

»Wie umgänglich du heute bist!«

Diesmal zuckte Ciara mit den Schultern. Es war nicht ihre Art, nur der Wortgefechte wegen Widerspruch zu äußern; falls er etwas anderes dachte, konnte sie es nicht ändern.

Als sie das Wasser erreichten, erwartete der Adler-Gestaltwandler sie dort. Er verneigte sich vor Eirik und ergriff Lais' Unterarme zu der unter Kriegern üblichen Begrüßung.

»Wo sind Fidaich und Canaul?«, fragte Ciara Eirik.

»Ich habe sie zu dem Sinclair zurückgeschickt, damit sie ihm von den MacLeod'schen Soldaten auf seinem Territorium berichten.«

»Was wird er unternehmen?«, fragte Mairi besorgt. Sie war sich offenbar nicht der Bedeutung von Eiriks Worten bewusst, die Raben weggeschickt zu haben, obwohl sie nicht ein einziges Mal aus der Luft herabgekommen waren.

»Er wird Niall mit einem Trupp Chrechte-Soldaten losschicken, um die Eindringlinge zu stellen«, sagte Ciara, als keiner der Krieger Mairis Frage beantwortete.

Ihr Vater würde das unerlaubte Betreten seiner Ländereien durch einen rivalisierenden Clan nicht auf die leichte Schulter nehmen. Nialls Aufgabe würde sein, diesen leichtsinnigen Soldaten eine Lektion zu erteilen und sie zur Räson zu bringen.

»Und wer die Begegnung übersteht«, fügte Lais hinzu, »wird zu dem Sinclair gebracht werden.«

Ciara hätte ihn treten können für seine *Hilfsbereitschaft*. Mairi war ganz blass geworden. Vielleicht wollte sie nicht zu dem Clan ihres Vaters zurückkehren, aber das bedeutete noch lange nicht, dass ihr ihre früheren Clan-Angehörigen gleichgültig waren. Wie Ciara verstand auch sie sehr gut, dass die Soldaten vielleicht nichts Schlimmeres getan hatten, als die Befehle ihres Clan-Chefs zu befolgen.

»Wird Laird Talorc ein Lösegeld für sie verlangen, bevor er sie zu meinem Vater zurückschickt?«, fragte Mairi mit zitternder Stimme. »Ich glaube nämlich nicht, dass er bezahlen würde, nicht einmal für einen Chrechte-Krieger.«

Obwohl es zwischen verfeindeten Clans keine ungewöhnliche Vorgehensweise war, ein Lösegeld für die Rückkehr von im Kampf gefangen genommenen Kriegern zu verlangen (und die, für die der Laird nicht zahlen wollte, zu töten oder in die Sklaverei zu verkaufen), wusste Ciara, dass ihr Vater so etwas nicht tun würde.

»Wenn er der Meinung ist, dass sie es wert sind, wird mein Vater ihnen die Möglichkeit geben, *ihm* als Clan-Chef und Rudelführer Treue zu schwören.«

»Wirklich?«, fragte Mairi hoffnungsvoll.

»Mein Vater ist ein äußerst ehrenhafter Chrechte.«

Eirik brummte zustimmend. »Das ist er in der Tat.«

»Aber was wird Laird Sinclair tun, wenn sich die Soldaten weigern, ihm Treue zu schwören?«, fragte Mairi, obwohl es so klang, als wollte sie die Wahrheit gar nicht wirklich wissen.

»Dann wird er sie wahrscheinlich Niall übergeben, damit er ihnen ein bisschen Ehre einbläut.« Das Leben in den Highlands war nicht so zivilisiert, wie ihr König es gern glauben würde.

In Unkenntnis seines weit zurückliegenden Chrechte-Erbes war König David von seinen Jahren in England stark beeinflusst worden. Dennoch galt er bei den meisten seiner Untertanen als guter Herrscher. Doch während seine Highland-Lairds ihm gegenüber so loyal waren, wie sie es jedem König gegenüber wären, teilten sie seine Begeisterung für die englische Lebensweise nicht.

Mairi erschrak, und ein Ausdruck des Entsetzens erschien in ihrem Blick. »Das ist barbarisch.«

»Ein Mann, der seine Tochter beinahe totschlägt, ist *barbarisch*«, sagte Eirik angewidert und aus vollster Überzeugung. »Ein ehrenhafter Wolf dagegen, der anderen beibringt, nach der wahren Chrechte-Art zu leben, ist *notwendig*.«

»Mach dir keine Sorgen!« Lais drückte beruhigend Mairis Schulter. »Je nachdem, wie verpflichtet sie sich den Befehlen deines Vaters fühlen, werden die Soldaten ihre erste Begegnung mit Niall vielleicht nicht mal überleben.«

Ciara musste sich beherrschen, um über den Versuch des Adlers, Mairi zu beruhigen, nicht zu lachen. Für einen Heiler war er ganz schön blutrünstig.

Aus Mitleid mit der jungen Frau sagte Ciara schnell: »Niall ist ein großartiger Krieger. Er braucht einen Feind nicht zu töten, um einen Kampf zu gewinnen.«

Gerade äußerte sich Mairis Erleichterung in einem Lächeln, da wandte Lais ein: »Aber er ist auch kein Krieger, der sich scheut zu töten. Er weiß, wann es besser ist, ein Leben zu beenden, als es zu verlängern. Selbst wenn es das Leben eines Chrechten ist.«

An Lais' Blick, den er ihr zuwarf, erkannte Ciara, dass seine Worte ebenso sehr für sie bestimmt waren wie für Mairi.

Krieger!

Lais wollte, dass sie Eiriks Handlungsweise vor sieben Jahren im Wald nachvollzog und akzeptierte. Das konnte sie verstehen. Aber verstand *er* nicht, was für Auswirkungen seine Worte auf die verängstigt und erschöpft aussehende menschliche Frau hatten, die vor ihm stand?

Wahrscheinlich nicht.

Außerdem hatte Ciara sehr zu ihrem eigenen Erstaunen festgestellt, dass sie Eiriks damalige Handlungsweise inzwischen längst verkraftet und sich damit abgefunden hatte. Der Drache war nun einmal der Beschützer seines Volkes. Ob Galen hatte sterben müssen, war kein Streitpunkt mehr. Tatsache war, dass er gestorben *war*, und auch keineswegs so unschuldig, wie sie einmal hatte glauben wollen.

»Ich weiß, was du meinst, Lais, doch ich nehme nicht an, dass deine Patientin deine Worte so tröstlich findet, wie du vielleicht erwartet hast.« Ciara deutete auf das blasse Gesicht der jungen Frau, die so aussah, als würde sie jeden Moment in Ohnmacht fallen.

Lais stieß einen deftigen Chrechte-Fluch aus, und Ciara musste sich abwenden, um nicht laut zu lachen. Mairi tat ihr wirklich leid, aber das änderte nichts daran, dass sie Lais' Bestürzung ausgesprochen lustig fand.

Vielleicht würde er es sich in Zukunft zweimal überlegen, bevor er sich bei Ciara und Eirik einmischte. Es war ja auch nicht so, als ginge etwas zwischen ihnen vor, das Einmischungen nötig machte. Abgesehen von verstörend heißen Küssen konnte Eirik keinen dauerhaften Platz in ihrem Leben haben.

Er suchte nicht nach einer Gefährtin, wie er selbst gesagt hatte, und sie selbst wollte auch niemanden. Schon gar keinen Gefährten, den sie jederzeit wieder verlieren könnte – oder der ihr Kinder schenken würde, die sie mit allem lieben würde, was ihr gebrochenes Herz noch hergab.

Eirik würde ihr bloß helfen, den *Faolchú Chridhe* zu finden, und damit wäre die Sache dann erledigt.

Zu schade nur, dass sie schon immer besser darin gewesen war, anderen etwas vorzumachen als sich selbst …

Der Flug nach Balmoral Island war sogar noch fantastischer als Ciaras erster Flug auf einem Drachenrücken. Unter ihnen die Erde in all ihren prachtvollen Farben und um sie herum das strahlende Blau des Himmels sehen zu können, war ein überwältigendes Erlebnis.

Das Gefühl des Windes und hellen Sonnenlichts in ihrem Gesicht war anders als alles, was sie je erlebt hatte.

Tatsächlich war es sogar so, dass das Fliegen auf dem Rücken des Drachen nur allzu schnell zu etwas werden könnte, das sie nicht mehr würde missen wollen.

Sie flogen sogar noch höher als beim ersten Mal. Wahrscheinlich wollte Eirik sichergehen, dass sein Drache für jeden, der sie von unten sehen könnte, nicht mehr war als ein Fleck am Himmel.

Es war kalt, doch Ciara war warm angezogen, und Eirik hatte darauf bestanden, dass sie auch noch die mitgebrachte Decke und das Fell wie einen zweiten Umhang umlegte. Sie hatte nur spöttisch gelacht, weil sie sie ohnehin wieder ablegen wollte, sobald sie in der Luft waren. Allerdings hatte sie dort sehr schnell gemerkt, wie erstaunlich kalt die sommerliche Luft sein konnte. Der Drache flog erheblich schneller, als jedes Pferd sich fortbewegte. Und je höher sie aufstiegen, desto weniger wärmte die Sonne sie.

So kuschelte Ciara sich in ihrem pelzgefütterten Plaid an den Nacken des Drachen und lachte aus purer Lebensfreude. Sie konnte sich nicht erinnern, wann sie das letzte Mal so glücklich gewesen war, und es kümmerte sie auch nicht. Für diesen wundervollen Moment war sie einfach nur entzückt zu leben.

Hier oben gab es keine Sorge um den *Faolchú Chridhe*, keine Unruhe deswegen, wie leicht sie sich in Eiriks Küssen verloren hatte, keine Geheimnisse, die es zu verbergen oder zu enthüllen galt, sondern nur Ciara und den Drachen an diesem endlos weiten, blauen Himmel.

Eirik warf den Kopf zurück und stieß ein Brüllen aus, das seinen mächtigen Drachenkörper erschütterte und sogar Ciaras jäh erbeben ließ. Und sie lachte und genoss das Gefühl, an seiner Freude teilzuhaben. Dann spie er Feuer, riesige Flammen, die ihr ganzes Blickfeld ausfüllten. Es war das unglaublichste Abenteuer ihres Lebens.

In diesen Momenten fühlte sie sich ihm näher als jemals irgendeiner anderen Person in ihrem Leben. Nein, eine so tiefe Verbundenheit hatte sie noch nie zuvor empfunden. Sie fragte sich jedoch nicht, wie das sein konnte, sondern genoss es einfach nur wie das vorübergehende Vergnügen, das es ja auch war.

Nach erstaunlich kurzer Zeit erreichten sie die Insel. Eirik landete allerdings nicht an dem Strand, den Ciara von ihren alljährlichen Ausflügen nach Balmoral Island kannte, die sie mit ihren Adoptiveltern unternommen hatte, sondern brachte Ciara zu einem einsamen Stück Strand hinter der Biegung, die die Insel machte.

Zwei Wachen, die aus dem nahen Wald heraustraten, rissen verblüfft die Augen auf und starrten sie mit offenem Mund an. Der eine der beiden Männer kam Ciara irgendwie bekannt vor mit seinem roten Haar, das wie die untergehende Sonne leuchtete, und seinem groben und stämmigen Körperbau. Der andere war deutlich feingliedriger. Aber keiner der beiden wäre in einem Kampf zu unterschätzen, dessen war sich Ciara sicher.

Die Éan waren von der Statur her durchweg kleiner als die Faol, wobei Eirik die Ausnahme war, doch Ciaras Vater sagte, sie seien erbitterte Kämpfer, denen er den gleichen Respekt entgegenbrachte wie den Wölfen unter den Soldaten seines Clans.

Zum Glück hob keiner der beiden Männer drohend eine Waffe. Ciara wollte nicht, dass einer der Krieger ihres Adoptivonkels verletzt wurde, weil sie glaubten, gegen einen Drachen angehen zu müssen, der in Wahrheit ihr Verbündeter war. Obwohl die Tatsache, dass sie überhaupt aus dem Wald herausgekommen waren, schon eigenartig war, musste Ciara bei genauerem Nachdenken zugeben.

Chrechte-Krieger waren tapfer, aber einen Drachen herauszufordern? Nur sahen sie gar nicht so aus, als hätten sie vor, Eirik anzugreifen, oder?

Und Eiriks Dracheninstinkte hätten ihn vor der Landung auf der Insel vor ihrer Gegenwart gewarnt.

Während Ciara über diese Widersprüchlichkeiten grübelte, ohne eine Erklärung dafür zu finden, stieg sie mithilfe des Drachenschwanzes von Eiriks Rücken. Sowie sie auf dem Boden stand, ließ sie ihren provisorischen Umhang fallen und auch das Bündel mit Eiriks Sachen, die sie während des Fluges auf dem Schoß gehalten hatte.

Ihre Hand lag auf dem Griff ihres Dolches. Irgendetwas Seltsames ging hier vor, aber Gefahr spürte sie nicht.

Ein blutroter Lichtblitz, der sich in der Helligkeit der Sonne fast verlor, ging Eiriks Zurückverwandlung in seine menschliche Gestalt voraus. Keiner der beiden Männer, die jetzt näher kamen, ließ auch nur einen Anflug von Überraschung darüber erkennen. Tatsächlich lächelte der Kleinere sogar auf eine Art, die nur als freundliches Willkommen gedeutet werden konnte.

Ciara warf Eirik einen schnellen Blick zu, doch kein Ausdruck des Erkennens erschien auf seinem Gesicht. Was nicht unbedingt heißen musste, dass er die Wachen nicht kannte; es war nur so, dass sein Gesicht nicht die geringste Emotion verriet.

Ciaras Züge spiegelten hingegen ihre Verwirrung deutlich wider.

Als die Männer sich näherten, kam ihr die Erkenntnis. Diese beiden waren Chrechte-Krieger, die sie schon oft in Gesellschaft ihres Adoptivonkels, des Balmoral, gesehen hatte. Sie glaubte, sich sogar zu erinnern, dass der Größere sich Gart nannte und sein Begleiter Artair hieß.

Doch selbst, wenn es so war, warum war Eirik dann hier gelandet und hatte ihnen seinen Drachen offenbart?

»Prinz Eirik«, sagte Gart mit einer Verbeugung.

Damit ein Wolf sich vor jemandem verbeugte, musste er eine hohe Meinung von seinem Gegenüber haben. Ciara warf Eirik einen Seitenblick zu und fragte sich, womit er sich wohl einen derartigen Respekt verdient hatte. Abgesehen davon, sich in einen Drachen zu verwandeln natürlich.

Dann lachte sie fast über ihre eigene Naivität.

»Jetzt nur noch Eirik.«

»In Gegenwart von Menschen vielleicht«, räumte der Balmoral'sche Krieger ein.

Eirik nickte nur.

Der kleinere Krieger namens Artair grinste. »Euer Drache ist beeindruckend, Prinz Eirik.«

»Aye. Wann immer ich in dieser Form in die Luft aufsteige, wird es mir wieder bewusst.«

Die beiden Männer nickten beinahe ehrfürchtig.

»Lais und eine menschliche Frau, die früher zum MacLeod-Clan gehörte, werden in ein paar Stunden mit dem Boot eintreffen.«

»Sie sind willkommen.«

Eirik nahm die Bemerkung mit einem höflichen Nicken zur Kenntnis. »Euer Laird erwartet uns nicht.«

»Nein«, bestätigte Gart.

Und je mehr sie redeten, desto ärgerlicher wurde Ciara. Diese Männer wussten, dass Eirik der Prinz der Éan war, und auch sein Drache war keine Überraschung für die beiden. Selbst wenn es offenbar eine gewesen war, ihn zum ersten Mal zu sehen.

Nichts davon passte zu der Heimlichkeit, die noch immer die Éan in ihrem Clan umgab, oder zu Eiriks erklärter Absicht, seinen Drachen und besonders seine Stellung als Prinz der Éan totzuschweigen.

Und so ergriff sie seinen Arm und zog ihn ein paar Schritte von den Wachen fort.

»Du vertraust dem Balmoral mehr als dem Sinclair?«, fragte sie in einem erbosten Flüstern, als ihr die Bedeutung der Situation klar wurde.

»Sie sind Faol, sie können dein Flüstern hören.«

»Das weiß ich.« Sie funkelte ihn böse an. »Du hast gesagt, du wolltest nicht, dass die Faol von deiner Drachengestalt erfahren.«

»Niall und Guaire wissen von meinem Drachen, ebenso wie eine Hand voll der zuverlässigsten Soldaten deines Vaters.«

»Soll das heißen, dass auch der Balmoral und einige wenige seiner Chrechten es wissen?«, versetzte sie sarkastisch.

Doch Eirik nickte. »Genau. Dein Onkel weiß ebenso von meinem Drachen wie die vier Soldaten, die abwechselnd diesen Strand bewachen.«

»Sonst noch jemand?«, fragte sie scharf, obwohl sie wusste, dass es sie eigentlich gar nichts anging.

Eirik zog spöttisch eine Augenbraue hoch, aber zu Ciaras Überraschung antwortete er. »Seine Gemahlin, die Schwester deiner

Mutter, der Stellvertreter des Balmoral und Drustans Lebensgefährtin, die Schwester deines Vaters.«

»Warum wissen es die Chrechten, die diesen Strand bewachen?«

»Für den Fall, dass eine Situation wie diese eintritt. Falls der Sinclair einmal schnell den Balmoral benachrichtigen muss, bin ich ihre beste Wahl.«

Das ließ sich nicht bestreiten. »Ich glaube, sogar noch weitaus mehr, als ihnen bewusst ist.« Eirik zog irritiert die Augenbrauen hoch, doch Ciara schüttelte den Kopf. »Darüber können wir später reden. Fürs Erste sollten wir besser den Aufstieg zur Burg beginnen.«

Der einzige Weg, der dorthin führte, war ein schmaler, kurvenreicher Pfad an der zum Ozean hinausgehenden Klippe hinauf. Ciara freute sich nicht auf den Weg. Sie war zwar eine Chrechte, aber der lange Ritt zu Pferd von der Sinclair'schen Burg zum Strand war schon ermüdend gewesen, und der Ritt auf dem Drachen hatte ihre letzten Reserven aufgezehrt, und wenn auch aus einem völlig anderen Grund.

Es war so wundervoll, so aufregend und schön gewesen, dass sie sich allein schon mit ihrer Freude vollkommen verausgabt hatte.

»Wir warten bis Einbruch der Nacht. Bis dahin wird Lais mit dem Boot erschienen sein, und dann werde ich dich und Mairi zur Burg hinauffliegen. Lais wird ihr den kurzen Ritt auf meinem Drachen erlauben, um sie nicht zu überanstrengen. Außerdem wird er neben mir fliegen.«

Genau. *Wir werden abwarten müssen, um zu sehen, ob Mairi wirklich Lais' Gefährtin ist*, dachte Ciara spöttisch. Sie war versucht, ein ungläubiges Schnauben von sich zu geben, hielt den undamenhaften Laut dann jedoch zurück.

Krieger und ihre Gedankenspielchen! Als wären Frauen so leicht an der Nase herumzuführen!

»Ich dachte, du wolltest so früh wie möglich die Burg erreichen. War das nicht der Grund, warum wir nicht einfach den ganzen Weg bei Nacht geflogen sind?«

»Die MacLeod'schen Soldaten in dem Wald durchkreuzten unsere ursprünglichen Pläne, falls du dich noch daran erinnerst.«

»Na ja, wahrscheinlich schon.«

Er legte sehr besitzergreifend, wie sie fand, eine Hand um ihren Nacken. »Ich bin mir auch nicht sicher, dass wir noch heute Nacht zur Burg gehen sollten. Vielleicht sollten wir bis morgen früh warten.«

Kapitel 16

In kritischen Momenten brauchen sogar die sehr Mächtigen die Schwächsten.

Äsop

»Was?« Ciara wusste, sie hätte einen Schritt zurücktreten sollen, aber sie unterließ es. »Warum?«

»Weil ich hier in meiner Drachengestalt viel leichter schlafen und über deine Träume wachen kann«, erwiderte er und runzelte die Stirn. »Du siehst fast so erschöpft aus wie gestern Nacht, bevor du eingeschlafen bist. Das gefällt mir gar nicht.«

Sie gab dem Bedürfnis nach, sich an seine Hand zu schmiegen. »Mir auch nicht, aber ich werde mehr als eine Nacht tief schlafen müssen, um mich von Monaten fast völliger Schlaflosigkeit zu erholen.«

Sie brauchte keine Heilerin zu sein, um das zu wissen.

Bei der Erinnerung an den tiefen Schlaf, den sie schon einmal mithilfe des Drachen erlangt hatte, dachte Ciara nicht daran, zu widersprechen. Außerdem würde es bestimmt keinen großen Unterschied ausmachen, erst morgen früh mit dem Balmoral zu sprechen.

»Es überrascht mich, dass du das zugibst.«

»Warum? Ich bin kein arroganter Krieger, der gegen Schwächen gefeit zu sein glaubt.« Im Gegenteil. Ihr war leider nur allzu gut bewusst, wie anfällig sie für die Träume und Visionen war.

Immerhin hatte sie fast ihr Leben lang damit gelebt. Eirik konnte nicht wissen, welch großes Geschenk der Schutz seines Drachen vor ihren Träumen war.

Sein Lachen wärmte ihr das Herz. »Du kannst ganz schön frech sein, glaube ich.«

»Unverblümt vielleicht.«

»Herrisch.«

»Kühn.«

Ein Räuspern erinnerte sie daran, dass sie nicht allein waren.

Errötend trat Ciara von Eirik zurück und wandte sich den Balmoral'schen Wachen zu. »Tut mir leid. Ich wollte nicht so unfreundlich sein und euch übersehen.«

Eirik gab einen Laut von sich, der verdächtig nach einem Schnauben klang, doch als sie ihn stirnrunzelnd anschaute, sah er so unschuldig wie ein Baby aus.

Ciara schüttelte den Kopf. »Glaub nur ja nicht, du könntest mich mit deiner unschuldigen Miene täuschen!«

Er zuckte mit den Schultern, aber das Lächeln, das um seine Lippen spielte, freute sie.

»Wenn wir Euch eine Erfrischung anbieten dürften?«, fragte Artair. Sein Gesichtsausdruck ließ keinen Zweifel daran, dass er Ciaras und Eiriks Gespräch mit lebhaftem Interesse verfolgt hatte.

Die nur schlecht verborgene Erheiterung auf Garts Gesicht legte nahe, dass auch er gelauscht hatte.

Diese neugierigen Wölfe! Ciaras Mutter sagte oft, es gebe keine Geheimnisse unter den Faol, doch ihr Vater war da immer anderer Ansicht. Talorc meinte, eine einigermaßen kluge Frau könne auch immer Geheimnisse bewahren, und Abigail errötete, wann immer er das sagte.

»Danke für das Angebot. Einen Becher Wein würde ich jetzt sehr zu schätzen wissen«, antwortete Ciara mit ihrem gewinnendsten Lächeln.

Eigentlich hätte sie auch nichts gegen eine Kleinigkeit zu essen, aber sie wollte nicht um etwas bitten, das die Männer ihnen nicht angeboten hatten.

Eirik knurrte neben ihr, und der größere Krieger, Gart, warf zuerst ihr einen finsteren Blick zu und dann seinem Kameraden, bevor er sich umdrehte, um in den Wald voranzugehen.

Lais legte sich in die Riemen und hielt geradewegs auf Balmoral Island zu. Mairi war sehr still gewesen, seit sie in das Boot gestiegen waren und Eirik sich mit Ciara auf dem Drachenrücken in die Lüfte aufgeschwungen hatte.

Lais war sehr stolz auf Mairis Fähigkeit, ihren Geruch zu tarnen, doch es war nicht zu übersehen, welch große Mühe es sie gekostet hatte. Deshalb begnügte er sich damit, sie am Heck des Bootes ausruhen zu lassen, wo er es ihr mit Fellen, einem Schlauch mit verdünntem Wein und etwas zu essen so bequem wie möglich gemacht hatte.

Schweigend knabberte sie an einem Stückchen Käse und sah Lais an; dann richtete sie den Blick auf das Wasser und den Himmel, wo Ciara und Eirik nur noch ein Fleck waren, um dann schließlich wieder Lais anzuschauen.

Er spürte, dass sie eine Frage hatte, doch da er befürchtete zu wissen, worum es ging, ermutigte er sie nicht, zu sprechen.

Schließlich bot sie ihm den Käse an. »Möchtest du ein Stück?«

»Nein.« Er war hungrig, doch er würde sich bestimmt nicht von ihr füttern lassen.

Mairi brauchte ihre Ruhe, und ihn zu füttern wäre auch eine zu intime Geste, die mehr als seinem Körper Nahrung geben würde. Sie würde vor allem das Begehren seines Adlers nach ihr als seiner Gefährtin nähren.

Sie seufzte und wickelte den Käse in Stoff, bevor sie ihn in die

Satteltasche zurücklegte, die Lais auf diese Reise mitgenommen hatte. Dann glättete sie das Sinclair'sche Plaid, das ihr Laird ihr vor der Abreise geschenkt hatte, und hörte nicht auf, mit den Händen über die Falten zu streichen, sichtlich erfreut, andere Farben als die MacLeod'schen zu tragen.

Dann legte sie sich wieder hin, hielt diesmal aber fest den Blick auf Lais gerichtet. »Ist es, weil ich keine Wölfin bin?«

Er seufzte, denn er hätte wissen müssen, dass seine Mairi keine Ermutigung benötigen würde. Aber es war nicht die Frage, die er erwartet hatte, auch wenn sie wahrscheinlich in dieselbe Richtung zielte.

»Nein. Obwohl Menschen zerbrechlicher als verwandlungsfähige Chrechten sind, hast du dich als geistig und körperlich sehr stark erwiesen.«

»Du fühlst dich zu mir hingezogen.« Sie hörte sich sehr sicher an. »Es ist nicht nur dein Adler, der mich will.«

»Nein.«

»Warum dann also?«

Er hätte lügen und behaupten können, dass er einfach keine Gefährtin wolle, doch er wollte ehrlich zu ihr sein.

»Weil ich keine Gefährtin verdiene.« So. Jetzt war es heraus.

»Wie kannst du so etwas sagen? Du bist ein wunderbarer Mann.«

»Weil ich dich geheilt habe.«

»Nein. Weil ich mich bei dir darauf verlassen kann, dass du mir nicht wehtun wirst.«

»Ich bin nicht der einzige Mann, der dir Vergnügen schenken kann.«

»Du bist der einzige, von dem es ich mir wünsche.«

Er hätte über diese Worte nicht so hocherfreut sein dürfen, aber das war er. »Du bist noch jung. Das wird sich ändern.«

»Wird es nicht! Ich kann mich vielleicht nicht in einen Wolf verwandeln, doch ich bin eine Chrechte, und es gibt niemand anderen mehr für Chrechten, nachdem sie sich einmal gepaart haben.«

»Wir haben uns nicht gepaart.«

»Aber wir waren nahe genug daran.«

»Nein.« Er hatte sich verdammt angestrengt, das zu verhindern.

»Sag mir, warum!«

»Ich war ein Mitglied des Donegal-Clans, bevor ich zu den Éan ging, um bei ihnen zu leben.«

»Du meinst, als du zu den Sinclairs kamst?«

»Nein, das ist noch nicht so lange her.« Er überlegte, ob er an dieser Stelle aufhören sollte. Noch hatte er die Geheimnisse seiner Leute nicht preisgegeben, aber irgendwie wusste er, dass er sie Mairi anvertrauen konnte. Und er schuldete es ihr, sie in seine Geheimnisse einzuweihen, wenn er ihr schon nichts anderes geben konnte.

»Die Éan lebten als ein separater Stamm im Wald. Wir wurden von einem Geheimbund der Faol gejagt.«

»Von den Fearghall. Mein Vater und seine Kumpane gehören dazu. Er ist der Meinung, jeder Gestaltwandler, der kein Wolf ist, verdiene es nicht, zu leben.«

Lais hätte eigentlich über ihre Worte nicht schockiert sein dürfen, und trotzdem gefror ihm der Atem in der Brust. »Dein Vater gehört zu diesem geheimen Bund ... der Fearghall?«

Der unzutreffendste Name, den man sich nur vorstellen konnte, da er »von überlegener Tapferkeit« bedeutete, und nach allem, was Lais über diese Faol wusste, hatten sie absolut nichts Tapferes an sich. Den Namen des Geheimbundes hatte er jedoch noch nie zuvor gehört, da er nie in seinem inneren Kreis gewesen war.

»Ja. Einige der Fearghall glauben, dass nur die Raben sterben sollten, weil sie keine Raubvögel sind, während andere, wie mein

Vater, der Meinung sind, dass alle, die sich in ein anderes Tier als das seine verwandeln können, kein Recht haben zu leben.«

»Er ist ein Dummkopf.« Allerdings ein sehr gefährlicher.

Mairi nickte traurig. »Das ist er.«

»Ich war auch ein Dummkopf.« Es war an der Zeit, ihr die volle Wahrheit über seine Vergangenheit zu gestehen.

»Wieso?«

»Es gab Mitglieder im Donegal'schen Rudel, die genauso wie dein Vater dachten. Sie hassten die Éan, nur weil wir anders waren.«

»Das tut mir leid.«

»Ich bin es, dem es leidtun müsste. Ich glaubte Rowlands Lügen, dass die Raben meine Eltern getötet hätten.«

»Aber deine Eltern müssen Éan gewesen sein, da du ein Adler bist.«

»Ein Elternteil war es, das andere war menschlich. Rowland war überzeugt, auch ich sei menschlich. *Er* brachte meine Eltern um, redete mir jedoch ein, die Raben hätten es getan, und schürte meinen Hass auf Raben.«

»Du hast ihm nie gesagt, dass du ein Adler bist.«

»Nein.«

»Weil du wusstest, dass du ihm nicht vertrauen konntest.« Sie klang so sicher, dass Lais wieder einmal von ihrem Vertrauen in ihn tief berührt war.

»Heute denke ich, dass es so war. Aber damals schämte ich mich nur, schwach zu sein und der Letzte meiner Rasse, wie ich glaubte.«

»Gibt es denn noch andere Adler?«

»Nicht viele, doch einige schon. Ich erreichte meine Volljährigkeit ohne den *Clach Gealach Gra.*«

»Was bedeutet das?«

»Es bedeutet, dass ich heute kein Heiler wäre, wenn ich meinen

Willen durchgesetzt und ihn zerstört hätte.« Lais wandte den Blick ab und ließ ihn über das Wasser gleiten, dessen graue Oberfläche ihm nichts Neues sagte. »Ich weiß nicht, ob ich meiner Gefährtin Kinder schenken oder ob ich meinen Adler weitergeben kann.«

»Ich verstehe nicht …«

»Anya-Gra sagte, ich sei von dem heiligen Stein geheilt worden, aber ich weiß nicht, ob sie mein Herz oder meinen Körper meinte.«

»Wer ist Anya-Gra?«

»Die spirituelle Führerin der Éan.«

»Wenn der Stein dir Heilkräfte verlieh, wird er doch gewiss auch alles andere geheilt haben.«

»Das dachte ich anfangs auch, doch heute, da es meine Aufgabe ist, andere zu heilen, weiß ich besser als die meisten, dass Macht ihren Preis hat und eine vollständige Heilung allein mit Chrechte-Macht nur selten möglich ist.«

»Oh.«

»Außerdem verdiene ich es nicht, vollständig geheilt zu werden«, gab er zu.

»Jetzt redest *du* wie ein Dummkopf.«

»Es ist wahr, was ich sage. Ich hätte beinahe die Gemahlin meines Lairds getötet.«

»Des Lairds der Donegals?«

»Aye.«

»Ist sie ein Rabe?«

»Ja.«

»Aber du hast sie nicht getötet.«

»Ich habe es versucht.«

»Wie?«

»Mit einem Pfeil.«

»Dann musst du ein schlechter Schütze sein.«

»Nein. Ich war einer der besten unseres Clans.«

»Dann kannst du dir keine große Mühe gegeben haben.«

Das hatte Barr damals auch gesagt, doch Lais wusste, dass er seine Schuldgefühle nie vergessen würde. »Mit der Zeit wirst du einen Gefährten finden, der deiner würdig ist, und deine Schwärmerei für mich vergessen.«

Mairis Augen wurden schmal. »Werde ich das?«

Er nickte, aber sie schaute ihn schon nicht mehr an. Mit zusammengezogenen Augenbrauen starrte sie nachdenklich aufs Wasser, und Lais war sich ziemlich sicher, dass das nichts Gutes für ihn bedeutete.

Die Balmoral'schen Soldaten hatten eine kleine Hütte, die so geschickt zwischen hohem Farn verborgen war, dass man schon fast direkt davorstehen musste, um sie im Wald zu entdecken.

Innen war sie klein, aber sauber. Ordentlich zusammengerolltes Bettzeug lehnte an der hinteren Wand, und Bänke, die Platz für zwei Personen boten, standen zu beiden Seiten der Feuerstelle im Mittelpunkt der kleinen Hütte. In der Grube schwelte noch ein fast erloschenes Feuer. Gart stocherte in der Glut und blies hinein, bis eine kleine Flamme das frische Holz ergriff, das Artair nachlegte. Sie arbeiteten in einem Einklang miteinander, der von langjähriger Freundschaft und gemeinsamer Entwicklung sprach.

»Es gibt Eintopf zum Abendessen. Wir müssen ihn nur noch aufwärmen«, sagte Artair lächelnd zu Ciara.

Gart grummelte etwas vor sich hin, als er den Schmortopf aus einem Wandregal holte, um ihn an einen dreibeinigen Eisenständer über dem Feuer zu hängen. Dann nahm er hölzerne Becher aus demselben Regal, und Artair schenkte allen Wein aus einem Schlauch ein, bevor er aus einem Eimer etwas Wasser hinzugab.

Eirik wurde als Erster bedient. Ciara dachte zunächst, dass es seiner hohen Stellung wegen war, doch er trank nur einen Schluck von dem verdünnten Wein und reichte ihr dann den Becher.

Er hatte ihn zu ihrer Sicherheit probiert. »Wenn du ihnen dein Geheimnis anvertraust, wirst du doch wohl auch darauf vertrauen können, dass sie uns kein Gift vorsetzen.«

Eirik ignorierte ihre leise geäußerte Bemerkung und ließ sich seinen eigenen Becher von dem Chrechte-Soldaten geben.

Ciara runzelte die Stirn, doch kaum nippte sie an ihrem Getränk, merkte sie plötzlich, wie schrecklich durstig sie war. Sie hätte auf der Reise hierher mehr Wasser trinken sollen, aber sie war zu sehr mit ihren Gedanken und dem Gespräch mit Eirik beschäftigt gewesen.

Artair zeigte auf eine der beiden Bänke. »Nehmt doch bitte Platz!«

Sie nahm sein Angebot bereitwillig an, nur, um dann fast aus der Haut zu fahren, als Eirik sich neben sie setzte. Die Bank war so schmal, dass sein Körper sich von der Hüfte bis zur Schulter an sie presste. Ciara versuchte, ihn wegzuschieben, doch er rührte sich nicht vom Fleck.

Er könnte sich auch wie ein Kavalier verhalten und auf den Boden setzen, aber vielleicht lernten die Éan diese Art von Umgangsformen nicht? So dicht neben ihr zu sitzen war jedenfalls sehr ungehörig.

Und es scherte sie kein bisschen, dass sie keine halbe Stunde zuvor noch seinen Drachen geritten hatte. Das war nicht das Gleiche. Absolut nicht. Und das würde sie ihm auch sagen. Später.

Die beiden Krieger teilten sich die andere Bank; auch von ihnen setzte sich keiner auf den Boden. Was wahrscheinlich nur vernünftig ist, dachte Ciara, und trotzdem gefiel es ihr nicht, wie ihr Körper sich durch Eiriks Nähe an völlig unpassenden Stellen erhitzte.

Die Balmoral'schen Soldaten begannen, Eirik mit Fragen zu bestürmen, wie es war, ein Drache zu sein.

»Könnt Ihr Farben sehen?«, wollte Artair wissen.

Eine verständliche Frage, denn Wölfe konnten es nicht.

Eirik nickte. »Meine Sicht ist auch sehr gut.«

»Besser als die Eures Raben?«, hakte Artair nach.

»Viel besser.«

Beide Soldaten schwiegen, um dieser Tatsache die ihr gebührende Anerkennung zu erweisen.

Dann fragte Gart: »Drängt Euer Drache Euch dazu, Euch zu verwandeln? So wie Euer Rabe?«

»Aye. Er ist ein ungeduldiges Tier«, antwortete Eirik.

Ciara gab nicht einmal vor, sich nicht für das Gespräch zu interessieren. Und ehe sie sich's versah, begann der Eintopf schon, zu brodeln, und der köstliche Duft des Kaninchenragouts ließ peinlicherweise ihren Magen knurren.

Artair schenkte ihr ein verständnisvolles Lächeln. »Zeit zu essen, denke ich.«

»Aye«, pflichtete Eirik ihm mit einem besorgten Blick zu Ciara bei.

»Ich habe keine Eile.«

»Du isst nicht genug.«

Oh, Herrgott noch mal! Musste er ihre Schwächen vor den Soldaten erörtern? »Keine Sorge, ich werde schon etwas zu mir nehmen.«

Gart holte flache Holzschalen, die als Teller dienten, und Artair füllte sie mit einer dickflüssigen Suppe mit verschiedenen Gemüsearten und Fleisch. Wieder probierte Eirik von Ciaras Teller, bevor sie zu essen beginnen durfte.

»Wirst du die Speisen, die ich zu mir nehme, von jetzt an immer vorkosten?«, fragte sie ihn verärgert.

»Aye.«

»Das ist ja lächerlich. Ich bin ein Wolf. Ich würde es riechen, wenn mein Essen oder der Wein nicht in Ordnung wären.«

»Aber ich bin ein Drache, und meine Sinne sind viel schärfer.«

»Schon wieder diese Arroganz!«

»Ich beschütze dich nur.«

»Vor freundlich gesinnten Soldaten?«

»Vor der Möglichkeit, dass sie ihr Essen verderben lassen.«

»Das haben sie aber nicht.«

»Nein.« Er nickte Artair und Gart zu, die von dem geflüsterten Disput offenbar nichts mitbekommen hatten. »Es schmeckt sehr gut.«

»Danke«, erwiderte Gart.

Artair zuckte mit den Schultern. »Er kocht fast immer, wenn wir Dienst haben. Ich bin in der Beschaffung des Essens besser.«

»Ja, unser Artair ist ein hervorragender Jäger«, bestätigte Gart nicht ohne Stolz. »Er wird einmal einen guten Ehemann abgeben für eine Clan-Frau, die das Glück hat, ihn zu finden.«

Artair gab seinem Freund einen Klaps auf den Hinterkopf, und ihm flog ein Stück Fleisch aus dem Mund, doch den Rest seiner Mahlzeit rettete Gart mit seiner schnellen Reaktion.

Während des Essens setzten sie ihre Unterhaltung fort und sprachen über die Éan, die sich im Balmoral-Clan einrichteten. Da unter den Balmoral niemand aus dem Geheimbund der Faol, die alle Éan töten wollten, gefunden worden war, hatte der Laird anscheinend verfügt, dass seine Leute die volle Wahrheit über ihre neuen Clan-Mitglieder erfahren sollten.

Zu Ciaras Überraschung hatte Eirik zugestimmt. Wieder einmal fragte sie sich, ob er dem Balmoral wohl mehr vertraute als ihrem Vater. Doch dann begriff sie, dass es nicht ihr Vater war, dem der Drache misstraute, sondern der Rest des Clans. Und da es Mitglieder des Faol'schen Geheimbundes unter ihnen gegeben hatte, würde sich erst mit der Zeit erweisen, ob seine Leute bei den Sinclairs sicher waren.

»Unser Laird hat zwei Eurer Krieger auf diesen Wachposten beordert und andere mit der Aufgabe betraut, die Insel aus der Luft zu überwachen«, sagte Artair, als Eirik danach fragte.

Der Prinz der Éan versteifte sich. »Nicht alle sind Soldaten.«

Ciara wollte ihn beruhigen, obwohl sie nicht einmal verstand, warum. Er war schließlich kein Kind mehr, das getröstet werden musste ... andererseits jedoch war er ein Mann, der sich das Wohl seiner Leute sehr zu Herzen nahm.

»Oh, nein!«, antwortete Artair schnell. »Einigen sind Pächterhütten zugewiesen worden, und drei arbeiten in der einen oder anderen Stellung in der Burg.«

»Das ist es, was der Balmoral versprochen hatte.«

»Und unserem Laird kann man vertrauen«, versicherte Gart empört.

Ciara lächelte ihn an. »Natürlich kann man das. Eirik wollte auch gar nichts anderes andeuten.«

Der Drachen-Gestaltwandler schwieg. Gart errötete ein wenig, und auch Artair sah nicht allzu glücklich aus.

Ciara stieß Eirik mit dem Ellbogen an. »Das wolltest du doch nicht?«

Er drehte sich so, dass er sie ansehen konnte und sein großer Körper ihren Blick auf die anderen verdeckte. »Was wollte ich nicht?«

»Andeuten, dass ihr Laird nicht vertrauenswürdig ist.«

»Ich habe meinen Leuten immerhin erlaubt, sich seinem Clan anzuschließen.«

»Ich weiß, doch vielleicht ist ihnen nicht bewusst, *wie* sehr du dem Balmoral vertrauen musstest, um dazu bereit zu sein.«

»Es war nicht ihre Entscheidung.«

»Nein, natürlich nicht.« Sie konnte es sich nicht verkneifen, die Augen zu verdrehen. »Der springende Punkt ist …«

»Nicht wichtig«, unterbrach Gart und klang schon wesentlich zufriedener.

Ciara linste um Eirik herum, doch die beiden Balmoral'schen Wachen sahen schon wieder ganz friedlich aus. *Also wirklich! Der Himmel bewahre mich vor leicht reizbaren Kriegern*, dachte sie.

Dann blickte sie zu Eirik auf, und ihr stockte der Atem. Seine Aufmerksamkeit galt ihr, nur ihr, und die Botschaft in seinen Augen war von versengender Hitze. »Ähm … du … ich … die Soldaten …«, stammelte Ciara.

»Was ist mit ihnen, *faolán*?«

»Ich kann sie nicht sehen. Du versperrst mir ja die Sicht auf sie.«

»Vielleicht solltest du auch keine anderen Männer ansehen.«

»Ich habe sie nicht *angesehen*«, sagte sie empört. »Jedenfalls nicht so, wie du meinst.«

»Aber du willst sie sehen.«

»Nicht so!«

Der kaum merklich zuckende Muskel an seinem Kinn verriet ihn schließlich.

»Du ziehst mich nur auf«, beschuldigte sie ihn.

»Und du riechst gut, wenn du errötest.«

»Oh, Herrgott noch mal!« Sie musste den Duft eines ganzen Gartens verströmen, weil ihr Gesicht so heiß war, dass sie den Kopf am liebsten in einen Eimer Wasser getaucht hätte. »Würdest du deinen hünenhaften Körper bitte aus meiner Blickrichtung entfernen, damit ich Gart und Artair sehen kann?«

Er bewegte sich, machte ihre Freude über seine Nachgiebigkeit jedoch gleich wieder zunichte, indem er fragte: »Findest du mich zu groß?«

»Das habe ich nicht gesagt.« Zu groß? Wie könnte sie, da sie ihn doch in fast allem geradezu vollkommen fand? Außerdem war das nichts, was sie eingestehen musste, weder sich noch ihm. Das Leben als Seherin war weitaus komplizierter als zu der Zeit, als sie nur eine Tochter gewesen war, die in dem schützenden Kokon ihrer Adoptivfamilie alle Verwicklungen hatte vermeiden können. »Es wäre unpassend für mich, auf die eine oder andere Art darauf zu antworten.«

»Du hast mich Hüne genannt.«

»Ich habe dich auch Drachen genannt. Darüber warst du nicht beleidigt.«

»Weil ich ein Drache bin.«

»Und du bist auch ein sehr großer Mann.«

»Ich glaube, du magst es groß.« Sein Ton und die Hitze in seinem Blick sagten mehr als seine Worte, und die besagten schon genug.

»Hör auf damit! Bitte!« Ciara wandte sich Artair zu und fragte mit einem Anflug von Verzweiflung: »Akzeptiert euer Clan sie? Die Éan, meine ich.«

Sie nahm es an, aber nach der Entdeckung, dass die Éan als Vogel-Gestaltwandler unter den Balmoral bekannt waren, könnte diese Annahme sich als falsch erweisen. Sie hoffte jedoch nicht, dass es so war.

»Oh, ja!«, antwortete Artair mit einem entschiedenen Nicken. »Niemand behandelt neue Clan-Mitglieder als etwas anderes als Familienangehörige, seit unsere Herrin vor zehn Jahren zu uns kam.«

»Sie würde so etwas gar nicht dulden«, pflichtete Gart ihm bei.

Ciara grinste bei der Erwähnung von Abigails bekanntlich äußerst willensstarker Schwester. »Tante Emily wurde bei den Sinclairs nicht so herzlich aufgenommen, fürchte ich.«

Artair erwiderte ihr Grinsen. »Das habe ich gehört. Obwohl sie ihnen zweifellos Paroli bot, vermute ich.«

»Ich nehme an, da hast du recht.« Ciara lachte leise. »Ich weiß nicht, ob mein Vater je darüber hinweggekommen ist, mit einem Ziegenbock verglichen zu werden.«

»Es ist jedenfalls nichts, woran ein Laird gewöhnt ist, oder?«, gab Artair schmunzelnd zurück.

Eirik knurrte so ähnlich wie ein Wolf, aber trotzdem anders, und Ciara starrte ihn befremdet an, bis sie schnell den Kopf abwandte, weil sie ein fast identisches Geräusch von Gart vernahm.

Artair verzog das Gesicht. »Beachtet ihn gar nicht! Wir waren schon beste Freunde, bevor wir laufen konnten. Deshalb ist es *für ihn* nur naheliegend, dass ich seine Schwester heirate. Aber ich werde meine Seele doch nicht mit einer anderen vereinen, bis ich den Ruf … einer wahren Gefährtin spüre, oder?«

»Die alten Geschichten besagen«, erinnerte sich Ciara, »dass in früheren Zeiten niemand eine Verbindung einging, bis er die Verbundenheit wahrer Liebesbande verspürte.«

»Und woher soll man wissen, dass es der Ruf der wahren Gefährtin ist, den man verspürt?«, fragte Gart verärgert.

Artair warf ihm einen versonnenen Blick zu. »*Ich* werde es wissen, wenn es so weit ist.«

»Was für ein sturer Bock du bist, Artair!«

»Das sagst du schon, seit du deine ersten Worte sprachst, und seither hat sich nichts daran geändert. Langsam könntest du dir also etwas Neues überlegen.«

Gart gab einen gereizten Laut von sich und knallte seinen inzwischen leeren Teller auf den Tisch. Dann stürmte er wütend aus der Hütte.

Ciara stand auf, um die Schalen einzusammeln und ins Regal zu stellen. Später würde sie sie hinausbringen, um sie mit Sand und Wasser aus der See zu spülen.

Sie klopfte dem anderen Balmoral'schen Wachsoldaten aufmunternd auf den Arm, als sie an ihm vorbeiging. »Er wird es irgendwann schon merken.«

»Glaubt Ihr?« Artair schüttelte den Kopf. »Ich habe schon fast keine Hoffnung mehr, dass das jemals geschehen wird.«

»Er ist ein Chrechte. Er kann den Ruf nicht für immer ignorieren.«

»Das könnte er schon. Einige tun es.«

Dagegen konnte sie keine Einwände erheben, zumal sie selbst ebenfalls ihr Bestes tat, ihre Gefühle für Eirik zu ignorieren. Doch sie glaubte nicht, dass Gart wie sie war. Er hatte keine Angst; er war lediglich geblendet von Träumen, die er offensichtlich schon seit seiner Kindheit hegte.

»Zuerst muss er seine lang gehegten Wünsche für seine Schwester aufgeben.« Sie setzte sich neben Artair auf die Bank. Zum Glück nahm er nicht so viel Platz in Anspruch wie Eirik. »Vielleicht solltest du ihn ermutigen, sich selbst eine Partnerin zu suchen.«

Der Balmoral'sche Soldat warf ihr einen entsetzten Blick zu. »Warum sollte ich?«

»Weshalb hast du dich zu ihm gesetzt?«, wollte Eirik wissen.

Ciara würdigte ihn keines Blickes und sagte zu Artair: »Damit er in der richtigen Richtung zu denken beginnt.«

»Ich werde es mir überlegen.«

Eirik erhob sich mit einem Gesichtsausdruck, der im dämmrigen Licht der Hütte vielleicht noch grimmiger wirkte, als er war. »Dein Körper berührt den seinen«, zischte der Prinz der Éan.

Ciara rutschte bis ans Ende der Bank, um den größtmöglichen Abstand zwischen sich und Artair zu schaffen. »Da! Bist du jetzt zufrieden? Sei nicht albern, Eirik! Wir saßen nicht einmal halb so dicht beisammen wie du und ich vorhin.«

»Komm und setz dich hierher!« Eirik zeigte auf die andere Bank.

»Ich sitze hier sehr gut.«

Ein leises Knurren ertönte, und Ciara beobachtete fasziniert, wie Eiriks Hände sich plötzlich mit roten Schuppen überzogen und in gefährlich scharfen Krallen endeten. Allerdings blieben sie in Proportion zu seinem menschlichen Körper.

Es war mit Abstand das Verrückteste, was sie je gesehen hatte.

»Wie hast du das gemacht?«, fragte sie staunend.

»Ich glaube, ich gehe für ein Weilchen zu Gart hinaus«, sagte Artair von der Tür her.

Ciara hatte nicht einmal gemerkt, dass der andere Mann aufgestanden war. Sie erhob sich auch. »Das ist nicht nötig, Artair.«

»Ich denke schon«, entgegnete er mit einem vielsagenden Blick zu Eirik.

Und sie wandte sich wieder ihrem Drachen zu. Seine Hände waren vollkommen verwandelt, und dabei hatte er sich nicht einmal vom Fleck gerührt. Und auch sein Gesichtsausdruck war gar nicht mehr so grimmig.

»Siehst du, Artair?«, meinte sie lächelnd. »Das sind nur seine Beschützerinstinkte, weil er für diese Reise die Rolle meiner Leibwache übernommen hat. Du hast ja selbst gesehen, wie er sogar mein Essen vorkostete.«

Artair sah sie an, als redete sie kompletten Unsinn, und sie seufzte. Der Soldat wusste Eiriks erstaunliche Fähigkeiten eben einfach nicht so zu schätzen, wie sie es tat.

»Lais und Mairi sind eingetroffen«, unterbrach Eirik die angespannte Stille, die entstanden war.

Ciara fuhr zu ihm herum, denn wieder sah sie all ihre Vermutungen bezüglich seiner Fähigkeiten bestätigt. »Lais hat dir das auf telepathischem Weg mitgeteilt, nicht wahr?«

Eirik erwiderte nichts, sondern marschierte mit angespannten Schultern und fest zusammengekniffenen Lippen hinaus. Doch zumindest seine Hände sahen wieder normal aus. Und das war auch besser so, schließlich musste nicht jedermann unter der Sonne wissen, dass er ein Drachen-Gestaltwandler war, fand Ciara.

Artair streckte die Hand aus, als wollte er Ciara auf die Schulter klopfen, zog sie dann aber schnell wieder zurück, bevor er sie berührte. »Der Prinz der Éan wird es auch noch merken.«

Ciara fragte nicht, was er merken würde. Sie war nicht dumm, und Artair anscheinend auch nicht. »Hoffentlich nicht!«, erwiderte sie inbrünstig.

»Ihr wollt keinen Gefährten?« Artair runzelte die Stirn. »Oder ist es nur so, dass Ihr keinen Éan zum Gefährten wollt?«

»Ich will *überhaupt* keinen Gefährten, ob er nun ein Mensch, ein Chrechte oder ein wildes Tier sein mag.«

»Unser *celi di* sagt, dass Gott uns gibt, was wir brauchen, und nicht, was wir wollen.«

»Und manchmal nimmt er uns auch das, was wir am meisten lieben.«

»Dann würdet Ihr also auf eine mögliche Liebe verzichten, nur, um zu verhindern, sie je wieder zu verlieren?«

»Ich will keinen Gefährten«, wiederholte sie beharrlich. »Und ich werde keine Kinder bekommen, die ich an Krankheit oder Krieg verlieren könnte.«

Keinen Gefährten, an dessen Verlust sie zerbrechen würde wie ihre Mutter. Ciara hatte genug gelitten, als sie ihre Familie verloren hatte, aber sie hatte es überlebt und gelernt, wieder zu leben. Ihre Mutter nicht.

Weil sie einen Verlust erlitten hatte, den sie nicht ertragen konnte – den ihres wahren Seelengefährten und den ihres Kindes.

Kapitel 17

Menschliches Verhalten entspringt drei Hauptquellen:
Wunsch, Gefühl und Wissen.

Platon

Eiriks Drache forderte eine Chance, herauszukommen und den Balmoral'schen Soldaten mit Feuer zu bespeien, als Eirik ungeduldig am Strand auf Ciara und Artair wartete. Seinen Drachen konnte er im Zaum halten, aber er wusste nicht, ob er auch seine kriegerischen Instinkte beherrschen konnte, Ciara für sich zu beanspruchen, damit alle wissen würden, dass sie ihm gehörte.

Er hatte nicht vorgehabt, in den nächsten Jahren eine Frau zu nehmen, doch sein Drache und sein Rabe bestanden darauf, dass er Ciara zu der Seinen machte. Was schockierend genug war. Er hatte es anfangs höchstens interessant gefunden, dass seine beiden wechselnden Naturen sich zu der kleinen Wölfin hingezogen fühlten, doch die Heftigkeit, mit der sein Drache und sein Rabe Ciara begehrten, nahm von Tag zu Tag noch zu.

So etwas war ihm noch nie passiert. Obwohl er seit seiner Volljährigkeit keineswegs enthaltsam gelebt hatte, war es ihm doch immer leichtgefallen, seine Verpflichtung seinen Untertanen gegenüber allem anderen voranzustellen. Aber keine Frau hatte seine Sinne je so angesprochen wie Ciara, und keine rief eine so quälende innere Unruhe in ihm hervor.

Er war gedankenlos genug gewesen, Artair und Ciara seine partielle Verwandlung mitansehen zu lassen. Und ganz abgesehen davon, dass ihm das noch nie zuvor passiert war, war es für andere auch gefährlich, über das volle Ausmaß seiner Fähigkeiten informiert zu sein.

Und eine offenkundige Tatsache war, dass er seinen Leuten nicht so dienen konnte, wie es sein musste, wenn er sich in ständigem Konflikt mit den Tieren befand, die seine Seele teilten.

Ihm blieb also gar keine andere Wahl: Er würde Ciara zur Gefährtin nehmen müssen.

Es würde keine Unannehmlichkeit für ihn bedeuten, auch wenn sie eigenwilliger als die meisten Frauen war. Als Seherin und Prinzessin ihrer Leute würde Ciara mehr in ihre Partnerschaft einbringen als nur ihre Person. Tatsächlich gab es wahrscheinlich keine andere Frau in den Highlands, die so gut dazu geeignet war, seine Frau zu werden und seine Kinder zu gebären.

Ihre Chrechte-Macht war groß, auch wenn sie bisher größtenteils verborgen geblieben war. Und diese Macht würde sowohl den Éan als auch den Faol zugutekommen, wenn Ciara eine lebenslange Bindung zu ihm eingegangen war. So war das nun einmal zwischen Gefährten.

Eirik hatte dem Sinclair'schen Rudel bereits Treue geschworen und damit seine eigenen besonderen Chrechte-Eigenschaften dem Wohl dieses Clans verschrieben. Für ihn würde das Bindungsritual nicht sehr viel ändern. Aber sie würde seinen Leuten einen Anspruch auf die Fähigkeiten einer weiteren machtvollen Chrechte geben, auf die sie für *ihr* Wohl bauen konnten.

Ja, sogar ohne das beharrliche Drängen seiner Tiere würde Eirik in Betracht ziehen müssen, Ciara zur Frau zu nehmen.

Die Tatsache, dass seine anderen beiden Naturen so gefesselt von ihr waren, machte die Wahrscheinlichkeit, dass ihre Verbindung eine wahre sein würde, sogar noch realer und verlockender.

Endlich kam Ciara zum Strand herunter. Sie hatte die Stirn

gerunzelt und wirkte sichtlich beunruhigt über irgendetwas. Sie begrüßte Mairi und Lais, doch auch dabei machte sie einen sehr geistesabwesenden Eindruck.

Eirik funkelte Artair böse an, überzeugt, dass es seine Schuld war, bis der Balmoral'sche Soldat zusammenzuckte und erblasste. »Was hast du zu Ciara gesagt?«

»Ich?«, entgegnete Artair beunruhigt.

Plötzlich war Gart da und trat zwischen die beiden. Doch obwohl Eirik die Loyalität des anderen Kriegers respektierte, würde er sich von ihm nicht daran hindern lassen herauszufinden, was seine Gefährtin so durcheinandergebracht hatte.

»Tritt beiseite! Artair wird mir Rechenschaft ablegen.«

Der etwas kleinere Soldat schob seinen Freund zur Seite und erwiderte Eiriks Blick mit einem unverkennbar spekulativen Glanz in seinen Augen. »Sie ist nicht allzu glücklich über Gottes Pläne für ihre Zukunft, glaube ich.«

»Sie hat dir gesagt, dass sie eine Seherin ist?«, fragte Eirik und verstand plötzlich Ciaras Wut, als sie bei ihrer Ankunft auf der Insel entdeckt hatte, dass die Balmoral'schen Soldaten von seinem Drachen wussten.

»Was? Nein.« Artairs Miene wurde grüblerisch. »Aber vielleicht erklärt das einen Teil ihrer Furcht davor, einen Gefährten zu nehmen.«

Empörung wallte in Eirik auf, und wieder konnte er die partielle Veränderung seiner Hände spüren. *»Du hast mit meiner* faolán *darüber gesprochen, dich mit ihr zu vereinen und zu paaren?«* Der Drache war schon so nahe an der Oberfläche, dass Eiriks Stimme kaum mehr als ein Knurren war.

»Du willst dich mit der Sinclair'schen Wölfin paaren?«, fuhr Gart seinen Freund an, ohne sich der Gefahr bewusst zu sein, die von Eiriks Drachen ausging, da seine ganze Aufmerksamkeit Artair galt und er seine Empörung kaum noch zu zügeln wusste.

»Ihr müsst beide verrückt geworden sein, um mich so etwas auch nur zu fragen«, sagte Artair, jetzt auch er mit einem Knurren. Er setzte eine finstere Miene auf, und selbst der Anblick von Eiriks Händen schien ihm kaum etwas auszumachen, als er feindselig den Blick zu ihm erhob. »Wenn Ihr wissen wollt, warum sie so böse dreinschaut, fragt sie selbst!«

Dann wandte Artair sich mit unverminderter Wut seinem Kameraden zu. »Und was dich angeht, so schreib dir ein für alle Mal hinter die Ohren, dass ich deine Schwester nicht zur Gefährtin nehmen werde! Nie und nimmer!«

Gart trat erschrocken einen Schritt zurück. »Aber wir wollten doch Brüder werden.«

»*Ich* will nicht dein Bruder sein, verdammt noch mal!« Die Qual und Wut in Artairs Stimme waren kaum zu überhören.

Doch auch Garts Schmerz über die Worte seines Freundes war so groß und offenkundig, dass Eirik nicht umhinkonnte, auch ihn zu bemitleiden. Und nun glaubte er auch endlich zu verstehen, worüber Artair und Ciara in der Hütte gesprochen hatten.

Die beiden Männer waren wahre, füreinander bestimmte Gefährten, nur hatte Gart sich dieser Tatsache offenbar verschlossen und konnte daher nicht verstehen, warum sein bester Freund sich so beharrlich weigerte, sein »Bruder« zu werden.

Eirik hatte genug von diesen Albernheiten, und das, obwohl er sie nur kurze Zeit hatte mitansehen müssen. Bestimmt waren ihr Laird und Artair die hartnäckige Weigerung des anderen Chrechte-Soldaten, der Wahrheit ins Auge zu sehen, gründlich leid.

Und so versetzte Eirik Gart einen so kräftigen Schlag auf den Hinterkopf, dass der Mann auf die Knie fiel. »Ein Chrechte kann sich nicht mit seinem *Bruder* paaren, du Dummkopf!«

»Paaren?« Gart schüttelte den Kopf, aber Eirik bezweifelte, dass sein Schlag das Gehirn des Mannes geschädigt hatte.

Viel wahrscheinlicher war, dass er das Wort »paaren« aus seinem Kopf vertreiben wollte. Gart blickte zu Artair auf, der ihn mit einem Gesichtsausdruck anstarrte, den Eirik schon sehr, sehr bald bei seiner kleinen Wölfin sehen wollte.

»Du willst mein Gefährte sein?«, fragte Gart.

»Ich weiß nicht …« Artair schien nicht zu scherzen, sondern wirklich einige ernste Zweifel zu haben, was dieses Thema anging. »Dummheit ist keine reizvolle Eigenschaft bei einem Gefährten, und davon scheinst du mehr als genug zu haben.«

Gart sprang auf, packte Artair an den Oberarmen und schüttelte ihn. »Spiel jetzt nicht den Überlegenen! Beantworte einfach nur meine Frage!«

»Ja«, sagte Artair, obwohl er nicht allzu erfreut über die Aussicht wirkte.

»Aber du bist mein Bruder.«

Diesmal genoss Eirik es nicht so sehr, Artair zusammenzucken zu sehen. »Das bin ich nicht.«

»Doch mein bester Freund!«

»Ja.«

»Und bist es unser Leben lang gewesen.«

Artair nickte. »Wer könnte also ein besserer Gefährte sein?«

»Ich wollte Kinder haben.«

Diesmal gab es kein Erschrecken, nur der Geruch von Traurigkeit lag in der Luft. »Die ich dir nicht schenken kann.«

»Ich weiß.« Gart nahm seine Hände von Artairs Armen, und als er zurücktrat, legte er mehr als nur physische Distanz zwischen sich und den anderen Soldaten. »Ich weiß nicht, ob ich diese Hoffnung aufgeben kann.«

»Du bist wirklich ein Dummkopf.« Mairi, die schweigend und mit großen Augen dem Dialog gelauscht hatte, bedachte Gart mit einem missbilligenden Blick. »Glaubst du, Liebe sei ein so unbedeutendes Geschenk, dass man sie einfach wegwerfen kann, wenn sie einem angeboten wird?«

»Wir sprechen hier nicht von Liebe, sondern von Paarung«, erwiderte Gart und bedachte die kleine Frau mit einem Stirnrunzeln.

Mairi erhob den Blick zu Lais, um ihn dann wieder auf Gart zu richten. »Ist das nicht dasselbe?«

»Nein«, antwortete der Heiler an Garts Stelle. »Es gibt kein Chrechte-Gesetz, das besagt, dass Lebensgefährten einander lieben müssen oder lieben werden.«

Mairis sanfte Züge verhärteten sich. »Verstehe.«

»Außerdem lebt ein Krieger nicht nach den Geboten seines Herzens«, sagte Gart verächtlich.

Darin konnte Eirik ihm nicht widersprechen, doch wie es aussah, war Artair alles andere als erfreut über die Einstellung seines Freundes. Und auch Mairi sah ganz ungewohnt entrüstet aus.

Die Arme vor der Brust verschränkt, bedachte sie Lais mit einem Blick, den Eirik nicht zu deuten vermochte, und entfernte sich ein paar Schritte von ihm. Der Adler schien verwirrt und verstimmt darüber zu sein, machte aber keine Anstalten, den Abstand zwischen sich und der menschlichen Frau zu überbrücken.

»Du hast recht«, sagte Artair dann zu Eiriks Überraschung. »Ein Krieger kann sich nicht den Geboten seines Herzens beugen.«

Die Erleichterung, die Garts Gesicht verriet, spiegelte sich in seinem Geruch wider. »Dann wirst du also anfangen, meine Schwester zu umwerben?«

»Niemals.« Es lag genügend Gift in diesem einen Wort, um zu töten, und auch vollkommene Überzeugung.

»Aber …«

»Wir werden Eure Freunde beköstigen, und dann können die Frauen die Hütte haben, um darin zu schlafen«, sagte Artair zu Eirik, ohne den Einwand seines Kameraden zu beachten. »Ich habe heute Nacht die erste Wache am Strand, und Gart kann außerhalb der Hütte nächtigen.«

»Ciara wird im Wald bei meinem Drachen schlafen. Lais und Gart können sich die Hütte teilen und auf Mairi aufpassen.«

»Und ich will keine Widerrede hören«, warnte er den Adler-Gestaltwandler über ihre telepathische Verbindung.

Lais nickte verstehend, auch wenn er nicht gerade glücklich wirkte. Das interessierte Eirik jedoch nicht. Der Mann war ein Krieger und wusste es besser, als seinem Prinz zu widersprechen.

Mairi sah auch nicht glücklicher aus, aber das lag offenbar nicht an der Schlafordnung. Es waren Gart und Artair, die sie abwechselnd mit bösen Blicken bedachte.

Für eine nicht verwandlungsfähige Frau war sie sehr beherzt.

Ciara schüttelte den Kopf. »Es wäre schicklicher, wenn ich mit Mairi in der Hütte schlafen würde.«

»Mein Drache wird heute Nacht über deine Träume wachen«, erklärte Eirik in einem Ton, dem zu widersprechen kaum jemand gewagt hätte.

Ciara hingegen blieb völlig ungerührt. »Ich denke, die von Artair vorgeschlagene Lösung wäre besser.«

»Es wird so gemacht, wie ich es angeordnet habe.«

»Du bist wirklich einer der starrsinnigsten Männer, die mir je begegnet sind, und ich habe immerhin die letzten sieben Jahre bei Talorc von den Sinclairs gelebt! Mit ihm als Vater!« Die Erbitterung in ihrer Stimme veranlasste Eirik zu lächeln.

Komisch.

Mairi streckte die Hand aus und drückte Ciaras Arm. »Lass seinen Drachen heute Nacht über deine Träume wachen! Unsere Suche wird nicht einfach sein, und du wirst deine Kräfte brauchen.«

»Sprichst du als Freundin oder als Seherin?«, fragte Ciara mit unüberhörbarer Verärgerung.

»Sowohl als auch.«

Eirik legte eine Hand an Ciaras Rücken und führte die kleine

Gruppe langsam auf den Wald und die versteckte kleine Hütte zu. »Hör auf deine Freundin, Ciara!«

»Das sagst du nur, weil sie dir zustimmt. Gart hast du nicht geraten, auf sie zu hören.«

Der besagte Soldat hatte die Gruppe schon verlassen und ging zum Strand hinunter. »Er muss selbst eine Entscheidung hinsichtlich seiner Zukunft treffen.«

»Aber er tut sich selbst und Artair weh.«

»Er würde noch viel mehr Schmerz verursachen, wenn er einer Verbindung zustimmte, die ihm missfällt«, sagte Eirik.

Was allerdings nicht bedeutete, dass er die Absicht hatte, *ihr* viel Entscheidungsfreiheit bezüglich ihrer Verbindung zu lassen. Ihre lächerliche Entschlossenheit, nie einen Gefährten nehmen zu wollen, durfte dem Wohle ihres und seines Volkes nicht im Wege stehen.

Und irgendwann würde sie das schon einsehen, dessen war sich Eirik sicher.

Mit nichts als dem Mondlicht, um ihnen den Weg zu weisen, führte Eirik Ciara noch tiefer in den Wald. Sie gingen auf die kleine, von dichtem Baumbestand geschützte Lichtung zu, die Artair als guten Schlafplatz für einen Drachen vorgeschlagen hatte.

Während Mairi und Lais ihren Eintopf aßen und Pläne für den nächsten Tag schmiedeten, hatte Ciara die ganze Zeit über weiter gegen die Schlafordnung protestiert. Als Eirik dann aber die Hütte verlassen hatte, war sie erstaunlicherweise widerspruchslos mitgekommen. Zumindest das konnte er als Sieg verbuchen.

»Ich wäre beruhigter, wenn wir Garts Rückkehr abgewartet hätten, statt Mairi und Lais allein zu lassen.«

»Das sagtest du bereits.«

»Und warum hast du nicht auf mich gehört?«

»Warum ist es so wichtig, ob er in die Hütte zurückgekehrt ist oder nicht? Weil du dir Sorgen um ihn machst?«

Eirik hatte bemerkt, dass Ciara trotz ihrer Versuche, andere auf Distanz zu halten, auch große Besorgnis und Anteilnahme für ihre Mitmenschen bewies. Abigail hatte ihm erzählt, dass Ciara ihr so viel mit den Zwillingen half, dass sie mehr eine zweite Mutter für die beiden war als eine Schwester.

In den Wochen, seit er bei den Sinclairs lebte, war Eirik immer wieder aufgefallen, dass Ciara offenbar von ihrem Wesen her schon dazu neigte, ihrem Volk zu dienen. Anscheinend hatte sie selbst nicht gewusst, woher diese Neigung kam, aber für die Hüterin des *Faolchú Chridhe* war es wahrscheinlich ganz natürlich, dass sie das Bedürfnis hatte, sich um die Faol zu kümmern.

Egal, wie sehr sie sich auch einzureden versuchte, dass sie für niemanden Gefühle entwickeln wollte.

»Ich bin wegen Mairi beunruhigt«, bemerkte sie nun, was nur wieder bewies, dass sie gar nicht anders konnte, als sich um andere zu sorgen. »Du weißt, wie Lais sie ansieht.«

»Du traust meinem Krieger nicht zu, sie zu beschützen?«

»Vor sich selbst? Nein, das traue ich ihm nicht zu.«

»Lais wird ihr nicht wehtun.« Mairi war sicherer in seiner Gegenwart, als sie es irgendwo anders sein könnte.

»Erklär mir genauer, was du mit ›wehtun‹ meinst. Wird er mit ihr schlafen?«, fragte Ciara aufrichtig besorgt.

Vielleicht täte sie besser daran, sich um *seine* Pläne für die Nacht zu sorgen, doch er war froh, dass sie anscheinend völlig unbesorgt darüber war, die ganze Nacht mit ihm allein zu sein.

»Du bist sehr geradeheraus für die Tochter eines Lairds.«

»Ich bin ja auch eine Faol. Ich weiß, was nachts zwischen Männern und Frauen vorgeht.«

Seine süße, unschuldige Faol-Prinzessin! Das konnte er sich nicht vorstellen. »So? Und was ist das, *faolán*?«

»Ach, vergiss es!«, sagte sie, nervös geworden. »Ich meinte damit nur, dass es mehr als einen Weg für Mairi gibt, verletzt zu werden.«

»Das erste Mal ist immer ein bisschen schmerzhaft.« Doch falls Lais tatsächlich dieser jungen Frau die Unschuld nahm, würde er einhalten, was immer er ihr auch versprochen hatte.

Allerdings bezweifelte Eirik sehr, dass der Heiler heute Nacht mit Mairi intim werden würde. Sie erholte sich noch von den Schlägen ihres Vaters, und Lais, der gegenüber seinen Patienten sehr fürsorglich war, würde doppelt so rücksichtsvoll bei Mairi sein.

»Wie viele Jungfrauen hast du schon in dein Bett gelockt?«, fragte Ciara, und es war ihr Duft und nicht ihr Ton, der ihren Ärger über diesen Gedanken erkennen ließ.

»Keine.«

»Woher willst du das dann wissen?«

»Bist du eifersüchtig auf die Frauen, mit denen ich intim war?«, entgegnete er, weil er der Versuchung nicht widerstehen konnte, ihren Ärger noch ein wenig zu schüren.

»Natürlich nicht«, versetzte sie viel zu schnell und ohne große Überzeugung. »Ich habe kein Recht, eifersüchtig zu sein.«

»Falls du deine Unehrlichkeit zu verbergen versuchst, machst du deine Sache nicht gerade gut.«

»Was?«, stieß sie verblüfft hervor. »Du merkst es, wenn ich dich belüge?«

Seine kleine *faolán* war vor allem beunruhigt, weil sie ihre wahren Gefühle nicht verbergen konnte. Die Tatsache, dass sie beim Lügen erwischt worden war, schien da nebensächlich zu sein.

»Aye.«

»Aber das ist unmöglich!«

Eirik konnte gar nicht anders, als zu lachen, so entsetzt klang sie.

»So ist es oft zwischen Gefährten«, versicherte er ihr. »Barr zum Beispiel kann die Bilder sehen, die meine Schwester Sabrine ihm über ihren geistigen Verbindungsweg übermittelt.«

»Ich bin nicht deine Gefährtin«, erklärte Ciara mit mehr Bestürzung als Überzeugung und schaffte es nicht besser als zuvor, ihre Lüge zu überspielen.

»Mein Drache sagt, dass du es bist.«

»Aber dein Rabe …«

»Will mit dir schnäbeln.«

»Oh, nein!« Sie trat von ihm zurück, ihr ganzer Körper war angespannt und zur Flucht bereit.

Nur wohin sie flüchten wollte, konnte Eirik sich nicht vorstellen. Sein Drache könnte sie sogar auf dem Wasser finden, und das wusste sie.

»Ich will keinen Gefährten.« Die Aufrichtigkeit, die jetzt in ihrer zitternden Stimme lag, und die ebenso echte Bestürzung, die ihr Duft verriet, brachten seinen Drachen fast zum Brüllen.

Er wollte nicht, dass sie Angst vor etwas hatte, was nur der natürliche Verlauf der Dinge war – wie sie eigentlich wissen müsste. »Du hast von mir nichts zu befürchten.«

»So naiv kannst du doch gar nicht sein!«

Wenn ihm eins noch nie vorgeworfen worden war, dann war es Naivität. Es brachte ihn erneut zum Lachen.

»Lach nicht! Das ist nicht komisch! Ich werde es nicht tun. Ich werde keinen Gefährten nehmen!« Ihre Stimme wurde lauter und lauter, bis Ciara die letzten Worte schrie. Dann fuhr sie herum und rannte davon.

Und zum ersten Mal war Eirik froh über ihren Kleidungsstil, zu dem Abigail sie überredet hatte, weil sie sich so nicht in ihren Wolf verwandeln konnte, ohne ihre Kleider zu zerreißen.

Doch auch so brauchte er länger als erwartet, um sie einzufangen. Angst beflügelte ihre Füße, und ihre Wölfin verlieh ihr

Sicherheit und Geschicklichkeit, als sie anmutig über herabgefallene Äste und Baumwurzeln hinwegsetzte, ohne auch nur ein einziges Mal ins Stolpern zu geraten.

Eirik konnte nicht umhin, ihre Verbundenheit mit dem Wald als ein Zeichen ihres besonderen Chrechte-Erbes zu bewundern. Als er sie einholte, ließ er sich von dieser Bewunderung jedoch nicht dazu verleiten, auch nur sekundenlang zu zögern.

Noch mitten im Lauf ergriff er Ciara, hob sie auf und drückte sie an seine Brust. Dann wechselte er die Richtung und ging wieder auf die Lichtung zu, wurde jedoch langsamer.

Ciara ruderte mit Armen und Beinen, um sich zu befreien. Sie hatte nicht einmal den Schimmer einer Hoffnung, es zu schaffen. Lag es daran, dass ihre Instinkte ihr zu etwas ganz anderem als Gegenwehr rieten? Sie wehrte sich, aber sie *kämpfte* nicht mit ihren Chrechte-Fähigkeiten oder ihrer ganzen Kraft, was aufschlussreich genug war.

Auch wenn sie es nicht sehen wollte.

Eirik drückte sie nur noch fester an sich, damit sie sich nicht verletzte, und gab Drachenlaute von sich, die er noch nie von sich vernommen hatte, bevor er ihr begegnet war. Seine eigenen Instinkte sagten ihm, dass diese Geräusche beruhigende sein mussten. Und so, wie sie sich an ihn lehnte, während sie etwas über arrogante Drachen und ungewollte Gefährten vor sich hin murmelte, schien ihre Wölfin zu erkennen, dass der Drache sie tatsächlich nur beschwichtigen wollte.

Als sie aus dem dichten Forst auf das offene Gelände hinaustraten, das genau so war, wie Artair es beschrieben hatte, blieb Eirik stehen. Der fast volle Mond tauchte die kleine Lichtung in blasses Licht, das dunkle Schatten am Waldrand warf.

Aber auch hier ließ Eirik Ciara nicht herunter, weil er keine Lust hatte, die Nacht damit zu verbringen, ihr durch den Wald nachzujagen. »Bist du jetzt genug gerannt?«, fragte er sie.

»Ich werde keinen Gefährten nehmen.« Sie verschränkte die Arme und funkelte ihn böse an. Ihre grünen Augen waren im Mondschein so dunkel, dass sie schon fast schwarz aussahen.

»Du begehrst mich aber.«

»Das ist Unsinn!«

Er schüttelte den Kopf. »Ich merke es, wenn du lügst, vergiss das nicht!«

Ihr Blick wurde noch giftiger, doch die Anzeichen für ihr Verlangen nach ihm blieben unverändert stark. Dieser feminine Duft, der Eirik verriet, dass ihr Körper sich für ihn bereit machte, spielte mit seinen Sinnen, gefährdete seine Kontrolle über sein eigenes Begehren und seine unterschiedlichen Gestalten und zwang ihn nahezu in die Knie.

Ihre Sturheit würde ihnen beiden zum Verhängnis werden, wenn er die Sache nicht in die Hand nahm.

Worte würden seine eigenwillige *faolán* von rein gar nichts überzeugen. Und da die Paarung ein sehr ursprüngliches, ja animalisches Bedürfnis war, würde er vor allem die Wölfin in ihr umwerben und für sich gewinnen müssen.

Und so senkte er den Kopf, um Ciaras anhaltenden Widerspruch, der ohnehin nur vorgetäuscht war, zum Schweigen zu bringen.

Oder glaubte sie etwa selbst, was sie behauptete?

Eirik konnte sich nicht vorstellen, dass sie so verblendet war. Andererseits jedoch hatte Gart ja gerade erst bewiesen, wie leicht sich sogar Chrechten vor den Tatsachen verschließen konnten.

Wie nicht anders erwartet und trotz all ihrer gegenteiligen Behauptungen, waren Ciaras Lippen weich und nachgiebig und öffneten sich ohne Zögern unter seinen. Sie begehrte ihn, ganz ohne Zweifel. Und vielleicht sehnte sie sich sogar genauso sehr danach, von ihm berührt zu werden, wie er sich danach sehnte, sie zu berühren.

Ciaras Herz hämmerte vor Furcht, aber selbst diese Furcht, die so viele Jahre Zeit gehabt hatte, sich in ihr zu festigen, konnte ihre natürliche Reaktion auf ihren Drachen-Gestaltwandler nicht bezwingen. Ihre Wölfin verlangte eine Chance, den Mann, der sie so dicht an seinem Herzen hielt, zu berühren und zu beschnuppern.

Trotzdem unterbrach sie den Kuss in einem letzten Versuch, sich ihm zu widersetzen. »Ich werde mich nicht mit dir paaren.«

Die Worte klangen jedoch selbst in ihren eigenen Ohren so unaufrichtig, wie sie waren. Ihr Körper trieb sie hin zu dem Mann, den ihre Wölfin als Gefährten angenommen hatte, während ihr Herz sich weitaus mehr als eine körperliche Vereinigung ersehnte.

Das war nicht fair. Und es war auch nicht richtig, dass sie einen erneuten Verlust riskieren sollte, doch egal, wie sehr sie sich bemühte, sie konnte die Instinkte und Gefühle, die sie beherrschten, nicht länger verleugnen.

Eirik lachte und schüttelte den Kopf, als wäre er erstaunt über die Unverfrorenheit, mit der sie noch immer log, obwohl Ciara ihn nicht täuschen konnte. »Am Morgen kannst du mir das noch mal sagen.«

Sie könnte es versuchen. Am Morgen könnte sie sich gegen die Instinkte und Bedürfnisse ihrer Wölfin wehren und sie vielleicht sogar für eine gewisse Zeit bezwingen. Aber tief in ihrem Herzen wusste sie, dass es morgen schon zu spät sein würde, um je wieder zu der Frau mit dem steinernen Panzer um ihr Herz zurückzukehren.

Und das gab sie sogar offen zu. »Morgen wird es zu spät sein.«

»Ja, das wird es.« Eiriks bernsteinfarbene Augen forderten sie heraus, ihn dennoch abzuweisen.

Ihre Wölfin knurrte, aber der Zorn galt nicht ihm, sondern Ciara selbst, und da erkannte sie, dass sie verloren war. Leise seufzend neigte sie den Kopf und gab mit einem schon fast verzweifelten Kuss ihr Einverständnis.

Eirik erwiderte die Zärtlichkeit wie der Prinz der Chrechten, der er war: Kraftvoll und besitzergreifend presste er den Mund auf ihre Lippen und küsste sie, bis die letzten Reste ihrer Furcht in seiner Leidenschaft untergingen und Ciara vor Dankbarkeit den Tränen nahe war. Die Angst, mit der sie seit dem endgültigen Verlust ihrer leiblichen Familie gelebt hatte, war zu einer Last geworden, die inzwischen fast zu schwer zu tragen war.

Mit den gleichen sanften Lauten, mit denen er sie vorher schon beruhigt hatte, setzte Eirik Ciara ab. Ohne den Kuss zu unterbrechen, beugte er sich über sie und hielt sie auf eine Art und Weise in den Armen, die sie erregte, ihr jedoch gleichzeitig auch ein Gefühl der Sicherheit vermittelte.

Von dieser Empfindung ließ sie sich durchfluten wie von einer reinigenden Welle. Wenn er ihr ein solches Gefühl des Friedens geben konnte, war es schon beinahe den Schmerz wert, der unweigerlich darauf folgen würde.

Und so hörte sie auf zu denken und konzentrierte sich voll und ganz auf die Emotionen, die er mit seinem Kuss in ihr hervorrief.

Ihre Hände bewegten sich wie von selbst zu seiner Brust, glitten über ausgeprägte Muskeln und streiften die kleinen Brustwarzen, die sie dort fanden. Eiriks ganzer Körper erschauerte unter ihrer Berührung, und sie konnte gar nicht anders, als sie zu wiederholen und die harten kleinen Knospen mit den Fingerspitzen zu umkreisen.

Dann strich sie den Verlauf der Lederriemen nach, an denen die Schwertscheiden an seinem Rücken befestigt waren. Sie kreuzten auf faszinierende Weise die bronzefarbene Haut an seiner Brust, wo Ciara jeder Linie folgte und auch wieder über die kleinen braunen Brustwarzen strich, bevor sie weiter die köstliche Verbindung aus Leder und Eiriks glatter Haut erkundete.

Mit einem Knurren unterbrach er jäh den Kuss. »Mach das noch einmal!«

»Was?«, fragte sie mit rauer Stimme, die sie kaum als ihre eigene erkannte.

»Mich dort berühren«, murmelte er und führte ihre Hände zu seinen harten Brustspitzen.

Und Ciara erfüllte ihm den Wunsch, ohne auch nur einen Moment zu zögern. Während sie die empfindsame Brustwarze umkreiste, sie zwischen ihren Fingern rieb und daran zupfte, erfreute sie sich an ihrer Macht über diesen hünenhaften Krieger, der seine Natur nicht nur mit einem Raben, sondern auch mit einem Drachen teilte und dennoch unter jeder ihrer Liebkosungen erschauerte.

»Ja!« Verzückt warf er den Kopf zurück, und jede harte Linie seines Gesichts war gezeichnet von dem sinnlichen Vergnügen, das sie ihm verschaffte. »Erreg mich, wie nur du es kannst, *faolán!*«

Sie ließ die Hände über jede Stelle gleiten, die sie erreichen konnte, doch nun waren ihr die Lederriemen seiner Schwertscheiden im Weg. »Nimm das ab!«

»Aye.« Der Blick, den er ihr zuwarf, war aus dem Stein gemeißelt, der bisher ihr Herz geschützt hatte.

Binnen weniger Sekunden lagen seine Waffen auf dem Boden, doch selbst in diesem intimen Moment waren sie noch nahe genug, um sie schnell zu erreichen. Obwohl das eigentlich gar nicht nötig war. Ein Drache, der sich sogar nur teilweise verwandeln konnte, brauchte kein Schwert, um Feinde zu besiegen. Seine Stiefel und sein Kilt folgten den Waffen wenig später, und dann stand er nackt und schön wie ein junger Gott im Mondlicht vor ihr.

Kapitel 18

Alles, was der Geist begehrt,
erlangt der Geist.

Khalil Gibran

Nicht einmal ein Anflug von Scham oder Befangenheit war dem Chrechte-Prinzen anzumerken, als er Ciaras faszinierte Musterung wie etwas, das ihm zustand und gebührte, über sich ergehen ließ.

Fast einen Kopf größer als sie und so breitschultrig und muskulös, dass nur ein Tor diesen Mann zum Kampf herausgefordert hätte, stand er vor ihr und blickte sie mit Augen an, die voller Feuer und sinnlicher Verheißung waren.

In ihnen lag eine Herausforderung, die sie annehmen musste.

Ohne ein einziges Wort zu sagen, zog er sie an sich, und sie ergab sich dem Lockruf seines Körpers und trat näher. Ein schwaches Echo dieser verängstigten Stimme, die so lange in ihrem Herzen gelebt hatte, warnte sie, dass dieser Lockruf sie wie der einer Sirene ins Verderben stürzen würde.

Diese innere Stimme war jedoch nicht laut genug, um Ciara daran zu hindern zu berühren, was so beharrlich ihre Aufmerksamkeit fesselte – nämlich Eiriks so beeindruckend zur Schau gestellte Männlichkeit. Ihre Fingerspitzen strichen ganz sachte darüber, aber es schien ihn nicht zu stören, wenn man dem verzückten Ausdruck glauben durfte, der über seine Züge glitt.

Nur war dieses harte, heiße Glied doch sicher viel zu groß, als dass sie es in sich aufnehmen konnte. Dessen war sie sich fast sicher. Ihre Wölfin behauptete allerdings das Gegenteil und knurrte vor Ungeduld, von dem Éan'schen Prinzen genommen zu werden.

Für einen Moment zweifelte Ciara an der Vernunft ihres Tieres.

Doch das war schnell vergessen, als Eiriks Hände sich um ihre schlossen und den Druck verstärkten. Der Unterschied zwischen seinen harten, schwieligen Fingern über ihren und der glatten, samtenen Haut über der unnachgiebigen Härte darunter raubte ihr den Atem.

»Erstaunlich!«, entfuhr es ihr mit einem Seufzer, als sie auf ihre und seine Hände herunterblickte, die seine Erektion umfassten.

»Aye.«

Und dann begann er, ihre Hände zu führen, brachte sie zum Ansatz seines Glieds und zog die Vorhaut herab, sodass die breite, rötliche Spitze sichtbar wurde. »So, meine süße kleine Wölfin.«

»Du müsstest hier doch eigentlich empfindlich sein, aber es fühlt sich nicht so an.« Im Gegenteil. Er hätte sich gar nicht heißer, härter und stärker anfühlen können.

Er gab einen erstickten Laut von sich, der ein unterdrücktes Lachen sein könnte. »Täusch dich da mal nicht! Selbst der Penis eines Drachen-Gestaltwandlers ist ebenso anfällig für Schmerz wie Lust.«

»Wie heiß er ist!«, flüsterte sie verwundert. »Bist du sicher, dass dein Drache nicht schon wieder drauf und dran ist, Feuer zu speien?«

Diesmal war sein Lachen unverwechselbar. »Es ist eine Art von Feuer; ich versichere dir jedoch, dass es dich nicht verbrennen wird, *faolán*.«

»Oh, das glaube ich aber wohl.« Und wenn nicht ihren Körper, dann doch ganz bestimmt ihr Herz.

Eirik schüttelte den Kopf, und sein Ausdruck wurde wilder und unbeherrschter, als sie ihn je gesehen hatte. »Zieh dich aus!«, verlangte er mit gutturaler Stimme.

Sie nickte und ignorierte schon wieder die leise innere Stimme, die ihr zu sagen versuchte, dass sie sich in zu tiefe Gewässer vorwagte.

Ciara entfernte zuerst die Nadeln, die das schmale Umschlagtuch über ihren Schultern festhielten. Warum es sich so frivol anfühlte, ein Kleidungsstück abzulegen, das nur Stoff und keine nackte Haut bedeckte, war ihr ein Rätsel, doch während sie es tat, kam sie sich wirklich ausgesprochen hilflos vor.

Das hemmungslose Verlangen in Eiriks Augen war ihr auch nicht gerade eine Hilfe. Aber wenn er jetzt den Blick abwandte, könnte sie nicht weitermachen ...

Er schaute sie weiter unverwandt an, und so streifte sie als Nächstes ihre Bluse ab. Als sie sie über den Kopf zog, konnte sie Eirik eine Sekunde lang nicht sehen, und eine ganz merkwürdige, jähe Furcht ließ ihr Herz stolpern.

»Faolán.« Mehr sagte er nicht, nannte sie nur seinen kleinen Wolf, und das in einem Ton, der sich beschützend um sie legte und ihr Verlangen nach ihm schürte.

Und schon war alles wieder in Ordnung, und sie ließ die Bluse fallen. Dann löste sie den Verschluss an ihrem Faltenrock, der so geschnitten war, dass er wie ein Plaid aus dem Sinclair'schen Karostoff aussah, und ließ ihn über ihre Hüften gleiten. Damit blieben ihr nur noch ihr Hemd und ihre Schuhe. Sie wusste, dass das Hemdchen selbst im blassen Mondlicht nicht viel dazu beitrug, ihre Sittsamkeit zu wahren, da es aus sehr feinem Gewebe bestand und so weiß gebleicht war, dass es schon fast durchsichtig war.

Eiriks Hände verkrampften und entkrampften sich an seinen Seiten, als wollte er Ciara berühren, wagte es aber nicht.

»Eirik?«

Er trat vor, doch nur, um sich auf die Knie niederzulassen und zu bücken. Dann schnürte er Ciaras Sandalen auf, ließ seine Fingerspitzen auf ihren Knöcheln verweilen und strich mit den Daumen über ihre Spanne. Und sie verspürte ein ganz eigenartiges Ziehen in der Herzgegend, als sie auf ihn hinunterblickte.

Ihre Wölfin flüsterte *»Gefährte«*, während ihr Herz *»Gefährlich«* jammerte, doch das Einzige, was sie herausbrachte, war ein so leises *»Danke«*, dass sie sich fragte, ob er es überhaupt gehört hatte.

Aber er nickte. »Keine Ursache. Und nun streif sie ab!«

Das tat sie, und das Einzige, das sie noch vor völliger Nacktheit schützte, war ihr ärmelloses und fast durchsichtiges Hemd.

Eirik kniete noch immer vor ihr, als er den Saum mit beiden Händen ergriff, ohne ihn jedoch anzuheben. »Und nun das.«

Es war keine Frage, und trotzdem schickte er sich noch immer nicht an, ihr das letzte Kleidungsstück zu nehmen.

Deshalb nickte sie. »Ja.«

Sein Lächeln brachte etwas in ihrem Herzen zum Schmelzen, das so lange gefroren gewesen war, dass sie nicht einmal gewusst hatte, dass es noch da war.

Vertrauen. Absolutes Vertrauen.

Er würde sie niemals absichtlich verletzen, sondern sie beschützen, so gut er es vermochte, selbst vor seinem eigenen Begehren.

In einem Moment hatte sie noch ihr Hemd getragen, im nächsten lag es auf dem Boden, und sie stand nackt vor ihm im Mondlicht und spürte den seltsamen Gegensatz zwischen der Kühle der Nacht und der Hitze seines ihr so nahen Körpers. Die zarten Knospen ihrer Brüste waren schon hart, doch bei diesen so unterschiedlichen Empfindungen zogen sie sich noch unter einem süßen Schmerz zusammen.

Eiriks bebende Nasenflügel verrieten, dass er es bemerkte, aber wie hätte es auch anders sein können? Er war ein Drachen-Gestaltwandler mit Sinnen, die den menschlichen und selbst denen anderer Chrechten haushoch überlegen waren.

Er beugte sich vor und küsste Ciaras Brustspitzen, bevor er den Kopf senkte, um ihrem flachen Bauch direkt über ihrem Nabel auf die gleiche Art zu huldigen.

Es fühlte sich nicht wie etwas Sexuelles an, obwohl sie beide nackt waren und seine Lippen gerade ihre Brüste berührt hatten. Es war mehr so etwas wie ein Segen oder eine Weihe nach uralten Chrechte-Riten, über die Ciara überhaupt nichts wusste.

Und so sakral sich dieser Moment auch anfühlte, konnte sie doch nicht das Bedürfnis unterdrücken, Eirik wieder zu berühren. Vielleicht, weil es sich für ihn genauso wohltuend anfühlen würde.

Er schien ihre Gedanken zu erraten, denn er stand in einer so fließenden Bewegung auf, dass seine Erektion fast ihren ganzen Körper streifte, als er sich zu seiner vollen Größe von einem Meter achtundneunzig erhob.

Die scharfen Sinne ihrer Wölfin nahmen einen moschusartigen Duft wahr, den er auf ihrer Haut zurückließ, wo sein Glied sie berührt hatte, und sie spürte das zustimmende Knurren der Wölfin in ihrer Brust. Ohne nachzudenken, streckte sie die Hand aus und berührte die Spitze seines heißen Glieds, die vor Feuchtigkeit glitzerte und einen verführerischen Duft verströmte.

Ciara hob ihre Finger an den Mund und kostete den Geschmack ihres Drachen. »*Meiner!*«, heulte ihre Wölfin.

»Magst du es?«

»Musst du das fragen?«, entgegnete sie, weil sie einer Antwort entgehen wollte und doch wusste, dass sie ihr nicht würde entrinnen können.

Denn ihr Gefallen an seinem Geschmack musste ebenso offenkundig für ihn sein wie seine Lust für sie.

»Wir sind Chrechten«, sagte er ruhig, aber bestimmt. »Wir verbergen uns nicht vor unserer wahren Natur.«

Er vielleicht nicht, sie jedoch hatte sieben Jahre lang ihr Bestes getan, um Teile der Wölfin in ihr zu unterdrücken. Trotzdem nickte sie zu seinen Worten.

»Ich brauche deine Berührung«, sagte er mit rauer Stimme.

Die Luft um sie herum flimmerte von Chrechte-Macht, und sie wusste, dass Eiriks Tiere ganz dicht an der Oberfläche waren. So unglaublich, wie sie seinen Drachen fand, und so gern sie seinen Raben kennenlernen würde, würde sie doch wahrscheinlich schreien vor Frustration, wenn einer von ihnen Gestalt annahm. Es gab nur einen Weg, die Tiere in Schach zu halten.

Sie musste ihren Hunger stillen.

Entschlossen nahm sie Eiriks Glied in beide Hände und begann, sie so zu bewegen, wie er es ihr gezeigt hatte. Und während sie ihn auf diese Weise streichelte und erregte, merkte sie, dass sie ebenso viel Vergnügen daran fand wie er.

»Oh ja ... genau so, *faolán.*«

»Ich bin gar nicht so klein.« Sie war zwar nicht so groß wie einige andere Chrechte-Frauen, aber auch nicht so klein wie viele menschliche.

»Du bist mein kleiner Wolf«, sagte er, ohne sich zu entschuldigen.

Und sie konnte ihm nicht einmal widersprechen. Nicht gerade jetzt. Das würde ihre Wölfin gar nicht zulassen, und schon gar nicht dieser Teil ihres Herzens, den Eirik wieder hatte aufleben lassen.

Ein raues Aufstöhnen entrang sich seiner Kehle, an dem sie erkennen konnte, dass ihm die Kontrolle zu entgleiten drohte, obwohl er nicht mehr in Gefahr war, sich zu verwandeln. Ganz und gar nicht. Sie beschleunigte ihre Bewegungen und genoss das Gefühl seiner Hitze, seiner Kraft, die hart wie Stahl zu sein schien und dennoch glatt wie Seide unter ihren Fingern war.

Ihre Wölfin liebte den Duft seiner männlichen Erregung und wollte noch eine Kostprobe davon, aber sie konnte nicht lange genug aufhören, ihn zu streicheln, um sie sich zu gönnen.

Und plötzlich pochte sein Glied in ihrer Hand, und ein heißer Strahl traf ihren Körper. Ganz spontan warf sie den Kopf zurück und stieß einen Triumphschrei aus, der wie der einer Wölfin klang.

Eirik zog sie an sich und presste den Mund auf ihren. Der Kuss war so heiß, dass sie schier darunter zu zerfließen glaubte. Selbst nach seinem Höhepunkt war sein Glied noch unverändert hart, und seine Hände glitten über ihren Körper und rieben sie mit seinem Samen ein.

Ihre Wölfin verstand, was er tat, und begrüßte es. Eirik markierte sie mit seinem Duft auf eine Art und Weise, die unmissverständlich deutlich machte, dass sie die Seine war.

»Danke«, raunte er an ihren Lippen. »Jetzt kann ich dich nehmen, ohne bei diesem ersten Mal die Kontrolle zu verlieren.«

Seine Rücksichtnahme erwärmte diese fast vergessene Stelle tief in ihrem Herzen noch ein wenig mehr.

»Meine Wölfin mochte es.«

»Das habe ich gemerkt«, sagte er mit einem Lächeln, das in seiner Stimme mitschwang.

»Sie möchte dich riechen«, gab Ciara offen zu.

»Danach«, meinte er und machte sich daran, aus ihrem Schlaffell und ihrer Decke ein Bett für sie zurechtzumachen.

Dann kam er zurück, hob Ciara wortlos und ganz unversehens auf und legte sie auf das provisorische Nachtlager auf dem Waldboden.

»Dort gehörst du hin.«

»In dein Bett?«

»Aye.«

»Die Decke und das Fell gehören aber mir.«

»Dann ist es eben *unser* Bett.«

Und warum klang das so gut? Sowohl für ihre Wölfin als auch für ihr Herz?

Er beugte sich über sie und schnupperte mit einem zufriedenen Brummen tief in seiner Brust an ihrem Bauch und ihren Brüsten. »Du riechst wie ich.«

»Das war doch der Sinn der Sache, oder?«

»Aye. Meinem Drachen gefällt es, und mein Rabe krächzt triumphierend in mir.«

Seine Ehrlichkeit erstaunte sie. »Du klingst schon beinahe ehrfürchtig. Ich glaube nicht, dass du noch Jungfrau bist.«

Dazu war er zu erfahren, und außerdem hatte er vorher angedeutet, dass er schon mit anderen Frauen zusammen gewesen war.

»Das bin ich nicht, aber meine beiden Tiere haben noch nie dieselbe Frau begehrt.«

Und da wurden ihr zwei Dinge gleichzeitig bewusst. Das erste war, dass gleich beide seiner Chrechte-Naturen sie für sich beanspruchen wollten – eine Vorstellung, die ihre Wölfin mit Triumph erfüllte.

Ihre zweite Erkenntnis war nicht so angenehm – *sie wollte nichts von seinen anderen Frauen hören.* Als ihre Wölfin knurrend ihren Unmut über diese letztere Bedeutung seiner Worte kundtat, versuchte Ciara nicht einmal, den Laut zu unterdrücken.

»Du willst gar nichts über meine Beziehungen zu anderen wissen.« Er klang viel zu zufrieden über diese Beobachtung, fand sie.

Aber sie konnte sie nicht bestreiten. »Nein.«

Weil es ohnehin nichts nützen würde, da er ihre Lügen riechen konnte.

»Die Éan sind nicht so restriktiv in sexuellen Dingen wie das Rudel deines Vaters«, erinnerte Eirik sie.

Seine Feststellung trug nicht gerade dazu bei, sie zu beschwichtigen. Das Donegal'sche Rudel war es auch nicht gewesen, aber Ciaras eigene Ansichten waren eben genau das – *ihre eigenen*. Sie erwartete nicht von anderen, dass sie sie teilten, doch Eirik konnte auch nicht von ihr erwarten, dass ihre unterschiedlichen Standpunkte ihr keinen Schmerz bereiteten.

»Meine Mutter hat mich gelehrt, dass die körperliche Vereinigung ein heiliger Akt ist.« Und Abigail hatte sie in diesem Glauben noch bestärkt.

»Das kann sie sein«, stimmte Eirik ihr erstaunlich bereitwillig zu. »Und bei uns *wird* sie es sein.«

»Ich ...« Sie versuchte, sich von ihm wegzurollen, weil sich eine innere Leere in ihr auftat, von der sie wünschte, sie könnte sie ignorieren. »Vielleicht sollten wir ...«

Aber Eirik hielt sie fest und drückte sein Gesicht an ihren Nacken. »Wir sollten diesen *heiligen Akt* vollziehen. So wie mit dir ist es noch nie zuvor für mich gewesen. Ich habe noch keine andere mit meinem Duft markiert.«

»Das hast du ... als du sie in Besitz genommen hast.« Und sie hatte immer noch keine Ahnung, von *wie vielen anderen* sie sprachen, ja, sie war sich nicht einmal sicher, dass sie es überhaupt erfahren wollte.

»Ich habe mir noch niemals erlaubt, meinen Samen in einer anderen Frau zu verströmen.« Er beugte sich über Ciara und beschwor sie mit den Augen, ihm zu glauben.

Sie hatte noch nie von so etwas gehört, doch ihr Wissen über sexuelle Dinge war ja auch wesentlich begrenzter, als sie bisher angedeutet hatte. »Und wie hast du dich dann ... gepaart?«

»Mit meinen Händen und meinem Mund.«

Wie sie es gerade getan hatten? Bei dem Gedanken wurde ihr übel, und wieder versuchte sie, sich ihm zu entziehen.

Aber auch diesmal ließ er sie nicht los und zwang sie mit purer Willenskraft, ihn anzusehen. »Lehne mich als Gefährten nicht ab, weil ich nicht so unberührt zu dir komme wie du zu mir! Ich habe noch nie eine andere mit meinem Duft markiert. Keine andere als du wird jemals diesen Teil von mir erhalten.«

Seine Worte waren ein feierliches Versprechen, und trotzdem war ihr noch ganz weh ums Herz. »Du hast das einer anderen Frau noch niemals gegeben?«

»Nein. Das habe ich nie gewollt.«

»Aber …«

»Sie mit meinem Samen zu markieren, hätte bedeutet, sie für meinen Drachen und meinen Raben zu beanspruchen. Und das wollte ich nicht.«

Als Ciara die volle Bedeutung seiner Worte ins Bewusstsein drang, schüttelte sie den Kopf, um sie zu entkräften, obwohl sie wusste, dass sich das, was sie getan hatten, nicht mehr ungeschehen machen ließ. Das hatte sie schon seit ihrer ersten Berührung in dieser Nacht gewusst.

Trotzdem sagte sie: »Ich nehme dich nicht zum Gefährten.« Die Worte klangen hohl, und nicht einmal sie selbst konnte sie glauben, egal, wie sehr sie sich bemühte.

»Du hast mich längst zum Gefährten genommen.«

»Nein.« Er hatte sie für sich beansprucht, aber sie ihn nicht für sich. Oder doch?

»Deine Wölfin weiß es.«

»Nein.« Es war so gut wie erledigt, aber andererseits auch wieder nicht. Noch nicht. Oder doch?

»Morgen.«

»Was?«

»Wir können morgen weiterstreiten. Jetzt lass mich dich haben, Ciara. Bitte!« Sein flehender Tonfall rührte sie, wie nichts anderes es vermocht hätte.

Denn sie war sicher, dass er noch nie eine andere Frau angefleht hatte.

Sie hob die Hand und berührte verwundert seine Lippen. »Sagen Prinzen ›bitte‹?«

»Dich wird dieser Prinz bitten.« Er drückte den Beweis seiner Begierde an ihre Hüfte, um sie das ganze Ausmaß seines Verlangens nach ihr spüren zu lassen. »Sooft du willst. Nur für dich. Meine Gefährtin.«

»Morgen.« Sie wusste, dass dieses eine Wort viel mehr versprach, als sie versprechen wollte, war jedoch außerstande, es ihm zu verwehren.

Oder sich ihm selbst zu verweigern.

Er küsste sie wieder, hart und fordernd, und sein Mund verlangte, dass sie sich der Inanspruchnahme beugte. Und sie erwiderte die Küsse mit der gleichen Heftigkeit, um ihm zu verstehen zu geben, dass sie nicht die Einzige war, die sich in dieser Nacht einer Inanspruchnahme unterwerfen würde.

Er knurrte an ihren Lippen, und sie lächelte über seinen Drachen, der sich bemerkbar machte, doch als Eirik den Kuss unterbrach, um seinen Nacken an ihrem zu reiben, wusste sie, dass das sein Rabe war, der ebenfalls seine Zustimmung zu ihrer Paarung gab. Und Tränen einer ihr unerklärlichen Freude brannten hinter ihren Augenlidern.

Da Ciara nun auch ihrer Wölfin erlaubte, ihren Begierden Ausdruck zu verleihen, drängte sie sich an Eirik, wand und rieb sich mit ihrem Körper an ihm, um ihren Duft mit seinem zu vermischen, und genoss das Gefühl von nackter Haut an nackter Haut. Und die ganze Zeit über hörten sie nicht auf, sich zu küssen, bissen sich gegenseitig spielerisch in die Lippen, und als Eiriks Zunge in ihren Mund eindrang, tat Ciara es ihm nach, um seinen Geschmack zu kosten.

Seine Hände begannen, ihren Körper zu erforschen, große, schwielige Kriegerhände, die sie mit ungeheurer Sanftheit streichelten. Er ließ seine Finger über ihren Nacken gleiten, über ihre Schulter, an ihrem Arm hinunter; und überall, wo er sie berührte, ließ er einen Feuersturm wonnevollster Empfindungen hinter sich zurück.

Eirik umfasste eine ihrer Brüste, strich mit dem Daumen über ihre harte kleine Spitze, und Ciara stöhnte vor Entzücken. Sie konnte es ebenso wenig verhindern, wie sie zu atmen aufhören könnte. Diese kleine Liebkosung löste ein heißes Prickeln in ihr aus, das ihren ganzen Körper durchflutete und sich tief in ihrem Innersten zu bündeln schien.

Und plötzlich verspürte sie eine Leere in sich, die nur einer füllen konnte, wie sie wusste.

Ihre Hüften bewegten sich unruhig, ihre Beine spreizten sich in einer unwillkürlichen Einladung.

Eine von Eiriks großen Händen zögerte nicht, sie anzunehmen, und glitt an ihr hinunter zu dieser so intimen Stelle zwischen ihren Beinen, die noch nie zuvor jemand berührt hatte.

»Du bist ganz feucht«, flüsterte er ihr ins Ohr und streichelte sie sehr behutsam.

Ciara wusste nicht, was sie dazu sagen sollte. Der Duft ihres Verlangens nach ihm war unverkennbar, und sie konnte die Feuchte zwischen ihren Beinen genauso deutlich spüren, wie sie das wilde Pochen ihres Herzens spürte.

»Weich, seidig … und so heiß.« Jedes Wort wurde von einer weiteren Liebkosung dieser unglaublich empfindsamen Stelle begleitet. Dann berührte sein Daumen eine andere Stelle, die sie aufschreien ließ von der Schärfe der Lust, die sie so jäh durchzuckte.

»Das ist gut, *faolán*. Sing für mich!«

Ciara schnappte nach Luft. »Wölfe singen nicht.«

»Nein?« Wieder berührte er die bewusste Stelle, diesmal mit einer kreisenden Bewegung, die das intensive Lustgefühl verstärkte und verlängerte.

Und die sie zum Singen brachte.

Unruhig bewegte sie sich an seiner Hand, weil sie etwas wollte, von dem sie nicht genau wusste, was es war. »Bitte, Eirik ...«

»Was möchtest du, meine Süße?«

»Ich weiß es nicht.«

»Ich schon.«

Sie nickte verzweifelt. Natürlich wusste er es!

Ein dreister Finger ihres Kriegers drang in die enge Hitze ihres Körpers ein und nahm sie auf einer völlig anderen Ebene in Besitz.

»Ja ... mehr ... das ist gut ...«, flüsterte sie erstickt, als er den Finger bewegte und ihren ganzen Körper vor Wonne erschauern ließ.

Dann glitt er tiefer in sie hinein und stieß gegen etwas in ihr, das schmerzte und sie zusammenzucken ließ. Eirik zog den Finger zurück, aber nicht ganz. »Das ist dein Jungfernhäutchen, *faolán*. Mein Glied wird diese kleine Barriere durchbrechen, und dann gehörst du mir.«

Ciara verzichtete auf Widerspruch. Wozu auch? Sie würden beide wissen, dass jedes Wort des Protestes eine Lüge wäre.

Außerdem wollte sie es. Wollte ihn in sich haben, wo kein anderer Mann je Zugang finden würde.

Eirik ließ sich so behutsam auf ihr nieder, dass sein hartes Glied zwischen ihren Schenkeln lag und sie an der Stelle streichelte, die sein Finger mit solch untrüglicher Sicherheit gefunden hatte. »Nimmst du mich in deinem Körper auf, Ciara?«

Bei der Erkenntnis, dass dies der Beginn des Chrechte-Paarungsrituals war, vermischte sich Besorgnis mit der fieberhaften Leidenschaft, die sie beherrschte. Sie hatte akzeptiert, dass sie den Liebesakt vollziehen würden, doch was er vorhatte, war mehr als nur ein körperlicher Paarungsakt. Er verlangte von ihr, dass sie sich ihm bis in den Tod verpflichtete.

Bis zu dieser ernüchternden Realität, die schon viel zu viele derer geholt hatte, die sie liebte.

Und plötzlich wollte sie Eirik abweisen, ihn wegstoßen und dies beenden, bevor es weiterging und ihre Handlungen zu dem unvermeidlichen, entsetzlichen Ergebnis führten.

Aber sie konnte es nicht. Weil dieser Teil ihres Herzens, den er wiedererweckt hatte, es nicht zuließ.

Und Eirik würde ihr nicht wehtun. Der Tod war ein grausamer Herr, doch wäre es weniger grausam, Eirik ohne die Gelübde zu verlieren?

Ciara brauchte keine Sekunde, um sich darüber klar zu werden, dass es mindestens genauso schrecklich wäre.

Sie liebte ihn mit jeder Faser ihres Herzens, das gebrochen gewesen und wieder verheilt war, soweit das möglich war.

Ciara war nicht dumm. Sie glaubte nicht, dass Eirik sie liebte, selbst wenn er sie noch so sehr begehrte, doch ihr Herz gehörte ihm. Mit Gelübde oder ohne.

Er wartete, und allein der Anblick seines über sie gebeugten Körpers löste ein wohliges Erschauern nach dem anderen in ihr aus.

»Ich bin … ich dachte … es sollte … morgen …« Ihre Worte waren ebenso unzusammenhängend wie ihre Gedanken.

Eirik strich mit den Fingerspitzen über ihre Wange. »Psst. Mach es nicht so kompliziert! Deine Wölfin weiß, was sie will. Und du weißt, was *du* willst.« Und damit bewegte er die Hüften und drückte den Beweis seiner Begierde so verführerisch an ihre intimste Stelle, dass sich ihr ein raues Aufstöhnen entrang. »Sag, dass du mich in deinem Körper aufnimmst!«

Kapitel 19

Man sollte ebenso an die Ehe glauben wie an die Unsterblichkeit der Seele.

Honoré de Balzac

Ciara öffnete den Mund, um Eirik ungeachtet ihrer neuen inneren Erkenntnisse zurückzuweisen, doch stattdessen sagte sie in der alten Chrechte-Sprache: »Ja, ich nehme dich auf.«

Tränen der Furcht liefen ihr über die Schläfen, obwohl auch ein erstaunliches Glücksgefühl sie erfüllte.

Eirik küsste ihr die salzige Spur von den Schläfen und flüsterte ihr beruhigende Worte auf Chrechtisch zu, bevor er sagte: »Ich vereinige meinen Körper mit dem deinen. Ich gebe dir meinen Drachen. Du bist die Hüterin meines Raben.«

»Ich werde allen anderen für dich entsagen.« Das zumindest war ein leicht zu gebendes Versprechen. Sie würde nie einem anderen erlauben, ihr Herz oder ihren Körper zu berühren, wie Eirik es tat.

»Und ich gebe nur dir meinen Samen.«

Sie hatte nie riskieren wollen, Kinder zu bekommen. Doch nun bedeutete ihr sein Versprechen alles. Und ein Teil von ihr, den sie vor langer Zeit begraben hatte, rief den Wunsch nach einem Kind mit Eiriks bernsteinfarbenen Augen und majestätischem Gebaren in ihr hervor.

»Jetzt und für immer.«

»Jetzt und für immer«, wiederholte er. Und dann veränderte er ein wenig seine Haltung, um die Spitze seines großen, harten Glieds an den Eingang ihrer Scheide zu bringen. »Mein. Von dieser Nacht an bist du mein.«

»Bin ich dein.«

Und da drang er in sie ein, dehnte sie, füllte sie aus und machte seine Worte auf eine Art und Weise wahr, die sie nie würde bestreiten können.

Ihre Wölfin brummte zustimmend, trotz des dumpfen Schmerzes, den er ihr verursachte, als er gegen das Jungfernhäutchen stieß. Ciara bog ihm die Hüften entgegen, um ihm zu ermöglichen, noch tiefer in sie einzudringen, und spürte den zerreißenden Schmerz, der bedeutete, dass ihr Körper nicht mehr unschuldig und unberührt war. Und wenn sie ehrlich sein sollte, war er das schon nicht mehr, seit Eirik sie geküsst hatte.

Sie hatte sich dagegen gewehrt, aber dieser Ausgang war unvermeidlich gewesen, seit seine Lippen zum ersten Mal die ihren berührt hatten.

Ciara beklagte sich nicht über den Schmerz, denn schon jetzt kämpfte die Lust um Vorherrschaft in ihrem Körper. Eirik drang unendlich langsam und behutsam in sie ein, und seinem Gesicht war deutlich anzusehen, wie viel Kraft diese Zurückhaltung ihn kostete.

Ciara legte ihre Hand an seine Wange. »Wir sind vereint.«

Er drückte sein Gesicht an ihre Finger, und wieder brummte ihre Wölfin glücklich.

»Wir sind eins«, erwiderte er in der alten Chrechte-Sprache.

Sie rang nach Luft, als seine Worte sie mit der Kraft eines Wintersturms durchfuhren. Dann griff er hinter sie, und erst als er die Hand wieder zurückzog, konnte sie sehen, wozu. Er hatte ihren Dolch ergriffen.

Die scharfe Klinge schimmerte im Mondlicht. »Wir besiegeln

unseren Bund mit Blut«, sagte er wieder in der alten Sprache seines Volkes.

Seine Worte waren Ciaras einzige Warnung, bevor er mit der scharfen Klinge über seine Handfläche fuhr und dann darauf wartete, dass Ciara ihm ihre Hand hinhielt. Es war ein so uralter Ritus, dass nur wenige Faol noch davon wussten.

Ihre Mutter hatte ihn bei ihrem konfusen, zusammenhanglosen Wehklagen nach dem Tode ihres Ehemannes jedoch einmal erwähnt. Sie hatte von der Zusammenführung ihrer Seelen bei diesem Ritual gesprochen. Obwohl sie vor Kummer wie betäubt gewesen war, hatte sie behauptet, es sei all den Schmerz wert, der danach gekommen war.

Ciara blickte auf das Blut herab, das von Eiriks Hand heruntertropfte, und wusste, dass er ihre Verbindung so wahr und geheiligt machen wollte, wie es für Chrechte nur möglich war.

Er drängte sie nicht, sondern wartete still ab, noch immer inniglich mit ihr verbunden, sein Körper schützend und besitzergreifend auf dem ihren.

Die Zeit, in der sie noch versucht hatte, sich zurückzuhalten, war vorbei. Mit einer Feierlichkeit, die sie nur empfunden hatte, als sie die Asche ihrer Familie verstreut hatte, hob Ciara ihre Hand mit der Innenfläche nach oben. Eirik lächelte nicht, doch seine Anerkennung zeigte sich in seinen bernsteinfarbenen Augen.

Er machte einen winzigen Schnitt, viel, viel kleiner als der an seiner eigenen Hand.

Aber Blut quoll aus der Wunde, und Eirik drückte ihre Handflächen zusammen. Ihr Blut vermischte sich und wurde unnatürlich heiß zwischen ihren Händen. Ein Windstoß erfasste sie und wirbelte Blätter und andere Abfälle vom Waldboden auf, doch nichts anderes als die reine Luft berührte sie. Ein purpurrotes

Licht blitzte auf und dann das weiße, das stets Ciaras Verwandlung in ihre Wölfin begleitete.

Ihr war, als wäre sie von einem Blitz getroffen worden, denn ihr ganzer Körper brannte. Doch es tat nicht weh. Es war vielmehr ein solch unglaublich wonnevolles Gefühl, dass sie nicht sicher war, ob sie es ertragen konnte.

Eiriks Kopf war zurückgeworfen, sein Gesicht geprägt vom rauschhaften Überschwang seiner Gefühle, als seine Lust sich heiß in ihr entlud. Ein heftiges Erschauern durchlief ihren Körper, und alles in ihr verkrampfte sich und zog sich so fest um ihn zusammen, dass er sich nicht hätte bewegen können, selbst wenn er es versucht hätte.

Sie spürte seinen Drachen, seine Macht, sein Feuer, seine Kraft und sein Verlangen nach ihr. Dann den Raben, seine scharfen Sinne, seine Freude am Fliegen und seinen Abscheu vor dem Töten, der in solch krassem Gegensatz zu dem Raubtierinstinkt des Drachen stand. In seinem Verlangen nach ihr stand der Rabe dem Drachen jedoch in nichts nach.

Ciaras Wölfin suchte die Verbindung zu den beiden Tieren, um sie zu beruhigen, und ließ sie ihr eigenes Bedürfnis sehen, zu jagen und den Wald im Licht des Mondes zu durchstreifen.

»Wir sind wahre Gefährten.« Sie hörte Eiriks schöne, tiefe Stimme in ihrem Kopf, die neben dem noch immer um sie herumbrausenden Wind das einzige Geräusch war.

»Ich kann es nicht leugnen.«

Obwohl sie es wollte, weil ihre Furcht sich noch verschärfte angesichts der Gewissheit, dass sie verlorener war, als ihre Mutter es je gewesen war. Denn in all ihren Beschreibungen der Paarungs-Zeremonie hatte ihre Mutter nie erwähnt, dass dabei etwas so Tiefgreifendes und Magisches geschah.

Der Drache brummte beruhigend, und der Rabe versuchte, sie leise krächzend zu trösten.

Sie erhob den Blick zu Eiriks Augen. »Unsere Chrechte-Seelen haben sich verbunden.«

»Um nie wieder getrennt zu werden.« Erst als er den Schwur auf Chrechtisch sprach, merkte Ciara, dass sie die bestätigenden Worte ausgesprochen hatte.

Und plötzlich erwachte die Leidenschaft zwischen ihnen wieder und baute sich zu einer schier unerträglichen Spannung auf, als Eirik wieder mit einer kraftvollen, aber auch behutsamen Bewegung in sie eindrang.

Er nahm sie in einem Akt in Besitz, der so alt war wie die Zeit.

Als beide zum zweiten Mal Erfüllung fanden, verspürte Ciara eine versengende Hitze an ihrer Handfläche. Sie entzog Eirik die Hand und sah, dass der kleine Schnitt sich schon geschlossen hatte.

Verblüfft griff sie nach seiner Hand, um festzustellen, dass dort auch nur noch eine dünne Narbe statt einer offenen Wunde war.

Er lächelte ganz und gar befriedigt. »Unsere Verbindung ist gesegnet worden.«

»Ja.« Sie konnte nur hoffen, dass das bedeutete, dass sie lange währen und nicht vorzeitig beendet werden würde.

»Jetzt wirst du schlafen.«

Da die wohlige Träge, die sie ergriffen hatte, auch gar nichts anderes zuließ, seufzte sie nur zustimmend. Sollte er sich darum kümmern, es ihnen bequem zu machen; ihr Körper entspannte sich bereits, um auszuruhen.

Nach einer weiteren Nacht ohne störende Träume von dem heiligen Stein der Wölfe erwachte Ciara in den Armen ihres Drachen.

Während Ciara ihrer Adoptivtante Emily Neuigkeiten von der Familie und Botschaften und Geschenke von Abigail überbrachte, zogen Eirik und der Balmoral sich zurück, um sich über die Éan auszutauschen, die sich auf der Insel angesiedelt hatten. Nach beharrlicher Überredung durch den Jungen hatten sie zugestimmt, Emilys und Lachlans Sohn Feth mitzunehmen. Nach einem früheren Chrechte-König benannt, aber erst sieben Jahre alt, war er noch weit davon entfernt, die beeindruckende Statur seines Vaters zu haben. Was Haltung und Verhalten anbelangte, war der junge Feth Lachlan jedoch schon ziemlich ähnlich.

Die Männer hatten vor, auch die in der Nähe lebenden Éan aufzusuchen, und darum erwartete Ciara sie auch nicht so bald zurück. Sie konnte verstehen, dass Eirik nach seinen Leuten sehen wollte, doch sie kämpfte auch mit dem Bedürfnis, ihre Suche so schnell wie möglich fortzusetzen. Es war wie ein Kribbeln unter ihrer Haut, das sie mit aller Kraft zu ignorieren versuchte.

Lais hatte sich ebenfalls verabschiedet, um den Éan'schen Heiler zu besuchen, und Mairi unter dem Vorwand mitgenommen, sie von dem anderen untersuchen zu lassen. Aber Ciara ließ sich davon nicht täuschen, und sie glaubte auch nicht, dass Eirik darauf hereingefallen war. Der Adler wollte die nicht verwandlungsfähige Chrechte nicht aus den Augen lassen, und das war alles.

Emily legte den Brief ihrer Schwester beiseite, um ihn später zu lesen, und nahm Ciaras Hände in die ihren. »Wie hältst du dich bei alldem?«

Der Balmoral war über die Neuigkeiten von dem *Faolchú Chridhe* nicht einmal annähernd so überrascht gewesen wie Ciaras Vater. Auch Emily war erstaunlich verständnisvoll gewesen, als Ciara ihr die Geschichte erzählt hatte. Obwohl ihre Tante sich besorgt über Ciaras Beteiligung an der Suche nach dem Stein geäußert hatte, war doch auch sie der Meinung, dass der *Faolchú Chridhe* gefunden werden musste.

Ciara zuckte mit den Schultern. »Ich weiß es nicht. Ich hatte meine Geheimnisse so lange gehütet, und jetzt sind sie ans Licht gekommen.«

Wie auch ihre Paarung in der Nacht zuvor bestimmt nicht länger ein Geheimnis war. Nicht nach dem empörten Blick, mit dem der Balmoral Eirik bei ihrer Ankunft auf der Burg bedacht hatte.

Ciara hatte zwar ein Bad in einem Bach im Wald genommen, aber Eiriks Duft trotzdem nicht ganz und gar von sich entfernen können. Und ihre Wölfin hatte sich geweigert, es sie auch nur versuchen zu lassen.

Nicht, dass es viel genützt hätte. Eirik hatte ihr einen heißen Kuss gegeben, bevor sie sich angezogen hatte, und seinen Körper auf eine sehr angenehme Weise an ihrem gerieben. Danach waren beide wieder mit dem Duft des anderen markiert gewesen.

Nur durch die Schuld ihres eigensinnigen Drachen.

Wahrscheinlich erzählte er ihrem Adoptivonkel in ebendiesem Augenblick, dass sie sich auf Chrechte-Art aneinander gebunden hatten. Und ohne ihn zu fesseln und zu knebeln, hätte sie den Prinzen, der sie als die Seine betrachtete, auch mit Sicherheit nicht daran hindern können. Obwohl die Versuchung, genau das zu tun, eine Viertelstunde zuvor noch ziemlich stark gewesen war.

»Es ist schwierig, unter Chrechten etwas zu verbergen.« Emily drückte Ciaras Hände und gab sie wieder frei. »Ich habe lernen müssen, dass es keinen Raum für Grenzen oder Verlegenheit irgendwelcher Dinge wegen gibt, die sie ohnehin erfahren.«

»Wie das, was du getan hast, als Lachlan dich mitten am Tag zu einem spontanen Spaziergang in den Wald mitnahm?«, fragte Ciara, als sie sich an eine Geschichte erinnerte, die Abigail ihr erzählt hatte.

Emily errötete, doch von ihr ging kein Geruch nach echter Verlegenheit aus. »Ganz genau.«

Ciara blickte zu Emilys Tochter hinüber, die mit ihrer Cousine und Talorcs Schwester Caitriona unter dem ungewöhnlich großen Fenster des privaten Salons der Familie saß und stickte. Die ältere Wölfin schien voll und ganz auf die Mädchen und ihre Aufgabe konzentriert zu sein, aber Ciara wusste, dass ihre andere Tante, Caitriona, jedes Wort hörte, das Emily und sie sprachen. Und außerdem lauschte sie zweifellos mit großem Interesse.

Die jungen Mädchen dagegen würden bis zu ihrer ersten Verwandlung keine ausgeprägten Chrechte-Sinne entwickeln. Und Nialls Worten zufolge würde Lachlans und Emilys Tochter ohnehin nie Chrechte-Macht haben. Er und sein Zwillingsbruder Barr besaßen die Fähigkeit zu spüren, ob ein *bairn*, ein Baby im Bauch einer Frau, Wolf, Mensch oder Éan war, oder jedenfalls behaupteten sie das. Und Niall hatte die neunjährige Abigail Caitriona als hundertprozentig menschlich bezeichnet.

Was niemand an der Art und Weise erkannt hätte, wie ihr Vater sie behandelte, weil er gleichermaßen vernarrt in beide Kinder war. Laird Lachlan vergötterte seine menschliche Tochter ebenso sehr wie seinen Chrechte-Sohn und sorgte dafür, dass jedermann das wusste.

»Man braucht nicht die geschärften Sinne eines Wolfes, um zu wissen, dass zwischen dir und dem Prinzen der Éan etwas vorgefallen ist«, sagte Emily in sanftem, fragendem Ton.

Ciara wusste nicht, was sie darauf erwidern sollte. Sie setzte sich noch immer mit ihrer Paarung auseinander und war definitiv noch nicht bereit, darüber zu reden. Caitriona warf ihr einen mitfühlenden Blick zu, als wüsste sie genau, was in Ciara vorging.

Und vielleicht wusste sie es ja auch. Seit dem Aufbruch der Männer hatte sie sich keine Mühe mehr gegeben, ihre Emotionen zu verbergen.

»Was machen die Jungs?«, fragte Emily, als hätte sie die Bemerkung über Ciara und Eirik nie gemacht.

Ciara zwang sich zu lächeln, was ihr auch nicht allzu schwerfiel, da Gedanken an die Zwillinge sie immer glücklich machten. »Noch immer die gleichen Unruhestifter wie ihr Vater.«

Emily schnalzte missbilligend mit der Zunge und schüttelte den Kopf. »Wusstest du eigentlich, dass ich in die Highlands kam, um meine Schwester vor dem Unheil zu beschützen, mit Talorc verheiratet zu sein?«

Caitriona lachte, was bewies, dass sie tatsächlich gelauscht hatte. »Wenn sie es noch nicht gehört hat, ist sie taub. Die Krieger meines früheren Clans tratschen noch immer wie Großmütter über den Tag, an dem du ihn mit einem Ziegenbock verglichen hast.«

»Irgendwann habe sogar ich zugegeben, dass er nicht so schlecht war«, entgegnete Emily zu ihrer Verteidigung, doch das Lachen in ihrer Stimme verriet, dass die Erinnerung sie mehr belustigte als besorgte.

Ciara hatte das eine oder andere von der Geschichte gehört. Caitriona hatte recht: Wie könnte es auch anders sein? »Komisch, wie du nach Norden kamst, um meinen Vater zu heiraten, aber dann letztendlich die Frau des Balmoral wurdest.«

Caitriona sog scharf den Atem ein, und Emily sah Ciara mit dem rührseligen Blick an, der gewöhnlich ihren Kindern vorbehalten war. »Du hast Talorc deinen Vater genannt.«

Ciara zuckte mit den Schultern. »Das ist er ja auch.«

Caitriona warf den Kopf zurück und lachte. »Du magst zwar nicht dasselbe Blut haben, aber du bist ihm so ähnlich, dass niemand in Zweifel ziehen könnte, dass du seine Tochter bist.«

Ciara wurde ganz warm ums Herz bei diesen Worten, und sie zögerte nicht, als Emily vorschlug, sich zu Caitriona und den Mädchen in die Sessel unter dem Fenster zu setzen.

»Es ist gut, dass Talorc sich geweigert hat, mich zu heiraten«, sagte Emily und strich ihr Plaid glatt. »Wir hätten uns gegenseitig umgebracht, glaube ich. Und meine Schwester wäre nie so glücklich geworden, wie sie es heute ist.«

Ciara konnte ihr nur zustimmen. Sie hatte wenige Paare kennengelernt, die so perfekt zusammenpassten wie ihre Mutter und ihr Vater. Wenn man allerdings Abigail glauben wollte, war ihr erstes Jahr mit Talorc steiniger als die Klippen von Balmoral Island gewesen.

Emily reichte Ciara ein Taschentuch zum Besticken, bevor sie ihre eigene Stickarbeit aufnahm.

Ciara nahm es dankbar an, froh, ihre Hände beschäftigen zu können, weil der Drang, die Suche nach dem Stein wieder aufzunehmen, sie ganz zappelig machte. »Ihr hattet doch noch eine andere Schwester, nicht?«

Jedes Thema war besser, als darüber nachzudenken, ob sie bald neue Informationen über den Stein bekommen würden. Laird Lachlan hatte ganz genau gewusst, wen sie würden fragen müssen. Boisin war einer der Ältesten mit einer großen Familie, der all die alten Geschichten kannte und sie jedem Chrechten erzählte, der bereit war zuzuhören.

Da er als meisterhafter Geschichtenerzähler galt, besuchten ihn die meisten Chrechten, ob jung oder alt, im Laufe des Jahres sehr oft in seinem Häuschen.

»Ja.« Emily runzelte die Stirn, da ihre Erinnerungen an diese andere Schwester offenbar keine liebevollen waren. »Sie war nicht nett zu Abigail. Jolenta war die Lieblingstochter unserer Mutter, nachdem Abigail durch ein Fieber ihr Gehör verloren hatte.«

Abigail sprach nie von ihrer Familie in England, und ihre Adoptivtochter glaubte, den Grund dafür zu kennen. Ihre Mutter war ein Mensch, der niemals schlecht von anderen sprach, doch offensichtlich gab es auch wenig Gutes über die Familie zu sagen, die sie in England zurückgelassen hatte.

»Erzähl Ciara, was aus der eitlen kleinen Törin geworden ist!«, schlug Caitriona mit einem nicht sehr gut verborgenen Grinsen vor.

Emily warf ihrer Freundin einen tadelnden Blick zu. »Sie heiratete einen unbedeutenden Baron. Sybil schrieb uns, als die Hochzeit stattfand. Wahrscheinlich dachte sie, wir würden neidisch sein.«

»Neidisch darauf, mit einem Engländer verheiratet zu sein?«, fragte Ciara mit ungläubigem Erstaunen.

Caitriona und Emily lachten, und Letztere sagte: »Ich war auch einmal Engländerin. Es ist kein solcher Fluch, wie viele in den Highlands glauben.«

»Das ist es nicht, was ich unserer lieben Nichte über die eitle kleine Jolenta erzählen wollte, und das weißt du nur zu gut.«

Emily seufzte und warf ihrer Freundin einen weiteren vorwurfsvollen Blick zu, bevor sie sprach. »Wir hörten, dass Jolenta mit einem Herrn von viel höherem Stand verlobt gewesen war, er die Verlobung dann aber gelöst hatte.«

»Weil sie dabei erwischt wurde, wie sie bei Hofe mit einem völlig anderen Herrn ihr Spiel trieb.« Caitriona zuckte mit den Schultern und sah dabei ein bisschen aus wie Talorc. »Ich verstehe diese Spielchen bei Hofe nicht und bin nur froh, dass mein Bruder mich nie hingeschickt hat, um unter den Hofdamen der schottischen Königin zu leben.«

Ciara konnte ihr nur zustimmen. Die letzten sieben Jahre waren schwierig genug gewesen; der Gedanke, sie dazu auch noch in der Gesellschaft von Menschen zu verbringen, die Wahrheit als naiv und Täuschung als Kunst betrachteten, war schlicht unvorstellbar.

»Dann wehrte sie sich also gegen eure Vereinigung?«, fragte Lachlan Eirik mit unverhohlener Belustigung.

Zu Beginn ihrer Unterhaltung war der Ältere gar nicht amüsiert gewesen, doch seit Eirik Lachlan erzählt hatte, dass er und Ciara trotz ihres anfänglichen Widerspruchs ihre Heiratsgelübde gesprochen hatten, war der mächtige Laird entspannter.

»Aye. Sie wollte keinen Gefährten.« Und Eirik war sich ziemlich sicher, dass sie ihre Meinung in diesem Punkt nicht geändert hatte.

»Das hat Talorc auch gesagt.«

Es überraschte Eirik nicht, herauszufinden, dass die zwei Clan-Chefs über Ciara gesprochen hatten. Beide hatten sie gern, der eine als Vater, der andere als Onkel. Und die Männer waren viel bessere Freunde, als es vielleicht den Anschein hatte.

»Dennoch hat sie ihre Gelübde mit Überzeugung gesprochen.« Eirik hatte nicht die Absicht, ihnen etwas von der erstaunlichen Chrechte-Magie während ihrer Paarung zu erzählen. »Wir passen gut zusammen.«

»Talorc muss einverstanden sein, sonst hätte er ihr nicht erlaubt, dich auf dieser Mission zu begleiten, ohne selbst mitzukommen oder zumindest Niall mitzuschicken.«

Eirik dachte über die Worte des Balmoral nach und runzelte die Stirn. Der raffinierte Sinclair-Alphawolf hatte die ganze Zeit gewusst, dass Ciara seine, Eiriks, wahre Gefährtin war! »Nichts könnte besser für sie sein, als einen Drachen als Beschützer zu haben.«

»Selbst der mächtigste Chrechte würde ein miserabler Ehemann, wenn er nicht auch ein guter Mann wäre.«

Es war ein unverhofftes Kompliment, und Eirik gab ihm die stille Anerkennung, die es verdiente. »Wirst du einen Boten zu Talorc schicken, um ihn über die Paarung zu informieren?«

»Ja, darüber, und auch über die Hochzeit.«

Eirik fragte nicht: »Welche Hochzeit?« Er war schließlich kein Dummkopf. Aber er warnte den Onkel seiner Gefährtin: »Sie wird sich sträuben.«

»Ich kann mit unwilligen Bräuten umgehen«, stellte Lachlan grinsend fest.

Angesichts dessen, was Eirik über Lachlans eigene Hochzeit gehört hatte, musste er ihm zustimmen. Der Balmoral wusste wirklich, mit widerstrebenden Bräuten umzugehen.

Dies stellte Eirik ein paar Stunden später einmal mehr fest, als sie sich nach Besuchen bei den Éan, die in der Nähe oder auf der Burg selbst lebten, den Damen anschlossen, die sie plaudernd im privaten Wohnzimmer der Burg antrafen.

Der Balmoral hatte angekündigt, dass die Hochzeit stattfinden sollte, bevor Ciara und Eirik aufbrachen, um den alten Boisin aufzusuchen.

»Welche Hochzeit?«, fragte Ciara und bewies damit, dass sie sich dümmer stellen konnte, als sie war.

»Deine und Eiriks, Kindchen.«

»Aber Laird Lachlan ...«

»Ich bin Onkel Lachlan, und das weißt du.«

»Onkel Lachlan«, sagte sie spöttischer, als ein Krieger es sich bei dem gebieterischen Laird erlauben würde. »Es wird keine Hochzeit stattfinden.«

»Doch, natürlich, Kindchen. Der Priester ist schon hier, um die Trauung zu vollziehen.«

Und tatsächlich war der menschliche Priester gerade fast im Laufschritt eingetreten und vor dem Balmoral stehen geblieben. »Man sagte mir, es gebe eine dringende Angelegenheit in Eurer Familie, die meine Anwesenheit erfordere.«

»So ist es.« Der Laird deutete mit einer weit ausholenden Handbewegung auf Ciara und Eirik. »Diese beiden müssen getraut werden.«

»Jetzt?« Es sprach für den Priester, dass er zwar nicht allzu schockiert über das Ansinnen seines Herrn klang, aber offensichtlich doch eine Erklärung wollte.

Der Gesichtsausdruck des Balmoral blieb unnachgiebig. »Aye.«

»Nein, nicht jetzt!«, warf Ciara ein.

Ihr Onkel wandte sich ihr zu. »Du würdest deine Eltern, meine eigene Schwester und meinen Schwager, beschämen, wenn du dich weigertest, deiner Paarung eine angemessene Hochzeit folgen zu lassen.«

Statt zu antworten, fuhr Ciara zu Eirik herum. »Musstest du es herumerzählen? Unsere Paarung ist keine Klatschgeschichte, mit der sich zwei Krieger amüsieren sollten!«

»Wäre es dir lieber, wenn er glaubte, ich hätte dir die Unschuld ohne unsere Chrechte-Gelübde genommen?«

Ciaras Mund öffnete sich und schloss sich, um sich erneut zu öffnen. »Du brauchtest ihm gar nichts zu sagen.«

»Ich kann deine Starrköpfigkeit verstehen; sie ist beinahe schon charmant. Aber spiele nicht die Närrin, die du nicht bist! Dein Onkel wusste, was zwischen uns vorging – schon von dem Moment an, als wir auf der Burg eintrafen.«

»Und wessen Schuld ist das?«, fragte sie mit einem bösen Blick.

»Ich bin mir nicht sicher, Ciara. Ich dachte, wir trügen beide gleichermaßen Schuld daran. Behauptest du etwa, das sei nicht so?«

»Soll das heißen, dass der Prinz der Éan dir Gewalt angetan hat?«, hakte der Balmoral gefährlich ruhig nach.

Alle Farbe wich aus Ciaras Gesicht, als sie erschrocken die Luft einzog. »Nein, das habe ich absolut nicht gesagt!«

»Also geschah es in beiderseitigem Einvernehmen?«, beharrte der Balmoral.

Das Blut schoss wieder in Ciaras Wangen, und sie wandte sich mit finsterer Miene ihrem Onkel zu. »Ja«, stieß sie hervor.

»Dann wird die Trauung jetzt beginnen.«

»Nein, warte. Ich … wir können nicht ohne die Zustimmung meines Vaters heiraten.«

»Er gab sie schon, als er dich mit Eirik allein auf diese Reise schickte.«

»Wir sind nicht allein.« Ciaras Blick glitt zu Mairi, die jetzt in einem Sessel neben Caitriona saß, und Lais, der wieder wie eine Wache hinter ihr stand. »Der Adler-Gestaltwandler und die Seherin begleiten uns.«

Sie sprach ganz offen vor dem Priester, weil der Mann ja ohnehin die Geheimnisse seiner Schäfchen kannte. Wie nicht anders zu erwarten war.

Ihr Einwand schien Lachlan jedoch nicht im Geringsten zu beeindrucken. »Aber wenn dein Vater etwas gegen Eirik als deinen Gefährten hätte, *wäre* er mitgekommen.«

»Oder er hätte Niall mitgeschickt«, wiederholte Ciara, der die Wahrheit langsam dämmerte, ganz unbewusst die Worte ihres Onkels. Dann runzelte sie die Stirn. »Mein Vater hat damit gerechnet.«

»Ja, Kindchen.«

»Aber ich will nicht heiraten.«

Kapitel 20

Liebe ist oft die Frucht der Ehe.

Molière

Ich wollte es auch nicht, doch es ist gut gegangen«, sagte Caitriona lächelnd.

»Auch ich hatte nicht die Absicht, Lachlan zu heiraten, aber der Mann hat eine Art ...« Emilys Lächeln strafte die pikanten Geschichten Lügen, die Eirik über die explosive Werbung des Paares und den Beginn ihrer Ehe gehört hatte.

Ciara atmete vor Panik schnell und flach. »Das ist nicht das Gleiche.«

»Ich schicke einen Boten zu deinem Vater.« Der Balmoral hatte die Arme über seiner breiten Brust verschränkt und wirkte starr und unbeweglich wie ein Fels. »Er kann die Nachricht von deiner Paarung und Heirat überbringen, oder auch nur die von deiner Paarung. Das liegt bei dir.«

Das Entsetzen, das Ciara ins Gesicht geschrieben stand, wäre amüsant gewesen, wenn Eirik nicht auch die echte Furcht und Qual dahinter sehen könnte. Ihr graute vor der Aussicht, eine Ehe mit ihm einzugehen.

Das gefiel ihm nicht, und er verstand es nicht. Und er würde es auch nicht dulden.

Er ging zu ihr und trat so vor sie hin, dass sie niemand anderen als ihn sehen konnte. Dann legte er sanft eine Hand um ihren Nacken, drückte ihn beruhigend und erwiderte ihren aufgewühlten Blick. »Du hast die wichtigsten Gelübde schon gesprochen. Es gibt also keinen Grund, dich davor zu fürchten, unserer Verbindung auch noch den Segen eines Priesters hinzufügen.«

»Ich will keinen Gefährten«, flüsterte sie mit Tränen in den schönen grünen Augen.

Ja, das hatte sie deutlich genug gemacht. »Aber du hast einen.«

»Ja.«

»Und ich wäre auch dein Ehemann.«

»So ist es«, stimmte sie mit wenig Enthusiasmus zu.

Er beugte sich vor und legte seine Stirn an ihre. »Aye.«

»Ich halte es nicht für richtig, dass Abigail und Talorc nicht hier sind, um die Hochzeit mitzuerleben.« Ciaras Worte enthielten zu viel echte Traurigkeit, als dass Eirik glauben könnte, sie wolle die Zeremonie nur hinauszögern.

»Wir werden meine Großmutter bitten, zu den Sinclairs zu kommen, um nach unserer Rückkehr die öffentliche Zeremonie einer Chrechte-Vereinigung zu leiten.«

»Versprichst du es mir?«

»Ja.«

»Also gut.«

Eirik hob den Kopf und küsste sie auf den Scheitel. »So wird es sein.«

Dass sie als einzige Antwort mit den Schultern zuckte, störte ihn.

»Du stimmst doch nicht nur zu, um zu vermeiden, dass dein Vater mich zum Duell fordert?« So wirksam die Methoden des Balmorals auch waren, wollte Eirik doch die uneingeschränkte Zustimmung der Frau, die vor Gott und den Menschen versprechen würde, ihr Leben mit ihm zu teilen. »Ich würde ihn nicht töten.«

»Das weiß ich.« Ihr Ton verriet völlige Gewissheit.

»Gut.«

»Aber ich will ihn nicht beschämen.«

Eirik gefiel dieser Grund sogar noch weniger, als dass sie der Heirat aus blanker Furcht zustimmte. »Es ist nichts Beschämendes, meine Frau zu sein.«

»Müssen wir das jetzt besprechen?«, fragte sie und deutete mit einer Kopfbewegung auf die anderen im Raum. »Wenn wir den Segen des Priesters hinnehmen müssen, bringen wir es am besten hinter uns.«

Eirik verspürte plötzlich den irrationalen Drang, die ganze Sache abzusagen, doch er unterdrückte den Impuls. Was auch immer ihre Gründe waren, Ciara hatte sich bereit erklärt, sich an ihn zu binden. Das war zumindest schon einmal ein Anfang.

Und mit der Zeit würde sie auch einsehen, wie gut sie zueinander passten. Und das würden sie, etwas anderes würde er gar nicht zulassen.

Ciaras Hände waren kalt, als sie sie in Eiriks legte, bevor der Priester ihrer Ehe seinen Segen gab. Die lateinischen Worte verhallten ungehört, während sie mit den Dämonen in ihrem Inneren kämpfte, die gegen diese Heirat waren.

Sie hatte ihr zugestimmt, aber nicht aus Furcht vor einem Duell oder aus Scham, wie Eirik dachte. Natürlich hatte er recht damit, dass es nichts Beschämendes sein konnte, einen so starken und loyalen Chrechten zum Mann zu nehmen. Im Gegenteil. Trotz ihrer Ängste war sie stolz darauf, jemanden wie ihn für sich beanspruchen zu können.

Aber sie hätte es nicht getan ... wenn sie die Wahl gehabt hätte. Doch leider hatte sie die nicht. Das hatte sie in der Nacht zuvor bereits erkannt.

Und nun, da die Chrechte-Gelübde gesprochen waren, gab es kein Zurück mehr.

Sie war verheiratet. Gebunden. Und wenn sie Eirik verlor, wäre es gut möglich, dass sie wie ihre Mutter den Verstand verlor, aber sie würde jetzt auch nicht mehr ohne ihn leben können.

Sie konnte nur hoffen, dass es sich für sie als ebenso schwierig erweisen würde, schwanger zu werden, wie für so viele andere Chrechte. Sie brauchte Zeit, um eine Furcht zu bezwingen, bevor sie eine weitere auf sich nahm. Und sie war noch weit entfernt davon, die Angst zu überwinden, die es ihr eingejagt hatte, so urplötzlich verheiratet zu sein.

Doch Liebe war ein Gefühl, das sich nicht verleugnen ließ, egal, wie sehr sie sich darum bemühte. Sie liebte ihre Adoptivfamilie genauso sehr wie ihre biologische. Und sie liebte auch ihren Gefährten von ganzem Herzen.

Es war nicht nur Ciaras Wölfin, die eine für alle offensichtliche Beziehung zu ihm wollte. Ihr menschliches Herz ersehnte sie sich auch.

Und so würde es immer sein.

Sie konnte nur hoffen, dass auch Eirik sie irgendwann lieben würde. Denn andernfalls würde ihre Angst vermutlich nur noch größer werden.

Eirik sprach seine Gelübde mit ausdrucksvoller, fester Stimme, die durch den ganzen Burgsaal schallte. Ciara legte ihre mit der gleichen Überzeugung ab. Wenn sie schon dazu gezwungen war, wollte sie es auch mit ihrer ganzen Willensstärke tun.

Emily hätte gern am Abend ein Bankett gegeben, um die Hochzeit zu feiern, aber weder Ciara noch Eirik waren bereit, das Gespräch mit dem Ältesten Boisin noch länger aufzuschieben.

Obwohl sie zwei Nächte ohne Träume oder Visionen geschlafen hatte, war Ciaras Überzeugung, dass die Suche nach dem *Faolchú*

Chridhe höchste Dringlichkeit erforderte, nur noch gewachsen. Und als ihr Gefährte schien Eirik diese Ansicht zu teilen.

Und so verabschiedeten sie sich nach vielen Gratulationen und Umarmungen, borgten sich für ihre kleine Vierergruppe Pferde von dem Balmoral und ritten los.

Boisin lebte in einem strohgedeckten Häuschen fast einen einstündigen Ritt von Balmoral Castle entfernt. Ein weißhaariger alter Mann saß schnitzend draußen auf einer Bank. Entweder beachtete er das Hufgetrappel der sich nähernden Pferde nicht, oder er hörte es nicht, denn seine ganze Aufmerksamkeit galt der hölzernen Figur in seiner Hand.

Als Ciara und ihre Begleiter näher kamen, hob Eirik den Arm zum Zeichen, die Reittiere anzuhalten. Dann schwang er sich aus seinem Sattel und ging zu Ciara, um auch ihr beim Absitzen zu helfen.

Jetzt erhob sich der alte Mann mithilfe eines Gehstocks. »Willkommen, Clan-Leute des Sinclair! Ihr könnt die Pferde zum Grasen hinters Haus bringen und ihnen einen Eimer Wasser hinstellen.«

»Danke, Ältester«, sagte Eirik und nickte Lais zu, der die Zügel der zwei ersten Pferde nahm und sie wegführte.

Die anderen Tiere bewiesen, wie gut erzogen sie waren, indem sie stehen blieben, wo sie zurückgelassen worden waren.

»Ihr seid Boisin?«, fragte Eirik.

»Aye, und Ihr?« Doch sein Blick ließ vermuten, dass er die Antwort bereits kannte.

»Ich bin Eirik, und das ist meine Gefährtin Ciara.« Eirik legte besitzergreifend eine Hand um ihre Taille, und zu ihrem eigenen Erstaunen störte es Ciara überhaupt nicht. »Unsere Begleiter sind der Heiler Lais und die Seherin Mairi.«

Boisin maß Mairi mit einem langen Blick voller freudiger Erleichterung, aber wieso? »Dann ist das also dein Name, Kind. Sie haben dich nach der Muttergottes benannt.«

»Mairi war auch der Name meiner Großmutter«, antwortete die Seherin ruhig.

Boisin nickte und wandte sich wieder Eirik zu. »Ihr seid gekommen, um Geschichten zu hören, nehme ich an.«

»Aye. Wir kamen in der Hoffnung, dass Ihr Zeit für ein Gespräch mit uns und eine kleine Erfrischung haben würdet.« Eirik reichte dem alten Mann einen Schlauch Wein. »Und wir würden uns geehrt fühlen, wenn Ihr auch einige Eurer Geschichten mit uns teilen würdet.«

»Ein wenig Zeit kann ich mir wohl nehmen, denke ich. Der Geburtstag meiner Urenkelin ist erst in einer Woche; ihr Geschenk kann noch ein bisschen warten.«

Ciara blickte auf die Schnitzerei herab, die der alte Mann beiseitegelegt hatte, und war überrascht, drei exquisit geschnitzte Elfen zu sehen, auch wenn die dritte noch nicht ganz fertig war. Mit ihren höchstens sieben oder acht Zentimetern waren sie das perfekte Spielzeug für eine kleine Kinderhand.

»Wir danken Euch, Ältester«, erwiderte Eirik höflich.

Boisin legte den Kopf zur Seite und maß Eirik mit einem langen Blick, bevor er sagte: »Ihr seid willkommen, doch wir werden mehr als nur Geschichten teilen, Prinz der Éan. Ihr seid gekommen, um Antworten zu suchen, und ich habe sie.«

Lais war zurückgekommen, um die anderen beiden Pferde zu holen, und warf Mairi einen prüfenden Blick zu, als müsste er schon nach den wenigen Minuten seiner Abwesenheit nach Veränderungen in ihrem Befinden suchen.

Sie verdrehte die Augen. »Es geht mir gut, Lais.«

»Aye, sie ist sicher bei mir«, sagte Boisin in einem Ton, als spräche er von einem Familienmitglied. Während er sich schwer auf seinen Gehstock stützte, führte der alte Mann sie ins Haus.

Drinnen befanden sich mehr Möbel, als die meisten Pächter ihr Eigen nennen konnten. Ein Tisch und vier Stühle nahmen eine Seite des einzigen Zimmers ein; ein Bett und eine Truhe standen auf der anderen Seite.

Die Wand am Tisch verfügte sogar über eingebaute Schränke mit Türen statt der offenen Regale, mit denen die meisten Leute sich zufriedengaben. Aber das Erstaunlichste an den Möbeln waren die kunstvoll geschnitzten Bilder auf fast jeder Oberfläche. Chrechtische Symbole, Wölfe und *conriocht* waren die vorherrschenden Kunstwerke. Die Schranktüren wiesen jedoch auch eine Wölfin auf, die sich an den Körper eines Drachen schmiegte, dessen Schwanz wie zu ihrem Schutz über ihr lag.

Bei dem Anblick durchlief Ciara ein Frösteln, und die feinen Härchen an ihren Armen richteten sich auf. Das Bild zeigte Eirik und sie, das wusste sie. Sie konnte sich nur nicht den Grund dafür vorstellen.

»Eure Möbel sind sehr hübsch«, sagte Mairi in das Schweigen, das sich über die kleine Versammlung gelegt hatte.

»Ich habe mein Leben lang geschnitzt und mit Holz gearbeitet«, brummte Boisin. »Die meisten Möbel, die Ihr alle auf der Burg gesehen habt, sind von mir.«

»Ihr bringt Eure Visionen in Eure Arbeit ein«, bemerkte Eirik, der den Schrank betrachtete, der Ciara so beeindruckt hatte.

»Manchmal, ja. Wichtige Visionen jedenfalls.«

»Ihr seid ein Seher?«, fragte Mairi ehrfürchtig.

»Aye, mein Kind. Mit ein paar Jahren Erfahrung mehr als du, aber keiner größeren Gabe.« Er humpelte zu einem der Stühle und setzte sich. »Setzt euch zu mir! Ich habe keine Lust, mir den Hals beim Reden mit euch zu verrenken.«

Eirik und Mairi nahmen Platz, doch Mairi ging zu dem Schrank hinüber und öffnete ihn, ohne zu fragen. Einen Moment lang stand sie davor und sah sich den Inhalt an, bevor sie fünf kunstvoll geschnitzte Holzkelche herausnahm und zum Tisch hinüberbrachte.

Boisin warf ihr einen anerkennenden Blick zu und schenkte dann Wein in jeden Kelch, bevor er sie vor seine Gäste hinstellte und Lais' neben Mairis stehen ließ.

Ciaras Kelch zierte auf der einen Seite eine Wölfin, auf der anderen eine Frau mit einem Stein in den Händen. Die strahlenförmig von ihm ausgehenden Linien ließen den Eindruck entstehen, dass der Stein fast so hell wie die Sonne leuchtete.

Eiriks Kelch war ganz von einem Drachen umgeben, aber in seinen Fuß war ein Rabe eingeschnitzt. Mairis Kelch wies ebenfalls eine Wölfin auf, doch auf der anderen Seite war eine von kleinen Waldtieren umgebene Frau zu sehen.

Mit großen, erstaunten Augen suchte Mairi Ciaras Blick. Dann sah die junge Frau Boisin an. »Woher wusstet Ihr davon?«

»Von deiner Verbindung zu den kleinen Wesen dieser Erde? Ich sah sie, so wie du mich in deinen Träumen sahst. Immer wieder rief ich nach dir, herzukommen und zu lernen, Kind, seit Jahren schon.« Er seufzte. »Aber bisher konntest du nicht kommen. Es ist alles so gekommen, wie es kommen musste.«

»Wie meint Ihr das?«, fragte Ciara, die das Gefühl hatte, sich in Anwesenheit von wahrer Weisheit zu befinden.

»Die Reise der Kleinen endet hier erst einmal. Ich habe ihr viel beizubringen und nicht mehr viele Jahre übrig, um es sie zu lehren.«

»Sie sagte, sie müsse an der Suche teilnehmen«, sagte Lais von der Tür. »Und wir haben den *Faolchú Chridhe* noch nicht gefunden.«

Boisin trank einen Schluck Wein und nickte anerkennend. »Die Suche brachte sie hierher, wo sie sein muss. Das ist alles.«

»Aber ...«

»Ihr solltet Euch besser entscheiden, ob Ihr eine Gefährtin

wollt oder nicht, junger Adler.« Boisin sah Lais mit zusammengekniffenen Augen und listiger Miene an. »Ich habe nämlich einen Enkel, der dieses kleine Mädchen ganz entzückend finden würde.«

»*Wollen* ist nicht das Problem«, warf Mairi leise ein, als Lais plötzlich so dunkelrot anlief, als stünde er kurz vor einem Schlaganfall.

Boisin schüttelte den Kopf. »Aha. Der Junge glaubt, er sei deiner nicht würdig.«

»Ich bin kein Junge.« Lais hatte endlich seine Stimme wiedergefunden.

Boisin blieb ungerührt. »Wenn du erst mal so lange gelebt hast wie ich, mein Sohn, kannst du *Junge* nennen, wen du willst.«

Lais öffnete schon den Mund, um zu widersprechen, aber Mairi drückte ihm einen Weinkelch in die Hand. »Du bist nach dem Versorgen der Pferde doch sicher durstig. Trink einen Schluck!«

Verwirrt gehorchte der Adler-Gestaltwandler, doch als er den Kelch senkte, fiel sein Blick auf die Schnitzerei darauf.

Lais' Kelch zeigte einen Wolf, auf dessen Rücken ein Adler hockte. Auf der anderen Seite trug der Kelch das verschlungene und reich verzierte chrechtische Symbol für Liebe und Paarung.

Er betrachtete die Schnitzerei eine Weile schweigend und blickte dann stirnrunzelnd zu Boisin auf. »Was bedeutet das?«

»Es bedeutet, dass deine Zukunft, wenn du Manns genug bist, strahlender sein kann, als du zu verdienen glaubst.«

Lais schüttelte den Kopf, erwiderte aber nichts, sondern begab sich an seinen üblichen Platz ... als Schildwache hinter Mairi. Und Ciara bemerkte, dass die Seherin zum ersten Mal, seit sie ihr begegnet war, völlig unbesorgt aussah.

Boisin deutete mit einem gichtgekrümmten Finger auf Ciara. »Auch auf deine Ankunft habe ich lange genug gewartet, Kind. Ich begann schon zu glauben, ich würde sterben, bevor du den Ruf des Steins beantwortetest.«

»Das tut mir leid.« Eine heiße Röte stieg in ihre Wangen, als Scham über ihre eigene Feigheit sie ergriff.

»Du lerntest, deine Gaben zu fürchten, bevor du lerntest, sie zu nutzen.« Das Verständnis in dem noch immer hellen, wachen Blick des alten Mannes dämpfte ein wenig Ciaras Schmerz. »Das ist verständlich, aber auch ein Grund, dich zu freuen, dass du nun hier bist.«

»Ihr wisst von meinen Träumen.«

»Ich muss dir eine Geschichte erzählen, Kind. Wirst du sie dir anhören?«

»Ja.«

Boisin räusperte sich, trank einen Schluck Wein und räusperte sich erneut. Als er zu sprechen begann, geschah es mit einer Stimme, die einen ganzen Clan verzaubern konnte.

»In den Tagen, bevor unsere Leute sich in Holzhäusern einrichteten und das Land bestellten, wanderten die Chrechten auf der Welt umher. Wir jagten, um zu essen, und sammelten, was die Erde hergab. Manche Jahre waren reich, andere mager, doch immer führten wir Krieg für das Recht, in größeren Gebieten zu jagen. Ungefähr so, wie die Clans heute für die Erweiterung der Grenzen ihrer Ländereien kämpfen. In jenen Zeiten gab es drei Chrechte-Rassen. Die Faol, ein wildes Volk, das seine Natur mit den Wölfen teilte.«

»Ich weiß, was die Faol sind«, warf Ciara ein wenig ungeduldig ein.

»Eine gute Geschichte braucht ihre Zeit«, entgegnete Boisin mit einem vorwurfsvollen Stirnrunzeln. »Und verliert ihre Kraft, wenn sie unterbrochen wird, weißt du?«

Mit dem Gefühl, gründlich gemaßregelt worden zu sein, nickte Ciara. »Entschuldigung.«

»Es ist verständlich, dass du es kaum erwarten kannst, das Ende deiner Reise zu erreichen, doch wenn du es zu eilig hast, übersiehst du vielleicht die Anzeichen, welchen Weg du nehmen musst.«

»Ich verstehe.«

»Gut. Also wie ich schon sagte ...« Doch anstatt seine Geschichte fortzusetzen, trank er zuerst wieder einen Schluck Wein und räusperte sich dann ausgiebig. Wenn er so weitermachte, würde der Älteste betrunken sein, bevor er seine Geschichte beendet hatte.

Ciara schwor sich, ihn nicht wieder zu unterbrechen.

»Dann gab es auch die Paindeal, ein weiteres Volk von grimmigen Kämpfern, das ebenfalls den Krieg liebte. Sie teilten ihre Natur mit den großen Raubkatzen, und selbst ein Wolf überlegte es sich zweimal, ehe er sich auf einen Kampf mit ihnen einließ. Die letzte und dritte Rasse waren die Éan, das Chrechte-Volk, das am ehesten die wahren spirituellen Bräuche in Erinnerung bewahrte. Obwohl sie ihr Wesen mit Adlern und Falken, also Raubvögeln, teilten, teilten sie es auch mit Raben, die nicht den Instinkt zu töten hatten. Es waren die Raben, die mit der Aufbewahrung ihres heiligen Steins beauftragt waren und die auch die Herrscher ihres Volkes bestimmten.«

Das hatte Ciara nicht gewusst, doch es schien vernünftig zu sein, den Friedfertigsten unter ihnen die größte Macht in die Hand zu geben. Die Wölfe und Raubkatzen hatten in ihren Rassen keine Spezies wie die Raben.

»Unter den Paindeal waren die Hüter des Steins die Katzen, die schwarz wie die Nacht und größer als jeder Wolf in der Wildnis waren. Aber die mit dem *Faolchú Chridhe* verbundenen Wölfe waren weiß wie der Schnee. Die einzigen Wölfe, deren Rüden die Fähigkeit besaßen, ihre Verwandlung von ihrer allerersten an zu kontrollieren.«

Er trank einen großen Schluck aus seinem Kelch. »Jede der Rassen hatte einen Beschützer. Die Faol wurden von ihrem *conriocht* beschützt, die Éan von dem Drachen und die Paindeal von dem Greifen.«

Ciara war nicht die Einzige, die scharf den Atem einzog bei der Bestätigung, dass die Paindeal existierten und darüber hinaus zu Greifvögeln werden konnten.

»Wenn Ihr Eure Schwerter bitte auf den Tisch legen würdet«, sagte Boisin zu Eirik.

»Eins davon gehört Ciara.«

»Aye.«

Ciara nickte zustimmend, als sie merkte, dass Eirik darauf wartete. Beide Schwerter wurden vorsichtig auf dem Tisch abgelegt, aber so, dass sie für Eirik leicht erreichbar waren.

Boisin zeigte mit einem vom Alter zitternden Finger auf den Griff von Ciaras Schwert. »Seht selbst! Der *conriocht*, der Drache und der Greif.«

Ciara und Eirik kannten die Abbildungen, doch Lais und Mairi brauchten einen Moment, um sich die Verzierungen an den Schwertern genauer anzusehen.

»Aber wo sind denn dann die Paindeal?«, fragte Eirik.

»Alles zu seiner Zeit, Prinz. Alles zu seiner Zeit.«

Eirik seufzte, doch er nickte ergeben.

Boisin grinste. »Ah, die Ungeduld der Jugend.«

»Ich bitte um Entschuldigung, Ältester«, sagte Eirik.

»Ach was! Hört gut zu, junger Prinz, und Ihr werdet Dinge lernen, die die Éan schon vergessen haben! Jede Rasse hatte ihre eigenen, ganz besonderen Stärken und Schwächen. Die Wölfe vermehrten sich mit der größten Leichtigkeit, wenn auch nicht so erfolgreich wie ihre menschlichen Gegenstücke. Die Paindeal erholten sich von jeder Krankheit oder Verwundung, solange sie nicht tödlich war, mit einer Verwandlung. Die Éan konnten sich in einem jüngeren Alter verwandeln, waren reicher an Sehern und hatten oft besondere Chrechte-Gaben mit größerer Wirkung als ihre anderen Brüder.«

»Dann können die Faol also Gaben wie die Éan haben«, sinnierte Ciara laut.

Boisin tadelte sie nicht für die erneute Unterbrechung, sondern nickte. »Das können sie in der Tat, obwohl nur die Éan Heiler wie unseren Adler hier hervorbringen, und außerdem auch nur die, die von dem Stein für würdig befunden werden.«

»Oh.« Lais war sprachlos, als er zu begreifen schien, wie einzigartig und besonders seine Gabe war.

Mairi lächelte nur und nickte ihm zu.

Ciara fragte sich, was die Seherin in ihren Träumen von dem Ältesten erlebt haben mochte. Was immer es auch war, Mairi schien jedenfalls zufrieden damit zu sein, am Tisch des alten Mannes zu sitzen und seinen Geschichten zu lauschen.

»Abgesehen davon, dass sie mehr Kinder bekamen, hatten die Faol auch mehr Beschützer. Die Paindeal hatten einen, vielleicht zwei Greife, die jahrhundertelang lebten. Aber wenn einer starb, konnte es eine Generation oder länger dauern, bis ihr Stein einen weiteren Greifen hervorbrachte. Das Gleiche galt auch für die Éan'schen Drachen.«

»Dann wird Eirik also Hunderte von Jahren leben?«, fragte Ciara so bestürzt, dass sie ihr Versprechen vergaß, Boisin nicht mehr zu unterbrechen.

»Aye, ausgenommen im Falle von Verrat. Das wird er. Und du auch, mein Kind.«

Hoffnung keimte in ihr auf. »Wie darf ich das verstehen?«

»Du bist die erste wahre *kelle* in mehr als einem Jahrhundert. Alle anderen, die vor dir kamen, schafften es nicht, den *Faolchú Chridhe* zu finden, doch dir wird es gelingen. Und du wirst leben und alle sterben sehen, die du liebst, mit Ausnahme deines Gefährten. *Du musst leben*, denn du wirst die Faol vor der völligen Vernichtung retten.«

Eirik griff über den Tisch nach Ciaras Hand. »Es wird alles gut, *faolán.*«

Sie versuchte, ihm zu glauben, doch die Worte des alten Sehers waren nicht beruhigend, trotz seines Versprechens eines sehr langen Lebens für sie und Eirik. »Vor der völligen Vernichtung?«, wiederholte sie mit gedämpfter Stimme.

»Aye.« Ein Ausdruck tiefer Traurigkeit legte sich auf das Gesicht des alten Mannes. »Eine Seuche kommt. Eine sich schnell verbreitende Krankheit, die so furchtbar ist, wie es sie noch nie zuvor gegeben hat. Viele werden hier und in den Ländern jenseits des Meeres sterben. Sie wird die Chrechten mit sogar noch größerer Heftigkeit als die Menschen angreifen. Ohne den *Faolchú Chridhe* und seine Heilkraft werden die Faol alle an dieser Krankheit sterben.«

Ciara erschauderte vor Entsetzen. *»Nein.«*

»Doch. Ein Seher ist nicht immer erfreut über seine Visionen«, erklärte Boisin, aber ob er es einfach nur zur Bestätigung sagte oder als Warnung für sie und Mairi, wusste Ciara nicht. »Du musst dem Stein zu seinem Versteck hinter der Steinwand folgen, die keine ist, und ihn zu den heiligen Höhlen auf Sinclair'schem Land bringen. Du wirst ihn zu seinem rechtmäßigen Platz in der Höhle der Faol zurückbringen. Diese verborgene Höhle wirst du an den Zeichnungen an der Wand erkennen.«

Ciara erinnerte sich an die Höhle, die sie in ihrer Vision gesehen hatte, und dachte, dass er recht hatte. Doch das würde ihr auch nicht helfen, den Stein oder die verborgene Höhle zu finden. »Ich verstehe nicht«, sagte sie.

»Ich auch nicht, das kann ich dir versichern. Wenn ich es täte, würde ich es dir erklären. Das Leben der Nachkommen meiner eigenen Familie hängt davon ab.«

Kapitel 21

Glück und Liebe bevorzugen den Tapferen.

Ovid

»Aber warum ist der *Faolchú Chridhe* überhaupt versteckt?«, fragte Ciara.

»Weil in jener so lange zurückliegenden Zeit, als unser Volk noch in der Welt umherstreifte, die hohe *kelle* einen Sohn hatte«, fuhr Boisin mit seiner Geschichtenerzählerstimme fort. »Und diese Frau von großer Kraft und Ehre sah die Gier nach Macht in ihrem einzigen Nachkommen. Er wollte König sein, obwohl sein Cousin, der noch ein Kind war, der rechtmäßige Erbe des Faol'schen Thrones war. Der Sohn der hohen *kelle* glaubte, er sei anderen Chrechten überlegen und verdiente es, König zu sein. Fearghall war der Ansicht, Männer seien wertvoller als Frauen und Wölfe wertvoller als alle. Und so heckte er einen schändlichen Plan aus, um seine Thronbesteigung zu sichern. Schon selbst ein *conriocht*, wollte er den *Faolchú Chridhe* stehlen und verstecken, damit sein junger Cousin nicht mit dem Geist des *conriocht* gesegnet werden konnte.«

»Aber der Stein würde die *kelle* rufen, und sie würde ihn finden.«

»Nicht, wenn sie tot wäre«, sagte Boisin in einem Ton, der Ciara einen kalten Schauder über den Rücken jagte.

Die anderen am Tisch sahen genauso betroffen und angewidert aus.

»Es liegt in der Macht der hohen *kelle* der Faol, den *conriocht* hervorzubringen. Sie kann entscheiden, wie viele es geben muss, um eine Generation zu schützen.« Boisin schüttelte den Kopf. »Fearghall wusste das, hatte sich aber eingeredet, dass er den *Faolchú Chridhe* auch allein beherrschen könnte. Die Hüter des Steins waren jedoch immer Frauen gewesen. Die Männer ihrer Familien können aus bestimmten Kräften des Steines schöpfen, doch nur die hohe *kelle* kann sie alle hervorbringen. Einzig sie kann den Geist des *conriocht* durch Handauflegen auf den heiligen Stein verleihen.«

Also wäre Galen in seinem Streben gescheitert, selbst wenn der Stein gefunden worden wäre … es sei denn, er hätte Ciara überreden können, ihm zu helfen. Der Gedanke, wie leicht er sie, die damals noch ein halbes Kind gewesen war, dazu hätte bringen können, erfüllte sie mit Entsetzen.

Mairi, offenbar völlig unbelastet von solch verstörenden Gedanken, schenkte Ciara ein triumphierendes Lächeln. »Ich habe es dir ja gesagt.«

»Du hast den Inhalt deiner Träume richtig gedeutet.« Boisin lächelte seinen neuen Schützling an. »Das hast du gut gemacht.«

Mairi errötete über das Lob.

»Aber die *kelle* hat den Stein dann selbst versteckt, nicht wahr?«

»Aye.«

»Warum?«, fragte Eirik.

»Weil sie wusste, dass Fearghall seinem Cousin nicht nur den *conriocht* vorenthalten wollte. Die *kelle* verbarg den Stein, um ihren Sohn daran zu hindern, eine ganze Armee von *conriocht* zu erschaffen und die anderen Chrechten zu vernichten, nicht?«, sagte Ciara.

»So ist es«, bestätigte Boisin.

Eirik zog die Stirn in Falten. »Ich verstehe es noch immer nicht. Wenn nur die hohe *kelle* den *conriocht* hervorbringen konnte, dann musste Fearghall doch scheitern?«

»Nicht, wenn er die nächste hohe *kelle* unter Druck setzen oder dazu verleiten konnte, seinen Anordnungen Folge zu leisten.« Mairi erschauderte. »Eine Frau muss sehr willensstark sein, um immer wieder neuen Misshandlungen standzuhalten, ohne ihrem Peiniger zu geben, was er will.«

»Doch du hast bei deinem Vater nie nachgegeben«, sagte Lais mit unüberhörbarem Stolz. »Du hast ihm niemals erzählt, was du in deinen Träumen und Visionen von dem *Faolchú Chridhe* sahst.«

»Er hätte mich nur noch mehr geschlagen, weil er sicher gewesen wäre, dass ich ihm noch weitere Informationen geben kann.«

»Du bist sehr klug für deine jungen Jahre, kleine Mairi«, sagte Boisin und setzte dann seine Geschichte fort. »Fearghall beschuldigte die Éan, den Stein gestohlen zu haben, als entdeckt wurde, dass er fehlte, und erklärte ihnen den Krieg. Sie befanden sich gerade in einem Zeitraum ohne Drachen, und so wurden ihre Leute fast völlig ausgerottet, bevor die wenigen Verbliebenen in die Wälder im Norden flohen, wo sie sich hoch in den Bäumen niederließen und vor denen, die sie jagten, verbargen.«

»Aber was war mit den Paindeal?«, fragte Eirik.

»Sie bekämpften die Faol unter Fearghall, doch jeder Tod war ein großer Verlust für ihre Rasse, da nicht einmal wahre Seelengefährten sicher sein konnten, verwandlungsfähige Nachkommen hervorzubringen.«

»Ihr meint, nicht alle ihre Kinder konnten sich verwandeln?«

»Nein. Ihr Greif bekämpfte den *conriocht* tapfer, doch schließlich wurde der Beschluss gefasst, in ihr Herkunftsland zurückzukehren.«

Also beruhen die alten Geschichten doch auf Wahrheit, dachte Ciara. »Sie kehrten über den Landvorsprung zurück, der ins Meer abfällt.«

»Wohl eher mit Booten übers Wasser, doch die Paindeal leben in den Ländern der Wikinger und auch weiter südlich in den Landstrichen, die die Römer eroberten oder erobern wollten.«

»Sie müssten heute schon wieder viel zahlreicher sein«, sinnierte Eirik.

»Aye. Sie sind auch viel langlebiger. Und ohne Wölfe, die sie jagen, hat ihre Anzahl zugenommen.«

Eirik runzelte verwirrt die Stirn. »Und all das wisst Ihr aus Euren Träumen?«, fragte er den alten Mann.

»Und aus meinen Visionen. Das ist etwas, was ich Mairi lehren werde, so wie Eure Anya-Gra Eure Gefährtin ausbilden wird, sobald Ihr den *Faolchú Chridhe* wiedergefunden habt.«

Ciara war nicht sicher, ob sie das Wissen wollte, von dem Boisin sprach, aber die Zeit, in der sie die Augen vor ihren Gaben verschlossen hatte, war vorbei. Sie würde ihrem Volke dienen, wie Eirik vorausgesagt hatte, und genau wie er versprochen hatte, würde sie es nicht allein tun müssen.

Zum ersten Mal, seit ihr bewusst war, dass sie einen Gefährten hatte, verspürte Ciara in ihrem Herzen Dankbarkeit statt Furcht.

»Wenn der Stein zu den heiligen Höhlen auf Sinclair'schem Land zurückgebracht werden muss, ist also anzunehmen, dass er dort nicht ist«, bemerkte Lais.

Boisin nickte. »Ich glaube schon sehr lange, dass er dort nicht ist.«

»Zu wissen, wo er *nicht* ist, verbessert nicht gerade unsere Chancen, ihn zu finden«, murmelte Ciara bedrückt.

Das Gewicht der Zukunft ihres Volkes lastete jetzt schwer auf ihren Schultern.

Eirik drückte wieder ihre Hand, um Ciara in Erinnerung zu bringen, dass er sie nicht losgelassen hatte und sie auch niemals gehen lassen würde. »Wir werden den *Faolchú Chridhe* finden und deine Spezies retten. Vertrau auf unsere Chrechte-Kraft! Sie beschränkt sich nicht auf die größere körperliche Stärke durch unsere tierischen Naturen.«

Ciara holte tief Luft und nickte, weil sie ihrem Gefährten vertraute.

»Vielleicht sollten wir unsere Suche in Höhlen auf den Ländereien des Clans mit dem stärksten verbliebenen Kontingent des Geheimbundes der Fearghall beginnen.« Lais streichelte so selbstvergessen Mairis Haar, als merkte er es nicht einmal. »Es ist nur naheliegend, dass dieser Clan aus den direktesten Nachfahren der hohen *kelle* und ihres niederträchtigen Sohnes besteht.«

»Das ist keine so gute Maßnahme, wie Ihr vielleicht glaubt«, wandte Boisin ein. »Als die Fearghall-Gesellschaft sich formierte, formierten sich auch die Cahir.«

»Die Cahir?« Eirik runzelte die Stirn.

»Aye, Krieger, die sich der Entfernung der Fearghall aus den Rudeln widmeten und sie entweder dazu brachten, ihre Fehler einzusehen, oder sie vernichteten.«

»Ihr seid ein Cahir?«, fragte Mairi Boisin in einem Ton, als wüsste sie die Antwort schon.

»Ich war es einst. Ich übergab dieses Amt meinem Sohn, und er hat seine Söhne dazu ausgebildet, dieser Tradition zu folgen.«

»Aber es gibt keine Fearghall innerhalb des Balmoral'schen Clans«, sagte Ciara verwirrt.

»Und warum glaubst du, dass das so ist, mein Kind?« Boisin schüttelte den Kopf. »Der Balmoral-Clan hat Cahir, aber einige Rudel bildeten die nächste Generation Cahir nicht aus und ließen sie auch nicht schwören, den Clan zu beschützen, weil sie glaubten, das Geschwür der Fearghall existierte nicht mehr unter ihnen. Doch ohne die Cahir kam es immer wieder zurück.«

»Wie im Clan meines Vaters«, sagte Mairi und blickte traurig zu Lais auf.

»Aye, der MacLeod hat eine ähnliche Einstellung wie die Fearghall«, sagte Boisin. »Obwohl er keine so direkte Blutsverwandtschaft aufweisen kann wie unsere Faol-Prinzessin.«

»Ich bin keine Prinzessin«, konnte Ciara sich nicht verkneifen zu sagen.

»Dann eben *kelle*.«

»Ich bin auch keine *kelle*.«

»Ich werde dich zu einer Kriegerin ausbilden«, versprach Eirik. »Und Anya-Gra wird dich lehren, für das spirituelle Wohl unserer Leute zu sorgen. Der Stein hat dich zur hohen *kelle* auserwählt. Du bist viel zu mutig und ehrenhaft, um diese Wahl nicht anzunehmen.«

Er hatte recht damit, dass sie sich ihrer Berufung nicht verweigern würde. Doch nicht ihr Mut war der Grund dafür. Sie hatte einfach keine andere Wahl.

»*Unsere* Leute?«, fragte sie.

»Die Chrechten.«

»Sowohl Faol als auch Éan?«

»Aye.«

Boisin nickte. »Die Rassen müssen sich zusammentun, um den Schwarzen Tod, der kommt, zu besiegen.«

Lais' Herz und Verstand fochten einen harten Kampf miteinander aus, als er hinausging, um mehr Wasser für die Pferde zu holen. Einerseits schuldete er Eirik Loyalität und konnte seinen Prinzen bei der Suche nach dem Stein nicht im Stich lassen, doch andererseits brachte der Gedanke, Mairi hier auf Balmoral Island zurückzulassen, seinen Adler so in Wut, dass er die Krallen ausfuhr, um hervorzukommen.

»Boisin hat sich bereit erklärt, uns zu den Höhlen zu führen, die von den Balmorals für ihre heiligen Chrechte-Riten benutzt werden«, sagte Eirik hinter Lais. »Obwohl er ziemlich sicher ist, dass der *Faolchú Chridhe* sich dort nicht befindet, will er Ciara zeigen, wie sie sich der Macht des Steins bedienen kann, um ihn zu finden.«

Lais drehte sich um und erwiderte den Blick seines Freundes und Prinzen. »Glaubst du, dass er wirklich die Zukunft vorausgesehen hat ... und den Schwarzen Tod, den er erwähnte?«

»Er *besitzt* die Gabe. Du brauchst dir nur den Kelch anzusehen, in dem er dir deinen Wein serviert hat, um das zu erkennen.«

Die geschnitzten Darstellungen auf dem Kelch hatten Lais mit Hoffnung erfüllt, seit er sie zum ersten Mal gesehen hatte. »Aye.«

»Der Schwarze Tod kommt.«

»Aber nicht für viele Jahre.«

»Das sagte er.«

»Warum also jetzt plötzlich den Stein suchen?«

Eirik runzelte die Stirn und richtete den Blick in die Ferne. »Weil der Stein Ciara braucht, um die Faol damit zu berühren und zu heilen, und weil sie den Stein braucht, um ihr Leben zu verlängern.«

»Um Jahrhunderte ...« Lais konnte kaum glauben, dass so etwas möglich war.

»Das ist es, was der alte Mann sagte.«

»Glaubst du, es ist wahr?«

»Ja. Schon seit der ersten Verwandlung in meinen Drachen habe ich mich unverwundbar gefühlt.«

»Weil niemand dich im Kampf besiegen konnte.«

»Und weil ich auch nicht krank werde. Schnitte, Wunden ... sie heilen viel zu schnell, sogar für einen Chrechten.«

»Du wirst mich also überleben.«

»Aye.« Eiriks Trauer über den Gedanken verriet sich in seinen Augen. »Meine Großmutter hat mich immer gewarnt, dass meine Berufung keine leichte sein würde. Und ich dachte, das Schlimmste hätte ich schon hinter mir.«

»Dein Recht, als König über uns zu herrschen.«

»Aye.«

Und noch Schlimmeres würde kommen, das verstand sich ganz von selbst. Aber Lais war sich genauso sicher, dass Eirik lernen würde, die Jahrhunderte spielend leicht zu meistern, solange seine Gefährtin bei ihm war.

»Ich möchte auch eine Gefährtin haben«, entfuhr es Lais.

Eirik zog eine Augenbraue hoch. »Ich dachte, du hättest dir schon eine ausgesucht.«

»Sie verdient Besseres als mich.«

»Etwas Besseres als meinen vertrauenswürdigsten und engsten Freund?«, gab Eirik ungläubig zurück. »Es gibt keinen besseren Mann.«

Lais spürte ein sehr unmännliches Brennen hinter den Augenlidern und blinzelte es schnell weg. »Du weißt, dass das nicht stimmt.«

»Sei kein Narr, Lais!«

»Das bin ich nicht.«

»Nein.« Eirik klopfte ihm auf die Schulter. »Du wurdest einmal getäuscht, doch du warst damals kein Narr und bist auch heute keiner. Also tu nicht so, als wärst du einer!«

»Ich habe meinen Rudelführer und die Prinzessin unseres Volkes verraten.«

»Sie haben dir verziehen. Der *Clach Gealach Gra* hat dich geheilt.«

»Und wenn er es nicht getan hat? Was ist, wenn ich Mairi keine Kinder schenken kann?«

»Und was ist, wenn du es kannst?«

»Du lässt es so einfach klingen.«

»Weil es einfach ist. Würdest du die heilende Gabe, die dir verliehen wurde, so einfach abtun, wenn du das Gefühl hättest, ihrer unwürdig zu sein?«

»Natürlich nicht.« Lais konnte nicht glauben, dass Eirik etwas so Dummes fragte. Ihre Leute brauchten die Fähigkeiten ihres Heilers. »Ich kann dem *Clach Gealach Gra* doch nicht den Dienst als Heiler anderer verweigern.«

»Wie kommst du dann darauf, dass du das Recht hast, dieses andere Geschenk, das Mairi ist, zurückzuweisen?«, entgegnete Eirik in einem Ton, der klar erkennen ließ, dass er nicht der Einzige war, der dummes Zeug daherreden konnte.

»Das hast du aber nicht zu Gart gesagt, als er seinen Traum von Kindern seinem wahren Gefährten vorzog.«

»Ich bin nicht Garts Rudelführer.«

»Genau genommen, bist du eigentlich auch nicht der meine.« Aber beide wussten, dass der Rang eines Prinzen immer höher war als der eines Rudelführers, ganz gleich, was Eirik geopfert hatte, um seine Leute zu den Clans und in relative Sicherheit zu bringen.

»Ich bin dein Freund«, sagte Eirik sehr betont. »Es wäre nachlässig von mir, dich nicht darauf hinzuweisen, dass du dich wie ein Narr verhältst.«

»Boisin sagte, Mairi müsse bei ihm bleiben, um an ihrer Berufung als Seherin zu arbeiten.«

»Es ist nicht leicht, deine Gefährtin zurückzulassen, selbst wenn es nur für kurze Zeit ist, doch auf unbestimmte Zeit ist es nahezu verdammt unmöglich.«

»Obwohl es manchmal nötig ist.«

»Ich vertraue dir wie keinem anderen, Lais, aber ich bin ein Drache. Du kannst also hier bei deiner Gefährtin bleiben und ganz beruhigt sein, dass einem Chrechten von meiner Macht nichts Schlimmes widerfahren wird.«

»Selbst ein Drache braucht einen Freund im Rücken. Ich werde dich begleiten.« Das stand für Lais völlig außer Zweifel. Ihre Leute, Éan und Faol gleichermaßen, waren auf den Erfolg dieser Mission angewiesen.

»Danke.« Eirik umfasste nach Art der Krieger Lais' Unterarme. »Du wirst zu ihr zurückkehren.«

Mehr in Frieden mit sich selbst, als er es gewesen war, seit er zum ersten Mal den Duft seiner Gefährtin wahrgenommen hatte, trat Lais zurück. »Das werde ich. Was glaubst du, was der Balmoral zu der Bitte sagen würde, seinen Priester heute noch eine weitere Trauung vornehmen zu lassen?«

»Lachlan ist ein Mann der Tat. Er wird verstehen, warum.«

Lais kehrte zu Mairi und Ciara im Haus zurück, die noch immer fasziniert Boisins Geschichten lauschten und beide vollkommen bezaubert von der Gabe des alten Mannes waren.

Lächelnd legte Lais eine Hand auf Mairis Schulter, um sie nicht zu erschrecken.

Sie blickte auf, und ein fragender Ausdruck trat in ihre schönen blauen Augen.

»Gehst du ein Stück mit mir?«, fragte er.

Sie nickte.

Mit einem meckernden Lachen unterbrach Boisin seine Geschichte. »Macht ihr jungen Männer das heutzutage so? ›Gehst du ein Stück mit mir?‹, sagt er.« Boisin klatschte sich aufs Knie. »Meine eigene liebe Gefährtin hätte sich darüber totgelacht. Und ich hätte sie nicht darum gebeten, ein Stück mit mir zu gehen, aus Angst, dass sie vorher eine Falle aufstellen würde.«

Lais spürte, wie er errötete, doch Mairi stand auf und schüttelte über den alten Mann lächelnd den Kopf. »Danke für die Geschichten, Boisin.«

»Jederzeit, mein Kind! Du wirst lernen, sie auch zu erzählen, wie es meine Tochter tat und dann ihr Sohn nach ihr.«

Mairi nickte und schien so erfreut darüber, dass Lais' Sorge, sie zurückzulassen, sich verringerte.

Er führte sie aus dem Häuschen und in den dahinterliegenden Garten. »Nicht weit entfernt von hier ist ein kleiner See.«

Sein Adler hatte das Wasser gerochen, und Lais war hingegangen, als er bemerkt hatte, dass das Wasserfass des alten Mannes schon halb leer war. Er hatte es für Boisin aufgefüllt, das Mindeste, was er tun konnte, nachdem er vier große Pferde von den Wasservorräten des Mannes getränkt hatte.

»Du wirst die anderen begleiten«, sagte Mairi resigniert.

»Ja, aber ich komme wieder.«

Sie erhob den Blick zu ihm, doch er hielt seinen auf den Pfad vor ihnen gerichtet. Er wollte dieses Gespräch nicht führen, bis sie weit genug vom Haus und von den scharfen Chrechte-Ohren entfernt waren.

Schließlich erreichten sie das Wasser, und er führte Mairi zu einem Platz im Schatten einer großen Eiche, die in Ufernähe stand.

»Du kommst wieder? Warum?«, fragte Mairi mit besorgter Miene.

»Um meine Ehefrau abzuholen.«

Ihre schönen blauen Augen weiteten sich erschrocken. »Deine Ehefrau?«

Er lächelte. »Aye.« Dann ließ er sich neben ihr auf ein Knie nieder und nahm ihre kleine Hand in seine. »Mairi, meine Süße, du bist meine Gefährtin.«

»Das ist nicht das, was du im Boot behauptet hast.« Sie bedachte ihn mit einem sehr verstimmten Blick. »Und gestern Nacht in der Hütte der Wachen hast du mich wie Luft behandelt.«

»Ich wusste nicht, wann Gart zurückkommen würde, und wollte nicht riskieren, dass er uns in einer kompromittierenden Situation antraf.« Tatsächlich war der Wachsoldat überhaupt nicht mehr zurückgekehrt, doch Artair war zur Hütte gekommen, als seine Wache beendet war.

»Und jetzt willst du mein Gefährte sein? Weil Boisin dir mit seinem liebestollen Enkel gedroht hat?«

»Weil Eirik mir sagte, ich sei ein Narr, und ich ihm recht geben musste. Du bist ein Geschenk des Himmels, und dich zurückzuweisen wäre etwa so, wie die Kostbarkeit dieses Geschenks zu leugnen. Und das kann ich nicht.«

»Du sagtest *Ehefrau?*«

»Ja.«

»Du willst mich heiraten?«, fragte sie mit sich überschlagender Stimme.

»Mit jeder Faser meines Herzens, ja.«

»Aber ...«

»Sag, dass du mich nimmst, wie ich bin ... mit meinem Adler und meiner Vergangenheit!« Vielleicht war es nicht fair, sie darum zu bitten, doch es wäre auch nicht fair, sie beide einer einsamen Zukunft zu überlassen.

Und in einem Punkt irrte Mairi sich: Lais war nicht beunruhigt wegen Boisins Enkel. Kein bisschen. Weil Mairi seine wahre Gefährtin war und er ihr wahrer Gefährte. Es würde niemand anderen geben, für keinen von ihnen.

»Und du wirst auch mich so nehmen, wie ich bin ... selbst wenn ich nie einen Wolf erlange?«

Das war leicht zu beantworten. »Deshalb will ich, dass wir so schnell wie möglich heiraten.«

»Das verstehe ich nicht.« Aber sie schaute ihn mit unverhohlener Hoffnung in den Augen an.

Und er würde sie nicht enttäuschen. »Falls du einen Wolf

erlangst, wie du es hoffst, und die Hochzeit erst danach stattfindet, wirst du dich vielleicht immer fragen, ob ich dich nur beansprucht habe, weil du deine Seele mit dem Wolf teilst.«

»Du hast recht.« Ihre Augen füllten sich mit Tränen, die sie nicht zurückhalten konnte, und als sie über ihre Wangen liefen, wischte sie sie ungeduldig ab. »Das *würde* ich mich fragen.«

»Aye.«

»Aber bist du sicher? Wir kennen uns doch erst seit kurzer Zeit.«

»Mein Adler erkannte dich im selben Moment, als Eirik dich hinter der Sinclair'schen Burg ins Gras legte. Und ich wusste, dass ich verloren war, als du das erste Mal die Augen öffnetest und mich ansahst.«

»Liebst du mich denn?«, fragte sie, als fürchtete sie die Antwort. »Kannst du mich lieben?«

»Liebst du *mich?*«

»Ja.«

»Ist Liebe das Verlangen, bei dir und niemand anderem zu sein? Dich vor allem zu beschützen? Die Bereitschaft, sowohl für dich zu töten als auch für dich zu sterben? Das Bedürfnis, dich zu berühren, wann immer wir uns nahe sind? Der Wunsch, dein Herz und deinen Körper bei mir zu behalten, bis wir unseren letzten Atemzug tun? Wenn das Liebe ist, dann liebe ich dich.«

»Ich werde dich heiraten, Lais«, sagte sie ... und brach in Tränen aus.

Das störte ihn nicht. Die Freude, die sie ausstrahlte, war ein berauschender Duft für seine Adler-Sinne.

Er beschloss, dass dieses Heiratsversprechen mit einem Kuss besiegelt werden musste, und er küsste sie voller Zärtlichkeit.

Boisin ließ den Laird durch eines seiner vielen Enkelkinder benachrichtigen, und der Priester traf sich mit ihnen auf der Lichtung vor den heiligen Höhlen des Balmoral'schen Rudels. Dort gab er Lais und Mairi seinen Segen, bevor er von zwei Kriegern zur Burg zurückbegleitet wurde.

Dann führte der Balmoral sie in die Höhlen zu den Chrechten, die geblieben waren, um an dem chrechtischen Ritual teilzunehmen. Lais hielt Mairis Hand. Er war frohen Herzens, und sie verströmte den Duft einer glücklichen Frau, nachdem sie ihre Gelübde gesprochen hatten. Die anderen bildeten einen Kreis um sie herum. Artair und Gart, die ihren Laird von der Burg aus begleitet hatten, der Balmoral und seine Familie, Boisin und einer seiner Enkelsöhne – der allerdings noch viel zu jung war, um derjenige zu sein, den der Älteste als Druckmittel benutzt hatte.

Der Balmoral vollzog das Chrechte-Ritual der Paarung und Heirat, und er verlangte Lais und Mairi sogar noch verbindlichere Gelübde ab als der Priester zuvor.

Danach beanspruchte Lais seine frischgebackene Gefährtin und Ehefrau mit einem weiteren Kuss, der für beide überaus beglückend und berauschend war.

Ciara betrachtete das junge Paar, das nicht aufhörte, sich zu küssen, mit feuchten Augen.

Boisin lachte leise. »Ja, so zeigten wir zu unserer Zeit unseren Gefährtinnen unser Interesse. *Willst du ein Stück mit mir gehen?*, fragte der Junge.« Der alte Mann schüttelte den Kopf, doch dann wurde er wieder ernst und wandte sich Eirik zu. »Zieht das Schwert des Faol'schen Königs, wenn ich bitten darf!«

Eirik warf Ciara einen fragenden Blick zu, und sie nickte.

Daraufhin zog er das Schwert aus der Scheide und legte es auf seine flachen Hände.

Boisin nickte Ciara zu. »Umfass den Griff mit einer Hand über der anderen!«

Ciara, die sich erinnerte, was beim letzten Mal geschehen war, als sie es berührt hatte, zögerte.

Der Älteste klopfte ihr ermutigend auf die Schulter. »Fürchte die Visionen nicht, mein Kind! Sie werden dich zu dem Stein führen.«

Sie nickte, biss sich auf die Lippe und tat, wie geheißen. Mit beiden Händen ergriff sie das Heft des Schwertes und drehte es so, dass die Spitze auf den steinernen Boden der heiligen Höhle zeigte. Der Schwertgriff wurde sofort wieder heiß in ihren Händen.

»Borg ihr deine Kraft, Drache!«, befahl Boisin.

Und Eiriks starke Arme legten sich um Ciara, seine Hitze umgab sie wie eine schützende Decke, seine Hände schlossen sich um ihre und versprachen ihr Kraft für den Fall, dass ihre nachließ. Ein Gefühl des Friedens durchströmte sie, und sie lehnte sich entspannt an ihn. In dem Vertrauen darauf, dass ihr Gefährte sie beschützte, schloss sie die Augen.

»Kannst du die Anwesenheit des Steins in diesen Höhlen spüren?«, fragte Boisin wie vom Ende eines Tunnels.

Ciara dachte darüber nach und ließ ihren Wolf durch ihren Griff um das Schwert Verbindung zu dem Geist des Steins aufnehmen. »Ich spüre das Vorhandensein von Chrechte-Magie.« Von starker Magie. »Aber nicht den Stein.«

»Gut. Denn der Stein lebt hier nicht«, sagte Boisin wieder mit dieser merkwürdig entfernt klingenden Stimme. »Nun lass deinen Geist ihn suchen! Fürchte nichts, was auch immer kommen mag! Du bist sicher in den Armen deines Drachenmannes.«

Sie *war* sicher, sicherer, als sie es je gewesen war. Sie konnte die Visionen kommen lassen, und sie würden weder ihr noch irgendjemandem, den sie liebte, ein Leid antun.

Ciara tat, was Boisin sagte, ließ ihre Sinne auf der Suche nach dem *Faolchú Chridhe* nach außen streben, so weit sie wollten. Und zwischen einem Atemzug und dem nächsten war sie wieder in der Höhle bei der alten *kelle*.

Diesmal blickte die Frau jedoch nicht durch sie hindurch, sondern erwiderte ihren Blick. Ciara bemerkte, dass die Augen der *kelle* vom gleichen dunklen Smaragdgrün wie die ihren waren. »Ihr seid es.«

Ciara, die weder die Zeit noch die Geduld für falsche Bescheidenheit hatte, neigte nur zustimmend den Kopf.

»Das freut mich. Ihr habt sowohl Kraft als auch Güte in Eurem Herzen.«

»Danke.«

»Es tut mir leid, dass die Träume Euch jahrelang zugesetzt haben.«

»Das war nicht Eure Schuld.«

»Doch, das war es.« Die Miene der alten Frau verriet Schuldbewusstsein und Entschlossenheit. »Denn ich hielt Euch davon ab, den Stein zu finden, bis Ihr einen würdigen Beschützer hattet.«

Galen war ihr Beschützer gewesen, als die Träume begonnen hatten. »Mein Bruder war es nicht.«

»Nein, denn er war von den Fearghall getäuscht worden. Er wollte glauben, er sei allen anderen überlegen, so wie es dein Vater tat.«

Kapitel 22

Unter all den Arten von Schlangen gibt es keine,
die vergleichbar mit dem Drachen ist.

Edward Topsell

Ciara war nicht überrascht zu hören, dass ihr Vater ein Mitglied der Fearghall gewesen war. Er hatte auf jeden Fall dem Glauben der ersten Fearghall angehangen, dass Männer wertvoller als Frauen waren.

Trotzdem sah sie sich genötigt, entschuldigend zu lächeln. »Das tut mir leid.«

»Ihr Stolz war nicht Eure Sünde.« Die *kelle* seufzte. »Genauso wenig, wie die Sünden meines Sohnes die meinen waren. Aber ich bin dafür verantwortlich, den Geist des *conriocht* in ihm hervorgebracht zu haben.«

»Wusstet Ihr von seinen Charakterfehlern, bevor Ihr den Stein benutztet, um ihm den Geist des *conriocht* zuteilwerden zu lassen?«

Die *kelle* schüttelte den Kopf, und ein kummervoller Blick erschien in ihren Augen. »Ich wusste, dass wir nicht noch mehr Beschützer brauchten, doch er war mein Sohn. Sein Glaube an seine eigene Überlegenheit stellte sich erst ein, nachdem er lernte, sich in den *conriocht* zu verwandeln.«

»Das tut mir leid«, sagte Ciara wieder.

Doch das Gesicht der *kelle* wirkte schon viel friedlicher. »Das war vor langer Zeit. Was geschah, als ich auf der Erde wandelte, hat nicht mehr die Macht, mir wehzutun. Selbst Fearghall hat die wahre Liebe gesehen und angenommen.«

Ciara fragte sich unwillkürlich, wie viele Jahrhunderte das gedauert haben mochte. »Wo habt Ihr den *Faolchú Chridhe* versteckt?«

»Irgendwo, wo mein Sohn und die, die seinen Namen annahmen, nie danach gesucht hätten.« Die Traurigkeit der *kelle* war deutlich spürbar wieder da. »Er liebte zu sehr den Krieg, und er schätzte die Macht zu töten mehr als alle anderen Gaben. Er hatte keinen Respekt vor der Fähigkeit zu heilen, obwohl seine eigene Gefährtin eine begnadete Rabenfrau war, die den heiligen Stein nicht einmal brauchte, um die schwersten Verwundungen zu heilen.«

»Seine Gefährtin war eine Éan?«, fragte Ciara verblüfft.

»Ja, und er tötete sie in derselben Nacht, in der er mir das Leben nahm.«

»Ich …« Ciara fehlten die Worte. Zu sagen, dass es ihr leidtat, war vor einer solchen Niedertracht viel zu wenig.

»Seine Weigerung, an die Macht der Liebe über die Gewalt zu glauben, führte zu seinem Niedergang und schließlich auch zum Fall der Faol.«

»MacAlpin war sein Nachkomme.«

»Aye, zusammen mit sehr vielen guten Chrechten.«

Ciara blickte sich in der Höhle um und wandte ihre Aufmerksamkeit den Schnitzereien an der Wand und ihrer Bedeutung zu. Die Geschichte eines mächtigen Kriegers und Beschützers der Faol war an einem Teil der Wand in Bildern dargestellt. »Fearghall war nicht nur schlecht«, sagte sie nach eingehender Betrachtung.

»Nein, das war er nicht.« Ein leises Lächeln erhellte das Gesicht der *kelle*. »Danke für Euer Verständnis. Es ist ein weiterer Beweis für Euer gutes Herz.«

Dazu äußerte sich Ciara nicht. »Wo würden er und die, die nach ihm kamen, denn nicht nachsehen?«

»Tief in der Erde. Er war überzeugt, dass seine Frau den *Faolchú Chridhe* gestohlen hatte, und sie hasste enge, dunkle Orte. Wie es so viele der Éan heutzutage tun. Es ist nichts Natürliches für sie, sich tief in die Erde zu begeben, wo sie doch am Himmel leben, und schon gar nicht zu einem Ort, der nur über einen langen Weg durch einen schmalen, dunklen Tunnel zu erreichen ist.«

»War er in den heiligen Höhlen der Donegals oder MacLeods?«, fragte Ciara, die sich nicht erinnern konnte, je von einer Höhle gehört zu haben, die nur über einen solch langen, schwierigen Weg zu erreichen war.

Die *kelle* zog verwirrt die Augenbrauen zusammen. »Ich kenne diese Namen nicht. Sind diese Leute Krieger unseres Rudels?«

»Nein. Das sind die Namen, die mit bestimmten Gebieten verbunden sind.«

»Wie Jagdgebiete? Ihr gebt ihnen heute Namen, statt um das Recht auf sie Krieg zu führen?«

»Es wird immer noch genug gekämpft.«

Die *kelle* seufzte. »Ja, wahrscheinlich schon.« Sie runzelte nachdenklich die Stirn und sagte dann: »Die Höhlen waren solche, die von der *kelle* nur zum Heilen benutzt wurden.«

»Und Fearghall interessierte sich nicht fürs Heilen.«

»Nein. In seiner Wut über den Verlust des Steins tötete er meine Mit-Priesterinnen, ohne zu erkennen, dass sie die Einzigen waren, die ihn hätten hinführen können und die wirklich seine Macht hervorbringen konnten.«

»Wo sind diese Höhlen?«, fragte Ciara, von dem unangenehmen Gefühl erfasst, dass ihr die Zeit davonlief.

»Kennt Ihr die heiligsten Höhlen, die von den Faol, den Éan und den Paindeal benutzt werden?«

»Die Paindeal haben die Highlands schon vor Jahrhunderten verlassen.«

Die *kelle* zuckte zusammen. »Wegen Fearghall?«

»Ja. Wusstet Ihr das nicht?«

»Seit meinem Tod weiß ich nur, was ich erfuhr, wenn ich in die Träume der Chrechten gerufen wurde. Das ist aber nicht oft geschehen, und noch nie zuvor konnte ich so ungehindert reden wie mit Euch.«

»Andere behaupten, meine Verbindung zu dem Stein sei sehr stark.«

»So stark wie meine eigene.« Die Priesterin nickte wie zu sich selbst und lächelte dann beruhigend. »Und sie wird Euch zu ihm führen.«

»Das hoffe ich. Der Seher Boisin sagte, wenn ich ihn nicht finde, würden die Faol alle am Schwarzen Tod sterben.«

»Ja, er kommt, der Schwarze Tod.« Eine andere Art von Kummer verdunkelte die Augen der *kelle*. »Und deshalb müsst Ihr lernen, Euch mit dem *Faolchú Chridhe* zu verbinden, um unser Volk zu retten.«

»Das ist es, was ich will.« Und es war das erste Mal, dass Ciara wirklich und wahrhaftig so empfand.

»Dann werdet Ihr es auch tun. Die Höhlen ... vielleicht benutzen nur die Éan und Faol sie heute noch?«

»Es gibt einen geheimen Ort, von dem ich weiß und der so ist wie der, den Ihr beschreibt. Er wird seit jeher benutzt, soweit ich mich erinnern kann. Es gibt einen großen Teich mit brodelnden heißen Quellen in der Höhle, die für die Paarungszeremonie benutzt wird.«

»Das klingt wie die Höhlen, von denen ich spreche.« Die *kelle* wirkte sowohl erfreut als auch erleichtert über Ciaras Intelligenz. »Zwei Tagesreisen nach Süden und eine halbe in Richtung Westen werden Euch von hier aus zu den heilenden Höhlen führen.«

»Zu Fuß wie ein Mensch oder laufend wie ein Wolf?«, fragte Ciara, bevor sie überlegte, wohin die von der *kelle* gegebene Wegbeschreibung sie führen könnte.

»Laufend wie ein Wolf natürlich«, sagte die *kelle* mit einem erstaunten Blick. »Ein Mensch braucht zu lange, während der Wolf von morgens bis abends laufen kann.«

Ciara überlegte schnell. Die Höhlen mussten sich auf MacLeod'schem Land befinden, doch es waren nicht die heiligen Höhlen, von denen Talorc gesprochen hatte. »Gibt es irgendwelche Orientierungspunkte in der Nähe?«

Und würden sie nach so vielen Hunderten von Jahren überhaupt noch da sein?

»Die heilenden Höhlen liegen in einem Tal, das von einem kleinen Fluss durchströmt wird. Wir nannten es *Kyle Kirksonas*.«

Hoffentlich wusste Mairi, wo sich der *schmale Fluss der heilenden Kultstätte* befand und durch welches Tal er floss! Vielleicht wurde es von den MacLeods noch immer *Kyle Kirksonas* genannt. Ortsnamen veränderten sich in den Highlands nicht so schnell.

Das Gesicht der Priesterin verzog sich nachdenklich. »Der Eingang zu den Höhlen befindet sich an einem Hang, dem steilsten dort, der ganz und gar aus Fels besteht. Der Eingang sieht aus wie ein Teil der Steilwand, doch das ist er nicht.«

Die Wand, die keine ist, wie Boisin gesagt hatte. »Wie sollen wir sie dann finden?«, fragte Ciara.

»An der Felswand gibt es eine Stelle, an der unser Chrechte-Symbol für das Heilen eingemeißelt ist. Es ist etwa so hoch und so lang«, sagte die *kelle* und beschrieb mit den Händen einen Kreis, der ungefähr so groß war wie das Gesicht eines Neugeborenen und in etwa auf Ciaras Augenhöhe endete. »Ihr müsst mit einem der kleineren Kinder des *Faolchú Chridhe* auf den Mittelpunkt drücken.«

»Ihr meint die Steine wie den, den Ihr an Eurem Stirnreif tragt?«, fragte Ciara.

Die Priesterin berührte den Smaragd an ihrer Stirn und

lächelte. »Ja. Mit einem seiner Kinder, obwohl der Schlüssel zu unseren heilenden Höhlen größer ist.«

Es war gut, dass solche »Kinder«, wie die *kelle* sie nannte, sowohl den Griff von Ciaras Dolch als auch den des Schwertes ihres Bruders zierten. Jetzt konnte sie nur noch hoffen, dass einer von ihnen die richtige Größe hatte, um der Schlüssel zu sein.

Ein unangenehmes Geräusch brummte hartnäckig in Ciaras Kopf, und die *kelle* sah so aus, als hörte sie es auch. »Es wird Zeit, dass Ihr diesen Ort verlasst und in Eure Welt zurückkehrt.«

»Und Ihr werdet dorthin zurückkehren, wo immer Ihr auch wart?«

»Mein Geist ist stets bei Gott.« Diesmal war das Lächeln der *kelle* von einem wundervollen Frieden durchdrungen. »Doch wenn ich zu einem Traum gerufen werde, ist es die Gestalt, die ich vor dem Tod besaß, die kommt.«

»Es war mir eine Ehre, Euch zu begegnen, *kelle*.«

»Mir auch, Prinzessin der Faol. Und wir werden uns sicher wiedersehen.«

Ciara erschlaffte in Eiriks Armen, und er packte sie und ließ das Schwert dabei zu Boden fallen.

Der Balmoral hob es auf und steckte es wieder in die Scheide an Eiriks Rücken. »Ist alles in Ordnung mit ihr?«

»Ich weiß es nicht.« Und die Möglichkeit, dass es nicht so war, löste Gefühle in Eirik aus, die er nicht gewohnt war.

Gefühle wie panische Angst.

Sie hatte während ihrer Vision zunehmend flacher geatmet, und die Farbe war aus ihrem Gesicht gewichen, bis Ciara nahezu totenbleich gewesen war. Wäre ihr schwacher, aber gleichmäßiger Herzschlag nicht gewesen, wäre er wahrscheinlich durchgedreht. Auch so schon wollte er irgendjemandem den Kopf abreißen, am liebsten jedem Faol, der noch immer dem Fearghall'schen Geheimbund angehörte, da der eigentliche Verantwortliche für den Verlust des *Faolchú Chridhe* sich längst außerhalb von Eiriks Reichweite befand.

»Sie wird schon wieder. Die Kleine braucht nur ein bisschen Ruhe«, beruhigte Boisin sie.

»Habt Ihr so etwas schon mal gesehen?«, fragte Eirik scharf.

»Oh ja ... je intensiver die Vision ist und je länger sie dauert, desto mehr Kraft erfordert sie. Doch ein bisschen Schlaf und etwas zu essen werden Ciara wieder auf die Beine bringen.«

Eirik hob seine Frau auf. »Wo ist der Raum zum Heilen?«

Ihren Paarungsraum wollte er Lais und Mairi überlassen, weil er nicht einmal im Traum daran dachte, selbst die Ehe mit Ciara zu vollziehen, bevor sie völlig wiederhergestellt war.

»Es gibt keine Heilräume in diesen Höhlen«, erklärte der Balmoral. »Ohne einen Heiler wie Lais in unserem Clan oder den heiligen Stein und seine Kräfte sind wir auf unsere Chrechte-Naturen und unsere eigenen Heilkünste angewiesen.«

Eirik bedauerte die Faol, als er das hörte. Die Éan mochten im Wald gelebt haben, gejagt und im Verborgenen, doch sie hatten wenigstens noch ihre alten Chrechte-Bräuche.

»Dann gibt es hier also nur diese Höhle und euren Paarungsraum?«

»Nein, dort hinten befindet sich noch eine andere Höhle, die nach links abzweigt.« Der Balmoral zeigte in die Richtung. »Viele Chrechten haben dort die Nacht verbracht, wenn sie Frieden und Alleinsein brauchten.«

Es war kein Raum zum Heilen, aber sicher besser, als Ciara zur Burg zurückzubringen. Eirik erinnerte sich gerade noch, sich zu bedanken, bevor er sie den nur schwach erleuchteten Tunnel hinuntertrug.

Lais führte Mairi zu dem »Paarungsraum«, zu dem der Balmoral sie geschickt hatte. Wie die heiligen Höhlen auf Sinclair'schem Gebiet hatte auch er einen durch unterirdische heiße Quellen gespeisten Teich. Obwohl das steinerne Bad kleiner war als in den anderen Höhlen, sah es geradezu perfekt für eine Paarung aus.

Mairis Blick glitt durch die Höhle. »An den Wänden stecken Fackeln. Was meinst du – sollen wir sie anzünden?«

»Aye.« Er wollte ihren schönen Körper sehen.

»Oh. Bist du sicher?«, fragte sie, die seine Gedanken ahnte.

»Ganz sicher.«

Sie riss beinahe die Falten von ihrem Rock ab, so fest zog sie daran. »Du hast die seltsame Neigung, mich ohne Kleider sehen zu wollen.«

»Daran ist gar nichts Seltsames, meine Süße.« Er nahm seinen Feuerstein und schlug ihn an die Höhlenwand, um eine Fackel nach der anderen anzuzünden.

Trocken wie Zunder, fingen sie schnell Feuer. Insgesamt waren es vier Fackeln, genug, um die kleine Höhle in ein sanftes gelbes Licht zu tauchen, aber nicht genug, um alle Schatten zu vertreiben.

Als Lais sich wieder zu Mairi umdrehte, starrte sie voller Beklommenheit auf einen Stapel Felle, der in der Nähe des Teiches lag, aus dem ein angenehm warmer Wasserdampf aufstieg.

»Meine Süße, du hast in unserem Ehebett nichts zu befürchten.«

Sie schüttelte den Kopf. »Ich weiß ... Es ist nur ... Glaubst du, dass dort schon andere gelegen haben?«

»Ich bin mir sogar sicher, dass genau hier schon viele Chrechten die Ehe vollzogen haben. Dies ist ein heiliger Ort.« Lais trat näher und hielt schnuppernd die Nase in die Luft. »Aber noch keiner hat auf diesen Fellen dort gelegen.«

Das hatte ihm auch schon der Balmoral gesagt.

Mairi holte Luft und ließ sie langsam wieder entweichen. »Bist du sicher?«

»Aye. Der Laird meinte, sie seien ein Geschenk des Rudels, das jedes frisch vermählte Paar erhält.«

»Aber wir sind keine Balmoral.«

»Das schien ihn nicht zu kümmern.«

»Dann werden die Felle also ausgetauscht ...« Sie räusperte sich. »Nach jeder Paarung?«

»Das sagte jedenfalls der Balmoral.«

»Das ist sehr freundlich, finde ich, und besonders uns gegenüber, da wir nicht einmal zu ihrem Clan gehören.«

»Er hat als Clan-Führer unsere Gelübde entgegengenommen.«

»Trotzdem ...«

»Ist es nett von ihnen«, schloss Lais, legte die Hände auf ihre Schultern und zog sie an sich. »Du bist jetzt mein, Mairi. Nur mein.«

Sie drehte sich in seinen Armen, sodass sie ihm ihr Gesicht zuwandte, und schaute ihn aus gefühlvollen blauen Augen an. »Und du bist mein.«

»Aye. Von dem Moment an, als Eirik dich vor meinen Füßen auf den Boden legte.«

Ihre schön geschwungenen Lippen verzogen sich zu einem Lächeln. »Das klingt, als hätte er mich dir geschenkt.«

»Das Schicksal schenkte mich dir, und Eirik war vielleicht sein Bote.«

»*Du* bist mein Geschenk, Lais. Hast du das noch immer nicht erkannt?«

Er öffnete den Mund, um etwas zu sagen – was, wusste er selbst nicht, und seine Kehle war ohnehin zu eng zum Sprechen. Deshalb küsste er sie, und sie schmiegte sich an ihn, schlang ihm die Arme um den Hals und verschränkte die kleinen Hände in dem Haar an seinem Nacken.

Er entkleidete sie mit größter Behutsamkeit, obwohl er wusste, dass sie keine Schmerzen mehr von den Schlägen hatte. Bevor sie am Morgen die Strandhütte verlassen hatte, hatte er noch einmal auf einer heilenden Behandlung bestanden.

Und Mairi ließ sich protestlos von ihm ausziehen. Als er ihre Brust umfasste, stöhnte sie leise. Sie passte genau in Lais' große Hand, und er streichelte sie sanft und genoss das Gefühl ihrer seidigen Haut unter seinen Fingern. Die leisen kleinen Laute, die sich ihren Lippen an seinen entrangen, versetzten ihn in Entzücken.

Die andere Hand legte er um ihren festen kleinen Po und strich mit den Fingerspitzen über die Stelle, wo die wohlgeformten Rundungen in ihre schlanken Schenkel übergingen. Mairi drängte sich an ihn und teilte instinktiv die Lippen, um den Kuss noch zu vertiefen.

So unschuldig und doch so sinnlich, brachte seine jungfräuliche Gefährtin ihn an den Rand seiner Beherrschung, ohne auch nur seinen Kilt abgelegt zu haben.

Und das konnte er nicht zulassen. Ihr erstes Mal musste etwas ganz Besonderes sein; es musste ihr die Liebe zeigen, die sein Adler ihr entgegenbrachte – ihr, der Gefährtin seines Herzens.

Also hob er sie auf seine Arme und trug sie zu den Fellen, wo er sie behutsam auf das weiche Bett legte.

Sie blickte lächelnd zu ihm auf. »Ich glaube, hier sind wir schon einmal gewesen.«

Als er mit einem langen Blick die blasse Schönheit ihres Körpers in sich aufnahm, musste er ihr widersprechen. »Dies ist keine heilende Behandlung, meine Kleine.«

»Glaubst du nicht? Aber jede deiner Zärtlichkeiten heilt mein Herz ein bisschen mehr.«

»Dann heilen wir uns gegenseitig.« Denn er hatte noch nie ein solches Gefühl des Friedens und der Zugehörigkeit gekannt wie in den Momenten, in denen sie in seinen Armen war.

»Ja, wir werden uns gegenseitig heilen.«

Mit vor Nervosität ganz ungeschickten Händen begann er, sich auszuziehen, und in jeder Sekunde, die es dauerte, lag ihr heißer Blick auf ihm, der voller Liebe und Verlangen war. Schließlich streifte er die Stiefel ab und legte sich zu ihr auf die Felle.

Sie wartete nicht darauf, dass er den Kuss fortsetzte, sondern brachte ihre Lippen ganz von selbst an seinen Mund. Und da legte er sich sehr behutsam auf sie und ließ sie den Beweis seiner männlichen Begierde zwischen ihren Schenkeln spüren.

»Heile mich!«, flüsterte sie an seinen Lippen.

Lais' Herz zog sich zusammen, und die Liebe zu dieser tapferen menschlichen Frau, die ihn durchflutete, war so überwältigend, dass sie ihm für einen Moment den Atem raubte. Sanft spreizte er mit den Knien ihre Beine und ließ seine Hand zu ihrer intimsten Körperstelle gleiten. Eine Flut lustvoller Gefühle überschwemmte ihn, als er merkte, dass sie schon ganz heiß und feucht vor Begehren war.

Trotzdem würde er nichts überstürzen.

Und so nahm er sich alle Zeit der Welt, um Haut und Muskeln zu dehnen, die noch keine Art von Eindringen erfahren hatten. Er konnte den Beweis ihrer Unberührtheit spüren, doch wäre es nicht so gewesen, hätte es ihm auch nichts ausgemacht. Diese Frau war in jeder Hinsicht die Seine und würde ihn mit einer Liebe in sich aufnehmen, von der er bisher nicht einmal zu träumen gewagt hatte.

Zusammen bewegten sie sich in perfekter Harmonie, seine streichelnden Hände auf ihrem Körper und ihre viel kleineren auf seinem, den sie erkundeten und erforschten, bis es so weit war. Und dann vereinigten sie sich.

Natürlich empfand sie einen kleinen Schmerz, aber Lais konzentrierte seine Chrechte-Gabe sofort auf sie und heilte ihre winzige innere Verletzung schon, als sein Körper noch von ihrem Besitz ergriff.

Und bald schon flehte sie ihn an, noch tiefer in sie einzudringen … und er gab ihr alles, worum sie ihn bat.

Einschließlich seines Herzens.

Chrechte-Macht brandete in der Höhle auf, als beide den Gipfel der Ekstase erreichten, und Lais wusste, dass er trotz der geringen Chancen soeben seinen Samen tief in ihrem Schoß ergossen hatte.

Eirik erwachte von Ciaras verändertem Herzschlag, der darauf hindeutete, dass sie sich ihrer Umgebung wieder bewusst war. Sie hatte den Abend und fast die ganze Nacht verschlafen. Mit seinen von Jahren des Lebens und Jagens im Wald geschärften Instinkten konnte Eirik spüren, dass die Morgendämmerung nicht mehr weit entfernt war.

Sie hatten ihre Träume wieder geteilt; sein Rabe hatte sie zum Fliegen in die einzige fantastische Landschaft mitgenommen, in der sie je den Himmel miteinander würden teilen können. Dann hatte Eirik sie in einen noch weitaus tieferen Schlaf versetzt, der ihre Kräfte schneller und vollständiger erneuern würde, als normaler Schlaf es könnte.

»Hmm … eigentlich müsste ich daran gewöhnt sein, in den Armen eines Drachen zu erwachen, aber das bin ich nicht. Es ist ein wahres Wunder.«

Und? Gefällt es dir, das Wunder?, fragte er über die telepathische Verbindung unter Lebensgefährten, überzeugt, dass er die Antwort bereits kannte.

Sie rieb den Kopf an seinem starken Drachenarm, den sie als Kissen benutzt hatte. »Oh ja.«

Gut.

»Ich glaube, ich weiß, wo sich der *Faolchú Chridhe* befindet.«

Nach all der Kraft, die ihr die Vision genommen hatte, wäre er auch nicht gerade erfreut, etwas anderes zu hören. *Wo?*

»Auf MacLeod'schem Gebiet, glaube ich«, sagte Ciara und erzählte ihm von ihrer Vision, indem sie ihr Gespräch mit der Priesterin Wort für Wort wiederholte.

Und Eirik konnte kaum noch atmen, so erschüttert war er darüber, dass seine Gefährtin mit einer der Uralten gesprochen hatte! *Anya-Gra hat noch nie mit einem Vorfahren gesprochen.*

»Vielleicht haben die Éan niemals die Art von Anleitung gebraucht, die die Faol jetzt benötigen.«

Boisins Träumen zufolge brauchen dich unsere beiden Rassen, um den Stein zu finden. Er strich mit seinem Drachenschwanz über Ciaras Hüfte, bevor er ihn um sie legte und sie noch näher an seinen mächtigen Körper heranzog.

»Du hast recht. Ich verstehe nicht, warum, doch ich werde es nicht hinterfragen. Nicht nach allem, was geschehen ist.«

Nein. Sie hatte zu viel in ihren eigenen Visionen gesehen, um Boisins infrage zu stellen. *Wir kehren gleich nach dem Frühstück aufs Festland zurück.*

»Einverstanden. Aber kannst du dich bitte verwandeln?«

Natürlich. Eirik zögerte nicht, seine Drachengestalt wieder zu der eines Mannes zu verkleinern. »Du bist es noch nicht gewohnt, dich über unsere geistige Verbindung mit mir zu verständigen.«

»Das ist es nicht.« Es war dunkel in der Höhle, doch an Ciaras Stimme konnte er hören, dass sie lächelte.

»Was dann?«

Sie zog ihn unter die Wärme der Felle und bewegte ihren nackten Körper verführerisch an seinem. Er hatte sie am Abend zuvor ausgezogen, weil er glaubte, dass sie besser schlafen würde ohne all die vielen Kleidungsstücke, die sie für gewöhnlich trug.

Sie drückte einen sanften Kuss auf seinen Mund, bevor sie an seinen Lippen murmelte: »Ich will meine Hochzeitsnacht.«

»Es ist fast Morgen.«

»Dann solltest du besser anfangen, meinst du nicht?«

Ein Glücksgefühl, wie er es noch nie gekannt hatte, sprudelte aus seinem tiefsten Inneren auf, als der Kuss immer heißer und explosiver wurde.

Diese Frau gehörte ihm, und sie begehrte ihn. Nicht die Macht seines Drachen, nicht den Prinzen seines Volkes oder die Fähigkeiten seines Raben … sondern ihn. Eirik Taran Gealach Gra.

Und er begehrte sie, ihre Schönheit, ihre Leidenschaftlichkeit, ihr gutes Herz, das sie so lange versucht hatte zu verbergen. Alles, was Ciara von den Sinclairs zu dem machte, was sie war. Er verstand die Tiefe seiner Gefühle nicht besser als sie die Prophezeiung, doch genau wie seine *faolán* würde er mit Freuden alles akzeptieren.

Und er würde ihr eine Hochzeitsnacht bereiten, die sie nie vergessen würde.

Ciara war nicht wirklich überrascht, Niall und zwei der zuverlässigsten Krieger ihres Vaters bei den Pferden warten zu sehen, statt des Adler-Gestaltwandlers, den sie dort gelassen hatten, als Eirik und sie am späten Morgen auf dem Festland landeten.

Niall wartete, bis Eirik sich von seinem Drachen wieder in einen Mann verwandelt hatte, bevor er vortrat. »Der Sinclair hat diesen beiden Chrechte-Kriegern befohlen, euch auf der restlichen Suche zu begleiten.«

Er deutete auf Everett und dessen jüngeren Bruder, deren Großmutter eine weiße Wölfin gewesen war. Beide Männer waren noch ungebunden, aber sie hatten die Verwandlung schon vom ersten Anblick ihrer Wölfe an tadellos beherrscht.

Ciara warf Eirik einen nervösen Blick zu, weil sie befürchtete, dass er ihrem Vater dessen Anordnung verübeln würde.

Aber ihr Gefährte nickte nur. »Sie sind willkommen. Der Balmoral schickte auch einen seiner Wölfe und einen der Éan zu unserer Begleitung mit.«

Das hatte Ciara nicht gewusst. »Wen?«, fragte sie.

»Artair und Vegar, eine der stärksten und gefährlichsten der Éan'schen Leibwachen.«

»Ist Vegar ein Mann oder eine Frau?« Der Name war Ciara nicht bekannt.

Eirik lächelte. »Obwohl alle Éan'schen Frauen für den Kriegsdienst ausgebildet werden, werden nur wenige zu Leibwachen wie meine Schwester. Vegar ist ein Mann.«

»Verstehe. Warum hast du vor unserer Abreise von Balmoral Island nichts davon erwähnt, dass uns zwei weitere Krieger auf unserer Reise zu den heilenden Höhlen unserer Vorfahren begleiten werden?«

Eirik runzelte die Stirn, als ergäbe ihre Frage keinen Sinn für ihn. »Diese Höhlen befinden sich auf MacLeod'schem Land. Natürlich verstärken wir unsere Kampfeskraft, wenn wir uns auf feindliches Territorium begeben.«

»Aber wir werden doch keinen Krieg anzetteln«, sagte Ciara, obwohl sie nichts dagegen hätte, Mairis Vater ihren Dolch spüren zu lassen.

»Deine Sicherheit ist von größter Wichtigkeit.«

Weil sie eine Seherin und die Hüterin des Steins war. Ciara zuckte mit den Schultern. »Du wirst schon nicht zulassen, dass mir etwas geschieht.«

Schließlich war Eirik ein *Drache*, Herrgott noch mal!

»Ich bin nur ein Mann, und mehr Augen werden uns die Suche sehr erleichtern.«

Damit hatte er sicher recht, doch je größer der Trupp war, desto schwieriger würde es sein, ihre Anwesenheit auf MacLeod'schem Territorium zu verbergen. »Du bist mehr als nur ein Mann.«

»Wie auch die Krieger unter MacLeods Befehl es sind.«

»Wir haben erfahren, dass er der Alphawolf des größten Rudels in den Highlands ist«, sagte Niall grimmig.

»Aber das ist unmöglich! So groß ist ihr Clan gar nicht.«

Nialls Miene war noch finsterer als gewöhnlich. »Und er besteht fast ausschließlich aus Chrechten.«

Eine sehr ursprüngliche Angst durchfuhr Ciara. »Wie kann das sein?«

»Die Antwort darauf willst du gar nicht hören«, versicherte ihr Niall. »Glaub mir einfach nur, dass MacLeods größte Sünde nicht das Verprügeln seiner Tochter war.«

Dann mussten die Sünden des Mannes in der Tat ganz scheußlich sein, denn diese eine war schon schlimm genug.

Everett und sein Bruder sahen beide ein bisschen grün um die Nase aus, und Ciara dachte, dass sie bei dem Verhör der MacLeod'schen Soldaten zugegen gewesen sein mussten oder doch zumindest das Ergebnis kannten.

»Wie viele Chrechten hat er Mairi hinterhergeschickt?«, fragte Ciara den Stellvertreter ihres Vaters.

»Sechs.«

»Und wie viele leben noch?«

Nialls Gesichtsausdruck wurde sogar noch düsterer. »Vier.«

»Werden sie sich unserem Laird unterwerfen?«

»Das werden sie, und mit Freuden«, sagte Everett.

Und *das* sprach noch mehr als alles andere für die von MacLeod begangenen Verbrechen. Faol waren ihrem Rudel normalerweise treu ergeben. »Also *gibt* es Krieg?«

An Nialls Kinn zuckte ein Muskel. »Nachdem der *Faolchú Chridhe* gefunden ist.«

Kapitel 23

Ist es nicht der süßeste Spott,
unsere Feinde zu verspotten?

Sophokles

Wäre eine kleine Gruppe dann nicht besser?«, schlug Ciara vor, die sich jetzt wirklich fragte, was die Krieger zu ihren Beschlüssen trieb. »So wäre es unwahrscheinlicher, dass wir entdeckt werden.«

»Und dich zu beschützen viel riskanter«, versetzte Eirik.

»Du scherzt wohl.« Sie hatte langsam genug von diesem Gerede! Er tat ja gerade so, als genügte er nicht, um sie zu beschützen. Er war ihr Gefährte und dazu auch noch ein Drache, der Beschützer einer ganzen Rasse. »Würden wir entdeckt, könnte keine noch so große Truppe deinem Feuer standhalten. Selbst wenn mein Bruder und Luag mit einem zehn Mal so großen Aufgebot unterwegs gewesen wären, hättest du sie zu Asche zerfallen lassen.«

Ganze Bäume waren in Flammen aufgegangen.

Eiriks Gesichtsausdruck verschloss sich, und er drehte sich zum Wasser um. »Die anderen werden bald hier sein.«

»Dann sind sie viel schneller, als Lais und Mairi bei ihrer Überfahrt gewesen sind.«

»Diesmal sitzen vier kräftige Soldaten an den Rudern.«

»Vier?«, entgegnete sie verwirrt und fragte sich, ob es von jetzt an ihr Schicksal sein würde, nicht über die Einzelheiten informiert zu werden.

Sie hatte einen irritierenden Mann geheiratet, der nur weitergab, was er für nötig hielt, und das war offensichtlich nicht sehr viel.

»Der Balmoral schickt seinen Stellvertreter mit, um von Niall einen Bericht über die MacLeod'schen Soldaten zu erhalten.«

»Oh.« Sie hatte nicht gewusst, dass Drustan herüberkam, doch man hatte es ja auch nicht für nötig befunden, ihr im Vorfeld mitzuteilen, dass *irgendwelche* anderen mitkamen. »Ich glaube, ich werde mich dort drüben hinsetzen«, sagte sie mit einer vagen Handbewegung zu dem gefällten Baumstamm vor der Höhle, die ihr Clan als Vorratsraum benutzte. »Wie ich sehe, wird mein Beitrag hier ja nicht gebraucht.«

Eirik runzelte die Stirn, widersprach ihr aber nicht.

Mit bleischweren Füßen ging sie den Strand hinauf. Sie hatte sich immer gegen den Gedanken gewehrt, einen Gefährten zu nehmen, weil die Vorstellung, ihn und die gemeinsamen Kinder zu verlieren, sie zutiefst beängstigte. Dabei hatte sie jedoch nicht ein einziges Mal die Möglichkeit bedacht, dass sie einen Gefährten haben würde, der ihr doch nicht gehörte, weil sein Herz ganz einfach nicht beteiligt war.

Du bist verärgert, bemerkte Eirik über ihre geistige Verbindung, obwohl er mit dem Rücken zu ihr stand und dem Boot entgegensah, das mit jedem Ruderschlag der Küste näher kam.

Bin ich nicht.

Dann bist du traurig.

Hör auf, meine Gefühle deuten zu wollen!

Seine Schultern versteiften sich, aber er drehte sich nicht um. *Ich kann nicht anders.*

Na, dann verzichte wenigstens auf Bemerkungen darüber!

Bereust du unsere Heirat?

War es so? *Ich weiß es nicht. Und es spielt auch keine Rolle, oder? Wir sind Gefährten fürs Leben, und der* kelle *zufolge konnte der* Faolchú Chridhe *nicht gefunden werden, solange wir es nicht waren.*

Wenn du zum Beschützer deines Volkes erwählt wirst, hört dein Leben auf, dein eigenes zu sein, sagte er. Er schien darüber nicht glücklich zu sein, es jedoch als Tatsache akzeptiert zu haben.

Und er musste es ja wissen. In Eiriks ganzem Leben war es um Opfer für sein Volk gegangen.

Hast du mich zum Wohle deines Volks geheiratet?, fragte sie ihn, obwohl sie sich vor der Antwort fürchtete.

Das darauf folgende Schweigen genügte ihr als Antwort.

Sein *Nicht nur* kam viel zu spät und war ihr auch viel zu wenig.

Ciara schluckte ihre Gefühle hinunter und zwang sich, alle Empfindungen beiseitezuschieben. Das war ihr früher gelungen, und es würde ihr wieder gelingen.

Was tust du? Er war zu ihr herumgefahren, und seine Miene war ganz düster vor Besorgnis.

Nichts, erwiderte sie nur.

Lüg mich nicht an!

Du sagtest doch, das könnte ich nicht, weil du es merken würdest.

So ist es auch.

Ich bin müde.

Auf dem Flug hierher ging es dir gut. Sehr gut sogar.

Weil ich gern mit deinem Drachen fliege.

Und mir hat das Fliegen noch nie so viel Freude gemacht wie mit dir auf dem Rücken meines Drachen.

Immerhin etwas. *Dein Rabe will auch mit mir fliegen.*

Du erinnerst dich an unseren Traum.

Ja.

Das ist gut.

Warum war das gut? Sie hatte geglaubt, der Wunsch seiner Tiere, ihre Naturen mit ihr zu teilen, bedeutete, dass er sein Herz mit ihr würde teilen wollen. Aber da hatte sie sich offenbar getäuscht.

Werden wir jetzt immer unsere Träume teilen?, fragte sie ihn.

Nur wenn wir wollen.

Dann kann ich dich also aus meinen Träumen heraushalten?

Das könntest du.

Wie?

Indem du geistige Barrieren gegen mich errichtest. Aber warum solltest du das wollen?

So zum Beispiel?, fragte sie und schöpfte Kraft aus ihrer Chrechte-Natur, um einen Schutzschild um ihr Bewusstsein zu errichten.

Ganz unversehens stand Eirik vor ihr, und seine bernsteinfarbenen Augen sprühten Feuer. Sein imposanter Körper bebte buchstäblich vor Wut. »Tu das nie wieder!«

»Warum nicht?«

»Weil unsere geistige Verbindung nicht nur ein Mittel ist, um uns als Gefährten näherzukommen, sondern mir auch hilft, für deine Sicherheit zu sorgen.«

Ein solch heftiger Kopfschmerz überfiel Ciara, dass sie den Schutzschild fallen ließ. Plötzlich war Eiriks Stimme wieder in ihrem Kopf, aber nicht seine menschliche, sondern die seines Drachen, und er brummte leise, wie er es immer tat, wenn er versuchte, sie zu trösten.

Ihr kamen die Tränen, doch Ciara blinzelte sie weg. Sie hatte sich schon schwach genug gezeigt. Die Zukunft ihres Volkes hing davon ab, dass sie stark blieb und den *Faolchú Chridhe* fand.

Um den Schmerz in ihrem Herzen konnte sie sich später kümmern. Sie war nicht einmal sicher, ob ihre eigenen Gedanken Sinn ergaben oder ob sie ihren Schmerz nicht vielleicht sogar selbst verursacht hatte. Zu viel hatte sich zu schnell verändert, und nun hatte sie einen Gefährten, den sie nie hatte haben wollen.

Doch jetzt wusste sie, dass sie ohne ihn sehr unglücklich sein würde.

Eirik zog sie in die Arme, streichelte sie und stieß weiter die leisen, beruhigenden Laute seines Drachen aus, bis sie sich entspannte und der Kopfschmerz genauso schnell wieder verschwand, wie er erschienen war. »Es tut mir leid, ich werde das nicht wieder tun.«

»Danke.«

Sie reisten zu Pferd. Nur die Faol'schen Soldaten ihres Vaters, Everett und sein Bruder, liefen in Wolfsgestalt mit und eilten als Späher voraus, um den Weg der Reiter zu erkunden. Es dauerte drei Tage, bis sie die MacLeod'sche Grenze an der See erreichten.

Ungeachtet dessen, dass sie diesen Teil der Reise auf ihrem eigenen, noch einigermaßen ungefährlichen Territorium zurückgelegt hatten, waren die Mitglieder ihrer Gruppe ziemlich schweigsam gewesen.

Ciara wusste, dass Lais Mairi vermisste. Seine frischgebackene Gefährtin zurückzulassen war sehr, sehr schwer gewesen. Aber Boisin hatte Lais zum Gehen ermutigt und ihm versichert, dass Mairi zu Beginn ihrer Ausbildung schneller vorankommen würde, wenn er nicht bei ihr war.

Vegar war ein stiller Mann, der leicht für einen wikingischen Kriegsherrn gehalten werden konnte. Artair war auch nicht so jovial wie sonst und hatte Ciara gesagt, er habe es vorgezogen, Balmoral Island zu verlassen, als sich weiter nach einer Liebe zu verzehren, die für ihn unerreichbar sein würde.

Ihr Vater hatte vor, Artair in seinen Dienst zu nehmen und dem

Balmoral im Austausch für ihn einen seiner eigenen Soldaten zu schicken. Diese Entdeckung hatte Ciara schockiert. Allerdings beruhigte sie sich ein wenig, als sie herausfand, dass Artair einer von Boisins Enkelsöhnen war und den Sinclair'schen Chrechten die alten Geschichten erzählen sollte.

Eirik verständigte sich mit ihr über ihre geistige Verbindung unter Gefährten, aber nur gelegentlich, da sein Drache sich vor allem auf mögliche Gefahren in ihrer unmittelbaren Umgebung konzentrierte. Mairi hatte ihnen erzählt, dass die Soldaten ihres Vaters ihre Patrouillen nicht nur auf die MacLeod'schen Ländereien beschränkten ... und da sie wussten, über welch großes Aufgebot an wölfischen Soldaten er verfügte, war auch niemand überrascht darüber.

Die grimmige Stimmung, die unter den Kriegern herrschte, machte jedoch deutlich, dass sie den MacLeod und seine Leute als ernsthafte Bedrohung für die anderen Highland-Clans ansahen. Und da seine Ländereien sich an der Grenze zum Flachland befanden, hatte er natürlich auch eine engere Beziehung zu dem schottischen König. MacLeod den Krieg zu erklären könnte also schwerwiegende Konsequenzen für das Land haben, die keiner wollte. Und das war wirklich ein Dilemma.

Ciara dachte während der Reise stundenlang darüber nach. Sie hatte die zwei Nächte in den Armen ihres Drachen geschlafen, aber er war beide Male nicht in ihre Träume eingedrungen.

Sie wusste nicht genau, warum, war diesmal jedoch klug genug, ihn nicht zu fragen, weil sie sich nicht sicher sein konnte, ob seine Antwort ihr gefallen würde.

Um die Grenze zu überqueren, warteten sie, bis es dunkel geworden war. Niall hatte ihnen erzählt, was er von den früheren MacLeod'schen Soldaten über Grenzwachen und Patrouillen erfahren hatte. Sie waren sehr viel zahlreicher als die, die sich Ciaras Vater leistete.

Dieses Wissen nutzten sie, um während der ersten Wache, in der angeblich die Patrouillen wechselten, auf MacLeod'sches Territorium vorzudringen.

Ciara und Eirik hatten sich darauf geeinigt, von der Grenze aus eine Route zu nehmen, die auf den von der *kelle* genannten Orientierungspunkten beruhte. Außerdem hatte ihnen dabei Mairis Beschreibung der väterlichen Besitzungen geholfen. Die junge Seherin war sicher gewesen, sowohl das Tal als auch den Fluss zu kennen, von denen die *kelle* gesprochen hatte, und sagte, dass manche es noch immer *Kyle Kirksonas* nannten, auch wenn ihr Vater viele Orientierungspunkte umbenannt hatte, um sich mit den neuen Namen selbst zu huldigen. Sobald sie den Ort erreichten, würden sie nur noch die richtige Felswand finden müssen.

Mairi hatte ihnen Hinweise gegeben, wo sich ihrer Meinung nach die sogenannte Wand, die keine war, befinden müsste, doch sie hatte sie auch gewarnt, in ihrer Wachsamkeit nicht nachzulassen. Mairi war einer Meinung mit den im Sinclair'schen Wald gefangen genommenen Soldaten, dass die Patrouillen wahrscheinlich stark und zahlreich waren, besonders weit innerhalb der MacLeod'schen Ländereien, wo auch das gesuchte Tal lag.

Nichtsdestotrotz fanden sie es ohne Zwischenfall, und sobald sie in das schmale Tal mit den hohen Felswänden einritten, wusste Ciara, dass sie hier richtig waren. Sie konnte den Ruf des *Faolchú Chridhe* stärker spüren als je zuvor, aber auch das Gefühl von Chrechte-Magie war dort vorhanden.

Sehr alt und ungenutzt, strahlte sie noch immer von den Felsen und dem Fluss aus, der gurgelnd durch die friedliche Umgebung floss.

Ihr Lager schlugen sie in einem *brak* auf, wo die Ausbuchtung in dem Felshang sie auf drei Seiten vor Entdeckung schützte. Eirik übertrug jedem Krieger seine Aufgabe und wandte sich dann Ciara zu.

Es ist Zeit, sagte er über ihre geistige Verbindung.

Sie nickte.

Nimm deinen Dolch in die Hand!

Um mich zu verteidigen?

Um die kleinen Steine die größeren rufen zu lassen, damit sie dir helfen, die Richtung für die Suche zu bestimmen.

Ich könnte auch einfach das Schwert nehmen.

Eirik schüttelte abwehrend den Kopf. *Das ist zu riskant. Du könntest eine weitere Vision haben.*

Und sie könnte uns geradewegs hinführen.

Und dir wieder das Bewusstsein rauben. Nein!

Sie erhob keine weiteren Einwände. Er hatte wahrscheinlich recht, doch in allem konnte sie seine Besorgnis spüren und wollte sie nicht noch vergrößern. Aber konnte er *so* besorgt um sie sein und nichts für sie empfinden?

Doch wie dem auch sei, er nahm jedenfalls zu viel auf sich, und vielleicht könnte sie wenigstens helfen, seine Bürden mitzutragen, wenn sie schon nicht sein Herz besitzen konnte. Sie zog ihren Dolch aus der Lederscheide unter ihrem Gürtel. Als ihre Finger sich um den Griff schlossen, konnte sie eine leichte Hitze spüren, und obwohl sie nicht mit der zu vergleichen war, die der Griff des Schwertes verursachte, war ihr das Gefühl doch schon vertraut.

Ciara schloss die Augen und konzentrierte sich. Sie konnte den Zug des *Faolchú Chridhe* fühlen, aber noch nicht, aus welcher Richtung er kam. Doch sie spürte, dass er sehr nahe war, und sah hinter ihren Augenlidern die Höhle aufblitzen, in der er sich befand.

Eiriks Arme legten sich um sie, und sie lehnte sich an ihn und entspannte sich, um sich ausschließlich auf den Ruf des heiligen Steins zu konzentrieren.

Es war, als würde ein Schleier angehoben, und plötzlich konnte sie den Zug nach links und geradeaus spüren.

Sie öffnete die Augen und zeigte in die Richtung. *Hier entlang*, sagte sie über ihre geistige Verbindung.

Moos bedeckte die steinerne Seite des steilen Hangs, zu dem Ciara die Männer führte. Eirik rief alle außer den Sinclair'schen Faol und Vegar zum Moosabkratzen herbei, um das Symbol zu finden, von dem die *kelle* Ciara erzählt hatte. Die Faol des Sinclair patrouillierten in dem Gebiet, und Vegar hielt vom Himmel aus Ausschau nach MacLeod'schen Soldaten.

Die Sonne befand sich schon wieder auf dem Weg nach unten, und sie hatten mittlerweile mehr als vierzig in den Fels gemeißelte Symbole entdeckt, als Artair die Faust hob, um zu signalisieren, dass er ein weiteres gefunden hatte.

Deine kelle *hätte dir sagen können, dass der ganze verdammte Berg mit uralten Symbolen bedeckt ist, Ciara,* bemerkte Eirik.

Vielleicht dachte sie, ich wüsste es. So wie die Wände der Höhle in meiner Vision verziert waren, scheinen unsere Vorfahren schöpferischer mit ihren Unterkünften und Versammlungsorten umgegangen zu sein als wir heute.

Eirik glaubte nicht, dass die *kelle* auch nur daran gedacht hatte. Ciara und er erreichten Artair gleichzeitig. Das Symbol, das er freigelegt hatte, war ein wenig anders als die, die sie bisher gesehen hatten und die alle mindestens zweifach angefertigt worden waren.

Es sah aus wie das Symbol, das bei den Chrechten für ein langes Leben stand, doch es war mit einer zusätzlichen Markierung versehen, die auf Verwandlung hinwies. Für ihre Vorväter hatten diese beiden Symbole zusammen vielleicht Heilung bedeutet.

Wie bei mindestens der Hälfte der anderen Symbole befand sich eine kleine Einkerbung in der Mitte. Doch anstatt rund zu sein wie bei den anderen, war diese hier oval.

Ciara nahm den daumengroßen Smaragd, den Eirik aus dem Griff des Faol'schen Königsschwertes herausgelöst hatte, und legte ihn in die Einkerbung.

»Er passt perfekt«, flüsterte sie ehrfürchtig.

Wirklich?, fragte Eirik in ihrem Geist, weil er nicht einmal durch ein Wispern eine der MacLeod'schen Patrouillen auf sich aufmerksam machen wollte.

Ciara nickte und biss sich auf die Unterlippe. *Aber es tut sich nichts*, sagte sie und klang ein wenig mutlos.

Eirik griff um sie herum, und mit vereinten Kräften drückten sie den Smaragd erneut in die kleine Einkerbung. Plötzlich ertönte aus dem Inneren des Berges das Geräusch von gegeneinander scharrendem Stein, und die glatte Felswand vor ihnen glitt zurück, um einen schmalen Eingang freizulegen.

»Es ist die Höhle«, flüsterte Ciara aufgeregt und grinste Artair an. »Du hast sie gefunden!«

Er lächelte, schüttelte jedoch den Kopf, ohne auch nur ein Wort von sich zu geben. Artair war ein gut ausgebildeter Soldat und wusste, dass Stimmen im Wald sehr weit zu hören waren. Auch wenn es unwahrscheinlich war, dass irgendjemand in der Nähe das ächzende Geräusch des zurückgleitenden Steins nicht mitbekommen hätte.

Eirik hatte die anderen auf dem allgemeinen telepathischen Pfad herbeigerufen und ihnen befohlen, den Höhleneingang zusammen mit Artair zu bewachen.

Er selbst würde Ciara hineinbegleiten.

Der Gang war dunkel und so schmal, dass Eiriks großer Körper an einigen Stellen kaum hindurchpasste, doch sie drängten vorwärts, ungeachtet dessen, dass ihr einziges Licht die Fackel war, die Eirik trug. Ciara ging voran, und obwohl es seinen Beschützerinstinkten widerstrebte, sah er ein, dass es keine bessere Alternative gab. Denn würde er vorangehen, wäre sie ohne Rückendeckung, falls ein Feind es an den Wachen am Eingang vorbeischaffte.

Eirik konnte nur hoffen, dass die uralte Höhle weniger Gefahren für sie barg, als möglicherweise noch hinter ihnen lagen. Außerdem hatte seine störrische und impulsive Gefährtin ihm gar keine andere Wahl gelassen. Sie war vor ihm in die Höhle gestürmt, und der schmale Gang bot nicht genügend Raum für ihn, um den Platz mit ihr zu tauschen.

»Geh nicht so schnell!«, warnte er sie.

»Die *kelle* hat nichts von Fallen in den Höhlen gesagt.«

»Was überhaupt nichts zu bedeuten hat.«

»Dies war ein heiliger Ort für die Faol, ein Ort der Heilung, warum sollte er mit Fallen versehen sein?«, entgegnete Ciara.

»Und warum versteckten sie den Zugang?«

»Ich weiß es nicht. Vielleicht waren diese Höhlen ja auch ein Zufluchtsort. Unsere Vorfahren lebten damals völlig anders als wir heute.«

In diesem Punkt musste er ihr zustimmen. Er hatte keine Ahnung, wie dieser geheime Zugang von Höhlenbewohnern angefertigt worden sein konnte. Schließlich wüsste sogar heutzutage niemand, so etwas herzustellen.

Der Tunnel erweiterte sich nun allmählich, bis er schließlich so breit war, dass Eirik sich an Ciara vorbeidrängen konnte.

»He! Was tust du?«

»Vorangehen, wie es meine Pflicht ist.«

Sie brummte etwas vor sich hin, das sich sehr nach »Arroganter Drache« anhörte.

Eirik lächelte. Das Leben mit ihr würde nie vorhersehbar oder langweilig sein. Er war an Leute gewöhnt, die seinen Rang als Prinz kannten, sehr beeindruckt davon waren und sogar noch mehr Respekt vor seinem Drachen hatten.

Ciara dagegen behandelte ihn wie … nun ja, wie ihren Gefährten eben. Und er merkte immer wieder, dass er diesen Mangel an Ehrfurcht sehr erfrischend fand.

Was ihm *nicht* gefallen hatte, war die Traurigkeit gewesen, die sie überkommen hatte, als sie aufs Festland zurückgekehrt waren, und er wusste immer noch nicht, was der Grund dafür gewesen war. Vielleicht litt sie ja nach wie vor darunter, dass ihr Vater und ihre Mutter nicht zu ihrer Hochzeit hatten kommen können.

Eirik schwor sich, dafür zu sorgen, dass alle, die ihnen beiden wichtig waren, bei ihrer Chrechte-Paarungszeremonie mit Anya-Gra anwesend sein würden.

Seine Fackel flackerte. Das verriet ihm, dass sie in der Nähe einer bedeutenden Veränderung der Höhle waren; sonst hätte die stille Luft die Flamme nicht tanzen lassen. Und tatsächlich mündete der Gang ein paar Schritte weiter in eine riesige Kaverne, die größer war als alles, was er je unter der Erdoberfläche gesehen hatte. Groß genug, um einem ganzen Clan Platz zu bieten, ganz zu schweigen erst von einem einzelnen Rudel der Faol.

Dies war ein Versammlungsort aus den Zeiten, als die Chrechten noch so vereint gewesen waren, wie es nur ein Nomadenvolk sein konnte, das in kleinen Familiengruppen umherzog.

»Die Wände glühen nicht«, sagte Ciara besorgt. »Und die Höhle ist zu groß.«

»Deine *kelle* sagte, sie habe den Stein in eine verborgene Höhle tief unter der Erde gebracht. Und diese hier befindet sich im Berg, nicht in der Erde.«

Ciara nickte, blickte sich um und sah zweifellos genau das Gleiche wie er auch. Der Raum war riesig, aber nicht ganz leer.

In der Mitte stand ein erhöhter Tisch mit Standfackeln an allen vier Ecken. Er war mit einer gegerbten und fast weiß gebleichten Tierhaut bedeckt, deren Mittelpunkt ein Muster schmückte, das genau das gleiche war wie das Symbol für Heilen, das sie draußen gefunden hatten. Steinerne Bänke standen überall herum, einige zusammen, andere allein, und es gab sogar einige Tische, auf denen Tiegel und Krüge ähnlich jenen standen, die Eirik in Lais' Zimmer gesehen hatte.

»Hier haben sie ihre Heilungen vollzogen«, sagte Eirik fest.

»Ich glaube, du hast recht, doch es war auch ein Versammlungsort, denke ich.«

Der Gedanke, dass die Höhle ein Zufluchtsort für die Chrechten gewesen war, erschien Eirik jetzt schon wahrscheinlicher. »Es ist durchaus möglich, dass du recht hast.«

»Ich würde mir sehr gern alles ansehen, aber dazu haben wir keine Zeit.«

»Nein. Unsere Feinde könnten uns jeden Moment entdecken.« Doch er bedauerte, dass er Lais nicht hereinrufen konnte. Der Heiler hätte sich bestimmt sehr gern alles angeschaut.

Doch dann überlegte Eirik es sich anders. Wenn er und Ciara noch tiefer in die Erde hinunterstiegen, wäre es eine gute Idee, eine Wache in dieser Höhle zu haben.

Über ihre geistige Verbindung berief er Vegar von seinem Posten in der Luft ab, damit er näher am Höhleneingang patrouillierte, um eingreifen zu können, falls MacLeod'sche Chrechte auftauchten. Und dann wies Eirik Lais an, zu der großen Kaverne zu kommen, die früher einmal der Heilkunst gedient hatte.

Der Gang ist lang und schmal, warnte er seinen Freund.

Ich mag keine engen Räume.

Du und der halbe Éan in dir, doch die Höhle ist riesig, und du wirst sie sehr interessant finden. Aber hoffentlich nicht so interessant, dass du vergisst, auf eindringende Soldaten achtzugeben.

Lais versprach es, und Eirik ging zu dem erhöhten Tisch in der Mitte des Raumes. Die Kaverne war viel zu weitläufig, um den Unterschied zwischen einem weiteren Gang und den vielen Schatten mit dem Licht nur einer Fackel sehen zu können.

Als er die Standfackeln angezündet hatte, sah er, dass sie von irgendeiner Art von Öl genährt wurden . . . er hatte gehört, dass die Römer solche Lampen gehabt hatten, aber die in Höhlen lebenden Vorfahren der Chrechten? Erstaunlich.

Ciara ging an den Wänden entlang, um nach einem weiteren Ausgang aus der großen Höhle zu suchen. Tatsächlich fanden sie sogar drei.

Der erste führte in eine kleinere Kammer, die offenbar zur Aufbewahrung von Nahrungsmitteln und anderen Vorräten benutzt worden war. Die zweite Öffnung führte zu einer Reihe kleinerer Höhlen, von denen einige in weiteren endeten, die nicht größer waren als die meisten Schlafzimmer und der *kelle* zum Ruhen und Alleinsein gedient haben könnten. Andere Gänge endeten einfach nur, und das Fehlen jeglicher Schnitzereien an ihren Wänden vermittelte Eirik den Eindruck, dass sie selten, falls überhaupt, von den alten Priesterinnen benutzt worden waren.

Der dritte Gang war nicht viel anders, und nachdem sie ihn erkundet hatten, unterrichtete Vegar Eirik, dass die Abenddämmerung gekommen war. Ciara und Eirik kehrten zu der Kaverne zurück und teilten sich mit Lais ein wenig gebratenes Fleisch zum Abendessen.

»Es muss noch einen anderen Gang aus dieser großen Höhle geben«, sagte Ciara. Ihre Stimme klang vor Müdigkeit und Enttäuschung angespannt.

Eirik drehte sie um, bis sie an ihm lehnte. »Wir werden den *Faolchú Chridhe* finden, *faolán*. Du musst nur auf dich selbst und deine Verbindung zu dem Stein vertrauen.«

»Ich kann ihn fühlen, hier unter uns, aber ich habe keine Ahnung, wie wir ihn erreichen sollen«, sagte sie entmutigt. »Ich bin müde und verspüre ein Kribbeln zwischen meinen Schulterblättern, das mir sagt, dass Soldaten des MacLeod in der Nähe sind.«

»Ja, ich spüre dieses Kribbeln auch«, gab Eirik zu.

Lais aß hin und wieder einen Bissen, während er Gefäße untersuchte, die auf einem der Tische standen. »Es ist wohl eher so, dass du dein Gefühl drohenden Unheils auf Ciara überträgst.«

»Falls das stimmt, kannst du deine Sorgen für dich behalten. Ich habe genug eigene«, sagte seine süße kleine Gefährtin schlecht gelaunt.

Eirik lächelte amüsiert und erinnerte sie: »Gefährten zu sein bedeutet, des anderen Lasten mitzutragen.«

»Ich will die Last deiner Drachensinne aber nicht«, sagte sie verärgert. Doch dann seufzte sie. »Entschuldige. Das meinte ich nicht so.«

Er begann, ihre Schultern und ihren Nacken zu massieren, um ihre Muskeln zu lockern. »Es wird alles gut, *mo gra*.«

»Wie hast du mich gerade genannt?«, fragte sie leise. In ihrer Stimme schwang ein Gefühl mit, das er nicht wirklich deuten konnte.

Es klang fast so wie Hoffnung, aber was könnte es sein, was sie sich noch erhoffte? Sie war seine Gefährtin. Ihre Verbindung war von Gott gesegnet worden.

Mo gra – Liebste. Doch statt Dinge zu diskutieren, die in Stein gemeißelt waren, seit er sie nach ihrem Sturz vom Turmdach aufgefangen hatte, sinnierte er: »Vielleicht haben wir in einem der anderen Gänge etwas übersehen.«

»Nein.« Sie rieb ihren Kopf an seiner Brust. »Wir waren sehr gründlich bei unserer Suche.«

»Und genauso gründlich haben wir nach Öffnungen in den Wänden gesucht.«

»Hm«, sagte Lais. »Vielleicht ist der Weg zu der verborgenen Höhle unten.«

»Natürlich ist er unten. Ich sagte doch schon, dass ich den heiligen Stein unter uns fühlen konnte ...« Ciara unterbrach sich. »Oh, jetzt verstehe ich, was du meinst, Lais! Du denkst, dass es vielleicht irgendeine Art von Öffnung in dem Boden gibt.«

»Der Boden dieser Höhle ist glatter als von einem Steinmetz bearbeiteter Schiefer«, wandte Eirik ein.

»Aber wie ist das möglich?«, fragte Ciara.

Lais zuckte mit den Schultern. »Ich weiß es nicht, doch wenn unsere Vorfahren einen Eingang wie den zu diesen Höhlen zustande bringen konnten und solche offensichtlich von Menschenhand geschaffene Böden, könnten sie auch eine verborgene Tür im Boden eingelassen haben. Ich würde sagen, wir nehmen mal das Ledertuch von dem erhöhten Tisch.«

»Es ist so alt ... Es würde uns in den Händen zerfallen.« Ciaras Ton ließ klar erkennen, wie unangenehm ihr der Gedanke war.

Lais runzelte die Stirn. »Ich habe den Rest des Bodens abgesucht und konnte nichts sehen, das sich so öffnen ließe wie der Eingang draußen zu der Höhle.«

Eirik war nicht überrascht, dass der Adler trotz seines großen Interesses an der Höhle seine Zeit damit verbracht hatte, nach dem geheimen Gang zu suchen. Der Adler war ein anständiger Chrechte, für den es selbstverständlich war, das Wohl so vieler über seine eigenen Interessen und Wünsche zu stellen.

Dies war einer der Gründe, aus denen Eirik ihn mehr als Bruder denn als Freund ansah.

Ciara seufzte. »Ich nehme an, dass es keine Hoffnung für das Leder gibt, aber wir werden vorsichtig sein. Das ist ein heiliger Ort.«

»Wir werden die Höhle und alles, was sich darin befindet, mit dem gebührenden Respekt behandeln.« Eirik drückte Ciara an sich, um ihr zu zeigen, dass seine Worte aufrichtig gemeint waren und er ihre Besorgnis teilte.

Und sie registrierte es mit großer Dankbarkeit.

Kapitel 24

Zutiefst von jemandem geliebt zu werden
macht uns stark,
während jemanden zutiefst zu lieben uns mutig macht.

Laotse

Ciaras Hände zitterten, als sie sie ausstreckte, um das Leder zu berühren, das den erhöhten Tisch bedeckte. Es war von Priesterinnen hergestellt worden, die ihrem Volk Jahrhunderte zuvor mit Hingabe und treu bis in den Tod gedient hatten.

Probeweise zog Ciara an einer Ecke und stellte verwundert fest, wie weich und geschmeidig sich das Leder anfühlte. »Lasst uns jeder eine Seite nehmen und es vorsichtig herunterziehen!«

Eirik und Lais befolgten schweigend ihre Anweisung, und die lederne Abdeckung wurde ohne unschöne Zwischenfälle herabgezogen.

Ein ehrfurchtsvoll gedämpfter Fluch entfuhr Lais, während sowohl Ciara als auch Eirik in schockiertem Schweigen vor dem von ihnen freigelegten Tisch standen.

Die Tischplatte war nicht aus schlichtem grauem Stein, wie sie erwartet hatten, sondern aus einem grünen, von bernsteinfarbenen Adern durchzogenen, der wie kein anderer war, den Ciara je gesehen hatte. Er war zu einem solchen Glanz poliert, dass sich das Feuer der Fackeln auf seiner Oberfläche widerspiegelte.

Der etwa taillenhohe Sockel, auf dem sie ruhte, war fast so lang wie die Platte selbst. Mit seiner Länge von einem Meter achtzig und etwa einem Meter Breite sah er jedoch nicht so aus, als könnte er irgendwo einen geheimen Gang verbergen.

»Die Schnitzereien an dem Sockel ähneln denen, die wir an dem Hang gefunden haben«, sagte Eirik nachdenklich.

So war es, obwohl die Symbole alle durch ähnliche Knotenmuster verbunden waren wie die der Tätowierungen, die die Anführer der Chrechten an den Oberarmen trugen.

Gleichzeitig ließen die drei sich auf die Knie fallen, um den Sockel nach dem Symbol des Heilens abzusuchen. Ciara fand es in der Mitte der dem Norden zugewandten Längsseite des Tisches. »Ich habe das Symbol entdeckt, aber es hat keine Einkerbung wie das größere draußen«, sagte sie zu den anderen.

»Auf dieser Seite ist auch ein solches Symbol fürs Heilen«, verkündete Eirik eine Sekunde später.

Lais berichtete das Gleiche, während Ciara schon zu der Seite hinübereilte, die sie noch nicht untersucht hatten. Diese hatte kein solches Zeichen, stattdessen jedoch eine Schnitzerei wie die auf dem Griff des Schwertes ihres Bruders. Nur fehlte in dieser Schnitzerei der Stein des *conriocht*, obwohl die Edelsteine des Drachen und des Greifs sich an ihrem Platz befanden.

Ciara drückte ihren Smaragd an die Stelle und fuhr zurück, als sich der Boden unter ihren Füßen bewegte. Eirik war in Sekundenschnelle da und legte beschützend seinen Arm um sie, so fest, dass die Botschaft sonnenklar war: Sie würde ohne ihn nirgendwohin gehen.

Der Boden hörte auf, sich zu bewegen, und Lais fluchte wieder mit gedämpfter Stimme. »Seht euch das an!«

Der Boden hatte sich geöffnet und eine Reihe von Stufen freigelegt, die aus dem gleichen seltsamen grünen, marmorierten Stein waren und nach unten führten.

»Die *kelle* sagte, der *Faolchú Chridhe* befände sich tief in der Erde.«

»Das ist tief genug«, erwiderte Eirik.

Und das war es in der Tat, denn sie konnten nicht einmal den Fuß der Treppe sehen.

»Ich werde den Eingang bewachen«, erbot sich Lais.

Eirik nickte und wandte sich mit strenger Miene Ciara zu. »Und ich werde vorangehen.«

»Der Stein ruft *mich*.«

»Aber ich bin für deine Sicherheit verantwortlich.«

»Die wird den Chrechten nicht viel nützen, wenn wir den heiligen Stein nicht wiederbekommen.«

»Vertu dich da mal nicht! Unser Volk braucht den Stein vielleicht, doch deine Sicherheit nützt *mir*, ob wir den *Faolchú Chridhe* nun zurückholen oder nicht.«

Zuerst hatte er sie seine Liebste genannt, und jetzt das. Hatte sie sich geirrt? War sie doch mehr für ihren sturen Drachen als nur ein Mittel zum Zweck, um ihr Volk zu retten?

»Ich werde hinter dir gehen.«

»Natürlich wirst du das.« Damit wandte er sich ab und begann, die Stufen hinunterzusteigen.

Ihr arroganter, wunderbarer Drache.

Die Stufen endeten irgendwann, doch der Gang führte weiter abwärts, bis er in eine Höhle führte, die von dem gleichen seltsamen grünen Licht wie die Kaverne ihrer Träume erleuchtet war. Der Geruch von Wasser warnte Ciara, bevor das Licht der Fackel, die Eirik trug, einen kleinen Bach erkennen ließ, den sie überqueren mussten. Der Geruch von Mineralien und der Dampf, die aus dem Bach aufstiegen, ließen darauf schließen, dass er von der gleichen Art unterirdischer Quelle gespeist wurde wie auch die anderen heiligen Höhlen der Chrechten.

Ohne jede Vorwarnung griff Eirik nach Ciara und hob sie auf, sodass sie an seinem Arm über dem Boden baumelte.

Mehr empört als erschrocken schrie sie auf. »Was tust du?«

»Dich hinübertragen. Weil das Wasser zu heiß sein könnte, um hindurchzuwaten.«

Er hatte recht; sie hatte nicht einmal daran gedacht. Als sie sich jedoch auf das konzentrierte, was die Sinne ihres Wolfes ihr verrieten, merkte sie, dass das Wasser in der Tat sehr heiß war und sie schlimm verbrannt haben könnte, wenn sie versucht hätte, den flachen Bach zu durchwaten.

Eirik überquerte ihn mit einem einzigen Sprung seiner langen Beine und ließ Ciara auf der anderen Seite wieder herab. »Dein Vater sagte, es gäbe noch andere solcher Höhlen, doch diese kommt mir geradezu verzaubert vor.«

»Mir auch«, flüsterte Ciara; ihre Augen nahmen Details auf, die ihr Verstand kaum verstehen konnte.

Die Höhle war etwa halb so groß wie die darüber und hatte kuppelförmige Wände, die vor Feuchtigkeit glitzerten und von diesem eigenartigen grünen Licht erglühten. Der Boden bestand aus festgestampfter Erde und verströmte einen modrigen Geruch nach Mineralen, die sie nicht bestimmen konnte.

Ein hohes Podest aus diesem fremdartigen grünen Stein stand einsam in der Mitte der Kaverne. Und obendrauf lag ein Smaragd von der Größe von Eiriks Faust.

»Wir haben ihn gefunden«, sagte Ciara mit erstickter Stimme. *»Es ist uns gelungen!«*

Vor Aufregung bekam sie weiche Knie und wäre gestürzt, wenn Eirik nicht da gewesen wäre. Er stützte sie und küsste sie sehr sachte, während seine Arme sie in einem eisernen Griff festhielten. In einer Umarmung, die ihr Sicherheit, Geborgenheit und die Gewissheit gab, dass sie nicht allein war und es auch nie wieder sein würde.

Ciara atmete ein paar Mal tief durch, dann trat sie einen Schritt vor, und danach noch einen weiteren. Sie durchquerte quälend langsam die Höhle, aber ihre Beine waren wackliger als je zuvor in ihrem Leben.

Sie erreichten das Podest zusammen, weil Eiriks Stärke sie noch immer aufrecht hielt.

»Was wird geschehen, wenn ich ihn berühre?«, fragte sie ängstlich und erwartungsvoll zugleich.

Der Ruf des Steins war so stark, dass ihre Hände sich ihm jetzt sogar aus eigenem Antrieb entgegenstreckten.

»Ich weiß es nicht.«

Ciara legte die Hände darum, und ein äußerst merkwürdiges Gefühl durchströmte sie, das ihren ganzen Körper summen ließ wie einen Bienenschwarm. Dann blitzte das Bild von Wölfen, die durch den Wald schlichen, vor ihren Augen auf. Sie verstand nicht, wieso sie sich dessen so sicher war, aber sie wusste ohne jeden Zweifel, dass die Wölfe MacLeod'sche Soldaten und schon ganz in ihrer Nähe waren.

»Wir müssen gehen; sie kommen.«

Eirik fragte nicht, von wem sie sprach, sondern ließ einfach nur die Fackel fallen und hob Chiara auf die Arme. Sie drückte den *Faolchú Chridhe* fest an ihre Brust, als Eirik wieder über den Bach sprang und den Tunnel und dann die Treppe hinaufeilte.

Ciara erhob keine Einwände dagegen, dass er sie trug; das Summen unter ihrer Haut hatte nicht nachgelassen, und sie wusste nicht, ob sie es allein ertragen hätte, und schon gar nicht, ob sie ohne Eiriks Hilfe laufen könnte.

Als sie aus dem Dunkel in die riesige Kaverne stürmten, stellten sie fest, dass Lais bereits gegangen war und alle Standfackeln gelöscht hatte. Nur eine einzige Handfackel auf einem der Tische gab noch einen schwachen Lichtschein ab.

Eirik rannte daran vorbei.

»Wir brauchen das Licht!«, keuchte Ciara.

»Nein. Du bist ein Wolf, und ich bin ein Drache.«

Sie wollte noch weitere Einwände erheben, doch ihn beherrschte das gleiche Gefühl der Dringlichkeit, das auch sie empfand. Was auch immer er über seine geistige Verbindung zu den Éan'schen Kriegern erfahren hatte, hatte ihn wild entschlossen gemacht, so schnell wie möglich aus dem Berg herauszukommen.

Sobald sie den schmaleren Teil des Ganges erreichten, setzte er Ciara ab. »Steck den heiligen Stein in deine Gürteltasche!«

Er passte kaum hinein. »Geschafft«, sagte sie.

»Und jetzt ergreif von hinten meinen Kilt!«

In der erdrückenden Dunkelheit griff sie nach dem Stoff und umklammerte ihn, so fest sie konnte. Dann begann sich Eirik zu bewegen. »Lass nicht los!«

»Nein.«

Sie brauchten erheblich weniger Zeit, um den Ausgang zu erreichen, als beim Hereinkommen, aber die Geräusche von in einen mörderischen Kampf verwickelten Chrechten draußen spornte beide zu einem schnelleren Tempo an.

Sowie sie in das mondbeschienene Tal hinaustraten, traf Ciara der Geruch von Blut. Die Luft war so davon durchdrungen, dass ihr Herz für einen Moment fast zum Stillstand kam bei dem Gedanken, dass es von ihren Brüdern sein könnte.

Lais und Vegar bekämpften die MacLeod'schen Wölfe in ihrer menschlichen Gestalt, und ihre Tapferkeit und ihr Geschick waren ein Beweis dafür, wie gut trainiert die Éan waren. Sogar die Heiler.

Die Faol hatten sich alle für den Kampf verwandelt, doch selbst mit ihren drei Wölfen waren sie den MacLeods zahlenmäßig ernsthaft unterlegen.

Eirik fuhr zu Ciara herum und hob sie mit einer Kraft auf, die selbst die eines Chrechten übertraf, um sie auf einen hohen, wenn auch ziemlich kleinen Felsvorsprung am Berg zu setzen. Es war ein prekärer Platz, an dem sie jedoch kein Wolf erreichen würde, nicht einmal ein chrechtischer.

»Bleib hier!«

»Kämpfe!«, gab sie zurück.

Eirik nickte und zog schon im Umdrehen beide Schwerter. Zwei Wölfe tötete er mit einem einzigen mächtigen Hieb, aber dann wurde das Kampfgetümmel zu dicht, um seine Schwerter zu benutzen, und als er sie einsteckte, ließ er seine Hände schon zu Drachenkrallen werden.

Die Soldaten der Sinclairs und Balmorals kämpften hart, doch auf jeden von ihnen kamen drei gut ausgebildete Chrechte-Krieger aus dem MacLeod-Clan. Einer der Wölfe kam auf Ciara zu und nahm Anlauf, um zu dem Felsvorsprung hinaufzuspringen. Seine Krallen klickten, als sie auf den Stein trafen. Fast hätte er Halt gefunden, doch dann rutschte er den Abhang hinunter.

Um nicht die Aufmerksamkeit der Männer auf sich zu ziehen, die um ihr eigenes Leben und das ihre kämpften, gab Ciara keinen Laut von sich. Aber sie zog ihren Dolch und hielt ihn so, wie Talorc es sie gelehrt hatte. Der Wolf versuchte erneut, sie zu erreichen, und diesmal kam er sogar noch etwas näher an sie heran.

Ein weiterer schloss sich ihm an, eine riesige braune Bestie, die viel zu schwer war, um mit ihren Krallen Halt an ihrem Felsvorsprung zu finden. Doch dann verwandelte der Wolf sich. Mit der ihm ins Gesicht geschriebenen Grausamkeit und dem kampfgestählten Körper, der nur ein paar Zentimeter kleiner war als der ihres Gefährten, jagte er Ciara Angst und Schrecken ein.

»Komm herunter, kleine Sinclair-Spionin, dann lassen wir dich vielleicht am Leben!«

Sie zog die Füße noch näher an den Körper und vergewisserte sich, dass kein Fetzchen ihres Rocks vom Stein herunterhing, das er ergreifen könnte. »Ruf deine Hunde zurück, dann wirst du diese Nacht vielleicht überleben!«

»Du bist auf unserem Land, du Sinclair-Luder, und ich bin sicher, dass der MacLeod sehr interessiert daran sein wird, den Grund dafür herauszufinden.«

»Von mir wird er es nicht erfahren.«

Der andere Wolf verwandelte sich nun auch und sagte zu dem großmäuligen Krieger: »Hilf mir hinauf, Ualraig, dann hole ich sie im Nu herunter!«

Ualraig bekam keine Gelegenheit mehr, zu antworten, weil Lais ihm sein Breitschwert in den Rücken stieß und es auf eine Art und Weise wieder herauszog, die jede Chance zunichtemachte, dass der andere Chrechte die Verwundung überlebte. »Das war für Mairi, du widerlicher Bastard!«

»Für diese Schlampe?«, fragte Ualraig mit finsterer Miene, und der Geruch nach Blut und anderen Körperflüssigkeiten war so stark, dass Ciara speiübel davon wurde. »Sie verdiente, was sie bekam.«

»Und du auch, scheint mir«, fauchte Ciara den verruchten Chrechten an.

Lais beugte sich über den Sterbenden. »Aye, unsere Prinzessin hat recht. Du wirst in dem Wissen, dass ein Éan dich dorthin befördert hat, in der Hölle brennen.«

Ciara wusste nicht, welche Rolle Ualraig bei Mairis Misshandlungen gespielt hatte, doch wenn Lais den Mann als persönlichen Affront betrachtete, konnte es keine geringfügige gewesen sein.

Nachdem er sich wieder in sein Tier verwandelt hatte, griff der kleinere Wolf Lais von der Seite an und wollte ihm scheinbar direkt an die Kehle. Ciara schrie dem Heiler eine Warnung zu, und er fuhr gerade noch rechtzeitig herum. Die Fänge des Wolfes streiften seine Schulter, doch Lais stieß ihm hart die Faust ans Kinn und schleuderte die Bestie von sich weg.

Da das Tier jedoch ein Chrechte und kein normaler Wolf war, war er Sekunden später wieder da und nahm den Kampf mit Lais erneut auf, während ein anderer versuchte, an dem steilen Hang hinaufzuklettern und zu Ciara zu gelangen.

Eirik fuhr mit seinen Drachenkrallen über den Körper seines

Widersachers, bis Blut in alle Richtungen spritzte. Dann wirbelte er herum und rannte zu dem Felsvorsprung hinüber, um unter Ciara Stellung zu beziehen.

Kann ich mit den Wölfen reden, so wie du mit deinen Éan sprichst?, fragte sie ihn über ihre geistige Verbindung.

Ohne sich das geringste Erstaunen über ihr Wissen anmerken zu lassen, antwortete Eirik: *Vielleicht. Mit dem Stein.*

Und möglicherweise würde sie wieder von einer Vision heimgesucht werden, wenn sie den Stein mit bloßen Händen berührte, doch der Blick auf den bevorstehenden Ärger war beim ersten Mal nur kurz gewesen. Und während das Berühren des Steins und die seltsamen Empfindungen sie zwar körperlich geschwächt hatten, war sie zumindest nicht ohnmächtig geworden wie nach ihrer Vision durch das Schwert.

Sie würde es trotz allem riskieren müssen. Artair hinkte von einer schwerwiegenden Verwundung an seinem Schenkel, Everett hatte einen tiefen Schnitt an der Schulter, Vegars Rumpf war blutüberströmt, und Lais war in einen tödlichen Kampf mit einem Wolf verstrickt. Es gab schon mehrere Tote unter den MacLeods, aber ein paar mehr gut gezielte Schläge, und ihre Freunde schwebten ernsthaft in Gefahr, einen oder mehrere der Ihren zu verlieren.

Ciara holte den *Faolchú Chridhe* aus dem Lederbeutel an ihrem Gürtel, umklammerte ihn fest mit beiden Händen und konzentrierte sich auf den Stein und über ihn auf ihre Verbindung zu allen Chrechten. Sie war auf das seltsam summende Gefühl unter ihrer Haut und die Hitze, die der Stein in ihren Händen erzeugte, vorbereitet, fiel jedoch fast von ihrem gefährlich schmalen, hohen Platz, als ihr Geist Verbindung zu Artair, Everett und seinem Bruder aufnahm. Sie konnte ihre Gedanken ebenso wenig lesen wie Eiriks, aber sie spürte, was die Männer bewegte, und wusste instinktiv, dass ihr Geist geöffnet war, um ihre Anweisungen zu befolgen.

Zieht euch aus dem Kampf zurück!, befahl sie ihnen. *Eirik kann sich nicht ganz in seinen Drachen verwandeln und Feuer speien, solange ihr im Weg seid.*

Das Gleiche sagte sie zu ihrem Gefährten über ihre private geistige Verbindung. Sie konnte nicht eine einzige der vielen von ihm ausgehenden Emotionen deuten, doch seine Soldaten zogen sich zurück, und die Sinclair- und Balmoral-Wölfe taten es ihnen nach.

Er musste ihrer Anweisung gefolgt sein und sie zurückbeordert haben.

Alle sahen aus, als flüchteten sie, nur um urplötzlich wieder umzukehren und die MacLeod'schen Soldaten in eine viel engere Formation zu treiben.

Eirik zog sich blitzschnell aus und verwandelte sich mit einer Geschwindigkeit, die Ciara ganz erstaunlich fand, und dann begann er, Feuer zu speien, immer wieder, Stoß um Stoß.

Als es vorbei war, war nicht einmal mehr der Geruch von verkohltem Fleisch zu spüren, weil nichts als ein feiner, pudriger Staub zurückgeblieben war.

»Diesmal werden es die Fearghall sein, die sich fragen, was mit ihren Brüdern im Wald geschehen ist«, sagte Vegar mit rauer Stimme, die seine grimmige Genugtuung verriet.

Steck den Stein wieder in deinen Beutel und steig auf meinen Rücken!, befahl Eirik Ciara.

Aber ich muss den Höhleneingang verschließen, damit ihn der MacLeod nicht findet.

Wirf Artair den kleinen Stein zu! Er kann das erledigen. Da war etwas in Eiriks Stimme, das Ciara bereitwillig und ohne Widerspruch gehorchen ließ.

Kurz darauf hatte Artair den Höhleneingang verschlossen, und die anderen Krieger beseitigten alle Beweise ihrer Anwesenheit auf MacLeod'schem Territorium. Sie sprachen sogar die rituellen

Worte zum Hinscheiden der gefallenen Chrechten und fegten ihre Asche in den Bach.

Ciara dachte, dass es vermutlich das gleiche Ritual war, wie in der unterirdischen Kaverne, was sie ausgesprochen passend fand. Feind oder nicht, alle Chrechten verdienten eine anständige Beisetzung ihrer Asche. Sie in Gewässern zu verstreuen, die ihren Ahnen heilig gewesen waren, erschien ihr nur angemessen.

Als sie das im Geiste zu Eirik sagte, antwortete er nicht, sondern wartete nur ab, bis Lais ihr seine Kleider und Waffen gab, um sich in die Lüfte zu erheben.

Sie flogen viel schneller, als ein Pferd galoppieren oder ein Chrechte-Wolf laufen konnte, schneller sogar noch, als sie je zusammen geflogen waren. Ciara musste ihr Gesicht an den Nacken des Drachen drücken, um es vor dem schneidenden Wind zu schützen, und diesmal lag keine Freude in dem Flug, nur unbeirrbare Entschlossenheit.

Sie erreichten die heiligen Höhlen auf Sinclair'schem Territorium, als die Sonne über dem morgendlichen Nebel emporstieg.

Eirik schwieg, als sie zusammen in die Höhlen gingen, wo er zielsicher auf den Paarungsraum zustrebte und seine Waffen und Kleider fallen ließ, die er nach seiner Verwandlung nach der Landung nicht mehr angelegt hatte. Ohne auch nur einen Moment zu zögern, stieg er direkt in den Teich hinein und tauchte in dem dampfend heißen Wasser unter.

Ciara zog sich aus, während sie darauf wartete, dass ihr Gefährte wieder auftauchte. Er blieb so lange unter Wasser, dass sie schon vollständig entkleidet war und sich zu sorgen begann, als er endlich, nach Atem ringend, auftauchte. Er schüttelte sich. Wassertropfen flogen durch die Gegend und durchnässten Ciara und die Steine um den Teich herum.

Mit gesenktem Kopf stand er dann da und atmete immer noch schwer.

Ciara ließ sich in das Wasser gleiten und watete zu ihm hinüber. Als sie ihn erreichte, legte sie eine Hand auf seinen Oberarm, gleich über der tiefblauen Tätowierung, die ihn als Prinz seines Volkes auswies, und fragte: »Ist alles in Ordnung mit dir?«

Er antwortete nicht, stand nur da und atmete so abgehackt, dass man bei jeder anderen Person meinen könnte, dass sie weinte. Und dann verstand Ciara.

»Es tut mir leid«, sagte sie sanft, weil ihr nichts Besseres einfiel.

»Du hast sie nicht umgebracht.«

»Es war meine Idee.«

»Und eine gute. Meine volle Drachengestalt nicht annehmen zu wollen, brachte unsere Krieger in Gefahr.«

»Aber in einem traditionellen Kampf gegen andere Chrechte anzutreten ist nicht das Gleiche, wie sie mit deinem Feuer zu verbrennen«, sagte Ciara, um ihr neues Verständnis des Mannes zum Ausdruck zu bringen, den sie zum Gefährten genommen, geheiratet hatte und aus tiefster Seele liebte. »Galen und Luag auf diese Weise zu töten hat dir genauso wehgetan wie mir, es mitansehen zu müssen.«

»Er war dein Bruder.«

»Er war ein Chrechte, der seine Ehre der Idee geopfert hatte, etwas Besseres zu sein.«

»Ich bin der Beschützer meines Volkes.«

»Und an jenem Tag brauchten Fidaich und Canaul Schutz. Genau wie unsere Soldaten gestern Nacht deinen Drachen brauchten. Die MacLeods waren zu sehr in der Überzahl; wir hätten den Kampf vielleicht gewonnen, doch der Preis dafür wäre sehr hoch gewesen.«

Endlich hob Eirik den Kopf und erwiderte Ciaras Blick. Sein

Gesicht war nass, aber nicht nur von seinem Untertauchen in dem Teich. »Ich bin Drache, doch ich bin auch Rabe.«

»Der eine hat die Instinkte eines Raubtieres, der andere tötet nicht.« Das Herz tat ihr weh vor Mitgefühl mit ihm, und ihr Wunsch, sich vor ihren eigenen Empfindungen zu schützen, wich vor diesem Schmerz. »Ich liebe deinen Drachen, Eirik. Ich bin dankbar, sehr dankbar für die Kraft und Macht, die er dir gibt. Und ich liebe auch deinen Raben. Ohne die Instinkte deines Vogels könntest du wie Fearghall werden, aber das wirst du nicht, niemals.«

»Und was ist mit *mir?* Liebst du auch mich?«, fragte Eirik, als wäre es ihm wirklich wichtig.

Ihr war es auf jeden Fall wichtig, und sie würde ihn, was das anging, auch nie belügen. »Ich liebe dich, du ahnst gar nicht, wie sehr.«

Wieder ließ er den Kopf hängen, und seine Stimme klang plötzlich ganz rau. »Von dem Moment meiner Geburt an lehrte man mich, mir meiner Verpflichtung meinem Volk und allen Chrechten gegenüber bewusst zu sein.«

»Ich weiß.« Ohne seinen Arm loszulassen, legte sie ihre andere Hand auf seine linke Brust. »Und dafür schlägt dieses Herz.«

Da hob er den Kopf, und seine bernsteinfarbenen Augen wurden ganz dunkel vor Gefühl. »Früher ja, jetzt jedoch schlägt es für dich. Meine Gefährtin. Gestern Nacht sagtest du, ich solle mich verwandeln, um unsere Krieger zu retten, aber das Einzige, woran ich denken konnte, war, dich zu beschützen und dass ich Feuer speien würde, falls ich die MacLeod'schen Soldaten beseitigen musste, um das zu erreichen.«

»Du musst mich schon allein der Zukunft unseres Volkes willen beschützen«, versuchte sie, ihn zu beschwichtigen, obwohl ihr eigenes Herz ins Stottern geriet bei dem Gedanken, es könnte vielleicht doch noch mehr als das sein.

Plötzlich legte er die Hände um ihr Gesicht, und sie sahen einander in die Augen und tauschten einige sehr grundlegende Botschaften miteinander aus. »Ich habe dich für mich gerettet«, sagte er. »Du bist mein. Du wirst immer mein sein und stets an erster Stelle kommen. Vor meinen Kriegern, vor meinen Freunden und, möge Gott mir verzeihen, sogar vor meinem Volk.«

»Aber du ... das ist nicht ...«

»Ich liebe dich«, sagte er in der alten Chrechte-Sprache, und die Luft um sie herum begann zu knistern.

Grelles weißes Licht blitzte zwischen ihnen auf, und eine glühende Hitze versengte Ciara direkt über ihrem Herzen die Brust. Dann war die Luft wieder still, das Licht verschwunden, und mit einer eigenartigen Mischung aus Gewissheit und Ungläubigkeit senkte Ciara den Blick auf Eiriks Brust.

Aber sie hatte recht. Direkt über seinem Herzen trug er jetzt das Erkennungszeichen des verheirateten Mannes. Und als er eine Hand von ihrer Wange nahm, um die Stelle an ihrer Brust zu berühren, die vor wenigen Momenten noch so stark gebrannt hatte, sagte er: »Jetzt bist du als meine andere Hälfte gekennzeichnet.«

»Und du als die meine.«

»Für alle Ewigkeit.« Es war nicht nur ihr Wunsch, sondern eine Tatsache. Das Symbol dafür umschloss sein Mal und zweifelsohne auch das ihre.

»Mein Drache wird zum Schutze unseres Volkes wieder töten müssen.«

»Und ich werde bei dir sein, um dich von dem Schmerz und den Schuldgefühlen reinzuwaschen.«

»Mit deiner Liebe.«

Ciara nickte. »Mit meiner Liebe.«

Und das war genau das, was sie tat.

Abigail, die durch ihre Korrespondenz mit einer sehr belesenen Äbtissin viel gelernt hatte, hatte Ciara einmal erzählt, dass der Philosoph Aristoteles behauptet habe, Liebe bestünde aus einer einzigen Seele, die nur in zwei verschiedenen Körpern lebte.

Ciara dachte, dass dieser Philosoph vielleicht zu einem Teil Chrechte gewesen war, doch eins hatte er auf jeden Fall richtig erkannt: Ihre Seele war für immer mit Eiriks verbunden, und das war ganz entschieden und ohne jeden Zweifel Liebe.

Denn keine andere Macht auf Erden wäre groß genug gewesen, um die Schutzwälle der Furcht zu durchbrechen, die sie vor so vielen Jahren um ihr Herz errichtet hatte, und ihr auf eine Zukunft Hoffnungen zu machen, die eines Tages vielleicht sogar Kinder beinhalten mochte.

Es dauerte mehrere Tage, die uralte Höhle der Faol zu finden, vielleicht, weil Eirik und Ciara lieber mehr Zeit in den heiligen Höhlen verbrachten, um sich gegenseitig ihrer Liebe zu versichern, als zu suchen. Das überzeugte Ciara noch mehr als alles andere davon, dass es Eirik ernst gemeint gewesen war, als er gesagt hatte, sie sei von größter Wichtigkeit für ihn und komme für ihn stets an erster Stelle.

Die Höhle war eigentlich gar nicht so versteckt, sondern vielmehr vergessen. Sie lag tief in der Erde und am Ende eines weiteren dieser sehr langen, schmalen Tunnel und sah genauso aus wie in Ciaras Vision.

»Wahrscheinlich kamen die Faol nicht länger her, als kein *Faolchú Chridhe* mehr da war, um die Hände darauf zu legen«, überlegte Ciara laut.

Eirik runzelte die Stirn und schüttelte den Kopf, als er die Fackeln an den Wänden der steinernen Kammer entzündete. »Ich bin mir ziemlich sicher, dass Fearghall alle außer seinen wenigen Auserwählten dazu ermutigte, die Existenz der Höhle und des heiligen Steines zu vergessen.«

»Wer auch immer beschloss, dass wir unsere heiligen Riten nicht mehr zu vollziehen brauchten, weil wir keinen Stein mehr hatten, um sie zu segnen, hat den Faol unendlich viel gestohlen.«

»Ich bin sicher, dass die *kelle* dir helfen wird, dir die Rituale in Erinnerung zu rufen«, erwiderte Eirik tröstend.

»Sie hat auf jeden Fall gesagt, wir würden uns wiedersehen.«

»Und das werdet ihr.« Eirik lächelte Ciara an. »Ich habe das Gefühl, dass diese uralte Priesterin eine lebenslange Freundin und Beraterin für dich sein wird.«

»Da könntest du recht haben, doch so wundervoll diese Aussicht auch ist ...« Ciara hielt inne, um ihren Gefährten und Ehemann mit ihrer ganzen Liebe zu ihm, die aus einer unerschöpflichen Quelle in ihrem Herzen sprudelte, zu küssen. »... kann sie sich doch nicht mit der Gewissheit messen, dass ich mein ganzes Leben mit dir verbringen werde.«

Eiriks Augen glänzten verräterisch, als er ihr das strahlende Lächeln schenkte, das sie zum ersten Mal in der Nacht gesehen hatte, in der er ihr seine Liebe gestanden hatte. »Nichts kann mit dieser Tatsache mithalten, *faolán*.«

Epilog

Das Geheimnis des Glücks ist Freiheit,
und das Geheimnis der Freiheit ist Mut.

Thukydides

Ciaras und Eiriks Familie sowie ihre liebsten Freunde nahmen an ihrer Paarungszeremonie teil, die von Anya-Gra in der lange verloren geglaubten Höhle der Faol vollzogen wurde. Beide sprachen ihre Gelübde mit solcher Liebe und Überzeugung, dass so manches Auge vor Rührung feucht wurde.

Danach legten sie zusammen ihre Hände auf den *Clach Gealach Gra* und auch auf den *Faolchú Chridhe*. Die Luft um sie herum war durchdrungen von Chrechte-Magie, und alle Zeugen des Bindungsrituals traten einer nach dem anderen vor, um ihre Hände auf den Stein ihres Volkes zu legen.

Die Krieger, die noch verwundet waren von dem Kampf mit den MacLeod'schen Chrechten, waren die Ersten, und alle wurden so voll und ganz geheilt, dass nicht einmal Narben von Wunden zurückblieben, die so schwerwiegend gewesen waren, dass Menschen daran gestorben wären. Die Nächste nach den Kriegern war Eiriks Schwester Sabrine mit ihrem Sohn.

Dann kam Mairi. Ein grünlich flimmerndes Licht umgab sie, aber sie verwandelte sich nicht in einen Wolf.

Ciara grinste ihre Freundin an. »Du kannst den Geist deiner Wölfin in dir spüren, nicht?«

Mairi nickte nur, mit Tränen in den Augen.

»Du wirst dich beim ersten Vollmond, nachdem du dein Kind geboren hast, verwandeln. Und dein Kind wird ein Adler-Gestaltwandler sein«, versprach Ciara mit einer Stimme, die gar nicht wie die ihre klang.

Ein dumpfer Aufschlag offenbarte Lais' Reaktion auf die Neuigkeiten. Der Heiler, der kämpfte wie ein Krieger, war ohnmächtig geworden.

Ciara bedeutete ihrer Mutter, vorzutreten.

»Aber ich bin keine Chrechte«, sagte Abigail.

»Das Kind in dir *ist* es«, sagte Niall neben ihr.

Abigail nickte und legte die Hände auf den *Faolchú Chridhe*. Ciara bedeckte die Finger ihrer Adoptivmutter mit ihren und machte sich die Verbindung zwischen dem Kind in Abigails Leib und dem *Faolchú Chridhe* zunutze. Heilendes Licht umgab sie, und Abigail schrie plötzlich auf.

»Was ist?«, fragte Talorc erschrocken.

»Ich kann hören!« Abigail begann zu weinen, und ihre Schwester fiel ihr um den Hals, drückte sie an sich und stammelte Worte der Freude und der Überraschung.

Dann erhob Ciara erneut das Wort, und wieder klang ihre Stimme seltsam fremd. »Jeder der Lairds muss seine Hände auf den *Faolchú Chridhe* legen.«

Alle taten es, und mehrere Sekunden lang waren sie in grünes Licht getaucht, bevor die Männer einer nach dem anderen zurücktraten.

»Ihr seid würdige Beschützer Eures Volkes«, verkündete Ciara. »Beim nächsten Vollmond werdet Ihr die Gestalt des *conriocht* annehmen.«

Und dann wandte sie sich ihrem Drachen zu. »Von heute an musst du die Last nicht mehr allein tragen.«

»Bald werden die Paindeal gefunden werden, und die Chrechten werden wieder ein Volk sein«, sagte Mairi, deren blaue Augen vor freudiger Erregung glühten.

»Aber zuerst wird es einen Krieg geben müssen, um die Herzen der Chrechten zurückzugewinnen, die von den makabren Lehren der Fearghall verdorben wurden«, erklärte Ciara wieder. »Die Cahir müssen sich wieder erheben, und die Chrechten des MacLeod das Böse in ihrem Clan besiegen.«

Liebe und Einigkeit würden gewinnen, doch der Krieg würde ein langer sein, und nicht jede Schlacht ohne Verluste.

Glossar

bairn	Baby
ben	Hügel
Ben Bristecrann	Hügel des gebrochenen Baumes (ein geheiligter Ort für Ciaras Familie)
Cahir	Krieger, die die Fearghall bekämpfen
celi di	schottischer Highland-Priester, der ohne offizielle Bindung an die römisch-katholische Kirche den Katholizismus praktiziert (historisch korrekte Bezeichnung in Bezug auf Schottland und Irland)
Chrechten	Gestaltwandler, die ihre Seelen mit Wölfen, Vögeln oder Raubkatzen teilen
Clach Gealach Gra	*Herz des Mondes* (geheiligter Stein der Vogel-Gestaltwandler)
conriocht	Werwolf (Beschützer der Faol, verwandelt sich in ein riesiges Wesen, das halb Mensch, halb Wolf ist)
Éan	Gestaltwandler, die die Form von Vögeln (Raben, Falken, Adler) annehmen
Faol	Gestaltwandler, die die Form von Wölfen annehmen
faolán	kleiner Wolf (gälisches Kosewort)
Faolchú Chridhe	*Herz des Wolfes* (geheiligter Stein der Wolf-Gestaltwandler)
Fearghall	Geheimbund von Wölfen, deren Ziel die

	Ausrottung/Unterjochung anderer Chrechte-Rassen ist
Hüter des Steines	Chrechte, der oder die eine besondere Verbindung zu dem geheiligten Stein hat und dessen Potenzial voll ausschöpfen kann, um zu heilen, besondere Fähigkeiten zu verleihen und die Beschützer der Rassen (Werwolf, Drache und Greif) hervorzubringen
kelle	Kriegerpriesterin (wird in der keltischen Mythologie erwähnt)
Kyle Kirksonas	Tal und Fluss der Heilenden Kirche
Laird	Clan-Führer
mo gra	Liebste/Liebster, Geliebte/Geliebter
Paindeal	Katzen-Gestaltwandler (große Raubkatzen)
usquebagh	Wasser des Lebens (schottischer Whisky)
wahre Gefährten	Die Bindung zwischen wahren Gefährten ist eine geheiligte Bindung, die bis zum Tod anhält und es dem Chrechten (männlich oder weiblich) körperlich unmöglich macht, Geschlechtsverkehr mit jemand anderen als seinem Chrechte-Partner zu haben

Jetzt anmelden!
VOM
LESER ZUM
SCHRIFTSTELLER!
WEITERE INFORMATIONEN UNTER:
www.bastei-luebbe-academy.de